T0348392

SARAH PENNER

LA SOCIEDAD ESPIRITISTA DE LONDRES

Editado por HarperCollins Ibérica, S. A.
Avenida de Burgos, 8B - Planta 18
28036 Madrid

La sociedad espiritista de Londres
Título original: The London Séance Society
© 2023, Sarah Penner
© 2023, para esta edición HarperCollins Ibérica, S. A.
Publicada originalmente por Park Row Books
© De la traducción del inglés, Celia Montolío Nicholson

Diseño de cubierta: CalderónSTUDIO®
Imágenes de cubierta: Shutterstock

ISBN: 978-84-9139-973-5
Depósito legal: M-20061-2023

Para mi hermana mayor, Kellie.

(Y para ti, mamá.
Al fin y al cabo, fuiste la primera de las dos en decir:
«¿Qué tal si vamos a una sesión de espiritismo?»).

Tumbas, abríos y ceded a vuestros muertos...
WILLIAM SHAKESPEARE

LAS SIETE FASES DE UNA SESIÓN ESPIRITISTA

I
CONJURO DEL DEMONIO ANCESTRAL

El médium recita un conjuro para proteger a los participantes contra
los canallas y los espíritus malignos.

II
INVOCACIÓN

El médium convoca a los espíritus de las inmediaciones
para que entren en la sala en la que se celebra la sesión.

III
AISLAMIENTO

El médium expulsa de la sala a todos los espíritus salvo
al espíritu destinatario, es decir, la persona fallecida con la que desean
contactar los participantes en la sesión.

IV
INVITACIÓN

El médium insta al espíritu del fallecido a que le haga entrar en trance.

V
TRANCE

El médium entra en trance a través del espíritu del fallecido.

VI
DESENLACE

El médium obtiene la información deseada.

VII
TERMINACIÓN

El médium expulsa de la sala al espíritu del fallecido,
y de este modo sale del trance y pone fin a la sesión.

1

LENNA

París, jueves 13 de febrero de 1873

En un *château* abandonado de las boscosas afueras de París estaba a
punto de comenzar una lóbrega sesión de espiritismo.

El reloj marcaba treinta y dos minutos después de la medianoche.
Lenna Wickes, aprendiz de espiritista, se hallaba sentada en una mesa
ovalada cubierta por un paño de lino negro. La acompañaban un caballero y su esposa, que también participaban en la sesión; sus rostros
tenían una expresión sombría y respiraban agitadamente. Estaban en
lo que en tiempos había sido el salón del ruinoso *château*, que llevaba
cien años deshabitado. Detrás de Lenna, el papel pintado color sangre
se estaba desprendiendo y dejaba a la vista las capas de moho de las
paredes.

Si todo salía bien, el fantasma que buscaban aquella noche —el de
una joven que había sido asesinada allí mismo— no tardaría en aparecer.

Lenna oyó un correteo por encima de sus cabezas. Ratones, seguramente. Había visto los excrementos nada más entrar, las minúsculas bolitas negras desparramadas cerca de los rodapiés. Pero
de repente el correteo dio paso a un ruido como de rasguños y oyó…
¿un batacazo? Reprimió un escalofrío, diciéndose que, si en efecto
existían los fantasmas, aquel *château* abandonado era el lugar idó-
neo para encontrarlos.

Echó un vistazo por la ventana. Grandes copos de nieve, cosa rara
en París, se arremolinaban en torno al edificio. Habían colocado varios
faroles en el exterior, y la mirada de Lenna se posó sobre la verja de

metal que, envuelta por enredaderas secas y temblando agarrada al gozne, daba paso a la finca. Al otro lado había un denso y oscuro bosque de puntiagudos árboles perennes espolvoreados de blanco.

Los asistentes a la sesión se habían reunido a medianoche. Los primeros en llegar habían sido los padres de la víctima, a los que Lenna había conocido unos días antes. Poco después llegaron Lenna y su maestra, la célebre médium que iba a dirigir la sesión: Vaudeline D'Allaire.

Todos iban vestidos de negro, y la energía de la habitación no era cálida ni acogedora. Mientras esperaban, los padres se removían nerviosos en sus sillas: el padre volcó un candelabro de latón y se deshizo en disculpas mientras Lenna, sentada frente a él, abría su cuaderno. No podía reprochárselo: todos estaban inquietos, y Lenna ya se había secado veinte veces las palmas de las manos con el vestido.

Pasar aquella hora angustiosa bajo la dirección de Vaudeline no era plato de gusto para nadie. El peaje a pagar era terriblemente caro, y no por los francos que exigía cobrar por adelantado.

El espíritu al que iban a conjurar esa noche no era común y corriente, pero es que ninguno de los fantasmas a los que Vaudeline invitaba a manifestarse lo era. No eran abuelitas con camisones blancos, vidas longevas acechando en los pasillos. No eran víctimas de guerra, hombres valientes que habían sabido en qué se estaban metiendo. No, esos fantasmas eran víctimas de una violencia que se las había llevado demasiado pronto. Todos y cada uno de ellos habían sido asesinados. Y, para colmo, sus asesinos habían escapado.

Aquí era donde entraba Vaudeline. Era el motivo por el que la gente acudía a ella. Personas como la pareja que temblaba al otro lado de la mesa en ese momento. Personas como Lenna.

Vaudeline, de treinta años, era mundialmente conocida por su habilidad para invocar a los espíritus de víctimas de asesinatos con el fin de establecer la identidad de los asesinos. Espiritista de prestigio, había resuelto varios de los misterios de asesinatos más desconcertantes de Europa. Su nombre había salido en primera plana en numerosas ocasiones, sobre todo después de que a comienzos del año anterior se hubiese

14

marchado de Londres en circunstancias que todavía no estaban claras. Aun así, eso no había enfriado a sus leales seguidores, que estaban repartidos por todo el mundo. Ahora vivía en París, su ciudad de nacimiento.

El *château* abandonado era un insólito lugar para una sesión espiritista, pero, en realidad, había muchas cosas extrañas en los métodos de Vaudeline, y ella sostenía que a los espíritus solo se los podía invocar en el lugar en el que habían muerto.

Dos semanas antes, el uno de febrero, Lenna había cruzado el canal de la Mancha para empezar a estudiar con Vaudeline. Sabía que no era la más devota de sus alumnas. A menudo vacilaba en sus creencias, cuestionándose la necesidad del Conjuro del Demonio Ancestral, del palo santo o del cuenco de cáscaras de huevos de curruca. Y no es que no creyera; simplemente, no podía estar segura. Ninguna de estas cosas podía demostrarse. No podía pesarlas, ni analizarlas, ni darles vueltas entre las manos como hacía con las piedras y los especímenes que tenía en casa. Mientras que otros estudiantes aceptaban de buen grado las teorías más peregrinas sobre lo oculto, Lenna no podía evitar preguntarse constantemente: *¿Cómo?, ¿por qué estáis seguros?* Y aunque había participado en una sesión hacía varios años, no había sacado nada en claro. Desde luego, no había aparecido ningún fantasma.

Todo aquello de la verdad contra la ilusión era francamente exasperante.

En sus veintitrés años de vida, Lenna jamás había visto una aparición. Había quien afirmaba sentir una presencia fría cuando paseaba por antiguas fincas y cementerios o que decía haber visto parpadear la luz de una vela o una sombra de aspecto humano en la pared. Lenna asentía en silencio, deseando creer con todas sus fuerzas, pero ¿no había una explicación más... razonable? En todas partes se producían ilusiones ópticas, la ciencia explicaba fácilmente los prismas y los reflejos.

Si a Lenna le hubiesen pedido unos meses antes que viajase a París a participar en una sesión de espiritismo, tal vez se habría echado a reír. Y respecto a estudiar el arte de la mediumnidad, le habría parecido una completa pérdida de tiempo, habiendo tantas muestras de rocas a la espera de ser recogidas en las orillas del Támesis. Pero entonces llegó la víspera de Todos los Santos…, la noche en la que Lenna encontró a Evie, su adorada hermana pequeña, acuchillada en el jardín del modesto hotel de sus padres, el Hickway House, en Euston Road. Era evidente que había habido un forcejeo: Evie tenía el pelo alborotado y contusiones amoratadas y blanquecinas en distintas partes del cuerpo. Su bolsa, vaciada de sus contenidos, estaba tirada al lado de su cuerpo.

En los días siguientes, la policía había prestado la misma atención a la muerte de Evie que a cualquier otro asesinato de una mujer de clase media, es decir, bien poca. Tres meses más tarde, aún no había ni una sola respuesta. Lenna estaba desesperada, y la desesperación, ahora lo sabía, triunfaba sobre la incredulidad. Quería a Evie con toda su alma, más que a nada en el mundo. Magia, brujería, espíritus burlones… Estaba dispuesta a creer en lo que fuera si con ello encontraba el modo de volver a conectar con su querida hermana pequeña.

Además, a pesar de que aún no tenía claro si existían o no los fantasmas, pensaba que sus preciados fósiles tal vez fueran una prueba de que después de la muerte podían seguir existiendo restos de vida. La idea se le había ocurrido a Evie, y ahora más que nunca Lenna ansiaba saber cuánto tenía de cierta.

Evie había sido una médium en ciernes, una acérrima creyente en los espíritus, y también antigua alumna y seguidora de Vaudeline. Y si alguien podía encontrar el modo de traspasar la barrera entre la vida y la muerte, era Vaudeline. Lenna necesitaba comunicarse con su hermana, averiguar la verdad de lo que había sucedido. Es posible que la policía no estuviese dispuesta a buscar justicia, pero Lenna sí lo estaba; así pues, había decidido aparcar sus dudas y aprender —aunque no llegase a dominarlo— el extraño arte del espiritismo.

Tan obsesionada estaba por desentrañar el crimen cometido contra su hermana que ni siquiera podía llorar su muerte como es debido. Lenna no quería llorarla, aún no. Antes deseaba venganza.

Como sabía que Vaudeline no iba a ir a Londres —no había vuelto desde su abrupta partida del año anterior—, Lenna había decidido hacer ella el viaje a París. Estaba decidida a resolver el misterio de la muerte de Evie, fuera como fuera. Aunque para ello tuviera que pasar un mes bajo la tutela de una desconocida —y eso que la desconocida en cuestión le había caído bastante bien— y aprender las siniestras sutilezas de una técnica en la que no estaba segura de creer.

Además, a lo mejor eso cambiaba hoy.

A lo mejor esa noche veía su primer fantasma.

Lenna escondió las manos entre los muslos: estaba temblando y no quería que nadie lo viera. Quería parecer una valerosa aprendiz, una alumna aventajada. Y debía demostrar que era sensata por el bien de aquellos padres que tenía enfrente, y que a todas luces estaban aterrorizados por lo que pudiera revelarse esa noche.

Se alegraba de haberlos conocido unos días antes en un lugar mucho menos lóbrego. Habían ido al enorme piso que tenía Vaudeline en el centro de París, y los cuatro se habían reunido en el salón a aclarar las dudas sobre la inminente sesión.

Y también los riesgos.

Lenna ya conocía los riesgos de las sesiones espiritistas —los había repasado con Vaudeline cuando fue a pedirle que la aceptase como alumna—, pero allí en el salón, reunidos los cuatro, los peligros parecían más serios.

—Jamás me van a ver con tableros güija ni con tablas de escritura espiritista —les había explicado Vaudeline a los padres—. Eso son juegos de niños. Mis sesiones suelen seguir otro camino más peligroso.

La puerta del salón se abrió y una doncella de la casa de huéspedes entró con una bandeja de té para los cuatro. La dejó sobre la mesa, al lado de un diagrama que Lenna y Vaudeline habían estado estudiando antes y que indicaba la correcta distribución de una mesa de espiritismo con todos sus utensilios: las velas negras de cera de abeja, los ópalos y las amatistas, las pieles de serpiente y los cuencos de sal.

—Se refiere usted al estado de trance —aventuró la madre una vez que hubo salido la criada.

—En efecto.

Gracias a las semanas que llevaba bajo la tutela de Vaudeline, Lenna no precisó de aclaraciones. Sabía que los estados de trance ocurrían cuando un espíritu ocupaba literalmente la carne del médium, y de ese modo volvía a subsistir dentro de un cuerpo vivo. Vaudeline lo describía como una especie de existencia dual que permitía a los médiums percibir los recuerdos y los pensamientos de los difuntos a la vez que mantenían de forma paralela los suyos propios.

La madre bebió un sorbo de té y se inclinó a sacar algo del bolso: un recorte de periódico. Las manos le temblaban igual que al llegar, cuando se había quedado mirando largo rato a Vaudeline sin poder articular palabra.

También Lenna había reaccionado así nada más conocer a Vaudeline, aunque no porque la reputación de la médium la deslumbrase. Más bien se había debido a sus ojos grises y a su manera de sostenerle la mirada unos segundos más de lo que dictaba la costumbre. Aquel breve instante había sido muy revelador: Vaudeline estaba muy segura de sí misma y, al igual que Evie, no tenía mucho aprecio por las normas.

Dos rasgos que a Lenna se le antojaban cautivadores.

La madre les pasó el artículo. Lenna no entendió el titular francés, pero por la fecha vio que era de hacía varios años.

—Dice que en una de sus sesiones murió un hombre —explicó la madre—. ¿Es cierto?

Vaudeline asintió con la cabeza.

—Los espíritus son impredecibles. Sobre todo, el tipo de espíritus que busco yo: las víctimas. El riesgo es mayor cuando la sesión comienza, después de que yo recito la Invocación, que invita a todos los espíritus cercanos a pasar a la sala. Es como abrir un grifo. Para que se manifieste el espíritu de una víctima de asesinato y resolver un crimen, también he de encargarme de los muertos que están en la periferia. Intento terminar esta fase rápidamente, pero no puedo mantenerlos a raya por completo —concluyó, refiriéndose al texto con un gesto de la cabeza.

—¿La policía llegó a determinar de qué murió el hombre? —preguntó la madre.

—De fallo cardiaco, oficialmente. Pero todos los presentes vimos lo que pasó, vimos la sombra de una mano sobre su boca. —Vaudeline le devolvió el artículo—. En los diez años que llevo conduciendo sesiones, solo han fallecido tres personas. Es muy poco frecuente. Más habitual es la súbita aparición de heridas, que están relacionadas con los traumatismos sufridos por las víctimas antes de morir. Laceraciones, ligamentos retorcidos, moratones.

El padre bajó la cabeza, y Lenna luchó contra un repentino deseo de abandonar la habitación, quizá incluso de vomitar. La hija de ese matrimonio había sido estrangulada. ¿Y si durante la sesión aparecía espontáneamente la marca de una cuerda en el cuello de alguien? La mera idea resultaba insoportable.

—Hay otros peligros de menor gravedad —continuó Vaudeline, quizá porque había percibido que convenía cambiar de tema—. Ciertos actos a los que pueden entregarse los participantes. Hace unos meses, dos de ellos, bajo la influencia de los espíritus, empezaron a fornicar sobre la mesa.

Lenna soltó un gritito ahogado. Vaudeline le había contado infinidad de historias en las dos últimas semanas, pero no esa.

—¿Eran amantes? —preguntó, pensando que los padres sentirían la misma curiosidad que ella.

Vaudeline negó con la cabeza.

—No se habían visto en la vida.

Se volvió, y Lenna se fijó en la pequita que tenía en la punta de la nariz. Era tan pequeña que podía confundirse con una sombra.

—A pesar de los riesgos —dijo Vaudeline, dirigiéndose a los padres—, los trances son el modo más rápido y eficaz de obtener la información necesaria para resolver un caso. Aquí no se trata de entretenerse ni de encontrar la paz. Si es eso lo que buscan, puedo ponerles en contacto con un montón de acreditados cazadores de fantasmas de esta ciudad.

El padre carraspeó.

—Me preocupa… —dijo, cogiendo la mano de su esposa con delicadeza—. En fin, me preocupa el bienestar de mi esposa si conducimos la sesión en el *château* donde falleció nuestra hija.

«Donde falleció nuestra hija». Palabras más sencillas de pronunciar en voz alta que «donde asesinaron a nuestra hija», que era demasiado duro de admitir; la lengua se trababa. Lenna lo sabía mejor que nadie.

Vaudeline miró a la mujer.

—Tendrán que hallar el modo de mantener la serenidad; si no, les sugiero que ni se molesten en venir.

Se recostó en la silla y cruzó los brazos, zanjando la cuestión. Esa, al fin y al cabo, era una de las creencias fundamentales de Vaudeline: a los espíritus solo se los podía invocar en las proximidades del escenario de su muerte. Si hubiera podido conducir sesiones de espiritismo a distancia, Lenna no habría ido a París. Habría escrito a Vaudeline pidiéndole que condujese la sesión de Evie en Francia y le informase después de los resultados.

Pero Vaudeline había comunicado públicamente que no pensaba volver a Londres en un futuro próximo. Lenna tendría que aprender el arte del espiritismo en París, y después volver al escenario de la muerte de Evie con la esperanza de invocar a su espíritu sin ayuda de nadie.

—Hay muchos médiums que conducen sesiones en su propia casa —dijo en ese momento la madre—. No necesitan estar cerca del lugar en el que han muerto sus seres queridos.

—Y también hay muchos médiums que son unos farsantes. —Vaudeline dio vueltas al té y continuó sin inmutarse—. Comprendo que resulte difícil estar en el lugar donde murió su hija, pero nuestro objetivo no es tratar nuestras emociones con delicadeza, sino resolver un crimen.

Puede que sus palabras sonasen frías, pero Vaudeline lo había dicho en innumerables ocasiones. Bajo ningún concepto podía implicarse en el dolor de la familia. El dolor era debilidad, y no había nada tan peligroso en una sesión espiritista como la debilidad en cualquiera de sus formas. A los espíritus —sobre todo a los peligrosos, a los que vagaban a sus anchas y solían aparecerse y burlarse de los participantes tanto si se los invocaba como si no— les gustaba la debilidad.

—Vendrán ustedes dos solamente, ¿no? —preguntó Vaudeline.

El padre hizo un gesto afirmativo.

—¿Su hija estaba casada o tenía algún pretendiente? En ese caso, ayudaría que estuviera presente. Cuanta más energía latente de su hija podamos reunir en la habitación, mejor.

—No —dijo el padre—, ni estaba casada ni tenía pretendientes.

—Al menos, que nosotros sepamos —añadió la madre con una sonrisita—. Nuestra hija era bastante… independiente.

Lenna sonrió, reflexionando sobre la delicada formulación de la mujer. Quizá su hija había sido un poco como Evie. Un espíritu libre. Incontenible.

La mujer tosió suavemente.

—¿Me permite que le pregunte —dijo, mirando a Lenna— cuál va a ser su papel en la sesión?

—Soy la aprendiz de Vaudeline. Todavía estoy memorizando los conjuros, pero tomaré notas durante la secuencia espiritista de las siete fases.

—No forma parte de mi tradicional cohorte de pupilos —añadió Vaudeline—, que suele tener entre tres y cinco estudiantes. Debido a las particulares circunstancias de Lenna, cuando vino hace unas semanas entre una cohorte y otra opté por acogerla en un programa de formación individualizado.

Aunque en términos objetivos era cierto, faltaban muchísimos detalles. Cuando Lenna llegó a París y le contó a Vaudeline que Evie —su antigua alumna— había sido asesinada en Londres, Vaudeline se quedó anonadada. Rápidamente instaló a Lenna en el pequeño habitáculo reservado a los estudiantes y empezó un programa acelerado de formación. Por lo general, los pupilos estudiaban con Vaudeline durante ocho semanas, pero en el caso de Lenna se había propuesto concluir la formación en la mitad de tiempo.

—No sabía que impartía usted clases de mediumnidad —le dijo la madre a Vaudeline— además de conducir sesiones.

—Sí. Soy médium desde hace diez años, y profesora desde hace cinco. —Se inclinó hacia delante y, con voz más seria, añadió—: En cuanto a la sesión, hay cosas que ustedes pueden hacer para reducir los riesgos que acabo de exponer. En primer lugar, nada de vino ni alcohol antes de la sesión. Ni una gota. Y esfuércense por mantener a raya las lágrimas. No se recreen en los recuerdos. Los recuerdos son debilidad, y, en el salón de sesiones, la debilidad sería su perdición.

El peligro que suponía la debilidad había sido el tema de una de las primeras lecciones de Vaudeline. El mundo estaba repleto de fantasmas. Cada alcoba, cada pradera, cada puerto de mar. A lo largo de los milenios, en la medida en que las personas habían vivido, también habían muerto... y no se iban demasiado lejos. Por ese motivo, explicó Vaudeline, muchas sesiones desembocaban en la aparición de espíritus que no habían sido invitados. La mayoría eran benignos y simplemente tenían curiosidad. Anhelaban sentirse de nuevo encarnados, o querían burlarse juguetonamente de los participantes. A Vaudeline no le costaba alejar a esos cordiales espectros.

Los verdaderamente peligrosos eran los espíritus malignos y los fenómenos *poltergeist* destructivos. Por su culpa había muchas cosas que podían salir mal durante una sesión. Podían sumir a Vaudeline en un estado de trance antes de que el espíritu destinatario tuviese ocasión de hacerlo, o si no a los participantes, un fenómeno conocido por el nombre de *absorptus.* Esos entes eran inteligentes y sabían exactamente a quién podían asediar: a los llorones, a los jóvenes, a los borrachos, a los lujuriosos. Todas eran modalidades de la fragilidad, una suerte de porosidad que franqueaba el paso al ser diabólico.

Para impedir que ese tipo de demonios interrumpiese una sesión, Vaudeline evaluaba con cuidado a los participantes antes de empezar. No permitía que asistiesen menores de dieciséis años ni nadie a quien le oliese el aliento a alcohol. A veces expulsaba a familiares que lloraban.

Gracias a ese proceder cauteloso, sumado al antiguo conjuro protector que Vaudeline leía al inicio de cada sesión y a los dos mandatos de expulsión que podían utilizarse como último recurso, sus sesiones eran seguras.

Casi siempre.

Nada estaba garantizado. «Esto es un arte», repetía una y otra vez Vaudeline. Y los espíritus eran tremendamente imprevisibles.

* * *

En el *château*, Lenna apartó la mirada del cuaderno y la volvió a posar en los padres, escudriñando sus expresiones. El rostro del padre, que tenía las manos firmemente apoyadas en la mesa, era duro. Parecía con ganas de guerra. La madre, en cambio, tenía una mirada gris y aturdida, y un manchurrón de lágrimas secas se había abierto camino por el colorete de las mejillas.

Lenna estaba orgullosa de ella. Orgullosa de ambos. Pero su fortaleza podría ponerla a ella en una situación vulnerable. ¿Podría un espíritu decidir que ella era la persona más débil de la sala? ¿Podría salir mal cualquier otra cosa? Se estremeció. Recordó varias historias que le había contado Vaudeline, historias de personas que se amenazaban unas a otras con armas mientras estaban en estado de trance, candelabros que salían lanzados por los aires como por voluntad propia. Lenna miró a su alrededor y dio gracias de que no hubiese ningún candelabro a la vista.

Vaudeline abrió una maleta de cuero y sacó varios objetos. Los demás ya estaban preparados, y un silencio nervioso cayó sobre la habitación. ¿Qué iba a ocurrir en los próximos minutos?, se preguntó Lenna. Se mordisqueó las uñas mecánicamente, un vicio de toda la vida, y observó de cerca a Vaudeline por si la sorprendía haciendo algún tipo de truco. No detectó nada.

Vaudeline sacó dos retazos de lino negro de su maletín. Los colgó delicadamente sobre el hogar de ladrillo y sobre la ventana de celosía de plomo que había al fondo de la habitación y que daba a la entrada del ruinoso edificio. La parte inferior del cristal estaba rota, de manera que la tela cerraría el paso a las corrientes de aire. Pero Lenna sabía cuál era la otra razón para taparla, porque habían hablado de ella en clase. Las ventanas eran portales de luz y animaban a entrar y a moverse a espíritus no solicitados que habían muerto en las inmediaciones. También las chimeneas. Los espíritus canallas podían bajar por la chimenea con la misma facilidad con que podían entrar por la ventana. Así pues, siempre que fuera posible lo mejor era encapsular la habitación. «Hermética y oscura».

23

Desde luego, la sensación era muy sofocante. Vaudeline por fin tomó asiento, acercando su silla a Lenna y ladeando las piernas hacia ella. ¿Lo habría hecho sin darse cuenta? Lenna esperaba que no.

Mientras Vaudeline abría el libro de conjuros, sus largas pestañas proyectaban sombras sobre sus mejillas. Un mechón de pelo se soltó y se le quedó colgando delante de la cara, pero siguió pasando las páginas sin hacer caso a la vez que la seda de la bata se deslizaba suavemente sobre sus pálidos brazos.

Lenna sorprendió al padre mirando con fijeza a Vaudeline. Tenía las pupilas dilatadas y negras, y los labios entreabiertos. Lenna reconoció la mirada —lujuria— y le comprendió perfectamente. Más de uno le tacharía de pervertido, incluso de inmoral, por tener la capacidad de sentir deseo estando tan abrumado por el dolor de la pérdida. Pero Lenna no. Conocía bien ese tipo de enredos.

Puede que, en efecto, el dolor y el deseo fueran una fea pareja. Pero Lenna no podía culpar al hombre que tenía enfrente, ya que últimamente también ella sufría ambos tormentos.

Se hizo un profundo silencio en la habitación. La vela no parpadeaba, y la cortina no se movía. La sesión no había comenzado aún, pero era innegable: Vaudeline se había hecho con el control absoluto de la estancia. Los participantes harían cualquier cosa que les pidiera.

A Lenna la reconfortó la firme competencia de Vaudeline, que tanto contrastaba con la inquietante sensación que reinaba en la sala. Recordó la promesa que le había hecho su maestra de camino al *château:* «No te va a pasar nada malo», había dicho suavemente. «Tú serías la primera a la que protegería, si hiciera falta. *Ma promesse à toi*».

Lenna ahora repitió esas palabras, esa promesa, para sus adentros. Su propio conjuro.

Vaudeline se sacó un pequeño reloj de pulsera de debajo de la capa. Estudió la esfera y se lo volvió a guardar en un bolsillo interior.

—Empezamos en cuarenta segundos.

Al otro lado de la mesa, la madre de la víctima se sorbió la nariz, y el padre carraspeó y se puso recto. Lenna era incapaz de imaginarse la emoción que los atormentaba, la sutil mezcla de tentación y terror por lo que estaban a punto de experimentar. ¿Qué se sentiría cuando faltaba poco para reunirse con una hija muerta?

Seguramente, lo mismo que cuando faltara poco para reunirse con una hermana muerta.

La reflexión impresionó a Lenna. El objetivo de esa noche —y, de hecho, de todos sus estudios— no era solamente aprender el arte de conducir sesiones de espiritismo. En el fondo, el objetivo era comunicarse con Evie y descubrir la verdad sobre su asesinato.

Lenna sonrió afectuosamente a la madre. Los ojos de la mujer chispeaban a la luz de la vela; estaba conteniendo las lágrimas. Lenna se dijo que ojalá pudiera susurrarle unas palabras de consuelo, pero la oportunidad se le había pasado hacía un buen rato.

Con la mirada baja, los participantes esperaron mientras los cuarenta segundos transcurrían lentamente. Lenna oía el reloj que tenía Vaudeline bajo la capa, el movimiento del diminuto mecanismo encerrado en la funda metálica. Sabía que Vaudeline estaba contando los segundos, y que después empezaría a recitar el primer conjuro, el exordio protector, el preludio extraído de un milenario texto en latín sobre los demonios. Lenna ya había memorizado las cuatro primeras estrofas, pero en total eran doce.

Esperó a que Vaudeline cogiera aire: el conjuro tenía que recitarse de corrido. El control de la respiración era otra de las cosas que Lenna tenía que practicar. Los días anteriores había estado leyendo el conjuro en voz alta, pero no pasaba de la mitad porque se mareaba y le faltaba el aire.

La vela más cercana al hogar parpadeó, y no muy lejos —¿fuera de la habitación, o por encima?— se oyó un ruido sordo.

Lenna se quedó inmóvil, alzó la vista del cuaderno. No eran ratones correteando por la tarima, eso desde luego. El lápiz se le escurrió entre los dedos. Instintivamente, se acercó más a Vaudeline, dispuesta a cogerle la mano si era necesario. Al diablo con el decoro.

—Algo está viniendo —dijo de repente Vaudeline, sin alterar la voz ni abrir los ojos.

De nuevo oyeron el golpetazo. Lenna se puso tensa y se giró bruscamente hacia los padres. Al otro lado de la mesa, la madre tenía los ojos abiertos como platos, y el padre estaba inclinado hacia delante con aspecto esperanzado. Sin duda pensaban que el ruido significaba que el espíritu de su hija estaba cada vez más cerca. Y como Vaudeline no les había explicado la detallada secuencia de las siete fases, no podían saber que era demasiado pronto para que se manifestase. La sesión espiritista ni siquiera había empezado.

Lenna sabía que algo no iba bien. La secuencia se había interrumpido: Vaudeline jamás comenzaría una sesión sin el Conjuro del Demonio Ancestral, destinado a protegerlos a todos. Por un momento, el miedo se apoderó de ella. ¿Estaría entrando algún demonio en la habitación en ese mismo instante? ¿Algo lo suficientemente siniestro como para haber interrumpido la secuencia de Vaudeline? Un escalofrío le recorrió los brazos mientas esperaba a que la médium interviniese.

Pero Vaudeline seguía sin moverse. Con valentía, como si fuera una especie de lugarteniente suyo, Lenna se volvió hacia ella y susurró:

—¿Viene… algo? ¿Un espíritu?

Vaudeline espiró con expresión de fastidio. Negó con la cabeza y levantó un dedo como para decir «Espera».

De repente, la puerta de la habitación se abrió de par en par.

VARIOS DÍAS ANTES,
AL OTRO LADO DEL CANAL DE LA MANCHA,
EN LONDRES

2

SEÑOR MORLEY

Londres, lunes 10 de febrero de 1873

Me hallaba encorvado sobre el escritorio de madera de caoba de mi estudio, situado en el segundo piso de la Sociedad de Sesiones Espiritistas de Londres, un establecimiento solo para caballeros del West End. Ante mí parpadeaba un farol, iluminando con su brillo azul y anaranjado los objetos esparcidos sobre el tablero: varias hojas en blanco con el membrete de la Sociedad, un monóculo con una cadena de plata, un tintero con forma de campana.

Pasé un rato masajeándome las medialunas hinchadas que tenía debajo de los ojos, fruto de la angustia y la preocupación. Llevaba varios meses sin dormir bien, y mi mandíbula estaba en constante tensión.

Teníamos problemas en la Sociedad. No en el Departamento de Clarividencia; ese estaba limpio como una patena. Los problemas estaban en el Departamento de Espiritismo, del que era vicepresidente desde mi incorporación a la Sociedad hacía una década.

Como cualquier caballero con un cargo de autoridad, sabía todo lo que había que saber sobre mi departamento. Sabía qué sesiones espiritistas habíamos conducido la semana anterior —de hecho, era yo el que decidía qué socios participaban en ellas—; también sabía en qué zona de la biblioteca estaban nuestras guías de referencia, todos y cada uno de los volúmenes que trataban sobre lo oculto. Sabía qué ingresos tenía el departamento, los nombres de las esposas de los socios y el desayuno que íbamos a servir tres días más tarde en la asamblea del departamento.

Por muy personal o trivial que fuera la información, lo sabía todo.

De modo que la responsabilidad de resolver el lío al que se enfrentaba el Departamento de Espiritismo recayó única y exclusivamente sobre mí.

A mi derecha había una copa de brandi vacía; todavía notaba en los labios el picorcillo del último trago, que me había dejado con ganas de más. Mientras me servía otro, miré un pequeño documento enmarcado que colgaba en la pared de enfrente. Era la misión de la Sociedad: «Fundada en 1860, la Sociedad Espiritista de Londres tiene como misión proporcionar servicios de clarividencia y mediumnidad en la ciudad de Londres, con el fin de dar paz a los dolientes y satisfacer la creciente curiosidad de la población por la vida de ultratumba».

Cruzándome de brazos, reflexioné sobre esas palabras. En efecto, si en algo destacábamos era en aportar paz y satisfacer la curiosidad.

La Sociedad tenía más de doscientos miembros. En torno a dos tercios estaban adscritos al Departamento de Clarividencia, encabezado por su vicepresidente y mi homólogo, el señor T. Shaw. Cada mes, el departamento de Shaw organizaba cientos de lecturas clarividentes por todo Londres. Tenía una reputación intachable y los ingresos eran constantes.

En buena medida se debía al proceso de selección de Shaw. Para ser admitidos en su departamento, los candidatos tenían que demostrar sus aptitudes para la clariaudiencia, la numerología o la adivinación, o cualquier otro talento que tuvieran.

En el Departamento de Espiritismo, las cosas se hacían de manera muy distinta. Para empezar, la actividad era menor; no pasábamos de diez o doce sesiones espiritistas al mes. (Aun así, los ingresos por sesión eran superiores —muy superiores— a lo que pudiera reunir el departamento de Shaw con las lecturas quirománticas en la calle). Además, nuestro departamento solo aceptaba nuevos miembros por invitación, y mi proceso de selección era menos… preciso. A diferencia de los clarividentes de Shaw, que podían identificar la fecha de una moneda que llevaba en mi bolsillo, los miembros potenciales de mi departamento no necesitaban ser capaces de invocar a un fantasma en una sala de juntas así por las buenas.

Eso significaba que para ingresar en mi departamento había que tener referencias de confianza, el quién-conoce-a-quién de toda la vida. Pero que quede bien claro: aunque mi proceso de selección fuera menos riguroso, yo no era menos exigente. Ponía el listón muy alto.

Tanto Shaw como yo estábamos bajo las órdenes del presidente, el señor Volckman. Volckman había fundado la Sociedad doce años antes, cuando el tema de los fantasmas había empezado a prender en la ciudad. Las sesiones espiritistas, los espíritus y los espectros estaban de moda, y Londres era insaciable. Al ver una oportunidad para hacer negocio, Volckman se puso manos a la obra y enseguida nos incorporó a Shaw y a mí.

Había sido un jefe admirable.

Antes de morir, claro está.

Sobre la esquina de mi escritorio había otro artículo más sobre aquella infausta noche, publicado esa misma mañana. Eché un vistazo al titular: «Se mantiene la incógnita sobre el asesinato del caballero londinense en una sesión espiritista», y volví a leer el breve informe de arriba abajo.

La Policía Metropolitana continúa investigando las circunstancias que rodean al asesinato del señor M. Volckman, residente de Mayfair, sucedido hace más de tres meses. Volckman era un caballero muy apreciado: padre, marido y presidente de la Sociedad Espiritista de Londres, el célebre club de caballeros del West End.

El cuerpo de Volckman, lleno de heridas, fue descubierto el treinta y uno de octubre cerca de Grosvenor Square, en una bodega particular administrada por el señor M. Morley, de Londres, vicepresidente del Departamento de Espiritismo de la Sociedad.

Aquella tarde se había conducido una sesión espiritista de víspera de Todos los Santos. El cuerpo de Volckman fue hallado en el subsótano de la bodega por el propio señor Morley. Al menos cien invitados asistieron al acto celebrado en el inmueble, dato este que, según la policía, complica considerablemente la investigación.

El señor Volckman era un honrado padre de familia. Sus amigos insisten en que no había acumulado deudas de juego y jamás había suscitado el antagonismo de nadie. Un caballero ejemplar, en palabras de sus seres queridos, lo cual deja abierta la pregunta: ¿quién podría desear su muerte?

Solté el artículo y me levanté agitado de mi vieja butaca de cuero. Mientras me paseaba por la pequeña habitación, me acerqué a un espejo que colgaba de la pared junto al documento de la misión de la Sociedad. Me miré detenidamente y le fruncí el ceño, como siempre, al reflejo que me devolvía. Treinta y seis años, una buena cabellera —sin calvicie, sin entradas—, una mandíbula firme, la nariz recta.

Pero mi tez…, detestaba mi tez. Una marca de nacimiento, de un rojo intenso y moteada, me recorría la cara desde debajo del ojo izquierdo hasta la oreja. No era una manchita que se pudiera disimular fácilmente con un poco de colorete: tenía el ancho de la palma de mi mano, y, aunque antaño la piel había sido suave, con el paso del tiempo se había endurecido. Ahora tenía relieve y rugosidades.

Durante mi infancia, este rasgo me había granjeado las simpatías de los adultos. Algún día desaparecerá, me decían todos. Pero no había desaparecido, y me avergonzaba profundamente. Ninguno de mis amigos sufría una tara semejante. Entre los caballeros más refinados de Londres, yo destacaba, pero no por nada bueno.

¡Ah, si pudiera borrar la mácula restregándola, o decolorarla! De adolescente, me la había frotado con arena y cal hasta dejármela en carne viva. En vista de que lo único que conseguía eran lesiones que me cubrían el lado izquierdo de la cara, preparé un mejunje casero —vinagre mezclado con una crema para el rostro que encontré entre las cosas de mi madre— y me lo daba cada noche. Semana tras semana, probaba tácticas absurdas como esas. Ni una sola hizo efecto. Más bien creo que la marca se oscureció, incluso puede que aumentase.

¿Lo peor? Que las mujeres posaban sobre mí su mirada un segundo más de la cuenta, como si fuera un raro espécimen procedente de otras latitudes. La mácula tampoco favorecía mis perspectivas matrimoniales. No era solo que echase para atrás a las mujeres atractivas, sino que además nadie sabía cuál era exactamente la causa de la imperfección. Mis padres no habían nacido con el rostro marcado. ¿Qué mujer se iba a arriesgar a que sus hijos estuviesen aquejados de semejante espanto?

Me pasé la mano por la mejilla. El vello facial tapaba un trocito de la marca, pero el resto de la cara daba verdadera lástima. Me di la vuelta. La vergüenza por mi aspecto era algo con lo que me había reconciliado con el paso del tiempo, pero seguía odiando los espejos.

El señor Volckman siempre había hecho caso omiso de mi aspecto. En todos los años que tuvimos trato, jamás hizo ni un solo comentario.

Le echaba muchísimo de menos. A pesar de que era diez años mayor que yo y un hombre extraordinariamente exigente, para mí había sido un mentor, un confidente. Un compañero.

También había sido un hombre generoso; gracias a él, mi madre y yo no habíamos tenido problemas económicos desde hacía diez años, cuando mi padre, un próspero comerciante del sector textil, falleció de una neumonía. Entre los dos intentamos con todas nuestras fuerzas mantener a flote la tienda de telas de mi padre, pero ni ella ni yo teníamos el talento ni el dominio escénico necesarios para la venta. En cuestión de meses, una capa de polvo se posó sobre nuestro inventario: sobre los paneles de seda precortada para colgaduras, sobre los cortes de lana para los vestidos de invierno, sobre los algodones rosa chillón destinados a las libreas. Todo se pasó de moda, ya que no teníamos fondos para comprar los últimos estampados ni para actualizar nuestros productos. Nuestra clientela de clase alta no tardó en cerrar sus cuentas y en hacer negocios con otros.

El señor Volckman, un antiguo cliente, se compadeció de nosotros. Yo me preguntaba si sentiría lástima por mí, un caballero de veintiséis años con clase y buenos modales, pero soltero y cargado con un negocio en quiebra y una madre envejecida. El señor Volckman acababa de fundar la Sociedad Espiritista de Londres y andaba buscando una persona de confianza —una persona leal— para establecer y dirigir el Departamento de Espiritismo. Me acogió bajo su ala y me pagaba un sueldo generoso, suficiente para mantener a mi madre, que cerró la tienda de telas vendiendo lo poco que pudo vender mientras yo me enfrascaba en la lectura de textos sobre espiritismo: la naturaleza de las almas, la transmisión de información por los espíritus, las herramientas para facilitar esas comunicaciones. Volckman me dio carta blanca para que dirigiera el departamento a mi gusto. A medida que iban aumentando los ingresos, se le veía cada vez más contento. Contento y quizá también un tanto sorprendido.

Mi deuda con el señor Volckman era para siempre. Su generosidad no solo había salvado a mi familia del descalabro financiero, sino que además me había permitido recuperar mi posición social y me había proporcionado un círculo de amigos de buen tono.

Quería portarme bien con él.

Volckman había sido un hombre con grandes expectativas y poca tolerancia para el error, y le preocupaba especialmente que la Sociedad conservara su reputación de credibilidad y autenticidad. No perdonaba cuando estas se veían amenazadas. Así pues, no le hizo ninguna gracia la oleada de rumores que empezó a extenderse a comienzos de 1872, sobre todo cuchicheos de salón que insinuaban que la Sociedad trufaba sus sesiones espiritistas con ardides y trucos de magia. La información se la dio uno de sus colegas que conocía bastante bien los círculos ocultistas de Londres.

Esos rumores, centrados en mi departamento, ofrecían una mala imagen de la organización en su totalidad. Daban a entender que todo el trabajo de la Sociedad consistía en trucos y engaños y que no éramos más que un puñado de ilusionistas. Hombres de magia teatral.

A pesar de la buena voluntad que reinaba entre nosotros, el señor Volckman estaba furioso, sobre todo conmigo. Al fin y al cabo, era mi departamento el que estaba creando problemas. Y no le faltaba razón. La sola idea de que semejantes rumores de mala praxis pudieran dañar la impecable reputación de la Sociedad me ponía enfermo.

Debajo del espejo había otro marco. En este había fragmentos de periódicos escritos por clientes satisfechos. «Estoy encantada con el resultado de la sesión conducida hace dos semanas», leí en uno. «Los caballeros de la Sociedad Espiritista de Londres manifestaron a mi difunto esposo, y cuando le preguntaron a su fantasma si yo debía volver a ser libre para amar, se oyó un fuerte repiqueteo procedente de la chimenea...».

Me acordaba perfectamente de aquella sesión..., la expresión jubilosa de la viuda, la cara de alivio. Tenía más valor que el dinero.

Aunque el dinero tampoco estaba nada mal.

La honorable reputación de la Sociedad en los diez últimos años se traducía en una gran cantidad de encargos, y al final de cada trimestre los beneficios se sumaban y se repartían mediante dividendos entre los socios. Para muchos, esos dividendos eran el beneficio más atractivo de la pertenencia a la Sociedad. Eran un estímulo para que pulieran sus habilidades de clarisentencia o canalización espiritual, con el fin de mantener el negocio boyante.

Para otros, lo importante no era tanto el dinero como la camaradería entre los caballeros. La sede de la Sociedad era un lugar para escapar de la monotonía de la vida doméstica y participar en conversaciones estimulantes, fiestas exclusivas, opíparos banquetes.

Y para unos pocos, el beneficio más atractivo de ser socio no era ni los ingresos ni la exclusividad, sino las mujeres con las que solíamos trabajar.

La naturaleza de nuestros servicios suponía un acceso sin trabas a muchos hogares de la ciudad. La Sociedad era bastante exigente, y sobre todo en mi departamento no era casual que la mayoría de nuestros clientes fueran viudas acaudaladas y herederas abandonadas. Yo me encargaba de estar atento a los obituarios, y conocía bien los linajes aristocráticos, los apellidos de las familias terratenientes o relacionadas con el mundo de la política…, en otras palabras, las mujeres con las que tratábamos eran de las que no pondrían pegas a participar en carísimas sesiones de espiritismo.

Aunque a menudo trabajábamos con ellas, las mujeres tenían prohibido el acceso a la sede de la Sociedad desde el momento mismo de su fundación. En la última reunión de la jefatura a la que había asistido Volckman, a finales de octubre, un miembro había presentado una moción para suprimir la norma. ¿Y si al menos permitían el acceso a las mujeres en calidad de invitadas especiales a las cenas?

A pesar de ser padre de familia, Volckman se había reído de la idea.

—Los caballeros se retiran a la Sociedad para huir de sus esposas —había dicho—, no para tener todavía más trato con ellas. No se nos ocurriría invitar a nuestras esposas a las fiestas de la bodega que organiza Morley en Grosvenor Square, ¿no?

Todos nos habíamos reído. Hacía varios años que daba grandes fiestas en el recinto subterráneo, que tenía cabida suficiente para cien invitados. Llevaba años encargándome de la bodega para ganar unos ingresos extra. Había casi doscientos toneles —ginebra, vermú, *whisky* escocés— y vino a espuertas. Mi responsabilidad consistía en dar la vuelta a los barriles, meterlos y sacarlos, y espantar a las ratas. Los barriles y las botellas eran propiedad de un distribuidor del norte de Londres.

Los socios no hablaban de mis fiestas con sus mujeres. Todos sabíamos guardar secretos, y sobre todo Volckman. Era tremendamente leal a las cosas que valoraba.

Durante una década, todo nos había ido de maravilla haciendo las cosas como las hacíamos.

Hasta que se dispararon aquellos rumores.

A renglón seguido de los chismes, el negocio empezó a decaer. En mi departamento, los encargos se redujeron en un catorce por ciento de un trimestre a otro. Los de Shaw no estaban muy lejos. La pérdida de ingresos era inquietante, pero lo más problemático eran los dividendos reducidos. Descontentos con sus asignaciones, varios socios amenazaron con marcharse. El chismorreo que se había extendido por toda la ciudad era peligroso, sí, pero ¿que los socios abandonasen el barco? Los desertores nos hacían un flaco favor. La gente empezaría a hacer preguntas, más de las que había hecho hasta ahora.

No, no podía permitirlo. No podía permitir que la Sociedad se colapsara. Las juergas, el dinero…, era todo demasiado bueno.

Volckman me exigió que llegase hasta el fondo: teníamos que identificar el problema y resolverlo lo antes posible. Y prometió que él también escarbaría.

Pero al final sus esfuerzos le habían llevado a la tumba.

Fuera, al otro lado de las paredes sin ventanas de la sala, una curruca entonó su alegre melodía vespertina. Había empezado a cantarla unos días antes. Extraño comportamiento para un animal que normalmente cantaba con el coro del alba, pero los animales salvajes… ya se sabe.

Eché otro vistazo al artículo sobre la muerte de Volckman, dando golpecitos con el dedo a la última frase: «¿Quién podría desear su muerte?».

La curruca cantó más alto. Dediqué unos minutos a escuchar a la diminuta cantante, envidiando su alegría. Después agaché la cabeza y me pellizqué el caballete de la nariz.

La tarea que tenía por delante iba a ser peligrosa.

3

LENNA

París, jueves 13 de febrero de 1873

La puerta del viejo salón del *château* se abrió de par en par.

La madre de la mujer asesinada soltó un grito de terror. Lenna se volvió y pudo distinguir las sombras de una criatura humanoide en el umbral. *Si es un fantasma,* pensó, *habré estado muy pero que muy equivocada.*

La sombra dio un paso al frente y entró en el salón. Ahora que se la veía más claramente, Lenna se fijó en el uniforme oscuro, la barba incipiente en la barbilla. Era la muy corpórea figura de un joven; en la mano llevaba colgando un farol. Los cuatro botones de latón de su abrigo reflejaban la trémula luz de la vela, y en bandolera le colgaba una bolsa de cuero. Se detuvo jadeando y con las mejillas rojas de frío. Los copos de nieve que le habían caído en el abrigo se derritieron en cuanto pasó a la habitación.

—¿Quién es? —murmuró el padre con tono confuso. Miró con expresión incrédula a su mujer, que permanecía callada.

La fiereza del padre y la mansedumbre de la madre le recordaban mucho a sus pobres padres. Después de la muerte de Evie hacía varios meses, su madre se había ido al campo con una prima. Había intentado soportar la ciudad durante un par de semanas, recibiendo a los clientes en el salón del hotel Hickway House con los ojos vidriosos tapados por un velo de crepé. Pero la muerte de su hija estaba aún por esclarecerse, y todo el mundo parecía sospechoso. La madre de Lenna no confiaba en nadie, ya fueran desconocidos o viejos amigos.

De modo que el padre de Lenna tuvo que encargarse del hotel. Era manejable —solo veinticuatro camas, en su mayoría ocupadas por viajeros procedentes de King's Cross y St. Pancras—, pero aun así Lenna sabía que era una enorme carga para él, y no veía la hora en que su madre se sintiera lo suficientemente recuperada como para volver a la ciudad.

Al otro lado de la mesa, el afligido padre se removió en el asiento.

—¿Este hombre es de verdad? —preguntó en voz alta.

Lenna se hacía la misma pregunta. A pesar de todo lo que habían abarcado Vaudeline y ella en las dos últimas semanas, no había formulado la pregunta fundamental: ¿qué aspecto tenía exactamente un fantasma? ¿Se suponía que los fantasmas se asemejaban a las formas flotantes, etéreas, que salían en los libros infantiles, o eran tan tangibles y verosímiles como el hombre que en ese momento estaba quieto en el umbral?

Rápidamente, bajó la mirada a su cuaderno, donde llevaba varios días tomando notas diligentemente. Echó una ojeada a sus páginas en busca de alguna pista que se le hubiese podido pasar por alto.

El jadeo, pensó Lenna, *y el rubor del rostro. Parece completamente real, pero ¿cómo puedo estar segura?*

Evie no se habría hecho esas preguntas. Sus creencias siempre habían llegado sin esfuerzo, sin el runrún de las dudas, de la ciencia, de la razón.

A Lenna, por el contrario, le gustaba verse como una joven que se guiaba por la lógica y el sentido práctico. El mundo natural siempre le había interesado, pero nunca tanto como cuando conoció a Stephen Heslop.

Stephen era el hermano gemelo de Eloise, que había sido amiga íntima de Evie y de Lenna. Stephen solo era unos meses mayor que Lenna, y se conocieron cuando volvió de estudiar en Oxford para trabajar analizando minerales y fósiles en el Museo de Geología Práctica de Jermyn Street.

Stephen se pasaba a menudo por el Hickway House a ver a Lenna, y muchas veces llevaba trabajo, como cinceles y brochas que había que arreglar. Lenna se sentaba con él en el jardín mientras él reparaba las herramientas, y su interés por el naturalismo iba creciendo a medida que Stephen le iba explicando la ciencia de los fósiles. Incluso le acompañó al museo en varias ocasiones, y se familiarizó con la inmensa variedad de colecciones de piedras.

Un día, Stephen le llevó una piedrecita redonda que no se parecía a ninguna de las que había visto Lenna hasta entonces. Era translúcida, del color del *whisky*, y se llamaba «ámbar». Lenna supo que con ese regalo Stephen estaba intentando iniciar un cortejo. Pero, aunque le gustaba pasar el tiempo con él, su interés romántico la dejó fría. Lo que más la emocionó fue la piedra de resina y lo que había en su interior: el esqueleto de un minúsculo arácnido, apenas del tamaño de una uña, y los hilos casi invisibles de su telaraña, que se había mantenido perfectamente tejida. Era una piedra joven, le dijo Stephen, de menos de cien mil años de antigüedad.

—Para ti —dijo con el labio superior perlado de sudor.

Alargó la mano para tocarle el brazo, pero Lenna lo esquivó con delicadeza y se puso a estudiar más de cerca los pelitos de las patas curvas de la araña.

Ese fue el inicio de su colección de antiquísimas muestras de ámbar y de su deseo de aprender más sobre ese tipo de cosas: reliquias hechas de minerales, o arañas fosilizadas halladas en lugares remotos por exploradores que se atrevieron a abandonar aquella ciudad de niebla y humedad.

Varias semanas más tarde, Stephen volvió del museo con material de desecho del laboratorio, incluida una bolsa de arcilla medio seca y varias herramientas rotas. La dejó que probase a hacer moldes de fósiles, y Lenna se fue al Támesis a buscar una perca muerta. La espinosa aleta dorsal dejó una bonita huella, y además era algo que podía tocar con la yema del dedo. Eso le gustaba. Le fascinaba todo lo que fuera físico, lo que se pudiera ver, demostrar. Como la arañita, con su telaraña sumergida en ámbar. No cambiaba, no desaparecía.

Todo lo contrario de las cuestiones que interesaban a Evie.

Evie siempre había preferido temas de naturaleza etérea: apariciones, premoniciones, sueños. Cada día cumplía con sus obligaciones en el hotel de sus padres, y por la noche profundizaba en sus vagos y extraños estudios. Creía que había fantasmas por todas partes, debajo de alguna capa de vida que por el momento era invisible para ella. Estaba convencida de que, con la fórmula adecuada —el hechizo correcto, o el amuleto correcto—, podría descubrir ese ámbito.

También estaba convencida de que podría obtener buenos beneficios de aquello. Los fantasmas se habían puesto de moda en Londres hacía solo unos años, y Evie supo reconocer la oportunidad: su obsesión personal podía hacerle ganar un buen dinero. Con la formación necesaria, podría hacerse rica, muy rica. Así pues, se había puesto contentísima cuando, un par de años antes, había conseguido una plaza en uno de los grupos de estudio que tenía en Londres Vaudeline D'Allaire. Era un nombre respetable del que podría presumir en misteriosos salones cargados de humo, y además la experiencia la colocaría en una posición ventajosa.

Lenna tenía que reconocer que no era una cuestión de codicia. Era una genialidad.

Aparte de sus intereses, había otras cosas que diferenciaban a las hermanas. No tenían ningún parecido físico. El pelo de Evie era negro y corto, y sus ojos, azules y llorosos, como los de su madre, y Lenna había heredado las ondas de color rubio mantequilla y los ojos avellana de su padre. Además, mientras que Lenna era muy femenina, Evie siempre había tenido aspecto de chico, rudo y sin adornos, por no decir que era poco atractiva. Eso sí, solo en cuanto al físico; para nada en cuanto a su forma de ser. Era la persona más lista y valiente que había conocido Lenna; a decir verdad, pensaba que era demasiado lista, taimada incluso.

Como todas las hermanas, discutían con frecuencia. La semana anterior a la muerte de Evie, las dos solas en la habitación que compartían en el hotel, Evie había estado leyendo un libro mientras Lenna estudiaba sus moldes de fósiles. Acababa de acercar el molde de la perca a la lámpara de aceite y estaba observando los intrincados surcos hechos por la carne del pez.

—Así me demuestras que tengo razón —dijo Evie, apartando la vista de los papeles; la luz se reflejaba en sus mejillas sonrosadas.

—¿Cómo dices?

—Ese moldecito de perca que no paras de mirar… El pez está requetemuerto, pero su forma está ahí, delante de ti, y se mantendrá en esa arcilla para el resto de los tiempos. Lo mismo pasa con los fantasmas. Puede que muramos, pero en realidad nunca nos vamos del todo.

Lenna pasó la uña del pulgar por la barriga redonda de la huella. Nunca se lo había imaginado en esos términos, pero en cualquier caso no pensaba admitírselo tan fácilmente a su hermana menor.

—¡Cuánta idealización!

Evie resopló.

—Algo que sigue existiendo después de que pensamos que se ha ido no puede ser una ilusión. Incluidos los fósiles y las piedras que tanto te obsesionan. La semana pasada no parabas de hablar de un fósil de hoja que te había traído del museo tu pretendiente. Tenía… ¿Cuántos años? ¿Mil?

—Cuatro mil. Y no es mi pretendiente.

—Ya. —Evie cruzó las manos sobre el regazo—. Bueno, la hoja hace mucho que no está. Se pudrió. Pero dejó una huella, ¿no? Todavía queda algo de ella. ¿O vas a decirme que la hoja misma era una ilusión porque ya no existe?

Evie tenía razón. Incluso la piedra de ámbar con la araña era una prueba a favor de su razonamiento. La araña estaba perfectamente conservada. Muerta, pero no desaparecida. Aun así, Lenna se negaba a capitular ante Evie. Prefería guardar silencio antes que admitir que podía estar equivocada.

—Has pasado demasiado tiempo con Stephen, preocupándote por cosas que pueden tocarse —continuó Evie—. Algún día deberías acompañarme a una caza de fantasmas. A lo mejor te llevabas una sorpresa.

—Pero si no has visto ni un solo fantasma.

—Están ahí, te lo aseguro. —Se sentó sobre una pierna y volvió a coger el libro—. De la misma manera que estuvo la perca en esa arcilla.

Evie jugueteó distraídamente con un cordón del zapato y volvió a posar la vista en las lecturas que tenía esparcidas a su alrededor: un manual sobre mesas parlantes —a saber qué era eso— y otro sobre la naturaleza de los orbes en las fotografías. Había anuncios de viales de aceite fosfórico o algo parecido, un esquema para construir gabinetes de espíritus y un folleto titulado *Catálogo de aportes*.

—¿Qué son los aportes? —preguntó Lenna. Nunca había oído la palabra.

A Evie se le iluminaron los ojos.

—¡Ah, son fascinantes! Los aportes son pequeños objetos que aparecen durante las sesiones o en cualquier lugar en el que pueda haber fantasmas. Monedas, conchas, flores…, cosas así.

—¿Simplemente… aparecen? ¿Caen del cielo?

Evie se encogió de hombros.

—A veces. O puede que apartes la mirada y al volverte veas el objeto justo delante de tus narices. —Cogió el catálogo y lo abrió más o menos por la mitad por una página muy manoseada—. Estos aportes se venden en una tienda de adivinación que hay en Jermyn Street. Voy a menudo. Quiero comprarme este. —Sostuvo la página para enseñar una ilustración de una pluma—. Es de una curruca capirotada. Son muy escandalosas.

—Tú y tus pájaros —dijo Lenna, sonriendo.

Evie tenía pasión por los pájaros desde pequeña. Y no era de extrañar, dada su vena salvaje e independiente.

—Es el único aporte de pluma que hay en la tienda —dijo Evie. Pasó la página—. Eso sí, conchas hay para dar y tomar.

Lenna volvió a centrarse en su molde de fósil, reflexionando sobre las probabilidades que existían de que cayera un objeto del cielo. La idea no le cuadraba; las conchas y las plumas no aparecían espontáneamente. Para Lenna, ese era el tipo de fantasías que echaban a perder el espiritismo y hacían que le costase creerse nada.

—Anda —dijo de repente Evie, moviendo la cabeza; estaba otra vez con el periódico.

—¿Qué pasa?

Evie señaló el diario con la cabeza.

—Un mecanismo para aplicar falsas imágenes de espíritus a fotografías. —Siguió leyendo con el ceño fruncido por la concentración—: Han acusado a un tal Hudson de un estudio de fotografía de Holloway por someter planchas de negativos a una doble exposición. —Pasó la página—. El mes pasado le cerraron el estudio.

—Se lo merece.

Evie se mordisqueó el labio inferior. Parecía que iba a responder, incluso a defender al hombre, pero se limitó a coger la estilográfica y el cuaderno negro que tenía al lado y se puso a escribir enérgicamente notas que Lenna no pudo ver.

Esa discusión sobre fósiles y fantasmas no fue la última riña entre las chicas. De hecho, habían discutido la misma mañana del día en que murió Evie. Había sido la peor bronca que habían tenido.

Incluso ahora, por mucho que hubieran pasado tres meses desde el asesinato de Evie, era demasiado doloroso recordar la discusión de aquella mañana.

En el salón del *château,* el recién llegado uniformado metió la mano en su bolsa y sacó un sobre con manos temblorosas. Lenna no sabía qué pensar de él…, no sabía si pertenecía a este mundo o al de Evie.

—*Une lettre urgente* de Londres —dijo el mensajero, los ojos abiertos de par en par. Le entregó atropelladamente un pequeño sobre.

A la tenue luz del farol, Lenna distinguió mal que bien unos apresurados garabatos en el anverso y un sello rojo sangre en una esquina.

No es un fantasma, concluyó… A no ser que un fantasma pudiese interceptar el servicio postal y apoderarse de un sobre tan incuestionablemente auténtico. Sin embargo, el correo postal no acostumbraba a presentarse a medianoche en *châteaux* abandonados: era evidente que no se trataba de un mensajero cualquiera. Seguramente, habría ido a la casa de huéspedes de París, habría preguntado por el paradero de Vaudeline y después, teniendo en cuenta su frente sudorosa, habría espoleado a su caballo para llegar hasta allí. A Lenna ahora no le preocupaba tanto quién era el mensajero como quién le había enviado. La carta, fuera cual fuera su contenido, debía de ser de suma importancia.

Despacio, Vaudeline alargó la mano, pero un súbito alboroto al otro lado de la mesa la sobresaltó.

—¿Qué es esto? —gritó el padre, mirando a Vaudeline. Se levantó con tanto impulso que la silla se volcó; el eco de la caída resonó estrepitosamente por toda la habitación—. ¿Se trata de una broma? —le preguntó. Sus palabras rezumaban hostilidad, pero Lenna vio lo que realmente había tras ellas: dolor. Un dolor feo, sin resolver, complicado, como el que ella misma sufría. Aquel hombre temía no volver a ver jamás a su hija y la había perdido de la peor manera posible. Señaló al mensajero con un dedo rechoncho—. ¿Cuánto te ha pagado esta mujer para que nos interrumpas? Venga, dímelo, muchacho.

Lenna miró al padre, atónita. Era una acusación valiente, pero había algo inquietante en el hecho de que hubiese elegido ese preciso instante para hacerla. El joven había llegado tan solo unos segundos antes del conjuro protector...

¿Pura coincidencia... o no?

Se volvió a mirar a Vaudeline, que se había recuperado y le hizo una seña al mensajero para que se acercara. Cogió el sobre, murmuró las gracias y sacó la carta. En cuanto desdobló el papel, Lenna vio el grueso recuadro negro.

La carta era una nota necrológica. Pero ¿quién había muerto?

—Dios mío —susurró Vaudeline mientras leía con cara de horror.

—¿Qué pasa? —preguntó Lenna, fingiendo que no había visto la orla negra que enmarcaba las palabras.

Enfrente de ella, el padre seguía de pie, la silla volcada a su lado.

Vaudeline dobló la carta, la metió en el sobre y se lo guardó bajo la capa. Tenía una expresión adusta. ¿Era dolor o era miedo? Miró a Lenna a los ojos.

—Terminemos esto cuanto antes —dijo, y se dirigió al padre—: Por favor, siéntese.

Mientras el matrimonio volvía a colocarse, Vaudeline toqueteó varios de los objetos que había sobre la mesa. Fue a coger un tarro con cáscaras machacadas de huevo de curruca —las cáscaras ayudaban a que los espíritus se mostrasen más comunicativos en las sesiones, o eso decía Vaudeline—, pero lo volcó y las cáscaras se cayeron sobre la mesa. Lenna se inclinó para ayudarla a recoger los cachitos moteados.

Mientras tanto, el mensajero se marchó rápidamente con cara de alivio. Instantes después, Lenna le vio por la ventana, montándose en su poni negro. La nieve había cesado, y el ambiente del salón era aún más solemne que unos minutos antes.

Por fin, Vaudeline inició la primera fase de la sesión, el Conjuro del Demonio Ancestral. Se desarrolló sin contratiempos, pero justo cuando estaba a punto de recitar el segundo conjuro —la Invocación—, hizo una pausa, conteniendo un sollozo.

—Lo siento mucho —dijo a los presentes—. Tengo que parar un momento.

Lenna se estiró y le dio un ligero apretón en la mano. Vaudeline había advertido a los padres que mantuviesen a raya las lágrimas y ahí estaba ella, a punto de echarse a llorar. Y conocía bien los riesgos de las sesiones y la importancia de guardar una actitud estoica, así que Lenna se imaginó perfectamente lo invasivas que debían de ser en esos momentos sus emociones. Sin duda, la carta del reborde negro era portadora de muy malas noticias.

De repente, Lenna deseó que la sesión acabase de una vez por todas. Se recordó a sí misma que el objetivo de aquella noche era traer justicia y paz a los padres. Pero, para ser sincera consigo misma, tenía que admitir que se moría de ganas de saber quién había enviado la carta y qué noticia daba.

—¿Puedo ayudar en algo? —le preguntó a Vaudeline.

No había memorizado los conjuros, pero los había escrito en su cuaderno y podía leerlos fácilmente en voz alta en caso necesario.

Vaudeline la miró agradecida.

—De hecho, sí. —Volvió a secarse discretamente los ojos—. Adelante, haz la Invocación.

En realidad, Lenna no pensaba que Vaudeline fuera a aceptar su ayuda, y empezó a pasar las páginas del cuaderno con mano temblorosa. Solo lo habían ensayado unas pocas veces. Vaudeline siempre había elogiado cómo pronunciaba Lenna las complicadas palabras latinas y el ritmo con el que recitaba los versos. Pero Lenna nunca había recitado un conjuro de verdad. Y para colmo, en un entorno tan siniestro.

Sintió un hormigueo en los dedos, una especie de cosquillas por debajo de las uñas, y en su visión periférica centelleó varias veces una luz azul zafiro.

Nervios, seguramente. Pero se puso a ello con determinación. Cuanto antes terminase, antes podría preguntar por la carta.

Encontró la Invocación y empezó a leer.

4
SEÑOR MORLEY

Londres, martes 11 de febrero de 1873

A la mañana siguiente, a solas en mi estudio, leí sin demasiado entusiasmo un artículo sobre los ectoplasmas. Era un tema que conocía bien. El verano anterior, hacía ocho meses más o menos, había dado una charla al respecto a puerta cerrada, exclusivamente por invitación.

Aquel día —6 de junio— el debate se había centrado en las sustancias que a veces quedan después de que se produzca un suceso sobrenatural. El ectoplasma —una pasta blanca viscosa, o gel, que a veces excretaban los médiums durante las sesiones— era la más conocida.

Al término de la conferencia, enseñé varias muestras que había conservado de sesiones espiritistas que habíamos conducido recientemente. Mientras colocaba los cuencos en una fila recta, me fijé en un hombre de aspecto juvenil al que no había visto nunca. Su inesperada presencia en la sala me alarmó. Estaba dedicando demasiado tiempo a las muestras, y hasta tuvo el descaro de meter los dedos en un cuenco y juguetear con el material.

Le abordé sin dudarlo.

—Buenos días, señor —dije, tratando de mantener la voz firme—. ¿Qué socio le ha invitado a esta conferencia?

Miré en derredor en busca de su acompañante.

El joven volvió el rostro; llevaba la gorra de lado. Casi me caigo de espaldas al ver aquellos ojos azules medio tapados por un mechón de pelo negro.

De repente, unos toques en la puerta de mi estudio me sacaron de aquel recuerdo, y, echando un rápido vistazo a los papeles que había sobre el escritorio, di la vuelta a varios contratos confidenciales. Santo cielo, si ni siquiera eran las nueve de la mañana. ¿Quién me necesitaba a esas horas?

—Pase —dije.

Era el agente Beck, un miembro del Departamento de Espiritismo que también pertenecía a la Policía Metropolitana. Soltó el periódico de la víspera con un golpe seco, señalando el mismo artículo que había leído yo la noche anterior. El que planteaba la pregunta crucial de quién habría podido desear la muerte de Volckman.

—Tres interminables meses con esta farsa —dijo, cruzándose de brazos sobre el cuerpo fornido. Era el doble de grande que yo, casi todo músculo—. Estoy hasta las narices. Por Dios, si es que no hay vez que no mencionen a la Policía Metropolitana. Como no lleguemos a la raíz del asunto, van a ensañarse con nosotros por incompetentes.

Beck siempre había sido un pelín melodramático. Y su conducta dejaba mucho que desear. No conocía los detalles, pero había oído que la Policía Metropolitana había amenazado en varias ocasiones con expulsarlo acusándolo sobre todo de subversión, y se rumoreaba que también había aceptado pequeños sobornos.

Continuó:

—Estoy pensando en pedirle al comisario que contrate un nuevo equipo de investigadores privados, o quizá...

—No —le interrumpí—. Se me ocurre una..., una idea mejor.

Frunció el ceño.

—¿De qué se trata?

Nervioso, hice unos garabatos en mi cuaderno mientras pensaba en cómo presentársela. Me limitaría a contarle los detalles imprescindibles.

—Vaudeline D'Allaire —empecé.

Carraspeó y salió algo húmedo de su garganta.

—¿No se fue de repente el año pasado? Si no recuerdo mal, se niega a volver.

Yo conocía muy bien las circunstancias de su partida.

—Estaba, está, preocupada por la seguridad, y...

—¿Seguridad? —repitió—. ¿A qué se refiere?

—No estoy autorizado para entrar en detalles.

Vaciló unos instantes, y a continuación dijo:

—Está bien.

Pasé el tacón del zapato por la lujosa alfombra persa.

—¿Estaría dispuesto a ayudarme si la invito a volver a la ciudad a conducir una sesión espiritista para el señor Volckman? ¿Se encargaría de protegerla personalmente durante la breve temporada que esté aquí?

El uniforme de policía de Beck y su arma serían útiles, y sería más probable que Vaudeline accediese a venir sabiendo que habría alguien velando por ella.

Beck arqueó las cejas.

—¿Cree que volvería?

—El señor Volckman y ella eran socios, se tenían afecto. Sospecho que querrá ayudar si está en sus manos hacerlo, pero solo si su seguridad queda garantizada. Tener de guardaespaldas a un miembro de la Policía Metropolitana la tranquilizaría mucho, estoy seguro.

—Sí, por supuesto —dijo él, con más entusiasmo del que me esperaba—. Con mucho gusto.

Estuviese o no exagerando, el caso es que me iba a ser útil.

—Como comprenderá, es confidencial. Irá disfrazada. Nadie más que nosotros puede saber que está aquí. Tengo que garantizar su seguridad por todos los medios. Voy a necesitar que jure usted por escrito que mantendrá en secreto cualquier detalle que descubra mientras esté ella aquí.

—Sería útil saber de quién se está escondiendo.

Guardé silencio; era su jefe y no estaba obligado a pormenorizar nada.

—Como quiera —dijo, y pasó a otro tema—. No creo que sea muy difícil mantener un perfil bajo con ella. Solo conduce sus sesiones en el lugar en el que ha fallecido la víctima, ¿no? Por suerte para nosotros, falleció en su bodega privada, señor Morley; dudo que vayamos a encontrarnos con una multitud de mirones.

—Así es. Creo que lo más difícil va a ser controlar los riesgos. ¿Ha leído los informes que ha publicado la prensa sobre su trabajo de todos estos años?

—Arrebatos entre los presentes en la sala —dijo Beck, afirmando con la cabeza—. Violencia. Fornicación. Ataques. Combustión espontánea. Techos que se desploman. Varios fallecidos. —Se encogió de hombros como si le hiciera gracia—. El pan de cada día en la Policía Metropolitana.

Asentí, más optimista que hacía un minuto. Fingí que reprimía un bostezo e hice como que no le daba mucha importancia a la conversación, a pesar de las graves consecuencias que tenía. Todo aquello iba a ser peligroso.

—Bien, entonces, adelante. Si acepta la invitación, le haré saber la fecha de su llegada.

Asintió con la cabeza y salió de mi estudio. Me quedé quieto unos minutos, rumiando cómo quería que se desarrollaran los acontecimientos.

Miré el sofá. Debajo, oculto a la vista, estaba mi pequeño revólver. A partir de ahora, mejor que lo tuviese siempre cerca.

Volví a centrarme en el artículo sobre el ectoplasma, pensando de nuevo en mi conferencia del 6 de junio. De hecho, el tipo al que me había dirigido no era en absoluto un hombre joven.

Se trataba de una mujer, dieciocho años, tal vez veinte, e iba bien disfrazada con ropa de hombre: un jersey Guernsey de lana como los que utilizan los pescadores, pantalones de color carbón y una sencilla gorra de lana, bajo la cual llevaba el pelo pulcramente remetido. Ahora que podía verla mejor, me fijé en lo delgado que era su rostro, en las preciosas sombras de debajo de las mejillas y en el hoyuelo de la barbilla. Se me pasó por la cabeza que tenía un aire familiar. Quizá la había visto por la ciudad, pero no estaba seguro.

—Se lo voy a volver a preguntar. ¿Quién la ha invitado a venir hoy? Estoy seguro de que conoce nuestras normas: los legos y los candidatos solo pueden asistir a nuestras conferencias si los acompaña un miembro de la Sociedad.

—¿Que quién me ha invitado? —repitió la muchacha; de repente, parecía nerviosa. A nuestro lado había un hediondo cuenco de ectoplasma cuajado—. Ah, un tal... —Titubeó—. Un tal señor Morley. —Se volvió hacia la puerta con una mirada de alarma—. Estará ahí, esperándome.

No pude evitar reírme. ¡Qué mentirosilla..., eso sí, bien guapa! Seguro que se había colado en el edificio y había visto mi nombre en alguno de los letreros. Por desgracia para ella, había elegido mal el nombre.

—De hecho, yo soy el señor Morley, vicepresidente del departamento, y, como le he dicho, la asistencia a estas charlas es solo por invitación.

Observé con deleite que aquellos ojos ovalados se abrían como platos. Aquel azul intenso... De repente me invadió el deseo de zambullirme en ellos de cabeza, de empaparme en ellos o ahogarme.

Instintivamente, bajé la vista al suelo, aunque habría sido un necio de haber pensado que no se había fijado ya en la marca de nacimiento que me cruzaba el lado izquierdo de la cara.

Y entonces hice algo muy raro en mí. Siempre he sido muy torpe con las mujeres, pero quizá fue su aspecto de muchacho lo que me infundió valor, lo que hizo que por unos instantes pareciera que era uno de nosotros.

—¿Le apetecería dar un paseo? —pregunté.

—¿Un paseo? —tartamudeó, echando otro vistazo a la puerta. Pensé que lo mismo salía huyendo—. ¿Us-usted es el vicepresidente, ha dicho?

Asentí con la cabeza, dando un paso hacia ella.

—Así es.

Entonces no tuve duda de que iba a rechazar mi propuesta, y pensé rápidamente en lo que iba a contestarle. Le recordaría las repercusiones que tenía entrar sin permiso, y la informaría de que varios miembros de la Policía Metropolitana se hallaban en el edificio en ese mismo instante. En realidad, no la habría denunciado. Simplemente, quería continuar la conversación. Pero resultó que no hizo falta contestar nada.

—Buena idea, paseemos —dijo al cabo, y a sus ojos asomó un destello de placer que no le había visto hasta entonces.

Quizá me había mirado de arriba abajo en el ínterin y había llegado a la conclusión de que no era tan feo como yo creía.

Estuvimos paseando dos horas por un parque cercano, sin apenas una sola pausa en la conversación. Tenía un enorme interés por el mundo de los espíritus; por suerte para ella, yo podía decirle cosas muy inteligentes al respecto. Acabé ronco, así que la invité a salir otra vez al día siguiente.

Aceptó sin pensárselo dos veces, y acordamos vernos en el Hickway House de Euston Road, donde vivía y trabajaba.

—Cuando llegue, pregunte en el mostrador por la señorita Wickes —dijo, justo antes de despedirnos. Después subió la mano y esbozó una sonrisita—. Aunque hay dos señoritas Wickes. Mi hermana se llama Lenna. Asegúrese de preguntar por mí: señorita Evie Wickes.

5

 LENNA

París, viernes 14 de febrero de 1873

D espués de la sesión del *château,* las mujeres volvieron a París, a la casa de huéspedes de Vaudeline. Era muy tarde, pero ambas estaban inquietas y Vaudeline decidió hacer té. Mientras lo preparaba, Lenna, sin decir esta boca es mía, estuvo dando vueltas al desarrollo de los acontecimientos a partir de la interrupción del mensajero.

Después de que Lenna la ayudase con varios conjuros, Vaudeline se había serenado lo suficiente como para recitar el conjuro de Trance y llegar por fin al Desenlace. Identificó al asesino de la mujer como un amante despechado, dando su nombre y apellidos y su dirección parisina. Pero los padres se habían quedado decepcionados. Jamás habían oído aquel nombre, dijeron. El padre cuestionó abiertamente la declaración de Vaudeline sobre el hombre que había asesinado a su hija, diciendo que lo mismo se había inventado el nombre. Prometió investigarlo con la policía, y, si la pista no llevaba a ningún sitio, le aseguró a Vaudeline que volvería a saber de él.

Naturalmente, Lenna se puso a la defensiva; al fin y al cabo, ella había recitado un par de conjuros. Pero no podía culpar a los padres por su escepticismo. ¿Podría ser que Vaudeline hubiese dado un nombre falso? Su conjuro de Desenlace se había desarrollado con suma facilidad, sobre todo teniendo en cuenta la emoción que le había dado problemas al comienzo de la velada…

Lenna no podía negar la decepción que sentía ahora que la sesión había concluido sin la más mínima prueba de la existencia de los fantasmas. Había esperado que ocurriera algo más tangible, pero en la habitación no se había movido nada de nada. Considerando que estaba advertida de que había participantes que entraban en trance o mesas que volcaban, la sesión de esa noche había sido sorprendentemente... pulcra; tan solo una médium que cerraba los ojos y, a continuación, anunciaba un nombre que nadie había oído nunca.

Sentada a la mesa de Vaudeline, Lenna no pudo contenerse más.

—La carta —dijo—. He visto el recuadro negro.

Vaudeline dio un paso con una taza de té en cada mano. Una vela parpadeó delante de ellas, y también otras que estaban sobre la repisa de la chimenea del salón contiguo.

—Sí —dijo, dejando las tazas—. He sabido que un hombre al que conocía muy bien de mi época de Londres fue... —Le tembló la voz—. En fin, que fue asesinado la misma noche que Evie. La víspera de Todos los Santos.

—¡Ay! —dijo Lenna, llevándose la mano a la boca—. ¿Era un amigo?

—Muy querido, sí. Nos conocimos hace años, antes de que la red londinense de ocultistas se extendiera tanto. Es, era, el presidente de una organización llamada Sociedad Espiritista de Londres, un club de caballeros del West End. Ganan mucho dinero con cazas de fantasmas, sesiones y cosas parecidas.

—Sí —dijo Lenna—. He oído hablar de ellos.

Vaudeline la miró sorprendida.

—¿Ah, sí?

—Hace unos años, organizaron dos sesiones para una familia con la que tengo una relación muy estrecha. Los Heslop. Asistí a la primera, una sesión destinada a contactar con el espíritu de mi íntima amiga Eloise. Su padre y ella murieron ahogados en un trágico accidente. Los que los queríamos teníamos la urgente necesidad de despedirnos de ellos. A Evie y a mí nos dieron permiso para participar en la sesión.

—Lamento mucho tu pérdida —dijo Vaudeline—. ¿Y la segunda sesión?

—La segunda fue para el padre de Eloise, el señor Heslop. Era un acaudalado magnate ferroviario, querido por todos. Pero los caballeros que condujeron su sesión no permitieron que asistiese nadie que le hubiera conocido, aparte de su viuda. —Lenna vaciló antes de continuar—: En realidad, todo fue muy extraño. La señora Heslop había estado loca de dolor, pero después de la sesión de su difunto esposo parecía casi..., casi recuperada. En cualquier caso, se encontraba mucho mejor, y se enamoró profundamente de uno de los miembros de la Sociedad, un tal Cleland, que al parecer había participado en la sesión del señor Heslop. —Hizo una pausa—. La señora Heslop y el señor Cleland se casaron poco después. Durante un tiempo fue un gran escándalo.

Vaudeline arqueó las cejas.

—Desde luego, es escandaloso. ¿Se consiguió algo con la sesión de Eloise?

Tan solo un montón de tiernos recuerdos y una página de imágenes absurdas que dibujaron los hombres en un papel durante la sesión..., símbolos que, insistieron, les había comunicado Eloise de entre los muertos. Evie creía que algún día, cuando se interpretasen correctamente, las imágenes tendrían sentido. ¿Y Lenna? A su juicio, se trataba de una farsa, de principio a fin. Si los fantasmas existían, Eloise habría transmitido un mensaje lógico; desde luego, no sería por falta de recuerdos y secretos...

—No —respondió suavemente Lenna.

—Por desgracia, a veces eso pasa. —Vaudeline dio un sorbo, agarrando la taza con las dos manos—. Espero que no te lleve a cuestionarte la pericia del médium que dirigió la sesión. En verdad, el señor Volckman tenía muy buen ojo para distinguir el talento. No sé si sabes que fue el fundador de la Sociedad. Era un sagaz empresario, de eso no cabe duda, pero también un hombre de principios. La verdad era importante para él, y a menudo se quejaba de que en Londres había demasiados espiritistas impostores en activo y que nos ponían en peligro a todos. Tenía la esperanza de que el trabajo de la Sociedad volviese creíble el arte de la mediumnidad, en lugar de mancillarlo.

—Movió la cabeza, se frotó los ojos—. Voy a echar muchísimo de menos a Volckman. ¡Era un colega tan admirable! Y también un marido y un padre maravilloso. Su pobre esposa…, espero que sus necesidades estén cubiertas…

Vaudeline se metió la mano en la capa, sacó la carta y, dando unos golpecitos con ella en el borde de la mesa, dijo:

—Apenas te he hablado de por qué me fui de Londres, ¿no?

Antes de morir, Evie había seguido de cerca la actividad de Vaudeline. Había reflexionado en voz alta sobre su apresurada salida de Londres, señalando que la franqueza con la que Vaudeline siempre había hablado del arte del espiritismo contrastaba de manera llamativa con su silencio sobre el motivo de su partida.

Lenna respondió que no con la cabeza.

—Antes de marcharme —dijo Vaudeline—, había empezado a sospechar que en la Sociedad había unos cuantos granujas que organizaban actividades mediúmnicas fraudulentas. Aunque en su mayoría eran trucos de salón, no dejaban de ser fraudes. Yo me enteré porque, dada mi posición entre los espiritistas de la ciudad, los rumores habían llegado hasta mí. Me propuse investigar (discretamente) para darle toda la información posible al señor Volckman, y en cuanto le expuse mis preocupaciones, se tomó los rumores muy en serio. Me prometió llegar al fondo de las cosas. Creo que tenía pensado entrevistar a todas las viudas y todos los deudos de Londres que habían solicitado la ayuda de la Sociedad en los últimos meses. Gracias a él, la Sociedad ha conservado en todo momento su fama de honesta. Volckman no era de los que toleran las fechorías.

Vaudeline se recostó en la silla con expresión taciturna y continuó:

—Poco después de que le contase lo que había llegado hasta mis oídos, Volckman me dijo que, en efecto, había encontrado pruebas de que había algo sucio en la organización (tramas para estafar a los deudos) y que incluso conocía la identidad de los culpables. Necesitaba reunir más pruebas antes de acusarlos, pero lo que había averiguado era alarmante. El complot no solo era más serio de lo que se había imaginado en un primer momento, sino que al parecer esos socios sabían que yo estaba al tanto de los rumores, dada mi presencia en los círculos ocultistas de Londres. Sabían que había empezado a hacer preguntas, sabían que era amiga de Volckman. Según él, esos hombres tenían planes para impedir que me inmiscuyera. Y en vista de lo que había averiguado investigando por su cuenta, estaba seguro de que mi seguridad estaba comprometida.

»El señor Volckman me sugirió que volviese a París, deprisa y sin ceremonias, hasta que él pusiera las cosas en orden en la Sociedad. Me tomé muy en serio sus advertencias. A fin de cuentas, iba a ser algo provisional. Y esa no era la primera vez que el señor Volckman había velado por mis intereses profesionales. Años atrás, había defendido varios de mis ensayos más polémicos, incluso se había ofrecido a ponerme en contacto con sus abogados un par de veces. Con los años, su esposa Ada y yo también nos hicimos amigas; comía a menudo con ellos, conocía a sus hijos. De manera que estaba dispuesta a seguir el consejo del señor Volckman. —Tamborileó los dedos sobre la mesa y movió la cabeza—. Y teniendo en cuenta que ahora está muerto, está claro que me aconsejó sabiamente.

Por fin, le pasó la carta a Lenna.

—Échale un vistazo, si quieres.

Lenna la acercó a la tenue luz.

Señorita D'Allaire:

Lamento compartir con usted las terribles circunstancias acaecidas en la Sociedad Espiritista de Londres. Nuestro común amigo el señor M. Volckman fue hallado muerto, asesinado, el 31 de octubre, víspera del Día de Todos los Santos. La Policía Metropolitana aún no ha identificado al culpable.

Como vicepresidente del Departamento de Espiritismo, y como confidente y amigo más cercano de Volckman, no me cabe la menor duda de que el hombre —o los hombres— que lo mataron están relacionados con el hecho de que abandonase usted Londres a comienzos del año pasado. Después de que usted se fuera, el señor Volckman me contó la razón de su huida y la amenaza de los canallas adscritos a la Sociedad, que, estaba convencido, eran los mismos que se dedicaban a amañar nuestras sesiones espiritistas por toda la ciudad. Con el fin de protegerme, se negó a dar el nombre de los socios hasta que hubiese concluido su investigación. Creo firmemente que estos socios se enteraron de la investigación de Volckman y quisieron castigarle antes de que obtuviera pruebas irrefutables de sus fechorías. Sin duda sabían, como usted y como yo, que Volckman era un hombre íntegro. Que no estaba dispuesto a tolerar la presencia de socios contrarios a los objetivos que había trazado para la Sociedad.

Estoy decidido a descubrir a los culpables de mi departamento y llevarlos ante la justicia. No obstante, en vista de lo peligroso que fue para él investigar tan a fondo, he pensado en proceder de otra manera.

Así pues, permítame invitarla a venir a Londres a conducir una discreta sesión espiritista para el señor Volckman, con el propósito de identificar al hombre (u hombres) que lo asesinaron. Lamento decirlo, pero sospecho que su asesino está relacionado con la Sociedad. Quizá fue alguien contratado para silenciar al señor Volckman, o, peor aún, un socio que ha estado organizando sesiones fraudulentas y provocando los rumores que le llegaron a usted el año pasado.

Quisiera tranquilizarla en lo que respecta a cualquier posible inquietud —justificada— por su seguridad personal. El señor Borden Beck, agente de la Policía Metropolitana y miembro de la Sociedad, ha prometido acompañarla durante su estancia en Londres. Además, puedo conseguirle alojamiento y un disfraz adecuados.

Espero que tenga a bien acceder a esta petición, sobre todo teniendo en cuenta su amistad y su relación profesional de antaño con el señor Volckman. Era un buen hombre; lo sabe usted tan bien como yo. Usted es una vengadora, señorita D'Allaire, y le suplico ahora que me ayude a identificar a los hombres que se llevaron a nuestro querido amigo demasiado pronto.

Por si le interesa, le adjunto instrucciones para el viaje. Todos sus gastos le serán reembolsados. Le ruego me informe de su decisión a vuelta de correo, incluyendo su hora prevista de llegada.

Un cordial saludo,
Sr. Morley
Vicepresidente del Departamento de Espiritismo
Sociedad Espiritista de Londres

Después de leer la carta, Lenna se la devolvió a Vaudeline y se acercó a la ventana del salón. Pegó las manos al cristal, dejando que el frescor penetrase en sus palmas sudorosas. Una fina capa de escarcha se derritió en el exterior de la ventana y la forma de la mano se quedó estampada en el cristal. Se volvió a mirar a Vaudeline.

—¿Conoces a ese tal Morley?

—Sí, le he visto de pasada en distintas actividades mediúmnicas celebradas en Londres. Intercambiamos algún que otro cumplido de rigor, nada más.

—Su petición suena muy peligrosa —dijo Lenna.

—Sí, pero no sé cómo puedo negarme. Sobre todo, considerando todo lo que hizo por mí el señor Volckman a lo largo de los años. —Vaudeline soltó un largo suspiro y se puso al lado de Lenna, frente a la ventana—. Comprenderás por qué me ha afectado tanto esa carta. No solo me he enterado de la muerte de un amigo, sino que los rumores que le transmití quizá le hayan llevado a la tumba. El señor Morley ha sido lo bastante amable como para no decirlo abiertamente, pero yo soy lo bastante humilde como para admitirlo. Soy una espiritista que intenta resolver crímenes, y sin embargo en este caso tengo la sensación de que en buena medida tengo yo la culpa. —Hizo una pausa—. De acuerdo, la petición es arriesgada. Pero peor es tener cargo de conciencia.

Lenna se mordió el labio inferior, compadeciéndose de repente de Vaudeline. Era una historia desgarradora, y Lenna entendía ahora por qué la noticia la había dejado tan desolada. Tanto que hasta había tenido que pedir ayuda con los conjuros.

—¿Crees que la Sociedad habrá conducido su propia sesión para el señor Volckman? —preguntó Lenna.

Vaudeline se encogió de hombros.

—Aunque lo hayan hecho, sus sesiones no están pensadas para resolver crímenes. No son como las mías. Su objetivo es sostener la creencia en la vida de ultratumba. Y para ello recurren sobre todo a señales tangibles de espíritus, sonidos sobrenaturales, visiones y demás.

«Señales tangibles de espíritus». Tenía sentido, dadas las extrañas imágenes que los socios habían dibujado varios años antes durante la sesión de Eloise. A pesar de su ambigüedad, los garabatos eran, sin duda, algo visible.

Lenna vio su reflejo borroso en la ventana. De repente, se le ocurrió una idea..., tan evidente, tan lógica, que no había caído en la cuenta hasta ahora.

—Si estás en Londres, a lo mejor podrías conducir la sesión de Evie.

—Sí —dijo Vaudeline—. Suponiendo que salga bien la sesión de Volckman. Si no, tendré que escabullirme cuanto antes de la ciudad. Y por eso no podemos dejar de lado tu formación solo porque haya llegado esta carta. —Se palpó la capa—. Sobre todo, teniendo en cuenta ese talento natural que no paras de demostrar. —Vaudeline frunció los labios en forma de O y apagó una de las velas de la repisa de la chimenea; se había derretido y estaba goteando cera—. Te aseguro que los conjuros que has leído esta noche no habrían sido tan efectivos si los hubiera recitado otro alumno. —Esbozó una sonrisita, la primera que le había visto Lenna en toda la noche—. Incluida nuestra querida Evie.

Lenna arqueó las cejas.

—Evie me decía que era una de tus mejores alumnas.

—En términos de entusiasmo, sí. Pero a veces estaba excesivamente segura de su destreza.

—Imposible —bromeó Lenna—. ¿Exceso de seguridad, Evie? No me pega nada…

Vaudeline sonrió.

—Una vez trabajamos juntas en un ejercicio muy simple de clarividencia. Saqué diez tejas de madera, cada una con un número grabado en el envés. Cogí una al azar y la apreté con fuerza. Evie estuvo un rato pensando en la teja, ejecutando metódicamente los ejercicios de intuición que le había enseñado. Dijo que la teja era la número 9. Le di la vuelta; era un 6. —Vaudeline sonrió con melancolía—. Le di ánimos: no se la podía culpar de haber dado la vuelta al número en su imaginación. Pero se negaba a creer que fuera un 6. Se negaba a reconocer su error, que, por lo demás, tenía muy poca importancia. Le enseñé la impresión, las sutiles diferencias entre las minúsculas curvaturas de ambos números. Se le pusieron las mejillas coloradas, alzó la voz. Me cuestionó a mí, a su maestra, diciendo que lo mismo era yo la que estaba equivocada. En fin, hace muchos años que tengo esas tejas, y te aseguro que sé perfectamente cuál es la 9 y cuál es la 6. Pero no había modo de convencerla, y al final desistí y cambiamos de tema.

Lenna no podía decir que le sorprendiera la historia. Ese tipo de testarudez era típico de Evie.

Vaudeline apartó con la mano una voluta de humo.

—No te he hecho perder el tiempo con la clarividencia, ya que tu recitación de los conjuros es lo más importante. De todos modos, tengo la sensación de que tú distinguirías perfectamente el 9 del 6. Has sido una alumna maravillosa, no has tardado en dominar todo lo que hemos visto. Tienes un don natural, tal y como has demostrado esta noche.

Cogió la mano de Lenna, le dio un ligero apretón y la soltó. En la oscuridad, el dulce aroma de su aliento se quedó flotando entre las dos.

Al notar su roce, Lenna se sintió como si la cabeza le diera vueltas.

—Es curioso que Evie creyera tan firmemente en estas cuestiones y le costase tanto dominar las técnicas. Yo soy todo lo contrario. Me cuesta creer, pero, según tú, tengo un don natural para las sesiones espiritistas.

—Sí. Es algo habitual. Estoy convencida de que el mundo de los espíritus disfruta minando las dudas. Si se les da la oportunidad, los fantasmas están más dispuestos a cooperar con los descreídos. —Ladeó la cabeza—. ¿Has sentido algo raro esta noche mientras recitabas los conjuros?

Lenna se quedó pensando. Había notado aquel extraño hormigueo en las puntas de los dedos y el brillante destello de luz azul en el rabillo del ojo, pero ya le había pasado otras veces y siempre lo había achacado a los nervios, a la ansiedad.

—No. No, nada raro.

—Bueno —dijo Vaudeline, encogiéndose de hombros—. No podemos olvidar que tienes que seguir con tu formación. De hecho… —hizo una pausa—, creo que deberías acompañarme a la sesión de Volckman.

—¿A-acompañarte? —balbuceó Lenna, convencida de que había oído mal.

Vaudeline asintió con la cabeza.

—Que una aprendiz se quede en casa cruzada de brazos mientras su maestra está por ahí resolviendo crímenes es desaprovechar una oportunidad. No te quepa ninguna duda de que habrá mucho que aprender en la sesión de ese caballero.

Lenna negó con la cabeza.

—No pensaba quedarme cruzada de brazos. Practicaré otra vez los conjuros, hasta que termines tu trabajo.

El rostro de Vaudeline se suavizó.

—Admirable, pero no hay comparación entre practicar a solas y ver en directo una sesión.

¿Otra sesión en la que no hay nada demostrable?, se dijo Lenna. *¿Simplemente afirmaciones que no se pueden confirmar? ¿Nombres que no le suenan a nadie?*

No merecía la pena correr el riesgo por una recompensa así.

De repente se estremeció…, se le había metido el frío en los huesos, estaba exhausta, y exasperada no solo con Vaudeline, sino con la idea de los espíritus en general. Quería ver un fantasma, no solo oír que Vaudeline había entrado en trance a través de uno.

Pero eso no iba suceder esa noche, y por primera vez desde que se conocían Lenna se preguntó si su afecto por Vaudeline habría influido en su capacidad para discernir la verdad de la ilusión. La miró con una buena dosis de escepticismo. Vaudeline era, al fin y al cabo, una mujer de treinta años que cazaba fantasmas y tenía pocos amigos. Había labrado su fama internacional gracias a los rumores, incluso a los chismes.

Y, por si fuera poco, la sesión de esa noche había sido una decepción absoluta.

Lenna cruzó los brazos, cada vez más furiosa y presa de un intenso calor en el pecho.

—Ya llevo más de dos semanas contigo —dijo— y aún no tengo ninguna prueba de que nada de esto sea verdad. Ni siquiera —se secó una lágrima inesperada, sabiendo que no podría retractarse de lo que iba a decir—, ni siquiera la sesión de esta noche. No puedo evitar darle la razón al padre en algunas cuestiones.

Era consciente de su actitud belicosa (estaba dando a entender que Vaudeline tenía la culpa de su incredulidad, cuando, en realidad, no era nada nuevo), pero estaba harta de que le diera falsas esperanzas hablándole de espíritus si después nunca había pruebas de su existencia.

Vaudeline se apartó de la ventana, y en el hueco que había ocupado su cálido cuerpo se quedó flotando un aire frío. Se le veía en la cara el dolor causado por el comentario de Lenna.

—Fuiste tú la que me buscó a mí, y no a la inversa. —Había alzado la voz por encima de su volumen habitual, y tartamudeó un instante antes de seguir. Lenna se preguntó si también ella estaría conteniendo, otra vez, las lágrimas—. Jamás te pedí que creyeras en nada de esto, y no es culpa mía que tu cerrazón te impida creer en nada que no esté hecho de piedra.

«Cerrazón». Evie le había lanzado ese tipo de acusaciones más de una vez, y Lenna recordaba perfectamente lo frustrantes que habían sido aquellas riñas no resueltas en torno al ilusionismo y los trucos de luz. Evie y Vaudeline eran tremendamente parecidas en ese aspecto.

Lenna sabía que su repentino cambio de humor era desproporcionado en relación con las circunstancias. Vaudeline no había hecho más que invitarla a sumarse a la sesión de Volckman, y la dura contestación de Lenna las había dejado a las dos llorando. Pero aquella noche tenía el humor y la pena en carne viva. Vaudeline hablaba de la muerte no como un final, sino como un entreacto o un interludio. Creía que detrás de ese telón los espíritus tenían tanta realidad como cuando estaban vivos. Era exasperante pensar que Evie pudiese estar tan cerca y, a la vez, tan lejos de su alcance. Velos y más velos, tanto en la vida como en la muerte… Lenna los odiaba.

Conocía bien los ritmos de sus estados de ánimo. Tenía que salir de aquella habitación sofocante y mal iluminada. Una puerta de dos hojas daba desde el salón a un pequeño jardín. Sin decir una palabra más a Vaudeline, la cruzó.

Salió a la luz de la luna, y se sentó en un gélido banco metálico. Ojalá la nieve no hubiese dejado de caer hacía ya un buen rato, pensó; daría lo que fuera por perderse entre sus silenciosos remolinos.

Se quedó un rato sentada, observando con los brazos cruzados a un gato de color crema que caminaba sigiloso por el muro de piedra. El aire fresco y el olor a humo de leña le proporcionaron un grato alivio, y al cabo de un rato se calmó.

Aun así, las lágrimas seguían cayendo. Jamás se había sentido tan sola.

Al cabo de un rato, oyó unos pasos a su espalda. Vaudeline. ¿Qué había sucedido entre ambas esa noche? Tenía la sensación de que se trataba de algo más serio que una sesión decepcionante: era una especie de ajuste de cuentas. Sus creencias eran muy distintas, pero esa noche podrían haberse resuelto las diferencias. Podría haber sido la noche en la que las creencias de Lenna hubiesen cambiado. Pero sus convicciones habían salido reforzadas. Y descubrió que de repente no se fiaba absolutamente de nada que tuviese relación con Vaudeline.

El viaje a Londres se cernía sobre ellas, un antes y un después. ¿Qué rumbo tomarían a partir de entonces?

Lenna no esperaba acabar la noche a solas, rodeada de nieve medio derretida y tan ignorante como siempre en cuestión de fantasmas.

Con el aire glacial, las lágrimas calientes que le rodaban por las mejillas parecían a punto de convertirse en minúsculos cristales. *Lo que me pasa es que echo de menos a Evie, nada más,* se dijo. *Estoy llorando porque me lo he guardado todo dentro. No la he llorado como es debido.* Pero allí sentada en silencio, todavía con los brazos cruzados, sabía que esa no era toda la verdad. En aquel llanto había algo más, y la causa era aquella mujer cuyos pasos se acercaban por detrás en ese momento.

Vaudeline se sentó a su lado, pero Lenna mantuvo la mirada clavada al frente. Desde el árbol que se elevaba por encima de sus cabezas formando un arco, un búho real se abatió sobre los arbustos en busca de una presa oculta.

Un instante después, Lenna sintió el roce de unos dedos contra los suyos. Perfectamente podía haber sido una casualidad... o quizá no. Lo mismo daba; Lenna no estaba de humor para reconciliaciones, y apartó el brazo.

Las dos mujeres permanecieron mucho tiempo en silencio, sus cuerpos apenas separados por unos centímetros. A Lenna, sin embargo, le parecían kilómetros.

6

LENNA

París, viernes 14 de febrero de 1873

Finalmente, Vaudeline se levantó del banco y se metió en casa. Aparecieron unos nubarrones y taparon la luna. El jardín estaba sumido en una oscuridad total, y Lenna empezó a temblar, muerta de frío. ¿Hasta cuándo pensaba quedarse ahí fuera, enfurruñada y amargada?

A fuerza de voluntad, logró salir de su malhumor. Cierto, puede que Vaudeline no hubiese demostrado nada en la sesión, pero tampoco podía decirse que hubiese hecho nada malo. Simplemente, había sido la persona que Lenna tenía más a mano para descargar sobre ella su decepción. *Ojalá pudiese pasarme a mí misma por un tamiz y separar los sentimientos que se agolpan en mi interior para lidiar con ellos de uno en uno*, se dijo.

La desesperación de aquella noche le recordaba la bronca que habían tenido Evie y ella la mañana de la muerte de Evie. Había sido la peor de todas, y la última.

Estaban las dos en el hotel, sentadas a la mesa del desayuno. Enseguida iban a echar una mano a las ayudantas de cocina para servir los desayunos. El hotel estaba lleno aquel día, con una cantidad inusual de hombres en viaje de negocios.

Ninguna de las dos hermanas sabía que apenas faltaban unas horas para la muerte de Evie. Sentadas ante una bandeja de pastelillos de pera glaseada, era lo último que habrían pensado aquella preciosa mañana de otoño. Pero Lenna no tenía demasiado apetito ese día. Otra vez se había despertado mareada, con brillantes destellos de color naranja y violeta en la periferia de su visión. Sentía un hormigueo en las yemas de los dedos y tenía el estómago revuelto, a pesar de que no había comido nada desde la noche anterior. Ya llevaba así varios días.

Con los ojos vidriosos, presa de un tremendo malestar, se quedó mirando el pastelillo que tenía en el plato.

—Cómetelo —dijo Evie—. O si no me lo comeré yo por ti.

—No tengo hambre.

Evie arqueó las cejas.

—Pero si son tus favoritos...

Partió el suyo en dos y lo mordió, relamiéndose.

—¿De quién es ese sombrero? —preguntó Lenna, señalando el ala de una gorra de fieltro entre gris y marrón que asomaba de la bolsa de Evie. Tenía un pequeño corte en un lado. Aunque había visto la gorra varias veces, siempre había supuesto que sería de alguno de los muchos pretendientes de Evie, pero esta vez la curiosidad pudo con ella.

Evie se quedó boquiabierta; tenía miguitas pegadas a las comisuras de los labios. Echó un vistazo a la bolsa.

—¿Cómo dices?

—No es la primera vez que la veo. —Miró a Evie con recelo—. Está claro que es una gorra de hombre. La última vez, te la dejaste encima de la cómoda. Olía a tabaco.

Evie metió la gorra hasta el fondo de la bolsa y siguió masticando.

—No lo soporto.

—No soportas ¿qué?

—Que metas las narices en mis asuntos.

Lenna respiró hondo con gesto de fastidio. Cogió un cachito de glaseado de su plato y se lo puso en la lengua.

—¿Sabes qué día es mañana? —preguntó Evie. Típico de ella, eso de cambiar de conversación así por las buenas.

—Uno de noviembre —dijo Lenna, aunque sabía que no era eso a lo que se refería Evie.

—El cumpleaños de Stephen —añadió Evie.

Lenna asintió con la cabeza.

—Y el de Eloise.

¿Sería ese el motivo de que se hubiese sentido tan indispuesta últimamente? Odiaba el uno de noviembre…, odiaba que marcase otro año más que su querida amiga jamás llegaría a ver.

Las circunstancias que rodeaban las muertes de Eloise y su padre, el señor Heslop, seguían obsesionando a Lenna. Unos años antes, en pleno invierno, habían salido a pasear por la orilla del lago de las barcas de Regent's Park. El señor Heslop tenía por costumbre hacer ese recorrido a solas todas las noches, pero en aquella ocasión Eloise le había acompañado. Una parte del lago estaba helada y, aunque nadie había visto cómo se producía el accidente, la policía pensaba que Eloise había resbalado y se había caído a las gélidas aguas, y su padre tras ella. Ambos cuerpos fueron encontrados a la mañana siguiente.

Casi tan dolorosas como el accidente fueron las segundas nupcias que contrajo rápidamente la señora Heslop con el señor Cleland. El señor Cleland era miembro de varios clubes de caballeros del West End, incluida la Sociedad Espiritista de Londres. Acababa de incorporarse a ella y había conocido a la señora Heslop en la sesión celebrada para su difunto esposo.

A Lenna todavía le costaba digerir que la madre de Stephen y Eloise hubiese pasado página tan fácilmente con otro hombre…, sobre todo con el señor Cleland, cuya afición al juego había sido objeto de burla en las columnas de cotilleo en más de una ocasión.

—¿Cómo sería Eloise en la actualidad? —caviló Lenna en voz alta.

Evie cruzó las manos sobre la mesa.

—He estado intentando ponerme en contacto con ella.

Lenna apartó el plato, pensando de repente que lo mismo vomitaba. El olor azucarado del pastelillo la repugnaba. Cogió una jarra de agua que había en el centro de la mesa y se sirvió un vaso.

—Te agradecería que no la incluyeras en tus juegos —dijo Lenna con tono irritado.

Una cosa era que Evie jugase con una aguja enhebrada, esperando a que se produjera movimiento, o que hablase de las últimas pruebas fotográficas de la existencia de apariciones, y otra bien distinta que incluyese a Eloise en sus juegos. Incluso ahora que solo existía en forma de recuerdo, Eloise seguía siendo su amiga del alma.

—Para mí no es un juego —dijo Evie—. Es real. Y creo que he conseguido llegar hasta ella. He estado… viendo cosas. Dibujándolas.

—¿Igual que afirmaban haber hecho los hombres de la Sociedad Espiritista de Londres? —le espetó Lenna con voz gélida.

Casi al final de la sesión de Eloise, el miembro de la Sociedad que la había conducido —un tal señor Dankworth— había cogido un papel y se había puesto a dibujar como un loco: toscas ilustraciones de muebles e insectos, además de extraños símbolos que nada tenían que ver con Eloise ni con las cosas que le habían interesado en vida.

—Escritura automática —había dicho el señor Dankworth al terminar—. Una técnica habitual entre los médiums, con la que ejercemos de canal para que se comunique el espíritu. Transferimos mecánicamente al papel el mensaje que desea comunicar el espíritu, sin saber del todo qué estamos anotando. —Entregó los dibujos—. Hoy Eloise ha establecido una conexión con nosotros y me ha mandado hacer estos dibujos.

La madre de Eloise, desgarrada por el dolor, estaba convencida de que las imágenes y las palabras del papel habían sido, en efecto, comunicadas por su hija. Evie también. Se propusieron traducir el significado de las imágenes en los siguientes días.

Lenna, por su parte, pensaba que la sesión espiritista era una farsa de tomo y lomo. Al final, nadie había conseguido explicar las imágenes, lo cual le procuró una extraña satisfacción.

Evie miró a Lenna con furia.

—No te dejes condicionar por esa experiencia aislada. Los médiums que eligió la Sociedad en aquella ocasión eran unos principiantes. Además, aún no sabemos a ciencia cierta que los dibujos fueran un engaño. No podemos demostrar ni lo uno ni lo otro.

—Eso es exactamente a lo que me refiero. De acuerdo, no puede demostrarse que sea falso, pero tampoco que sea cierto.

—Entonces, quizá puedas ayudarme a aclarar una cosa. Uno de los dibujos que hice mientras me comunicaba con Eloise tenía que ver, creo, contigo.

Lenna soltó el vaso con fuerza, tanto que se derramó un poco de agua.

—¿Cómo dices?

Evie asintió con la cabeza y dio otro mordisco al pastelillo de pera.

—Cuando tuve la sensación de haber contactado con su espíritu, cerré los ojos y empecé a dibujar, consciente de que estaba trazando líneas sobre el papel, pero sin saber realmente qué imagen formaban las líneas… Entonces sentí que estaba haciendo rayajos, como si estuviese escribiendo letras. Minutos después, abrí los ojos para ver qué había puesto en el papel.

—¿Y?

Evie se metió la mano en el bolsillito que llevaba cosido al vestido y sacó una hoja. Se la pasó a Lenna, que la abrió rápidamente.

En la hoja había una única figura muy sencilla: un hexágono. Y dentro del hexágono, la letra L con un par de corazones entrelazados.

Lenna soltó un grito ahogado.

—Imposible —susurró.

Antes de morir, Eloise le había escrito a Lenna una breve notita de carácter íntimo. Había plegado el papel en forma de minúsculo hexágono, y se lo había dado. En la cara del hexágono estaba la inicial del nombre de Lenna, y dentro, junto al nombre de Eloise, dos corazones en miniatura. Prácticamente igual que en la ilustración de Evie.

—¿Sabes lo que significa? —dijo Evie, inclinándose hacia delante con excitación—. El hexágono, ¿qué significa?

El hexágono, que tenía los bordes quebradizos de tantas veces que había sido abierto y cerrado, estaba discretamente escondido bajo la cama de Lenna, en una cajita de baratijas.

—Sí. Sé lo que significa —dijo Lenna, pero acto seguido frunció el ceño. Un día se había encontrado a Evie hurgando entre sus cosas, con la excusa de que había perdido sus guantes favoritos—. Espera. ¿Has… —el pecho le ardía, y se inclinó hacia delante mirándola a los ojos—, has encontrado la nota que me dio?

—¿Cómo? —Evie se puso rígida—. ¿Qué nota?

Lenna la miró con recelo, sin saber qué era peor: que Evie estuviese intentando engañar a su propia hermana para que creyera en los fantasmas utilizando algo que había encontrado entre los objetos personales de Lenna, o que Evie hubiese abierto la nota y hubiese leído el contenido.

Pero si sabía que era de Eloise, seguro que la había leído.

No solo era una violación de la intimidad de Lenna, sino que además la nota contenía la expresión de un sentimiento muy personal. Era un mensaje destinado a ser compartido exclusivamente por Lenna y Eloise.

Lenna se sonrojó; ahora también sentía vergüenza.

—Eloise me dio una nota antes de morir. La plegó en forma de hexágono y escribió mi inicial encima.

—No puedes estar hablando en serio. —Evie abrió los ojos como platos, encantada—. Eso significa… Ay, Dios…, significa que… que lo conseguí. —Miró el dibujo, feliz, tocándolo como si estuviese hecho de oro—. ¿Lo ves, Lenna? Es verdad, hay mucho de esto que es…

—No —la interrumpió Lenna, para quien no había nada agradable ni esclarecedor en todo aquello. No creía a su hermana—. No me puedo creer que invadieras mi intimidad. Y no me puedo creer que la estés utilizando para convencerme de algo en lo que no creo.

Evie se levantó de repente y golpeó la mesa con la cadera. El tenedor de Lenna cayó ruidosamente al suelo.

—¿Crees que te estoy mintiendo? —gritó Evie con los ojos llenos de lágrimas.

—Hace unos días estabas registrando mis cosas —dijo Lenna, mirándola de frente—. El momento elegido para este presunto ejercicio de escritura automática parece de lo más oportuno. Sobre todo, tan cerca del cumpleaños de Eloise.

Fuera, al fondo del pasillo, se oyó la voz de su madre, que decía algo acerca de un huésped que necesitaba ayuda con un itinerario. Evie echó un vistazo a la puerta, dio un paso.

—Me voy —dijo, enjugándose una lágrima.

Su retirada provocó a Lenna; algo reventó de golpe en su interior, una ampolla de exasperación con su insolente y deshonesta hermana pequeña. Cogió el papel con la ilustración de Evie, lo agarró por ambos lados y lo rasgó por el centro. Tiró las dos mitades sobre la mesa.

Evie palideció, la mirada clavada en el papel como si no se creyera lo que acababa de ver.

Por fin, al cabo de un largo silencio, Evie habló.

—Yo… no… no puedo creerme que hayas hecho eso —balbuceó, y a continuación, con una gran delicadeza, cogió las dos mitades, las juntó y se las volvió a guardar en el bolsillo. Ya no tenía lágrimas en los ojos; parecía furiosa—. Adiós —dijo, y salió con aire altanero.

Al instante, un destello de color asaltó a Lenna, vívido y desconcertante. En lugar de contestar, se quedó clavada en el sitio, temblando, con el estómago más revuelto que nunca.

Después de que Evie se marchara, Lenna subió a su dormitorio. Sacó la caja de las baratijas de debajo de la cama y examinó su contenido. En lo más profundo de la caja, remetida entre una hoja de helecho seca y un dibujo de su infancia, estaba el hexágono. La nota de Eloise.

Los complejos pliegues parecían intactos. La nota estaba exactamente igual que la había dejado Lenna. Y Evie, la verdad, era bastante torpe, no solía poner atención; seguro que no habría sabido volver a plegar el hexágono, y tampoco se le habría ocurrido dejar la nota de la misma manera que se la había encontrado.

Lenna ya no tenía ninguna duda: Evie no había estado rebuscando en la caja.

Desdobló la nota y la leyó por enésima vez:

Siempre va a ser así, ¿verdad? Sentiremos una infinidad de cosas la una por la otra, y sin embargo no podremos decir en voz alta ni una sola palabra de todo esto. Me consuela saber que la amistad entre dos mujeres no está amenazada, y que podremos seguir así para siempre. Con que tú y yo sepamos lo que verdaderamente hay entre nosotras, me basta.

Al pie, Eloise había firmado con dos corazones entrelazados.

Lenna estrechó la hoja de papel contra el pecho, aspirando profundamente. Un año antes, el papel aún conservaba el sutil aroma de Eloise; ya no quedaba ni rastro, pero Lenna todavía se lo llevaba a la nariz cada vez que lo leía, con la esperanza de captar algún resto.

«Podremos seguir así para siempre», había dicho Eloise. ¡Qué equivocada estaba! Nada había seguido para siempre: ni la pretendida amistad, ni los auténticos afectos que ocultaba. Tampoco los largos paseos cogidas del brazo, ni las miradas furtivas que habían intercambiado después de su primer beso. Y del segundo.

Las cosas siempre habían sido así con Eloise. Había cierta vacilación entre ambas, una resistencia fruto de la timidez y del miedo a infringir las normas. Por mucho que desease Lenna explorar ese territorio con ella, temía que la relación se volviese demasiado estrecha porque sabía que, en realidad, no podían estar juntas. Sus familias no lo permitirían. La sociedad londinense como Dios manda, tampoco. Entonces, ¿qué sentido tenía que Lenna dejase que esos sentimientos creciesen y se fortaleciesen? Mejor sofocarlos mientras todavía estaban germinando.

Eloise, claramente, había sido de la misma opinión; de ahí el mensaje de la nota: «Con que tú y yo sepamos lo que verdaderamente hay entre nosotras, me basta».

Lenna volvió a doblar el papel en un hexágono perfecto. Era imposible que Evie hubiese visto la nota, que hubiese rehecho correctamente los pliegues. Suspirando con pesar, cerró la tapa, volvió a guardar la caja debajo de la cama y se fue a buscar a Evie. Se disculparía por su resquemor, por sus falsas acusaciones. En cuanto a las dos mitades del papel de Evie, con sus bordes rasgados…, ¡ojalá pudiese unirlas de nuevo! Como un corte cicatrizado.

Por no hablar de lo que significaba el dibujo acerca de la comunicación de Evie con los muertos. Lenna iba a tener que pensar más en eso. Por mucho que se debatiese entre la creencia y el escepticismo, había que reconocer que el dibujo de Evie era sorprendentemente

74

exacto. Las iniciales, los corazones entrelazados. Si Evie no había leído la nota, ¿cómo diablos podía saber los detalles?

Bajó corriendo en busca de su hermana. Pero Evie había salido y no iba a volver en toda la mañana; una de las criadas le dijo que se había disculpado hacía un rato diciendo que iba a ayudar a un huésped a desplazarse por la ciudad.

Lenna no pudo decir «lo siento».

Y jamás llegó a decírselo, porque no volvió a ver a su hermana con vida.

Lenna se levantó del banco del jardín y se dirigió al salón. Vaudeline, con cara de sueño y bostezando, estaba escribiendo una carta en el comedor. Eran casi las tres de la mañana.

—Estoy escribiendo mi respuesta al señor Morley. Mañana por la mañana la enviaré por correo exprés. No he dicho que voy a viajar acompañada. Me iré el sábado por la mañana. —Dobló la carta, cerró bien el sobre—. Eres libre de volver como tú quieras, y podemos, o puedo, conducir la sesión de Evie en cuanto se termine la de Volckman…

—Gracias —dijo Lenna. Se sentó, dio un sorbito al té y, al ver que se había enfriado, volvió a dejar la taza sobre la mesa con cara de horror—. Y siento mu… —Entrelazó los dedos; tenía la disculpa en la punta de la lengua y, aunque la frenaba el orgullo, conocía demasiado bien las consecuencias de retrasar el momento de disculparse—. Siento mucho lo que te he dicho antes. Lo de la sesión y lo de mi incredulidad. Has pasado una noche terrible y yo no he hecho nada para facilitarte las cosas.

Se quedó muy quieta, esperando a ver cómo reaccionaba. Y entonces Vaudeline soltó la carta en medio de la mesa, retiró la silla y se levantó. Se quedó mirando a Lenna con expresión inescrutable.

—En efecto, he pasado una noche de perros —dijo, asintiendo con la cabeza. Rodeó la mesa y se arrodilló justo delante de Lenna—. Pero lo peor no ha sido la carta sobre mi amigo el señor Volckman, ni lo que ha dicho el padre sobre la sesión espiritista, ni siquiera lo que has dicho tú al respecto. Lo peor de la noche ha tenido lugar en el jardín, cuando he ido a cogerte la mano y la has apartado. —Bajó los ojos—. Puedo resistir los rigores de mi oficio, la naturaleza macabra de las sesiones, las acusaciones de fraude. Pero me rodeo de pocas personas, y nunca me he acostumbrado a tener conflictos con las personas a las que considero amigas.

En su voz había algo que sonaba... distinto, importante. Lenna se arrepintió al instante de su enfurruñamiento. Qué infantil había sido.

—Buenas noches —susurró finalmente Vaudeline, la voz teñida de tristeza. Se inclinó y le dio a Lenna un lento y tierno beso en la mejilla.

Lenna contuvo la respiración. A excepción de Eloise, ninguna mujer había posado los labios tanto tiempo sobre su piel.

—Buenas noches —respondió, desconcertada.

Vaudeline y ella solían intercambiar pequeñas muestras de afecto, pero ninguna como esa, tan rebosante de intimidad y frustración a un mismo tiempo.

Mientras Vaudeline se alejaba en dirección a su dormitorio, Lenna se quedó mirándola. Luego, se llevó las puntas de los dedos a la mejilla. La sensación de los labios de Vaudeline sobre su piel ya había desaparecido.

Lenna permaneció largo rato despierta en la cama después de aquello, los ojos clavados en el techo blancuzco.

Si Evie estuviese allí en ese momento, se alegraría de que Lenna tuviese sentimientos amorosos. Siempre se había burlado de ella por su aparente desinterés por los amores, recordándole que Stephen Heslop no solo era guapísimo, sino que además saltaba a la vista que estaba enamorado de ella.

Lo que Evie no sabía era que, varios años antes, Lenna sí que se había interesado de manera romántica por una persona. Solo que no había sido Stephen.

Aun así, había besado a Stephen una vez, en la calle, detrás de una farola. Había sido una especie de experimento: esperaba que le despertase algún tipo de emoción, que a lo mejor le hiciera olvidar del todo a Eloise, pero decididamente no había sido así.

Después, había vuelto corriendo a casa, había cerrado la puerta de la habitación que compartía con su hermana y le había contado todo con pelos y señales. Al fin y al cabo, no había motivos para ocultar ese beso.

—Sus dientes chocaban con los míos todo el rato —dijo.

Evie puso cara de repelús.

—Mejora con el tiempo.

Ella lo sabía mejor que nadie. Llevaba años besándose con chicos.

—Y era húmedo —continuó Lenna—. Los labios… —Se tocó el arañazo que le había hecho en la barbilla el vello facial del chico, que se había mostrado demasiado insistente para su gusto; recordó su aliento húmedo y con olor a café—. Los labios eran rasposos y recios. No me ha gustado. No me ha gustado ni pizca.

—Por cómo lo describes, a mí tampoco me habría gustado.

Lenna bajó la voz.

—Sus manos… No paraban, estaba venga a pasármelas por la cintura —susurró—, y por la nuca…

Se toqueteó el mechón de pelo que el chico le había soltado sin querer.

—Bueno, tan mal no me suena… A mí, eso de que un caballero me coja por la cintura me gusta bastante. —Los ojos le chispeaban—. Si fuera otra persona, a lo mejor te gustaría.

—No se me ocurre ni un solo hombre con el que me apetecería repetir nada semejante. Ni uno.

—¿Quién ha dicho que tenga que ser un hombre?

Al oír esas palabras, se le había hecho un nudo en el estómago. ¿Sospecharía Evie el secreto afecto que sentía por Eloise? Se había apresurado a cambiar de tema, y no habían vuelto a tocarlo. Pero ahora, tumbada a solas en una cama de la casa de huéspedes de Vaudeline, las palabras de Evie le volvieron a la cabeza. «¿Quién ha dicho que tenga que ser un hombre?».

Lenna se acordó del beso de Stephen, de la piedra de ámbar que le había regalado, del roce ocasional de brazos y manos. Ninguna de esas cosas le había despertado nada especial... y, a veces, se había sentido asqueada, incluso profundamente avergonzada. No había sido fiel a sí misma, eso desde luego.

Y, sin embargo, ¡qué distinto había sido todo con Eloise, y también esas dos últimas semanas que había pasado con Vaudeline! El parloteo intrascendente con Vaudeline era apasionante. Y aquella manera de mirarla de arriba abajo nada más llegar a París... A Lenna se le había puesto la carne de gallina, y, a pesar de los escalofríos, se había bajado un poco el escote del corpiño, sintiendo un maravilloso calor por dentro.

En los últimos días, Lenna había vuelto a sentir todas las cosas que no sentía desde que estaba con Eloise, como calor en la cara, humedad en las axilas y un inexplicable impulso a renunciar a las responsabilidades en favor de las ensoñaciones. Y todo ello, sumado a una incesante curiosidad por Vaudeline: qué pensaba, qué leía, a quién escribía cartas...

Y aquel beso en la mejilla, esa misma noche... Lenna no recordaba haber sentido nada tan tierno y tan suave en toda su vida.

Tumbada en la cama, Lenna, por fin, lo reconoció. Lo dijo en voz alta... Un mero susurro en la oscuridad. *La quiero. Quiero a Vaudeline, igual que quería a Eloise.* Y no la quería como profesora ni como amiga. Quería más de Vaudeline de lo que una profesora o una amiga se atreverían a dar.

Al reconocerlo, se estremeció. Vale, no se lo había contado a nadie, pero al menos se lo había dicho en voz alta a sí misma. Era un valiente primer paso.

Y puede que esta vez fuese más atrevida. Lo único que Eloise y ella habían mostrado en público era su amistad, y a pesar de ello el tiempo les había sido robado. Su «para siempre» no había existido en absoluto.

En fin, Lenna había aprendido la lección por partida doble. No había nada asegurado. Ni hermandad, ni amistad. Tampoco otra nota de amor, ni otra discusión. La única promesa era el ahora..., este momento solitario y fugaz..., y Lenna estaba harta de perder oportunidades de actuar o hablar con sinceridad. Todavía estaba en sus manos hacerlo.

Despacio, sin pudor, Lenna pegó la mano contra la pared que había al lado de su cama. Sabía que, a pocos centímetros de distancia —a través del yeso y de la madera, en la habitación contigua—, Vaudeline estaba tumbada en la suya. Dormida, o quizá no.

Sin retirar la mano de la pared, Lenna fue metiendo la otra mano por debajo de la colcha de encaje hasta que encontró el borde de la camisola. Toqueteó el dobladillo, notando una sensibilidad especial en las puntas de los dedos, casi un cosquilleo.

Se subió la camisola, y con la punta del dedo índice empezó a recorrerse el hueso de la cadera hasta llegar al pliegue de la parte alta de la pierna. Se detuvo un instante: pensar en Londres, en la estrechez de miras de sus habitantes, en las manos escondidas en guantes de encaje, le hizo sentir cierta resistencia mental. Pensó en todas las cosas que las mujeres no podían admitir que hacían, que querían. Esas normas le habían impedido revelar sus sentimientos amorosos varios años antes…, no solo a Eloise, sino también a Evie, incluso a sí misma.

Pero ahora conocía de sobra la maldición de esas normas. Las posibilidades reprimidas, jamás exploradas. Siguió bajando los dedos poco a poco, imaginándose que, al otro lado de la pared, Vaudeline quizá no estaba dormida, sino haciendo algo parecido.

La rodilla le dio una sacudida. Apenas había hecho eso unas cuantas veces…, siempre abrumada por la vergüenza y, al acabar, por los remordimientos. Ahora, presionó con más fuerza que nunca, mandando el decoro a freír espárragos, gozando de la sensación, respirando al compás. Apretó la palma de la otra mano contra la pared, deseando que hubiese algún conjuro que la echase abajo, que la acercase a la mujer que estaba al otro lado.

En su imaginación, al menos, podía hacer que desapareciese la pared. Se sentía temeraria, le importaba un comino la decencia, y cada vez que giraba la punta del dedo, temblaba. Una mano en la pared, la otra entre las piernas, y en su imaginación la cama de Vaudeline al lado de la suya, sin barreras entre ambas. Se imaginó a Vaudeline haciendo exactamente lo mismo, pensando en ella, deseando no ser una profesora ni una amiga sino una amante. Recordó la suave calidez de sus labios en la mejilla, su aliento al darle las buenas noches...

Y entonces Lenna apoyó la cabeza en la almohada y alzó las caderas en un reflejo que no habría podido impedir, aunque hubiera querido. Su mano resbaló por la pared. Se la apretó contra la boca mientras temblaba violentamente, cuatro veces, cinco.

Bajo sus dedos una sonrisa descarada.

7

SEÑOR MORLEY

Londres, sábado 15 de febrero de 1873

Me alegró mucho recibir la rauda respuesta de Vaudeline. Me informaba de que partiría de París a primera hora de la mañana del sábado quince de febrero, y que la hora estimada de llegada era las ocho de la tarde.

Inmediatamente me puse con los preparativos: en primer lugar, el pequeño trastero de la planta baja de la Sociedad, separado de las zonas comunes que usaban los socios. El trastero estaba lleno de cajas y restos de mobiliario: podios, sillas rotas, una pesada estantería. Dejé algunos trastos justo a la entrada, en el pasillo por el que nadie pasaba, y lo demás lo tiré.

Una vez que hube ordenado el cuarto, metí un catre y dejé sábanas limpias y varias prendas de vestir en una silla. Vaudeline no se iba a alojar mucho tiempo en la habitación, así que no me preocupé demasiado por el confort.

Después, cerré la puerta y me dirigí a la entrada principal del edificio.

Por el camino, pasé por delante de la puerta de servicio, raramente utilizada, que daba al callejón de atrás. Por esa puerta iba a entrar Vaudeline en la sede de la Sociedad, y esbocé una sonrisita al recordar a la otra mujer que solía entrar furtivamente por allí.

Evie Rebecca Wickes.

Para la cuarta vez que salimos a pasear, su obsesión con el mundo de los espíritus era dolorosamente evidente. No quería hablar de otra cosa: de los fantasmas que habíamos visto en las sesiones, de los libros de referencia que teníamos en la biblioteca, de los contactos espiritistas que habíamos hecho por la ciudad.

Una mañana especialmente memorable, hizo un comentario de pasada sobre una mujer a la que idolatraba: la afamada médium Vaudeline D'Allaire.

—Es que la adoro —dijo Evie con una sonrisa de oreja a oreja—. He leído todo lo que ha escrito, y tuve la suerte de participar en uno de sus grupos de formación aquí en Londres. —Volvió su mirada azul hacia mí—. ¿Ha oído hablar de la señorita D'Allaire? Seguro que sí, teniendo en cuenta que comparten intereses. Se marchó a París, sin dar explicaciones, hará seis meses.

Me tropecé con el empedrado y maldije mis zapatos gastados.

—Sí, sé quién es. Nos movíamos en círculos parecidos.

Evie asintió con la cabeza y, para mi gran alivio, no insistió. La partida de la señorita D'Allaire era un tema confidencial, vinculado a cuestiones de las que ni loco podía hablar con esa joven: rumores, malhechores, descréditos, ofensas contra el honor.

—La verdad es que me encanta infringir las normas, señor Morley —dijo Evie de repente, mirándome a través de las pestañas. Se paró en seco en medio del parque y me miró de frente—. La próxima vez me gustaría quedar con usted en algún lugar más íntimo.

Era una propuesta indecorosa por su parte, pero si algo brillaba por su ausencia en la señorita Wickes era el decoro. Rebosaba una díscola frescura. Tenía un brío inusual para una mujer, y las convenciones le eran completamente indiferentes. Yo había intentado, en un paseo anterior, encauzarnos por un cortejo más tradicional, pero cuando le pedí permiso para ir a hablar con su padre, se rio.

«Ah, ¡qué excitante es todo esto, cómo lo disfruto! —había dicho ese mismo día—. Tenemos una conexión especial, ¿a que sí? Me encanta que nadie sepa nada de lo nuestro… y, además, a mí nunca me ha gustado observar la etiqueta».

Era imposible enfadarse con ella por aquello, a pesar del desaire subyacente. Estaba hechizado por Evie, y estoy seguro de que ella lo sabía.

Que me pidiera una cita en privado me pilló completamente desprevenido, y titubeé unos instantes sin saber qué responder. Seguía pesándome la sempiterna vergüenza por la marca de mi rostro, y nunca una mujer me había hecho proposiciones tan directas. Y encima, una mujer tan atractiva como ella, con su suave piel con aroma a bergamota.

—Confieso que estoy muy sorprendido —dije al cabo, mirando al suelo.

Por más que lo intenté, me fue imposible armarme de confianza. Me toqué la mejilla, deseando con todas mis fuerzas que la mancha de la cara se evaporase o desapareciese de alguna manera.

Evie se acercó más, mirándome muy seria. Me apartó la mano de la mejilla.

—¿Por qué siempre me oculta su cara? —preguntó. En lo alto, las ramas de los árboles se mecían con la brisa, y los rayos de sol centelleaban erráticos a nuestro alrededor—. Para mí —añadió sin darme tiempo a responder— hay algo de una belleza exquisita en todo lo que le diferencia del resto de los caballeros.

Nadie me había dicho nunca nada semejante.

—Una belleza exquisita… —repetí, silabeando. Por un momento pensé que me iba a echar a llorar.

—Sí. —Arrastró un poco los pies como si fuese a arrancar a bailar allí mismo, bajo la luz fragmentada del sol—. ¿Tiene algún compromiso esta noche? —preguntó, ahora con voz más juguetona.

De hecho, tenía uno. Varios miembros de la Sociedad habíamos reservado un palco para ver *El avaro* en el teatro Royal de Drury Lane.

—No, en absoluto.

Esbozó una sonrisita.

—Estupendo.

Quedamos en vernos a las diez, cuando ya se hubieran marchado los socios. Le dije que entrase por la puerta de servicio que había en la parte de atrás de la sede de la Sociedad. Nadie merodeaba por allí, aparte de los cazarratas y los poceros, que en cualquier caso estaban demasiado borrachos para recordar lo que veían.

Le aconsejé que se vistiera con ropa de hombre, como había hecho para la conferencia sobre el ectoplasma. De ese modo nos garantizaríamos la intimidad.

Al diablo las normas. Estaba deseando que llegase la noche para recibir a una mujer en la Sociedad por la escalera de atrás.

8

 LENNA

París, sábado 15 de febrero de 1873

Lenna decidió volver a Londres con Vaudeline. El sábado, dos días después de la sesión del *château,* las dos mujeres se instalaron en un pequeño compartimento de segunda situado a la cola de una máquina de vapor que salía de París con destino Boulogne. Al llegar, embarcarían en un vapor con el que cruzarían el Canal, subirían por el Támesis y llegarían directamente al muelle del puente de Londres. La ruta era varias horas más corta que la del viaje de Lenna a París.

Nada más arrancar el tren, Lenna apoyó la cabeza contra el reposacabezas y, arrullada por el movimiento, se quedó profundamente dormida.

Al cabo de un rato, la despertó el traqueteo de una vajilla de porcelana. Abrió los ojos de golpe, parpadeando desconcertada. A través de la neblina de sus ojos soñolientos distinguió la forma de Vaudeline, que, sentada enfrente, pasaba las páginas de un libro con expresión satisfecha. Sobre una pequeña bandeja fijada a su asiento había una tetera de porcelana.

—Has dormido más de dos horas —dijo Vaudeline en voz baja, sin levantar la vista del libro.

Lenna echó un vistazo a su reloj y asintió con la cabeza antes de cerrar brevemente los ojos de nuevo. Había tenido un sueño rarísimo en el que Evie bailaba alegremente bajo la lluvia con aquella extraña gorra de fieltro. Se encontraba rodeada de velas que, al estar bocabajo, no se derretían ni se apagaban con la lluvia, y, en algún momento, la lluvia se había convertido en monedas, conchas y plumas. Aportes.

Después, la lluvia se había vuelto de un intenso verde luminiscente…, parecía aceite fosfórico. Le recordó a su conversación con Vaudeline de varios días atrás. Mientras paseaban por el barrio de esta, habían hablado del extraño comportamiento de Evie poco antes de morir. Y también de las pistas —si es que lo eran— que había encontrado Lenna después del suceso.

—Evie fue a una fiesta la noche que murió —le había contado Lenna a Vaudeline—. No sé dónde era porque aquella noche hubo fiestas por toda la ciudad, ni con quién fue. Tenía muchísimos amigos, y todos creían en fantasmas. Hacía mutis por el foro muy a menudo; se escabullía del hotel, tanto de día como de noche, sin decírselo a nuestros padres. Ni siquiera a mí me contaba lo que andaba tramando. Me imaginaba que tendría algún pretendiente, tal vez más de uno. —Lenna caminaba cuidadosamente por la acera, con los brazos cruzados sobre el pecho—. Y en cuanto a la reunión a la que fue aquella noche… Bueno, ni siquiera puedo asegurar que fuera una fiesta en el sentido tradicional. Puede que fuera una caza de fantasmas o una sesión espiritista o cualquier otra cosa por el estilo.

—Y en los días siguientes, ¿no encontraste nada que pudiese arrojar luz sobre la velada o sobre su acompañante?

Lenna negó con la cabeza. La mañana siguiente a la muerte de Evie, hecha una furia, había dejado patas arriba el dormitorio que habían compartido. La inestabilidad emocional provocada por el dolor la había vuelto salvaje…, incluso violenta. Con un cuchillo, hizo jirones el colchón de Evie en busca de cartas de amor, dinero o cualquier confesión manuscrita. Abrió un cajón arrancándolo del armazón y miró a ver si había algún secreto pegado en el interior o en la base. Todo lo que se podía despedazar, lo despedazó, estuviese o no guardado bajo llave. Por unos instantes, trasladar su furia a un trozo de madera astillada le sirvió de catarsis, pero no encontró respuestas. Ni siquiera encontró el cuaderno, aquel en el que tantas veces había escrito Evie. Antes de abandonar el cuarto, y como colofón, dio una patada a la papelera, que salió disparada con gran estrépito..., pero, cómo no, estaba vacía. Tampoco allí había ninguna pista.

—Registré todas sus cosas la mañana después de su muerte; iba buscando pistas, información. No encontré nada relacionado con la fiesta. Únicamente hallé unos cuantos... recortes. Artículos de prensa.

Aquello despertó el interés de Vaudeline.

—¿De qué naturaleza?

—Había muchos sobre ti. —Lenna se mordisqueó el labio inferior—. Pero también encontré artículos sobre piromancia, un frasquito de aceite fosfórico, un libro sobre escritura auto...

—¿Un frasquito de aceite fosfórico? —la interrumpió Vaudeline, parándose en seco.

—Sí —dijo lentamente Lenna—. ¿Qué tiene de malo el aceite fosfórico?

Vaudeline reanudó la marcha, y acto seguido carraspeó y dijo:

—No pretendo saber nada de las diversiones de tu hermana ni de sus intenciones para su empresa de mediumnidad, pero debo decirte que el aceite fosfórico es una de las herramientas favoritas de los espiritistas estafadores, una de las formas de impostura más descaradas.

Lenna se paró en seco.

—¿Y eso por qué?

Vaudeline continuó:

—El aceite fosfórico es luminoso, y los médiums fraudulentos a menudo empapan objetos con él para que parezcan sobrenaturales. A veces, los médiums usan el aceite para pintar formas humanoides en la pared o incluso en sábanas. Una espiritista jamás lo tendría entre sus bártulos, a no ser que tuviese intención de engañar.

De repente, Lenna se puso a la defensiva. Si Vaudeline estaba insinuando que Evie era un fraude, ella, desde luego, no pensaba morderse la lengua.

—Bueno, entre sus cosas también había montones de artículos sobre tus sesiones espiritistas.

—No quería dar a entender que tu hermana estuviera involucrada en actividades fraudulentas —se apresuró a decir Vaudeline. Después, apretó los labios y cambió de tema.

Lenna volvió al ahora, frunció el ceño y se puso a perseguir los retazos de su extraño sueño para atraparlos antes de que escapasen de su memoria, pero de repente el tren viró hacia la izquierda en una curva cerrada y la desconcentró. Aquel sueño, tan frágil, se disipó.

Metió la mano en el bolso para buscar la latita de caramelos de menta. Mientras buscaba, una bolsa de papel le rozó los dedos. En su interior estaba la aterciopelada pluma de una curruca capirotada.

Después de aquella terrible y última discusión con Evie la mañana de la víspera de Todos los Santos, Lenna se había ido inmediatamente a la tienda de adivinación de Jermyn Street en busca del aporte de pluma que Evie le había enseñado en el catálogo. Como ofrenda de paz le parecía un poco insuficiente —nada podía estar a la altura después de haber rasgado el papel de Evie y haberla acusado de leer la nota de Eloise—, pero era mejor que nada.

Para su gran alivio, la pluma seguía en venta. El dueño de la tienda la envolvió cuidadosamente, y Lenna le dio varias monedas. Había puesto el paquete a buen recaudo en su dormitorio con la esperanza de poder hablar con Evie esa misma noche y disculparse. ¿Qué más daba que a ella los aportes le pareciesen fantásticos, imaginarios o directamente falsos? Lo único que importaba era Evie. Había querido una pluma —esa pluma— y, después de la discusión, Lenna le habría dado todo el oro del mundo.

Y ahora la pluma de curruca le iba a pertenecer para siempre a Lenna. Era un recordatorio de lo que había hecho y de las disculpas que nunca había podido pedir.

—¿Te apetece un té? —preguntó Vaudeline, señalando una segunda taza con su platillo.

Lenna asintió mudamente; notaba la lengua seca, estropajosa. Mientras Vaudeline servía cuidadosamente el té, la miró, impresionada —como en su primer encuentro— por aquellas pestañas tan increíblemente largas.

—Gracias —dijo Lenna, cogiendo la taza de sus manos antes de añadir—: He soñado con mi hermana.

Vaudeline sonrió afectuosamente.

—Yo también sueño a veces con mi hermana. —La sonrisa se desvaneció—. Pero no son sueños felices, a diferencia, sospecho, de los tuyos.

Lenna sabía que Vaudeline tenía una hermana, pero nunca habían hablado de ella en detalle.

—¿Y por qué no son sueños felices?

Vaudeline soltó el libro.

—Vive en París, al igual que mis padres. No los veo desde que tenía diecinueve años, hace más de diez. Fue entonces cuando me hice médium y empecé a viajar por el mundo. Poco después, mis padres y mi hermana me rechazaron. En todos estos años, han sido entrevistados varias veces. Una vez, mi madre le dijo a un periodista que donde tenía que estar yo era en un manicomio. Prefiere mil veces presumir de mi hermana pequeña, que es madre de una prole de niños guapísimos. —Se toqueteó un brazalete negro que llevaba en la muñeca—. Menuda ironía, que haya familias dispuestas a pagarme para que contacte con sus seres queridos en el reino de los muertos mientras que la mía ni siquiera se digna cruzar París para verme.

Lenna recordó lo que había dicho Vaudeline dos noches antes: «Nunca me he acostumbrado a tener conflictos con las personas a las que considero amigas». Quizá en esa frase también estuviese enterrado el dolor por el rechazo de su familia. Lenna no conseguía entender aquel exilio público y privado. Era increíble que Vaudeline conservase aún algo de bondad.

—Tal vez sea por esto por lo que me importa tanto resolver casos abiertos de crímenes —dijo Vaudeline—. ¿A quién le gusta ser tratado con indiferencia o desconsideración, ya sea en vida o después de muerto? A nadie. Y aunque no voy a vengarme de mi familia por haberme rechazado, he canalizado estas frustraciones a través de mi trabajo. Supongo que, en ciertos aspectos, el rechazo de mi familia me preparó para lo que vino después. Contactar con los muertos es una tarea solitaria. Como ya he dicho, no tengo muchos amigos en este negocio. —Frunció los labios—. Ya ves la actitud tan estoica que he de adoptar cuando tengo sentada ante mí a una familia afligida. Un porte como el mío no invita precisamente a..., a la amistad. Me han llamado fría, apática. Insensible.

—Tu estoicismo no se debe a que no compadezcas a los presentes —dijo Lenna—. Intentas protegerlos. —Frunció el ceño, pensando que el frío porte de Vaudeline era pura fachada—. El hecho de que guardes tu empatía bajo llave no significa que seas insensible. La empatía está ahí; sencillamente, eres capaz de ponerla a un lado.

Una delgada puerta separaba su compartimento del pasillo central del tren, por el que pasó un chico ofreciendo periódicos, cigarrillos y cruasanes recién hechos que llevaba en un carrito. Lenna, de repente muy hambrienta, le hizo una seña.

Vaudeline se miró las manos.

—Nadie lo ha expresado nunca de esa manera. Gracias por decirlo.

Puede que Lenna fuera una simple aprendiz, pero sintió un curioso orgullo al pensar que acababa de sacar a la luz algo acerca de Vaudeline..., algo que había observado por su cuenta y que se había atrevido a decir en voz alta. Quería profundizar, seguir explorando y descubriendo lo que pensaba que había bajo el exterior de aquella afamada mujer. Por lo que se desprendía del comentario que acababa de hacer, no parecía que nadie se hubiese tomado el tiempo necesario para hacerlo. Por su profesión, la gente la consideraba un mero canal, un medio para llegar a sus difuntos seres queridos. ¿Cómo sería para Vaudeline eso de existir como un medio para poner en contacto a las personas sin que nadie la viese a ella como era realmente? ¿Cómo se sentiría, sin disfrutar nunca de esa conexión?

—¿Por qué te hiciste médium? —preguntó Lenna—. Si hay tanta soledad, tanto escepticismo... ¿Por qué?

—Exactamente por la misma razón que te trajo a ti a París. Yo también perdí a alguien. Un hombre al que amaba. Se llamaba Léon. Hacía solo un año que nos conocíamos, pero estoy segura de que algún día nos habríamos casado.

Lenna dio un mordisquito a su cruasán y masticó con aire pensativo.

—¿Dónde os conocisteis?

—En París, en un mercadillo callejero. Era pintor. Acuarelista. Una mañana pasé por delante de su puesto y me quedé deslumbrada por su obra y por su don para los colores y el movimiento: niños corriendo por la orilla de un lago, lágrimas rodando por una mejilla, veleros, narcisos, perros... No había nada que no pudiera pintar. Su obra era de un realismo tremendo, como si pudieras meterte en el lienzo y arrancar directamente el pétalo de una flor. Me pasaba por su puesto todos los fines de semana, hasta que, por fin, comprendió que su arte no era lo único que me interesaba —añadió con una sonrisita pícara y los ojos brillantes—. No tardamos en enamorarnos profundamente.

—¿Fue asesi...? —Lenna carraspeó—. Bueno, dices que lo perdiste. ¿Cómo falleció?

Vaudeline hizo un gesto como si hubiese esperado la pregunta.

—Se dio un golpe en la cabeza, una mala caída por las escaleras traseras de su casa. Fue visto y no visto: estaba lleno de vida, creando paisajes y emociones a partir de pigmentos y un simple pincel, y zas, ya no estaba. De repente era un cuerpo frío, a punto de yacer en una tumba. Y los cuadros... Me costaba creer que de allí en adelante ya no habría más. —Miró por la ventana. El tren pasó por una pradera de campanillas de invierno, con sus flores humildes y cabizbajas—. Me ponía enferma solo de pensar en lo que había perdido el mundo. En lo que había perdido yo. Desesperada por recuperar algo de él, estudié todo lo que pude sobre espíritus, sesiones espiritistas y trances. Acabé siendo muy buena en todo esto, y me dio mucha paz... durante un tiempo.

Vaudeline se encogió de hombros mientras el tren seguía su marcha con determinación. Sobre su regazo cayó un rayo de sol, y lo recorrió lentamente con los dedos.

—En fin, me alegra que hayas soñado con tu hermana. Los sueños son curativos. —Cogió el libro de su regazo: era evidente que no quería seguir hablando de Léon por hoy—. Mis sueños tienden a ser abstractos y raros —prosiguió—, pero supongo que algo tendrán que ver mis extraños gustos literarios. —Le enseñó el lomo del libro: *Las clarisintientes de la isla*—. Es una novela sobre seis islas del Ártico, cada una de ellas habitada por una princesa dotada de un poder clarisintiente. Seguro que dentro de poco empezaré a soñar con mujeres hermosas rodeadas de hielo o de foquitas…

El mal genio de Lenna quizá se había aplacado con el paso del tiempo, pero no su escepticismo. Mientras masticaba un trozo de cruasán, se alegró de tener la boca ocupada…, así no podría pedirle más información sobre conceptos tan invisibles e indemostrables como las capacidades clarisintientes. Quería mantener la paz, de modo que una vez que hubo terminado de comer permaneció callada y se quedó mirando la sombría pradera helada. Esas vistas sí se las creía: la formación del hielo, la medición del frío. Por debajo de aquella superficie compacta había capas de sedimento, como arenisca, caliza y creta. Podía excavar —eso sí, tendría que excavar mucho— para encontrarlas y sacar las piezas, dejar que el sedimento se desmenuzara entre sus dedos. Incluso puede que descubriera algún que otro fósil.

Espiró, y el aliento empañó una zona de la ventana, oscureciendo las vistas. Estaba deseando ponerse de acuerdo con Vaudeline en algo, en lo que fuera. En esos momentos era fundamental, si querían que su amistad se mantuviese intacta. Sí, dos noches antes Lenna se había mostrado testaruda y discutidora, pero había que reconocer que la falta de pruebas sobre todo aquello era exasperante. Quería creer, pero empezaba a pensar que las pruebas de la existencia del mundo de los espíritus la estaban esquivando. Que se estaban burlando de ella.

La vida y la muerte no son tan simples como me gustaría, reconoció para sus adentros. *Quizá mi resistencia sea parte del problema. ¿Cómo se me va a mostrar nada del mundo de los espíritus si lo rechazo sin más porque me parece una ilusión?* Se resolvió a ser menos terca, a ver si era capaz de permitir que coexistiesen la ciencia y los espíritus, aunque fuera mínimamente. Si no, corría el riesgo de que sus tambaleantes creencias le impidiesen llegar algún día hasta Evie, dondequiera que estuviese.

Notó que unos ojos la miraban y apartó la vista de la ventana. Vaudeline la observaba con curiosidad.

—¿Sabías que cuando estás absorta en tus pensamientos se te mueven los labios?

Lenna se ruborizó.

—No —dijo, avergonzada. Nadie se lo había dicho nunca, ni siquiera Evie.

—¿En qué estás pensando?

Lenna escogió sus palabras con cuidado, temiendo causar roces entre ambas.

—En lo fácil que es creer en las cosas que podemos ver y tocar. Con los espíritus no podemos hacer ni lo uno ni lo otro.

Vaudeline negó con la cabeza.

—No hables por los demás. Lo que quieres decir es que tú no puedes verlos ni tocarlos. Todavía no. —Hizo una pausa—. Los clérigos y los científicos creen que los espiritistas nos imaginamos estas cosas o que somos actores de talento en busca de la fama. —Soltó una risita—. Te aseguro que si buscara la fama no me habría embarcado en una profesión en la que hay tanta tristeza. Y cinismo.

El tren avanzaba con facilidad por la vía, meciendo suavemente el vagón. Vaudeline la miró con una sonrisa cálida.

—Hace dos noches, no me disculpé contigo como es debido. *Moi aussi, je suis désolée.* Llevo toda la vida topándome con escépticos, pero tus dudas me ofendieron más de lo habitual.

¿Por qué?, se preguntó Lenna. ¿Quizá porque la carta de Londres la había afectado? ¿O tal vez porque Vaudeline daba más valor a la opinión de Lenna que a la de otros escépticos con los que se había topado? Ojalá se debiese a lo segundo, a que Vaudeline era más sensible a todo lo que Lenna creía —o no creía— que a lo que creía cualquier persona normal y corriente. Lenna no quería ser una persona normal y corriente a sus ojos. Ni mucho menos.

—No debería haberte invitado al caso del caballero de Londres —dijo Vaudeline en esos momentos—. No es ni seguro ni práctico. No voy a poder enseñarte como es debido si estoy concentrada en algo que supone un riesgo tan elevado para ellos y para mí. —Cruzó las piernas y se puso las manos primorosamente sobre el regazo—. En cuanto a Evie, mantendré mi promesa. Cuando termine lo de la Sociedad Espiritista de Londres, conduciré la sesión de tu hermana.

—Gracias. Espero... —Lenna no pudo disimular el temblor de su voz—. Bueno, espero que todo transcurra sin ningún percance.

Un brillo enigmático asomó a la mirada de Vaudeline.

—Sí. Yo también. —El tren aminoró la marcha a medida que se iban acercando a la estación de Boulogne—. Mientras tanto... —señaló el accidentado terreno sobre el que discurrían las vías—, nos separaremos, y tú puedes volver con tus fósiles y tus piedras. En cualquier caso, es la opción más segura para ti.

Sus palabras rezumaban una suave resignación. En las dos últimas semanas, Lenna se había sentido arrastrada por Vaudeline, como si su nueva amiga estuviese empeñada en minar su incredulidad, pero ahora comprendió que Vaudeline había abandonado la lucha. El momento no podía ser más inoportuno, teniendo en cuenta que Lenna acababa de decidir que iba a desprenderse de una pizca de su cabezonería y estaba dispuesta a encontrar la ilusión en la vida cotidiana.

Ambas habían suavizado sus posturas. Sin embargo, mientras que Lenna estaba decidida a acercarse a las creencias de Vaudeline, Vaudeline parecía dispuesta a emancipar a Lenna de ellas.

Lenna se quedó mirando el río Liane y, más allá, el canal de la Mancha, por el que pronto pasarían. La marea estaba baja, y en el lecho rocoso del río había infinidad de objetos que podrían ser buenas piezas de exposición en un museo: amonitas que podían medirse, sílice que podía pesarse, incluso restos de huesos que podían localizarse en una tabla taxonómica.

Pero ¿esto? ¿Qué podía hacer con este sentimiento de desolación que rebullía en su interior al pensar que se iba a separar de Vaudeline esa misma noche en el muelle de Londres? No podía identificarlo, no podía tocarlo, y sin embargo era completamente real.

Justo cuando me doy cuenta de que a lo mejor el problema es mi cabezonería, tenemos que separarnos. Era terriblemente injusto. Lenna miró al suelo y se secó una lágrima furtiva antes de que Vaudeline pudiera verla.

Esa tarde, el vapor llegó casi con una hora de antelación a Londres. Las dos mujeres bajaron por la pasarela del barco al muelle del puente de Londres. Eran más de las siete; el sol se había puesto hacía un buen rato. Vaudeline sacó un pañuelo y se tapó la nariz, dándose a la vez unos toquecitos en los ojos. Por si el hedor del Támesis no fuera lo suficientemente desagradable, el velo de niebla que flotaba sobre la ciudad en esa época del año producía lágrimas y escozor en los ojos. A diferencia de Lenna, Vaudeline no estaba acostumbrada.

Nada más pisar el embarcadero, Lenna se dijo que no recordaba la última vez que se había sentido tan indispuesta, tan agotada. Pero como habían desembarcado antes de lo previsto, el señor Morley aún no habría llegado, y bajo ningún concepto pensaba dejar sola a Vaudeline entre la multitud.

—Esperaré aquí —dijo Vaudeline, indicando un banco que había al otro lado del embarcadero.

Enfrente, iluminado por una lámpara de gas, había un letrero que rezaba: «Compañía de Navegación a Vapor». Vaudeline se dio la vuelta como si se fuese a despedir de Lenna.

—No pensarás en serio que pienso dejarte aquí sola mientras esperas, ¿no?

—Se está haciendo tarde.

Lenna arqueó las cejas. En París se habían acostado mucho más tarde en las numerosas ocasiones en que se habían quedado hablando hasta la madrugada. Vaudeline había disfrutado de los largos discursos de Lenna sobre las colecciones de fósiles y las técnicas de conservación que había aprendido en Londres. Igualmente, a Lenna le encantaba oír hablar de todos los lugares a los que había viajado Vaudeline y que le contase animadas historias de sus sesiones en Cabo Bretón, Túnez, Serbia. Lenna no sabía qué pensar de las partes más disparatadas —cuencos levitantes, cicatrices espontáneas—, pero al menos las relativas a los viajes eran fascinantes. Los mercados de especias, los climas soleados. Lenna esperaba verlo todo algún día con sus propios ojos.

—Hemos trasnochado mucho más en otras ocasiones —dijo.

Vaudeline sonrió.

—Cierto. —Tomó asiento, metió la mano en la bolsa—. Mientras esperamos, podríamos jugar a un juego.

Sacó la novela de las islas del Ártico y las mujeres clarisintientes y la orientó hacia la lámpara de gas.

Lenna también se sentó, arrimándose más.

—Un juego de... ¿leernos en voz alta la una a la otra?

—No. Yo elijo una palabra al azar de una página y luego tú tienes que intentar adivinar qué palabra es.

—O sea, que de juego no tiene nada. Es una manera de forzarme a practicar mi clarividencia. —Lenna sonrió—. No puedes dejar de ser una profesora.

—Te daré un par de pistas. Aquí la clarividencia sobra —dijo Vaudeline, mirándola—. Me gustaría pensar que no somos solamente una profesora y su alumna. —Orientó el libro hacia sí, frunció el ceño—. Ya tengo la palabra. La pista es «flotar».

Lenna sonrió.

—Iceberg.

—Bah —dijo Vaudeline, sonriendo—. Demasiado fácil. —Pasó a otra página y la recorrió con el dedo—. Ah... Esta me encanta. La pista es... *les seins.*

Lenna le dio un golpecito en la pierna con aire juguetón.

—Por lo que veo, esto no es más que una lección de francés. No tengo ni idea de lo que significa.

—Bien, te lo traduzco: «senos».

Lenna se sonrojó.

—¿Torso?

—No.

—¿Pechos?

—*Oui.*

Se echaron a reír, tan alto que unos mozos de cuerda se volvieron a mirarlas. Mientras seguían con la risa tonta, Lenna bajó la vista. Su mano había encontrado la de Vaudeline, y tenían los dedos entrelazados.

Recordó el comentario que había hecho Vaudeline en París, después de la sesión del *château:* «Lo peor de la noche ha tenido lugar en el jardín, cuando he ido a cogerte la mano y la has apartado».

Y sin embargo ahora, sin pensarlo, la mano de Lenna había buscado la de Vaudeline. Casi por voluntad propia.

Vaudeline cerró el libro y lo dejó a un lado, y las dos mujeres se reclinaron en el banco cadera con cadera. Ninguna hizo amago de soltar la mano. Permanecieron largo rato en silencio, mirando al oscuro y tenebroso río Támesis. Lenna no pudo evitar preguntarse qué habría debajo de la superficie del agua, cuánta vida existiría allí, despierta y viva incluso a esas horas tan sombrías.

El tiempo pasó demasiado deprisa. Justo antes de las ocho, Vaudeline se llevó la mano de Lenna a los labios y le plantó un tierno beso en el dorso.

—La naturaleza de mi trabajo es que no puede verse —dijo en voz baja—. Y eso mismo cabe decir de mi afecto. Te aprecio mucho, Lenna, pero el cariño no siempre es tangible. Espero que aun así tengas la seguridad de que existe.

Muy lentamente, separó su mano de la de Lenna y miró hacia el toldo.

—El señor Morley indicó en sus instrucciones de viaje que me esperaría allí —dijo Vaudeline. Estiró el cuello y recorrió la multitud con la mirada. Entonces se puso de pie y, volviéndose hacia Lenna, añadió—: ¿Me das tu dirección? Me pasaré a verte en cuanto pueda.

Lenna agarró el asa de cuero de su maletín de mimbre. «Te aprecio mucho», acababa de decir Vaudeline. Pero ¿qué podía decirle ella a cambio, sobre todo en ese momento tan plagado de peligros e incertidumbres? Lo único que le venía a la cabeza era el peor resultado posible: que los granujas de la Sociedad se enterasen de la llegada de Vaudeline a Londres, o de su plan clandestino con el señor Morley.

—Por favor, sé prudente. —Fue lo único que Lenna se sintió capaz de decir.

—Sí —susurró Vaudeline—. Por supuesto. ¿Tu dirección? —Le guiñó fugazmente un ojo en la oscuridad—. Si las cosas no salen bien, puede que tenga que buscar asilo. Si es que me acoges, claro está.

A Lenna se le hizo un nudo en la garganta.

—No entiendo cómo eres capaz de hablar de todo esto tan a la ligera. No pareces ni la mitad de preocupada que yo.

Pero de nada servían sus preocupaciones, al menos en esos momentos. Ya estaban en Londres y, debajo del toldo, a varios metros de distancia, vio que acababa de llegar un grupo de hombres. Entre ellos seguro que estaba el señor Morley. Lenna se ablandó y dio otro paso hacia Vaudeline.

—Estoy en el hotel Hickway House. En Euston Road.

Vaudeline asintió con la cabeza, y a continuación le hizo una señal a un hombre que se había apartado del grupo del toldo y caminaba hacia ellas.

—Parece que es él.

Lenna rebuscó en su bolsa y sacó un papelito en el que escribió apresuradamente «Hickway House», por si acaso Vaudeline lo olvidaba. Le temblaban los dedos.

—Toma —dijo, dándole la nota a Vaudeline.

Acto seguido, conteniendo las ganas de llorar, se inclinó a abrazar a su amiga, y dejó la mano entre sus omóplatos unos segundos de más. Vaudeline se apretó más contra ella.

Con la cabeza apoyada en el hombro de Vaudeline, Lenna veía claramente al hombre que se acercaba, el hombre que debía de ser el señor Morley. No llevaba traje de caballero, sino la típica ropa de trabajo —chaqueta y pantalón bombacho de lana marrón—, como si pretendiera pasar desapercibido. En el lado izquierdo del rostro tenía una oscura marca de nacimiento, y llevaba la cabeza cubierta por una gorra de fieltro de color pardo. Estaba aplanada y bastante raída, y encima de la oreja izquierda tenía un corte deshilachado.

Lenna se quedó boquiabierta.

Ya había visto esa gorra.

La había visto varias veces entre las cosas de Evie en los meses anteriores a su muerte.

9

LENNA

Londres, sábado 15 de febrero de 1873

Lenna se soltó del abrazo, olvidándose de la difícil tarea de decir adiós. Tan solo un momento antes, estaba despidiéndose de Vaudeline con la idea de irse a buscar un coche de caballos.

Le escocía la piel. No, no iba a buscar un coche para irse a casa. Aún no.

El señor Morley estaba todavía a unos pasos de distancia, lo suficiente como para que Lenna retirase un mechón de pelo de la oreja de Vaudeline y le susurrase unas palabras al oído.

—El hombre que se está acercando lleva puesta una gorra que Evie trajo a casa más de una vez. Estoy segura.

Para cuando hubo terminado la frase, el señor Morley ya estaba a su altura, y saludó a las mujeres con una pequeña reverencia.

—Señorita D'Allaire —murmuró, mirando en derredor para asegurarse de que nadie le oía. De los labios le colgaba una pipa—. Bienvenida, y gracias por aceptar mi invitación. —Sacó un abrigo marrón oscuro y una gorra de lana de una bolsa que llevaba al hombro—. Póngase esto inmediatamente.

Vaudeline obedeció sin apartar los ojos de los de Lenna, como queriendo discernir lo que estaba pensando.

Evie había estado en contacto con numerosas sociedades espiritistas de la ciudad, incluso con algunas del extranjero. Además, había conocido la Sociedad Espiritista de Londres, dado que habían conducido una sesión para contactar con Eloise. No era esto lo que había dejado a Lenna estupefacta.

Su estupefacción se debía a la gorra.

Las mujeres no acostumbraban a ponerse prendas de ropa pertenecientes a hombres desconocidos, lo cual significaba que la relación entre Evie y ese hombre era de naturaleza… personal. Echó otro vistazo a la gorra, que cubría inocentemente la cabeza del señor Morley. Si miraba de cerca, ¿encontraría algún cabello negro de su hermana del alma? La posibilidad le puso mal cuerpo.

—Hola, señor Morley —dijo Vaudeline, también en voz baja—. Cuánto tiempo desde la última vez. Más de un año.

—Así es. —Miró a Lenna con curiosidad—. ¿Y ella es…?

—Mi aprendiz —dijo Vaudeline—. Ha viajado conmigo desde París.

Los ojos del señor Morley se abrieron como platos.

—Venir acompañada hasta aquí ha sido una idea muy peligrosa. Espero que no haya llamado la atención más de la cuenta ni haya compartido detalles confidenciales. —Dirigió la mirada hacia el toldo—. Hace un rato he tenido una conversación muy animada con un conductor. Estaré encantado de contratarle si su aprendiz necesita un coche de caballos.

Vaudeline arqueó las cejas. Hacía un instante, tal vez se habría limitado a decirle: «Sí, gracias». Pero ahora se volvió hacia Lenna.

—Estabas esperando a que llegásemos para decidir si querías continuar con tu formación aquí en Londres y participar en mi próxima sesión.

Era un truco, una mentira… Ambas mujeres sabían que ya estaba decidido que Lenna se abstendría de ir a la sesión. Esa misma mañana, en el tren, Vaudeline había retirado implícitamente su invitación al mencionar el peligro que suponía y lo que se jugaban.

Pero en los últimos minutos todo había cambiado.

Lenna echó otra ojeada a la gorra que cubría la cabeza del señor Morley. ¡Con qué facilidad la recordaba sobre la cómoda de Evie! Incluso recordaba a Evie metiéndola apresuradamente en la mochila la mañana misma de su muerte, como si no quisiera que nadie la viera.

«Odio que hagas esto», había dicho Evie acerca de la tendencia de Lenna a fisgonear en sus asuntos personales.

Pero Evie estaba muerta. Y Lenna pensaba fisgonear cuanto hiciera falta para llegar a la verdad de las cosas.

—Sí, voy a participar —dijo.

El señor Morley se rio y miró a Vaudeline.

—¿Es inglesa? Vaya, daba por hecho que era francesa. En cualquier caso, señorita D'Allaire, no es esto lo que convenimos. —Dio un paso, la cogió suavemente del brazo—. Este caso es altamente confidencial, y bastante trabajo me ha dado ya organizar que una mujer llegue discretamente a la Sociedad. Conque no digamos dos. No puedo dar mi aprobación.

Pasó un muchacho vendiendo tacitas de vino de saúco caliente a medio penique, y Vaudeline pidió dos.

—Señor Morley, no quiero que nos convirtamos en adversarios. Ambos éramos muy amigos del señor Volckman, y en su carta usted no me decía que tenía que venir sola a Londres. —Le dio una tacita a Lenna—. Tengo plena confianza en mi aprendiz, y su destreza en la sala de sesiones es excepcional.

Apuró rápidamente el vino.

El señor Morley miró con cautela la pasarela del barco, como sopesando las alternativas.

—En serio, señorita D'Allaire, sería mejor que no viniera. El riesgo es enorme, es imposible que ust…

—Vendrá conmigo; en caso contrario, me veré obligada a declinar respetuosamente su invitación a conducir la sesión espiritista.

El señor Morley soltó un largo suspiro resignado.

—En fin, qué le vamos a hacer —dijo con expresión contrariada—. Eso sí, con varias condiciones —añadió, señalando a Lenna—. Número uno: no podrá entrar y salir de la Sociedad a su antojo. La sesión es mañana por la noche. Hemos pensado que querría usted pasar el día descansando, después de un viaje tan largo.

Vaudeline miró a Lenna en busca de una respuesta. Lenna no le había notificado a su padre que iba a volver a Londres, de manera que a todos los efectos se suponía que seguía en París. Nadie la esperaba, así que asintió con la cabeza.

—Me parece muy bien —le dijo Vaudeline al señor Morley.

—Perfecto. He preparado una habitacioncita en la sede de la Sociedad. Es bastante pequeña, poco más que un escobero, pero al menos es discreta. —Señaló a las dos—. Solo hay un catre, pero podré conseguir otro. Condición número dos: recuerden que es una sociedad de caballeros, y que las mujeres no tienen permitido el acceso a la sede ni participar en ninguno de nuestros asuntos, ya sea dentro o fuera del edificio. Es una de nuestras normas más estrictas, aunque estoy dispuesto a hacer una excepción con ustedes, dadas las circunstancias. Aun así, los demás miembros no pueden enterarse, así que les pido que permanezcan disfrazadas en todo momento. Supongo que, teniendo en cuenta el motivo de su presencia aquí, esto la aliviará, señorita D'Allaire. No sé de quién debo sospechar que mató al señor Volckman…, en qué miembros de la sociedad puedo confiar, y en cuáles no. Para garantizar su seguridad, es fundamental que no se quite el disfraz.

Al ver que Vaudeline asentía, continuó:

—Condición número tres. Tendremos que ser muy cautos en lo que se refiere a sus movimientos. Si necesitan salir (a dar un pequeño paseo, por ejemplo), yo las acompañaré hasta la entrada de servicio que está en la parte de atrás del edificio, muy cerca del cuarto en el que se van a alojar. El agente Beck (lo mencioné en mi carta) también estará disponible. Pero —añadió, refiriéndose a Lenna con un gesto— no puedo garantizar su seguridad durante su estancia en Londres. El agente Beck solo se ha preparado para su llegada, señorita D'Allaire. En estos momentos la está esperando en el ómnibus.

Vaudeline arqueó las cejas.

—Muy bien. Ella no se ha creado enemigos entre los socios, como parece que sí que he hecho yo. No veo qué necesidad tiene de que la protejan.

El señor Morley, que al parecer había terminado de exponer las condiciones, hizo una seña a las mujeres para que avanzasen. Pero de repente se detuvo y se dirigió a Lenna.

—¿Puedo preguntarle cómo se llama?

Lenna se puso tensa. Sabía que el señor Morley estaba relacionado con Evie de alguna manera que aún estaba por determinar, pero era imposible que supiera que ella era su hermana mayor. A no ser que en algún momento Evie le hubiera dicho su nombre...

En fin. El señor Morley estaba inmóvil, esperando su respuesta.

—Lenna —dijo.

El señor Morley frunció el ceño, y tardó en reaccionar un poco más de la cuenta.

—¿Y vive usted aquí, en Londres?

—Sí. El hotel Hickway House pertenece a mi familia.

Oyeron un silbidito a sus espaldas. Un mozo de cuerda se estaba abriendo paso entre el gentío con una enorme maleta. Vaudeline y Lenna se apartaron para dejarle pasar, pero el señor Morley no se movió del sitio; de repente, parecía... ¿Qué parecía?

No tanto obstinado como estupefacto.

Finalmente, el mozo de cuerda le dio un golpecito en el hombro, y el señor Morley se hizo a un lado. Carraspeó como para tragarse las palabras que había pensado decir. Después acompañó a las mujeres a través de la multitud de pasajeros, salieron por una puerta lateral y se adentraron en la penumbra de la ciudad.

10

SEÑOR MORLEY

Londres, sábado 15 de febrero de 1873

Mientras acompañaba a las mujeres desde el muelle hasta el ómnibus, me esforcé por adoptar un aire sereno, despreocupado.

A decir verdad, estaba muy alarmado por lo que acababa de saber: la inesperada acompañante de Vaudeline era ni más ni menos que la hermana mayor de Evie. Lo había sospechado en el instante mismo en que dijo que se llamaba Lenna —no podía haber tantas Lennas en Londres—, y ella misma me lo confirmó acto seguido al decir que vivía en el hotel Hickway House.

Evie la había mencionado varias veces, decía que tenían una relación muy estrecha. Por lo demás, nunca me había parado a pensar en la hermana mayor.

¡Qué necio había sido! ¿Cómo no había previsto que Lenna querría estudiar con la célebre médium con la que se había formado Evie?

A fin de cuentas, Lenna quería resolver un crimen. En el muelle no me había revelado que su hermana había muerto recientemente, pero no hacía falta.

Yo ya lo sabía.

Aquel verano, Evie y yo seguimos intimando. Desde su punto de vista, era el típico intercambio en el que ambas partes salen ganando. Yo tenía acceso a lo que ella quería, un amplio saber mediúmnico: los libros difíciles de encontrar, los instrumentos, nuestros registros confidenciales de sesiones y cazas de fantasmas.

Y yo ¿qué deseaba? En fin, habría que ser muy tonto para no saber la respuesta. Evie Rebecca Wickes tenía toda la vivacidad y el encanto que le es posible tener a una mujer de veinte años. Y no solo pasaba por alto mi marca de nacimiento, sino que además había dicho que era de una belleza exquisita. Había algo entre nosotros…, una conexión especial. Ella misma lo había dicho alto y claro.

¿Cómo no iba a suspirar por ella?

A lo largo del verano, los encuentros se desarrollaron de la siguiente manera. Evie se presentaba en la puerta de servicio a la hora convenida, por lo general bastante tarde. (Y yo, al abrir y ver a la persona que estaba en el umbral, por un brevísimo instante caía en la trampa y pensaba que un mozo de cuerda se había confundido de dirección). Entonces, la hacía subir rápidamente a la biblioteca por la escalera trasera, y de ahí pasábamos a mi estudio.

Las primeras veces, me concedía tan solo un largo beso, quizá una caricia o dos. Acto seguido, se apresuraba a comunicarme lo que quería ver en las pilas de libros de la biblioteca, por lo general algún método o técnica de los que le había hablado algún amigo.

Al principio, nuestras citas parecían más un intercambio intelectual que una aventura amorosa, pero empecé a notar que cedía a medida que iban pasando las semanas y dejaba que mis manos bajaran más y durante más tiempo.

En cierta ocasión, Evie me preguntó si teníamos libros sobre la construcción de cuernos espirituales, o incluso los cuernos mismos.

—Sí —dije—. Pero reconozco que todo esto empieza a parecerme un pelín injusto.

Ladeó la cabeza.

—¿Injusto?

Asentí con la cabeza. Evie sabía exactamente a qué me refería. Aun así, mejor que se lo dijera sin pelos en la lengua.

—Te he permitido explorar bastante por aquí. Desde luego, más de lo que tú me has permitido explorarte a ti.

Soltó una risita, frunció el labio inferior. Despacio, se desabrochó el botón de arriba del pantalón bombacho, después el segundo y el tercero. El tejido se aflojó en torno a sus caderas y se lo bajó, revelando la piel del vientre y la curva de su cintura, dos partes de su cuerpo que nunca había visto.

Los bombachos fueron bajando centímetro a centímetro, y debajo vi las medias y las ligas que había llevado aquel día bajo el vestido. Por un instante perdí el sentido, y pensé que lo mismo me había muerto, que, por fin, me había llegado la hora.

Me permitió mirarla un rato, incluso que le tirase de una liga, que restalló al rebotar contra el muslo. Finalmente, pasé las manos por su vientre, deseando más.

—Los cuernos espirituales —dijo, retirándome las manos—. Déjame verlos. Y también los planos de construcción.

Me llevé las manos a los costados.

—Evie.

Volvió a subirse los bombachos.

—Lamento que pienses que nuestro acuerdo es injusto. Yo no. —Se abrochó los botones—. Si acaso, creo que apenas he rozado la superficie de todo lo que queda por explorar.

Y señaló la puerta con la cabeza. Al otro lado estaba la biblioteca.

Con un suspiro resignado, la llevé a un estante en el que había varios libros sobre la construcción de cuernos espirituales.

Las estanterías de caoba eran el doble de altas que ella. Las pilas tenían casi tres metros y medio de altura, y cada pocos metros había escabeles por si alguien necesitaba un ejemplar de alguno de los estantes superiores. Cada fila de estantes contenía centenares de títulos. Había libros sobre la historia de lo paranormal, vetustas tradiciones espiritistas, dibujos de fantasmas observados a lo largo de los siglos y un montón de manuales sobre técnicas.

La dejé examinando la sección sobre ruidos de espíritus y fui a por la media docena de cuernos que teníamos guardados. Mientras se los enseñaba, le iba explicando los sonidos que hacían los cuernos en presencia de espíritus o de energía, y después, juntos, echamos un

106

vistazo a los gráficos del libro, que decían lo que significaba cada sonido, como por ejemplo la presencia de un espíritu animal, de un demonio o de un niño.

Tomó abundantes notas e hizo varios dibujos en su cuaderno negro; recabó toda la información que necesitaba.

Semana tras semana, durante todo aquel verano tan sofocante, nuestro acuerdo se mantuvo de esa manera. Poco a poco, Evie me iba dejando ver y tocar más partes de su cuerpo, y, a cambio, yo me mostraba generoso con los documentos de la Sociedad. Le dejé leer las actas de las reuniones, le enseñé los útiles para cazar fantasmas y le facilité un acceso prácticamente ilimitado a los libros de la biblioteca.

Vi que tenía hambre de todo aquello. Más que hambre, glotonería. Lo devoraba todo como devora un perro un hueso.

Una mañana de mediados de julio, al llegar a mi estudio, me sorprendió encontrar un sobrecito blanco en la alfombra. Debía de haberlo metido alguien por debajo de la puerta.

Al abrirlo, reconocí al instante la letra del señor Volckman. «Tenemos que hablar de un asunto muy grave en cuanto le sea posible».

Se me cayó el alma a los pies. Miré por encima del hombro, presa de la sensación de que me habían pillado o de que me estaban vigilando. ¿Tendría algo que ver con Evie? ¿Nos habría visto juntos, a pesar del disfraz?

Inmediatamente bajé a la sala común de la Sociedad, donde pregunté por el paradero de Volckman. Alguien le había visto en la sala de fumadores no hacía mucho, de modo que me dirigí hacia allí a todo correr. Me alegré de encontrarlo sentado en su butaca de siempre con una pipa colgándole de los labios. No había nadie más. El sol del atardecer entraba por una ventana redonda y una humosa neblina flotaba en el ambiente, sumiendo la estancia en una radiante atmósfera como de ensueño.

—He recibido su nota —anuncié, e inhalé lentamente—. ¿Algo grave, dice?

Volckman apartó la vista de los periódicos y cruzó las piernas. Señaló un papel apergaminado lleno de números que tenía ante sí.

—Los ingresos han vuelto a bajar.

Me invadió una sensación de alivio. De modo que se trataba solamente de dinero. Me sequé una gota de sudor por detrás de la oreja.

—Bueno, pues buscaremos más clientes, o…

—No. —Volckman negó con la cabeza—. Tenemos que ir a la raíz del problema, no ponerle un torniquete. —Hizo una pausa—. Tenemos que averiguar qué es lo que está provocando los rumores (más que rumores) que dicen que celebramos sesiones fraudulentas.

Cerré fugazmente los ojos. Otra vez el maldito tema. A principios de año lo había sacado por primera vez.

—Estoy en ello. Estoy… Estoy dándole vueltas.

—Esto es importante, Morley. Por el amor de Dios, ¡le pedí a la señorita D'Allaire que se marchase de la ciudad!

—Lo sé.

Dejó la pipa a un lado.

—Esto es un desastre… —dijo con expresión asqueada a la vez que daba unos toquecitos con el dedo al papel apergaminado; a continuación, me miró fijamente a los ojos—. Solucionelo, Morley. Los números, los rumores, todo. Conozco a más de uno que estaría dispuesto y capacitado para relevarle en el cargo.

Lo miré parpadeando, incapaz de creerme lo que acababa de decir. Habíamos construido juntos la mitad de aquella organización, ¿y ahora me amenazaba con despedirme?

Me mordí el labio inferior. Quería contestar a su amenaza, pero sabía que no me convenía. Que incluso podría exacerbar las cosas. Al fin y al cabo, yo era su subordinado. Todo lo que más apreciaba lo había conseguido gracias a la generosidad que me había mostrado diez años antes.

Le deseé un buen día, asegurándole por última vez que resolvería todo aquello. De un modo u otro.

Mientras salía, noté que algo me hacía cosquillas en el cuello. Instintivamente, subí la mano. En el cuello de mi abrigo había un pelo liso y oscuro de varios centímetros de largo. Era de Evie, claro. Me lo sacudí de encima rápidamente, como si estuviese ardiendo por un extremo.

Cayó flotando al suelo, despacio, como una pluma.

Y mientras caía, me vino por fin a la cabeza una solución bastante buena para todo aquel embrollo.

11

 LENNA

Londres, sábado 15 de febrero de 1873

Cuando salieron del muelle, el señor Morley ayudó a las mujeres a subir el equipaje al techo de un ómnibus lacado de negro y lo suficientemente amplio como para dar cabida a ocho o diez personas. Al frente iban enganchados dos caballos color ónice, con las cabezas coronadas por penachos de plumas negras como los que se ven en los cortejos fúnebres. En uno de los lados, escrito con sencillas letras grises, se leía: «Sociedad Espiritista de Londres». Todo aquello otorgaba al coche un aspecto más bien sombrío, pero al fin y al cabo la clientela de aquellos hombres que celebraban sesiones de espiritismo estaba formada por deudos. Jamás osarían presentarse en una casa sumida en el dolor con caballos blancos y plumas de vistosos colores.

Lenna subió al coche y se sorprendió al ver que ya había alguien dentro, oculto al fondo entre las sombras. Y entonces se acordó: el agente. Mientras el grupo hacía las presentaciones, el agente Beck —hombros anchos, cejas pobladas y una cicatriz de varios centímetros en la parte inferior de la barbilla— evitó mirar a nadie a los ojos y fue parco en palabras. Permaneció cruzado de brazos, recorriendo a las dos mujeres con una lenta mirada de arriba abajo que no hizo ningún esfuerzo por disimular. Se suponía que su misión era proteger a Vaudeline, transmitirle seguridad, pero, a juicio de Lenna, su actitud daba la impresión contraria. A decir verdad, el agente Beck le parecía muy inquietante.

Además, se preguntó hasta qué punto estaría informado sobre el caso Volckman. ¿Le habría hablado el señor Morley de los maleantes que había en la Sociedad?

Lenna tomó asiento en uno de los bancos corridos, frunciendo el ceño al ver un par de barriles de madera que había al fondo del ómnibus.

—Tengo una destilería —explicó el señor Morley—, y de vez en cuando utilizo el ómnibus de la Sociedad para hacer repartos. —Señaló los barriles—. Estos son para entregarlos esta semana.

El señor Morley dio unas palmaditas en el hombro al conductor, un atractivo joven vestido con una oscura librea de cuello alto y almidonado. Lenna supuso que iniciarían una conversación, pero se quedó sorprendida al ver que el conductor le daba al señor Morley una pequeña pizarra y una tiza. El señor Morley escribió apresuradamente unas palabras y acto seguido le pasó la pizarra al conductor.

—Nuestro conductor, Bennett, no oye ni habla —explicó al ver el desconcierto de Lenna—. Nos comunicamos con la pizarra. Le he dicho que vamos derechos a la Sociedad Espiritista de Londres. Me imagino que estarán exhaustas.

Lenna se alegró: además de estar cansada, hacía unos minutos que la aquejaba una terrible jaqueca. Quizá se debiera al hedor. Se desató el pañuelo del cuello —sentía un extraño calor para la estación del año en la que estaban— y lo dejó a su lado en el asiento, pensando en posibles estrategias para obtener información sobre la relación entre Evie y el señor Morley.

—Deduzco por su carta que el señor Volckman y usted seguían siendo tan amigos como siempre —dijo Vaudeline, inclinándose para que el señor Morley pudiese oírla entre la trápala de los cascos de los caballos.

—Sí. —El señor Morley carraspeó, se pasó la mano por la nuca—. Muy amigos.

—¿Y han tomado alguna medida los socios para contactar con su espíritu? —preguntó Vaudeline.

—Por supuesto. El resultado fue… preocupante.

Vaudeline frunció el ceño.

—¿A qué se refiere?

El señor Morley y el agente Beck cruzaron una mirada cautelosa.

—Intentamos conducir una sesión —dijo el señor Morley—. De hecho, en dos ocasiones, y en ninguna conseguimos hacer acopio de energía. El silencio y la calma de la habitación eran totales.

—¿Ningún temblor en el ambiente, ningún calor? —preguntó Vaudeline.

—Ni pizca.

—Y los conjuros, ¿los recitaron en el mismo lugar en el que murió?

El señor Morley hizo un gesto afirmativo.

—Sí. Condujimos las sesiones en mi bodega personal. Sé que fue el lugar en el que murió porque fui yo quien encontró el cadáver. —Frunció el ceño mientras se acariciaba la barbilla—. Me pregunto, señorita D'Allaire, si existirán los contraconjuros. Los sinvergüenzas que hay en el seno de la Sociedad…

—Antes de que prosigamos —interrumpió Vaudeline—, ¿hasta qué punto está informado el agente Beck?

Morley movió la cabeza en señal de aprobación.

—Es usted muy concienzuda. Le he contado a Beck lo suficiente, y además ha firmado un juramento de confidencialidad. —Carraspeó y continuó—: ¿Es posible que estos maleantes hayan puesto trabas a nuestras sesiones, incluso aunque no estuvieran presentes en la sala con nosotros?

—Sí, claro, es posible esparcir conjuros obstaculizantes por una sala. Aunque es difícil hacerlo de manera eficaz.

El señor Morley se encogió de hombros.

—Bueno, nuestros socios son muy competentes, como sabe. Quizá un conjuro obstaculizante, como lo llama usted, explique por qué nuestras sesiones han sido ineficaces. En cualquier caso, hemos probado con varias cosas más. Incluso con… —bajó la mirada y movió los dedos— una tabla de escritura espiritista.

Vaudeline pestañeó como si no le hubiese oído bien.

—¿Una tabla de escritura espiritista?

—Sí. Es una tabla con ruedas y con una estilográfica que…

—Sé lo que es, señor Morley. —Soltó una risita—. Pero es un juguete para niños. No es una herramienta de mediumnidad fiable.

—Estoy desesperado —dijo él en voz baja—. Estoy dispuesto a probar con lo que sea. Incluso con un juguete infantil.

Vaudeline se lo tomó como un suave reproche y le dio un afectuoso apretoncillo en el brazo a la vez que se recostaba en su asiento.

Por fin llegaron a York Street, en el extremo norte de St. James's Square. El conductor tiró de las riendas hacia la derecha, dirigiendo a los caballos hacia un estrecho pasaje que había detrás de una hilera de edificios.

Aceleraron el paso, y el señor Morley se rio entre dientes.

—Cuanto más se acercan a casa, más deprisa van.

Señaló el pasaje, que estaba sembrado de paja por algunas zonas. Un poco más allá se veía claramente la entrada de las caballerizas, flanqueada por lámparas de gas de pared. Por encima, en el segundo piso, Lenna distinguió a duras penas un par de cortinas de color claro a través de una ventana de cuarterones. Se imaginó que sería allí donde se alojaba el conductor.

Volvió la cabeza para ver el edificio de la Sociedad. Varias plantas se encontraban casi completamente a la sombra. La fachada estaba hecha de caliza de Portland, una piedra que reconoció con facilidad porque Stephen le había enseñado a identificarla a través de muestras y le había explicado que se usaba a lo largo y ancho de la metrópolis. La caliza, con su pálido brillo, resultaba fácil de detectar, aunque lo habitual era que en Londres pareciese manchada por culpa de la niebla y del hollín. Lenna sabía que si miraba de cerca la fachada a la luz del día encontraría diminutos fósiles en forma de espiral y de tornillo —gastrópodos— incrustados en la piedra, así como huellas de coral de un antiquísimo arrecife.

Se acercaron a una puerta trasera en la que parpadeaba una lámpara de gas. Allí, Lenna se fijó en una discreta inscripción que estaba a la altura de los ojos: «Sociedad Espiritista de Londres, fundada en 1860». Qué curioso, se dijo, que la palabra «espiritista» estuviese grabada en aquella piedra salpicada de fósiles. Los dos lados de los muertos: el ilusorio y el tangible.

Una vez dentro, el señor Morley y el agente Beck acompañaron a las mujeres por un corto pasillo. Arrumbados en una punta había varios muebles viejos, incluida una maciza estantería de madera de caoba. Llegaron a una puerta cerrada, y el señor Morley entró en la habitación y subió el farol que tenía en la mano para iluminar mejor el espacio circundante. Estaba muy vacío; tan solo había un catre y un montoncito de ropa. Debajo de una ventana, una sólida silla de madera que perfectamente podría haber estado junto con otras cien como ella en una sala de conferencias. En una esquina había una mesa bastante alta con un cuenco de cerámica y una jarra de agua, además de varias toallas de aseo de franela. Todo un tocador improvisado, por mísero que fuera.

—Traeré otro catre —dijo—. Los socios a veces pasan aquí la noche, así que tenemos unos cuantos de sobra. —Señaló una bolsa de papel que estaba junto a la ropa—. Ahí dentro encontrarán restos del almuerzo que ha habido hoy en la Sociedad. Panes, mermeladas, un poco de pollo. Todo bastante sabroso. —Se dirigió al agente Beck—: Creo que por hoy ya hemos terminado. Gracias por su ayuda.

El agente Beck asintió rígidamente con la cabeza.

—Vendré mañana sobre las siete, por si me necesitan.

Sin despedirse siquiera de las mujeres, se dio media vuelta y se marchó.

Vaudeline dejó su bolsa en el suelo y recorrió la pequeña habitación con la mirada.

—Ha mencionado usted que mañana será un día de descanso para la señorita Wickes y para mí. Pero si queremos garantizar el éxito de la sesión, podríamos utilizar mejor nuestro tiempo.

El señor Morley abrió los ojos de par en par, y hasta Lenna guardó un silencio expectante; ¿adónde quería ir a parar Vaudeline?

—Dígame —dijo el señor Morley con tono vacilante.

—El día que murió el señor Volckman… ¿sabe usted qué recorrido hizo?, ¿dónde estuvo? Tendremos que hacer una visita a las localizaciones, si es posible.

Metió la mano en la bolsa de viaje y sacó un cuaderno y un lápiz.

—¿A las localizaciones? Suena usted como un miembro de la Policía Metropolitana. —El señor Morley sonrió y dio una vuelta a la manivela del farol; la llama bajó y los ojos se les ajustaron a la tenue luz—. La Policía Metropolitana ha agotado todas las posibilidades, se lo aseguro. No hay pistas, ni pruebas, en los lugares por los que pasó el señor Volckman la víspera del Día de Todos los Santos.

Vaudeline movió la cabeza con gesto impaciente.

—Venga, señor Morley, no estamos hablando de ciencia forense. ¿Ha leído alguna de mis publicaciones sobre claritangencia? Era uno de los temas de debate favoritos entre el señor Volckman y yo.

—No las he leído, pero siento curiosidad.

Cogió la bolsa de las sobras del almuerzo y se la ofreció a Vaudeline, que la rechazó con un gesto de la mano mientras decía:

—La claritangencia tiene que ver con la energía que transfiere una persona a las cosas que toca. Este fenómeno es particularmente intenso cuando sentimos emociones poderosas como la ira, la lujuria, la envidia…, emociones a las que a menudo se enfrentan las personas en los minutos o las horas previas a su muerte, según las circunstancias. —Deslizó cuidadosamente los dedos por las cortinas de terciopelo rojo que enmarcaban la ventana—. Soy capaz de absorber esta energía, que a su vez me ayuda a manifestar a los difuntos durante una sesión. Por eso, quiero ir a todos los lugares a los que fue el señor Volckman el día que murió, para ver si puedo extraer energía latente de los objetos que pudiese haber tocado.

El señor Morley parpadeó, sin molestarse en disimular la expresión incrédula que le asomó al rostro. Saltaba a la vista que la claritangencia no estaba entre las técnicas empleadas por la Sociedad Espiritista de Londres. Pero Lenna se hizo cargo de la situación en la que se encontraba. El señor Morley había organizado el viaje de Vaudeline a Londres y la había alojado en la sede de la Sociedad. Pensara lo que pensara él de la técnica de la claritangencia, Lenna se imaginaba perfectamente lo presionado que debía de sentirse para hacer bien las cosas…, para resolver el caso.

—Bien, veamos —dijo el señor Morley—. Horas antes de la muerte del señor Volckman, la Sociedad condujo una sesión espiritista para una viuda que vive aquí cerca, la señora Gray. Yo no asistí, pero el señor Volckman sí.

—¿Sabe dónde vive exactamente?

—Sí. Yo me ocupo de supervisar los encargos y los contratos de todas las sesiones espiritistas del departamento. También decido qué socios participan. La señora Gray vive en Albemarle Street.

Vaudeline hizo anotaciones en su cuaderno.

—Entonces, iremos a ver a la señora Gray por la mañana. También me gustaría pasarme por casa de Ada Volckman, en Bruton Street. Está a pocos minutos de Albemarle.

—No tenía previsto que mañana fuéramos a hacer recados por toda la ciudad —dijo el señor Morley con delicadeza—. Quizá la visita a la señora Volckman pueda esperar hasta después de la sesión, cuando hayamos resuelto todo esto.

—Éramos amigas, señor Morley. He cenado en su mesa más de una vez y de dos. ¡Si hasta les he leído cuentos en la cama a sus hijos! —Se interrumpió con expresión apenada—. Me gustaría pasarme a verla mañana, aunque solo sea unos minutos. Por cierto —añadió, frunciendo el ceño—, ¿está enterada de que me ha llamado para que conduzca la sesión de su difunto marido?

El señor Morley carraspeó.

—No. No he querido inquietarla con los detalles de su visita. Bastante tiene ya con lo suyo. Y por eso le pido que considere, una vez más, si realmente ganamos algo con ir a verla así, tan inesperadamente.

Puso énfasis en la palabra «ganamos», como haría un mercader o un vendedor ambulante.

Vaudeline le miró con detenimiento.

—¿Alguna vez ha perdido a un ser querido, señor Morley?

—Sí. A mi padre.

—¿Recientemente? ¿Tenían una relación muy estrecha?

—Hace más de una década. Y sí, muy estrecha.

—Después de su fallecimiento, ¿tuvo usted la suerte de contar con amigos que se pasaran a ver qué tal se encontraba? ¿O se iba sintiendo más solo a medida que pasaban las semanas?

El señor Morley parpadeó varias veces.

—Lo segundo, sin duda.

—Exacto. Con el paso del tiempo, parece que la familia y los amigos cercanos son los únicos que siguen sufriendo. Como si todos los demás hubieran pasado página. Las visitas disminuyen. La gente vuelve a reunirse, suelta las mismas risotadas que antes. La silla vacía es ocupada por una persona nueva. Por tanto, convengo con usted en que, en lo que a la investigación se refiere, «ganamos» poco yendo a ver mañana a la señora Volckman. Pero ¿consolar a una amiga que ha perdido a su esposo hace tres meses? Vaya, no se me ocurre mejor motivo para hacerle una visita.

Los tres guardaron silencio unos instantes, y a continuación el señor Morley entrelazó los dedos y dijo:

—Muy bien. Iremos a verla por la mañana.

Quizá fueran imaginaciones suyas, pero a Lenna le pareció percibir un dejo de derrota, de frustración incluso, en su voz.

—Estupendo. —Vaudeline miró el cuaderno—. A ver, ¿se le ocurre algún otro lugar al que pudiera haber ido el señor Volckman el día de su muerte?

—No sabría decirle. Yo no le llevaba la agenda. —Mientras hablaba, Lenna bajó la mirada, incómoda. El señor Morley iba a ser su fuente de información y su protector durante los próximos días. Temía que le irritasen con tantas peticiones—. Eso sí, al final se presentó en mi bodega, para la fiesta de la víspera de Todos los Santos…

—El sarao anual que celebran en la cripta —interrumpió Vaudeline—. Asistí a unos cuantos, hace muchos años.

—Así es. Como siempre, había numerosos miembros de la Sociedad. Incluidos el agente Beck y yo.

—Dado que encontraron el cadáver en la bodega, ahí es donde celebraremos la sesión. —Lo apuntó rápidamente—. ¿Vino aquí, a la sede de la Sociedad, el día de su muerte?

—Sí. Entre semana siempre desayunaba aquí. Después, repasaba los libros de registros, respondía a preguntas, etcétera.

—¿Los libros de registros?

El señor Morley asintió con la cabeza.

—En el vestíbulo principal tenemos un registro de visitas en el que los socios firman la entrada cada día. El señor Volckman lo revisaba regularmente por si alguien no pagaba la cuota de asistencia.

—¿Y está bastante seguro de que hojeó ese registro el día en que murió? —Al ver que asentía con un gesto, Vaudeline continuó—: Pues entonces, mañana me gustaría verlo. Y ¿tenía algún tipo de estudio aquí en la Sociedad? ¿Algún sitio donde hubiese podido dejar una pluma estilográfica o una pipa, cualquier cosa que hubiese podido tocar aquel día?

El señor Morley negó con la cabeza.

—Algunos socios prefieren trabajar en la biblioteca, que está justo encima de nosotros, en el segundo piso. Yo mismo lo prefiero; de hecho, mi estudio está en la parte de atrás de la biblioteca. Pero el señor Volckman era un hombre muy sociable, prefería sentarse a trabajar en cualquier silla del comedor, de la sala de juegos, incluso de la torre de fumadores. No tengo ni idea de en qué parte del edificio estuvo en la víspera de Todos los Santos.

Mientras Vaudeline tomaba apuntes, Lenna sintió que se envalentonaba.

—¿Algo más? —preguntó. No se había dirigido al señor Morley desde que habían salido del muelle—. ¿Alguna otra revista, o libros o papeles que pudo haber tocado?

Quería ser útil de alguna manera; al fin y al cabo, seguía interpretando el papel de aprendiz.

El señor Morley entrecerró los ojos.

—No puedo compartir ese tipo de documentos. Puedo dejarles que miren el registro público de entradas, pero los registros de la Sociedad están, en términos generales, clasificados.

Vaudeline esbozó una sonrisa forzada.

—Su sentido del deber es admirable, señor Morley.

—Además, mañana no voy a poder sacar el libro de registros del vestíbulo. Va a haber socios entrando y saliendo todo el día. Pero puedo dárselo ahora, ya que por hoy ya se han marchado todos y ya no quedará nadie por firmar la salida. Y de paso cogeré el segundo catre. Concédanme unos minutos, por favor.

118

Salió, y a continuación oyeron el eco de sus pisadas por el pasillo.

—La víspera de Todos los Santos —dijo Lenna en cuanto se hubo marchado—. Me cuesta creer que el señor Volckman y Evie fueran asesinados la misma noche.

Vaudeline asintió con expresión pensativa.

—A primera vista, parece una coincidencia tremenda. Pero la última víspera de Todos los Santos hubo luna nueva. Cuando eso ocurre (cada diecinueve años, conforme al ancestral ciclo metónico), trae muertes en cantidades asombrosas. Muchos médiums se niegan a salir de casa cuando la luna nueva cae en la víspera de Todos los Santos. Esa noche, la barrera entre los vivos y los muertos es terriblemente frágil.

«El ancestral ciclo metónico». Lenna recordaba vagamente que Evie había mencionado algo al respecto el otoño anterior, pero lo había tomado por una más de las absurdas teorías de su hermana.

Instantes después, la puerta se abrió y dio paso al señor Morley. Primero, entregó a Vaudeline un grueso libro encuadernado en cuero. «El registro de entradas», dijo. Después, procedió a colocar el segundo catre en su sitio. Aunque no parecía que pesase demasiado, se le formaron perlas de sudor en el nacimiento del cabello. Muy en forma no estaba, se dijo Lenna.

Vaudeline se sentó en la silla que había debajo de la ventana, y el libro de registros se abrió sobre su regazo. Con los ojos cerrados, pasó delicadamente las manos por sus páginas. Lenna deseaba preguntar qué era exactamente lo que pretendía hacer, sentir o presentir, pero al mismo tiempo no quería interferir con la técnica de Vaudeline.

Vaudeline pasó varias páginas más al azar. Se detuvo con cara de curiosidad. Abrió los ojos, y de repente, en el pasillo, se oyeron unos golpetazos. Los tres dieron un respingo.

De nuevo se oyó el ruido. Sonaba como si llamaran a la puerta de servicio por la que habían accedido al edificio. Lenna empezó a sentir náuseas. ¿Las habría visto entrar alguien que no tenía que enterarse de la llegada de Vaudeline a la ciudad? Pero no tenía sentido: habían entrado al amparo de la oscuridad.

—Permítanme que vaya a ver quién es —dijo el señor Morley.

Miró con recelo el registro que reposaba sobre el regazo de Vaudeline—. Vuelvo enseguida.

Una vez que hubo salido, Lenna se arrodilló al lado de Vaudeline, que acababa de abrir el libro por la página de las entradas de la víspera de Todos los Santos.

—Ahí está —dijo Lenna, señalando hacia la mitad de la página.

«M. Volckman. Entrada, 10:14. Salida, 15:30». Vaudeline pasó los dedos por el texto manuscrito, emborronando ligeramente la tinta.

—¿Qué…, qué sientes? —preguntó Lenna.

—Para ser sincera, algo extraño…

Pasó varias páginas más al azar.

—Espera —dijo Lenna—. Vuelve a la página de antes.

Al ver que Vaudeline no lo hacía con la suficiente presteza, Lenna dio la vuelta al libro y pasó apresuradamente las páginas.

De repente, soltó un grito, y acto seguido sacó una mano sudorosa y señaló la página en la que se había detenido, una firma de entrada del verano anterior.

Ahí estaba, escrito a lápiz.

«E. R. W–».

Lenna conocía la letra, el caprichoso bucle de la R y los inconfundibles rulitos de la W. Ni siquiera el guion con el que ocultaba su apellido era raro; había visto a Evie firmar así, era su manera de jugar con las viejas tradiciones. «E. R. W–».

«Evie Rebecca Wickes».

No había ningún truco: los trazos de lápiz eran innegables. Si quería, Lenna podía medir las letras, o pesar el papel, o pasar el dedo por los minúsculos cristales de grafito que descansaban sobre la página en forma de nombre.

Evie no solo había tenido un vínculo con el señor Morley que aún estaba por determinar.

Había estado allí, dentro de la sede de la Sociedad Espiritista de Londres.

En un lugar que tenía prohibido el acceso a las mujeres, Evie, a saber cómo, se las había ingeniado para entrar.

12

LENNA

Londres, sábado 15 de febrero de 1873

El aire del pequeño trastero de la planta baja de la Sociedad Espiritista de Londres se enrareció. *Evie estuvo aquí,* pensó Lenna. *Aquí, en este mismo edificio.*

Se abrió la puerta y entró el señor Morley, que volvía de ver quién había estado llamando. Entre las manos llevaba algo que a Lenna le resultó familiar. Tardó unos instantes en reconocerlo: su pañuelo.

—Se ha dejado esto en el coche —dijo él—. Mi conductor ha sido tan amable de traerlo. Procure que no se repita. Imagínese que otro socio sale a dar su paseo matutino en el ómnibus y se encuentra un pañuelo de mujer en el asiento. —Arqueó las cejas—. Recuerda lo que les he dicho acerca de la participación de las mujeres en los asuntos de la Sociedad, ¿no?

—Por supuesto —dijo Lenna con la respiración entrecortada.

Vaudeline cerró el libro de golpe y se lo devolvió.

—Ya tengo lo que necesito, señor Morley. —Volvió a pasar la mano por la portada—. Creo que a todos nos vendría bien una noche de descanso. ¿A qué hora podemos contar con usted mañana por la mañana?

Acordaron verse a las ocho, y el señor Morley salió con el libro de registros. Vaudeline se desató inmediatamente las botas, pero Lenna permaneció de pie, atenta al eco de las pisadas del señor Morley por el pasillo. Cuando dejó de oírle, juntó las temblorosas manos, consciente de lo que estaba a punto de hacer.

Vaudeline se quitó la segunda bota y tiró de una de sus medias.

—Mañana, cuando vayamos a ver a la viuda Gray, pienso hablar con ella. Por lo que a mí respecta, es lo más importante del orden del día.

¿Lo más importante del orden del día? Para Vaudeline, tal vez, pero no para Lenna. Acababa de ver el nombre de su hermana muerta en el registro de entradas del mismo edificio en el que iban a alojarse durante las próximas treinta y seis horas. Lo más importante para Lenna era volver a tener ese libro entre sus manos. Quería recabar todas las pistas posibles de las actividades de Evie durante los meses previos a su fallecimiento.

Hasta ahora no lo había pensado, pero puede que estuviera más cerca de la verdad allí, en la Sociedad, que correteando libremente por la ciudad.

Si fuera necesario, Lenna se leería todas y cada una de las páginas del libro de registros.

Y se proponía hacerlo esa misma noche.

Esperaría, al menos, una hora, el tiempo suficiente para que el señor Morley volviese a dejar el libro en el vestíbulo y saliese del edificio. Mientras tanto, se dijo Lenna, haría bien en aprovechar el tiempo: comería algo y se cambiaría de ropa.

Hurgó en su bolsa de viaje en busca de unas medias limpias. Al sacarlas, algo cayó al suelo, muy cerca de los pies de Vaudeline. Era un sobre, y ya estaba abierto. Lenna lo reconoció: era una carta que le había mandado Stephen a París la semana anterior.

Al recibirla, la había abierto apresuradamente —¿novedades en el caso de Evie, quizá?—, pero la carta no contenía nada aparte de unas cuantas efusiones sentimentales. La había leído temiendo que Stephen hiciese alusión a un futuro compromiso, y había sentido un gran alivio cuando llegó al final sin encontrar ninguna sugerencia de ese tipo.

Vaudeline le pasó el sobre a Lenna, y sus nudillos se rozaron.

—¿Esta no es la carta que recibiste la semana pasada? No te pregunté, pero ¿es importante?

Lenna volvió a guardarla en la bolsa mientras Vaudeline la observaba.

Lenna negó con la cabeza.

—Solo es una nota de un caballero llamado Stephen Heslop, el hermano gemelo de mi amiga Eloise, fallecida hace unos años. Stephen es ese que trabaja en el museo y me ha enseñado todo lo que sé de fósiles. Me escribió para decirme que ya está contando las horas que faltan para mi regreso.

—Debe de tenerte mucho aprecio. —El tono de voz de Vaudeline había subido unas notas—. ¿Es un antiguo pretendiente? ¿O lo es ahora?

Aparte de la breve charla que habían sostenido sobre Léon en el tren, jamás habían hablado de sus amoríos, ni antiguos ni presentes. Días atrás, preguntar por pretendientes habría estado fuera de lugar, pero Lenna recordó el roce de los labios de Vaudeline en su mejilla después de la sesión del *château* y la fuerza con la que se habían cogido de la mano esa misma tarde, sentadas en silencio en el muelle.

—Se interesa por mí, pero él a mí no me llama la atención. Para ser sincera, me intrigan más sus fósiles y sus libros.

Alzó la vista. Puede que se lo estuviera imaginando, pero le pareció que los ojos de Vaudeline se habían iluminado un poco.

—¿Y tú? ¿Algún pretendiente?

Lenna se sintió nerviosa de repente, deseando que se detuviera el tiempo para recobrar el aliento y el frescor de las mejillas. Con Eloise, nunca había estado tan agitada. Pero nadie se las había llevado nunca en secreto a un edificio y las había dejado allí escondidas, solas las dos.

—He tenido un montón —dijo Vaudeline, sonriendo—. Tanto hombres como mujeres.

—«Mujeres» —repitió Lenna, sintiendo que le subía el calor por el cuello—. Muy poco convencional. En esos casos, ¿quién ronda a quién?

—Ah, no hay ninguna norma al respecto. Además, ese tipo de relaciones no son inusuales en París. No es Londres, donde todo gira en torno a los modales y las apariencias. En París no reprimimos nuestros anhelos.

Unos minutos más tarde, Lenna examinó cuidadosamente la ropa que había dejado el señor Morley. Pero el corazón empezó a latirle con fuerza: en la otra punta de la habitación, Vaudeline había empezado a desvestirse. Lenna se dio la vuelta a la vez que le echaba un vistazo fugaz. Aún no le había dicho a Vaudeline que pensaba escabullirse del trastero e ir en busca del libro de visitas, pero no podía tardar en decírselo.

La silueta de Vaudeline estaba iluminada desde la mesa por la tenue luz del farol. Se había aflojado la falda por la cintura, y al alzar la mirada sorprendió a Lenna mirándola fijamente. Sin inhibiciones de ningún tipo, siguió desabrochándose lentamente varios botones del corpiño. Lenna era incapaz de apartar la vista, y se preguntó vagamente cómo era posible que de repente hiciera un calor tan asfixiante en la habitación.

Poco después, a Vaudeline solo le faltaba quitarse la camisola. Lenna nunca la había visto tan desnuda..., en realidad, nunca había visto tan desnuda a ninguna mujer, salvo a Evie hacía muchos años, cuando todavía eran niñas. Esa era la primera vez que Lenna contemplaba realmente a una mujer sin su vestido, pura carne, sinuosidades, sombras. Intentó tragar saliva, pero le fue imposible.

—En el *château* de París —dijo Vaudeline—, te confesaste defraudada porque no te había dado pruebas de la existencia de los fantasmas. —Se interrumpió, remetiéndose un mechón por detrás de la oreja—. Ahora puedo darte una, si quieres. Es lo más auténtico que puedo ofrecer como prueba, aparte de una sesión.

Lenna parpadeó. ¿Por qué había tardado tanto Vaudeline en revelarle eso?

—Claro que quiero. ¿De qué se trata?

Esperó, imaginándose que Vaudeline metería la mano en su maletín de viaje y sacaría un libro de conjuros o quizá una fotografía. Sin embargo, Vaudeline permaneció de pie y se levantó el borde inferior de la camisola. Poco a poco, se fue subiendo por las piernas la tela de algodón y no paró hasta que se le tensó sobre los muslos, a una altura de vértigo.

Vaudeline avanzó ligeramente la pierna izquierda, mostrando la delicada y pálida piel de la parte alta del muslo. Lenna soltó un grito ahogado. A pesar de la tenue luz del farol, era inconfundible: una cicatriz en forma de doble arco. La marca de un mordisco cicatrizado tiempo ha. Desfiguraba la superficie, por lo demás suave, de la entrepierna, pero a Lenna se le antojó una imperfección bellísima.

Aun así, tenía que haberle dolido mucho.

—Dios mío —dijo, llevándose la mano a la boca—. ¿Qué pasó?

—Como vengo diciendo hace tiempo, los espíritus pueden ser muy imprevisibles.

Lenna frunció el ceño mientras examinaba otra vez la cicatriz. ¿Estaría insinuando que...?

Vaudeline dejó caer la camisola y la alisó con las manos.

—¿Te acuerdas del motivo por el que me hice espiritista?

Lenna estaba aturdida, atrapada en una maraña de confusión y deseo. Solo le había visto un poco de piel. Una sensación de desaliento se instaló en su pecho... ¿o tal vez de desilusión?

—Sí —respondió—. Por Léon. Se cayó y se dio un golpe en la cabeza.

—Eso es. —Vaudeline hizo una pausa—. Te dije que después de su muerte aprendí yo sola el arte de la mediumnidad. Aprendí a manifestar a Léon, y empecé a hacerlo con frecuencia. Me iba a la escalera de atrás de su casa (el lugar donde se cayó) y me quedaba allí sentada noche tras noche, bajo las estrellas, sumida por Léon en un estado de trance. Así era como practicaba el arte de las sesiones espiritistas. Hacía experimentos con los conjuros y las fases, y aprendí a recuperarme rápidamente de la fatiga del trance para poder volver con él. —Se llevó la mano a la entrepierna; la marca del mordisco estaba oculta ahora bajo la tela—. Ya sabes que a menudo aparecen heridas cuando se está en trance. Es una de las vías que tenemos los médiums para saber que el espíritu se ha abierto camino en nuestro interior. Pero los espíritus también pueden actuar sobre nosotros..., pueden hacernos cosas, hacer que sintamos cosas que de no ser por ellos solo sentiríamos a través de la piel o del tacto.

Daba toda la impresión de que Vaudeline estaba insinuando que había hecho el amor con Léon incluso después de su muerte. Inmediatamente, la imaginación de Lenna urdió una desagradable escena: la espalda de Vaudeline arqueándose sobre una empinada escalera mientras le caían gotas de sangre rojo cereza por el muslo.

Vaudeline continuó:

—Amaba a Léon, y siempre le amaré. Nunca he sido capaz de dejar de amar del todo a alguien…, de apagar por completo mis sentimientos hacia ninguno de mis amantes. Siempre queda un rescoldo.

—¿Cuándo fue la última vez que… —Lenna carraspeó—, que manifestaste a Léon?

Vaudeline alargó la mano y le dio un pequeño apretón en la rodilla.

—Hace muchos muchos años. Invocar a un espíritu se parece a darle una semiexistencia. Es lo opuesto al amor. Los espíritus anhelan encarnarse; jamás se marchan voluntariamente. Por tanto, invocarlos a menudo es una forma de tormento, como si dejas un gorrión en un bosque frondoso y le arrancas las plumas para que no pueda volar. —Se acercó al catre y se sentó sobre una pierna—. Se supone que las heridas desaparecen una vez que concluye la sesión y el espíritu ha sido expulsado. Pero al principio yo no sabía cómo expulsar a los espíritus…, tampoco comprendía lo egoísta que era manifestar repetidamente a un espíritu, tentarlo con la existencia. La cicatriz de mi muslo es el fruto de esta ignorancia. —Tiró de la fina manta—. Conque, si bien una parte de mí siempre amará a Léon, ahora soy más sabia que entonces, y precisamente por ese cariño jamás volveré a invocarlo.

Vaudeline se tumbó boca arriba, acomodó la cabeza en el achatado simulacro de almohada y cerró los ojos. Lenna no sabía qué pensar de la historia que acababa de escuchar. Cabía la posibilidad de que Vaudeline le hubiese contado una magnífica mentira…, que la cicatriz, en realidad, se la hubiese hecho una persona viva, algún antiguo pretendiente de Londres o de París.

Vaudeline no tardó en quedarse dormida. Lenna la observó unos instantes, el acompasado crescendo de su respiración, el descenso de su bajo vientre entre los huesos de la cadera. La camisola de algodón apenas escondía nada.

Lenna también se quitó el vestido y rápidamente se puso los primeros pantalones que encontró en el montón. Le quedaban anchos de cintura, pero tirando de aquí y de allá consiguió ajustarlos. No tenía energías para hurgar en la bolsa en busca de otra talla mejor.

Echó un vistazo a su reloj, y después se arrodilló frente a Vaudeline con intención de despertarla y contarle lo que pensaba hacer esa noche. Pero antes...

—Vaudeline —susurró en la oscuridad.

—¿Mmmm...? —respondió bajito Vaudeline, sin abrir los ojos.

—Siento mucho que Léon te hiciera daño. —Su mano se detuvo, vacilante, por encima del muslo de Vaudeline—. Me refiero a la cicatriz. Debió de ser muy doloroso.

—¿Doloroso? —Vaudeline abrió los ojos, pestañeando—. *Mais au contraire.* Él sabía exactamente lo que me gustaba.

Despacio, puso la mano sobre la de Lenna y entrecruzó los dedos con los suyos. Permanecieron así unos instantes: Lenna de rodillas junto al catre de Vaudeline, las dos calladas. Lenna solo oía la respiración de Vaudeline y el repiqueteo de su propio corazón.

Entrelazadas, las dos manos empezaron a avanzar hacia el muslo de Vaudeline y subieron por su piel en dirección a la cicatriz. ¿Quién empujaba, quién tiraba? No importaba; ninguna de las dos mujeres se resistió, ninguna habló. El tendón que recorría el muslo de Vaudeline se tensó bajo los dedos de Lenna, como la cuerda de un instrumento, hasta que al final Lenna sintió un minúsculo resalto de tejido de cicatriz en el borde de la marca del mordisco.

«¿Doloroso?», había dicho Vaudeline. «*Mais au contraire...* Al contrario. Él sabía exactamente lo que me gustaba».

Lenna recorrió la cicatriz con el dedo, apretando más de lo que habría apretado si las palabras de Vaudeline no hubieran estado resonando en sus oídos. Observó con atención la cara de Vaudeline por si veía alguna señal de incomodidad. No la vio. Vaudeline había vuelto a cerrar los ojos, y, con los labios entreabiertos, hincó la uña del pulgar en la mano de Lenna.

«En París no reprimimos nuestros anhelos». Mientras que en Londres, años atrás, era exactamente eso lo que había hecho Lenna con Eloise.

Esta vez, no. Apretó con más fuerza la cicatriz, el tendón y el músculo que se resistían bajo sus dedos. Si seguía así, acabaría haciéndole un moretón, pero cuanto más presionaba ella, más le estrujaba Vaudeline la mano.

No había duda: a Vaudeline le gustaba ese dolor. Y aunque la situación podría haberla inquietado —estaba obteniendo satisfacción del malestar de otra persona—, lo cierto era que también le resultaba grata. En los últimos meses, Lenna se había sentido impotente: sus esfuerzos no la habían ayudado a conseguir que la policía hiciera justicia, a desentrañar los secretos de Evie, incluso a enfrentarse a sus propias creencias. Por fin estaba ejerciendo control sobre algo…, sobre alguien.

Además, se preguntó si esa inversión de papeles estaría contribuyendo a la excitación que se reflejaba en el rostro de Vaudeline en esos momentos. En su capacidad tanto de mentora como de médium, Vaudeline siempre había ocupado una posición de autoridad. ¿Tal vez disfrutaba cediéndole las riendas a otra persona? ¿Desprendiéndose de su estoicismo para permitirse sentir cosas, incluso —sobre todo— dolor? Léon lo había sabido, y Lenna también quería dárselo.

A lo lejos, las campanas de una iglesia dieron la hora. Enseguida, Lenna sacó la mano de debajo de la camisola de Vaudeline, apartándola de la cicatriz, soltándose de Vaudeline.

¿Me he dejado llevar completamente?, se preguntó, de pronto consciente del tiempo transcurrido, del decoro. *¿He olvidado el motivo por el que estoy aquí?*

Vaudeline abrió los ojos de golpe.

—¿Qué pasa?

—Lo siento —dijo Lenna, levantándose—. Tengo que… —Y se interrumpió pestañeando, sin saber bien cuánto tiempo había transcurrido desde que puso el dedo sobre la cicatriz de Vaudeline. ¿Un minuto, una hora? Movió la cabeza, carraspeó—. Tengo que ver otra vez el libro de registros. Tengo que averiguar qué buscaba Evie en este lugar.

Miró hacia la puerta, y después a Vaudeline. ¿Qué más habría podido suceder esa noche entre ambas? Sabía, instintivamente, que Vaudeline había deseado que subiera más la mano; el tira y afloja entre ambas había estado igualado. Tan solo unos centímetros las habían separado de lo que eran, fuera lo que fuera, y de lo que habrían podido ser.

Esta noche, no, pensó Lenna. *Aquí, arrumbadas en el trastero de la Sociedad Espiritista de Londres, no.*

Lo primero, Evie. Siempre.

13

SEÑOR MORLEY

Londres, sábado 15 de febrero de 1873

Al salir de la Sociedad, volví a casa a la carrera, abriéndome paso entre la oscuridad. Era tarde, casi las once. Había tardado más de lo previsto en instalar a las dos mujeres: el segundo catre, el pañuelo olvidado, el extraño interés por ver el registro de visitantes.

Empezaba a lloviznar y hacía un frío glacial. La acera estaba resbaladiza y me subí las solapas del abrigo agradeciendo que el trayecto fuera breve.

Entré en el pequeño salón del segundo piso de mi casa, donde vivía con mi madre. Eché un leño al fuego y después colgué el sombrero y el abrigo en el gancho de madera junto al hogar. Iban a tardar toda la noche en secarse.

Estaba inquieto; no se me iban de la cabeza las dos mujeres que había dejado en el trastero de la Sociedad. Seguramente a esas horas ya se habrían dormido.

Me serví un brandi, me senté en mi butaca y me quedé escuchando el suave chisporroteo procedente de la chimenea. La luz era tenue, sensual. Las sombras se entretejían en las paredes, trayéndome a la memoria el encaje que había llevado Evie una vez. Una vez, y nunca más.

Había utilizado la prenda sabiamente. No sé cómo no vi venir la petición que me hizo después, de naturaleza tan trascendente.

Aquella tarde de verano de comienzos de agosto se había desnudado más despacio que de costumbre. Percibí cierta vacilación por su parte, quizá nerviosismo. Y entonces, al quitarse los bombachos y el jersey, se quedó quieta bajo la luz del farol, vestida no solo con aquellas endemoniadas medias que me cortaban el aliento, sino también con algo más, una especie de corsé que iba unido a las medias y la ceñía por entero. Estaba hecho de encaje acanalado, y quienquiera que fuese el alquimista que había diseñado la prenda sabía exactamente dónde tenía que colocar cada agujerito. A pesar del frío que hacía en la habitación, me sentí como si fuese a arder en llamas allí mismo.

Empecé a acercarme a ella, pensando que quizá esa fuera, por fin, la cita que llevaba esperando tanto tiempo.

—Tengo que preguntarte una cosa —dijo de repente Evie, alargando el brazo para impedir que me acercase.

Me paré en seco, arranqué la vista de su cintura y la miré a los ojos.

—¿Sí?

—En toda mi vida solo he participado en una sesión espiritista. Fue para mi buena amiga Eloise Heslop, y la condujo la Sociedad Espiritista de Londres.

—Sí —dije, preguntándome adónde querría ir a parar—. Yo no asistí a aquella, pero a los pocos días estuve en la de su padre.

Me miró con sorpresa.

—¿La de su padre? No tenía ni idea.

Asentí con la cabeza.

—Fue una ceremonia privada.

—Ah, sí, por supuesto —se apresuró a decir—. En cualquier caso, quería preguntarte si puedo asistir a otra sesión, pero esta vez quiero estar a tu lado. —Sin darme tiempo a responder, continuó—: Tiene todo el sentido del mundo, teniendo en cuenta todas las cosas que me has enseñado aquí en la Sociedad. He aprendido muchísimo y quiero ver cómo se lleva todo a la práctica. Estaré allí solo para observar, e iré disfrazada de arriba abajo…, un disfraz incluso mejor que el que me pongo para venir aquí. Nadie se enterará, solo tú. No diré esta boca es mía. Puedes decir que soy un primo tuyo, o un amigo, o un candidato a socio.

Solté una risita. Quería hacerle más preguntas, pero pensé que complicaría la conversación, que quizá echaría a perder aquel encuentro secreto.

—Lo hablamos dentro de un rato, ¿vale? —dije con voz ronca, dando un paso al frente.

Evie dio un paso atrás.

Ahora estaba pegada a mi escritorio, las nalgas apoyadas en el borde, mis tijeras de plata favoritas apenas a unos centímetros de su piel. Se echó hacia atrás y abrió las piernas unos centímetros.

—Mejor lo hablamos ahora —dijo—. Prométeme que me dejarás participar en una sesión. Dentro de poco.

¡Malditos agujeros, tan astutamente repartidos por aquel corsé!

De manera que dije que sí. Y supe que tendría que cumplir con mi parte del trato si no quería que aquella fuese la primera y la última vez que la veía sobre aquel escritorio.

Volví a acercarme a ella, y no se resistió. Por fin, allí, sobre mi mesa, me permitió que le quitase todas sus…

En el salón de mi madre, el chisporroteo del fuego interrumpió mis ensoñaciones.

No me importó. Era capaz de dibujar mentalmente hasta el último centímetro de Evie. Eso era lo bueno de los recuerdos: su verosimilitud, su textura, su hálito vital. Hoyuelos en la piel, el vello de punta. Lo veía todo: era como si Evie estuviese allí en ese momento, frente a la luz del fuego.

Aquella noche, después de hacer el amor —Dios mío, ¡cuánto tiempo llevaba deseándolo!—, Evie se quedó muy callada. No pidió ver nada. Ni tomos de la biblioteca ni viejas actas de reuniones. Mientras nos vestíamos, se palpaba un ambiente incómodo.

—Evie… —dije, aventurándome a romper el silencio; de repente tenía la boca seca.

Se abrochó un botón, alzó la mirada.

—Dime…

—¿Te apetecería…? —Me trabé, y solté una tosecita—. Bueno, la semana que viene hay un festival en Cremorne Gardens. ¿Te apetecería acompañarme?

—¿Qué tipo de festival?

—De flores. Arreglos florales increíbles. Y varias especies poco comunes de orquídeas, o eso dicen.

En cuanto a mí, no me interesaba lo más mínimo, pero seguro que a ella sí.

Su rostro no se iluminó como esperaba, y volvió a concentrarse en los botones que quedaban por abrochar.

—La verdad es que las flores no me interesan ni pizca.

—Entonces, quizá un paseo en barca por el río, o puedo acompañarte cuando…

—¿Otra vez intentando encajonarme en un cortejo tradicional?

Me quedé parpadeando, asombrado, como tantas otras veces, por su desfachatez. Mi invitación no había sido una estratagema. Simplemente, quería pasar más tiempo en su compañía.

—Me temo que no te comprendo en absoluto —dije al cabo.

Esbozó una sonrisa triste.

—Lo siento mucho, pero no tengo ningún interés por las flores, por los festivales ni por los paseos en barca.

Sentí que una fría desazón me oprimía el pecho.

—Vale, no se hable más —dije, dándome cuenta de que era incapaz de mirarla a los ojos.

Se marchó poco después; no estaba de humor para seguir hablando. A pesar de todo, la eché de menos al instante.

Tardé en darme cuenta de que había salido con mi sombrero y se había dejado el suyo. Debía de haberlos confundido. En su defensa, diré que los gorros eran de un color parecido y que yo siempre mantenía baja la luz del farol.

Aunque la conversación no se había desarrollado como quería y Evie se había marchado a toda prisa, me obligué a pasar por alto la ofensa y decidí cumplir el trato de ahí en adelante.

Al fin y al cabo, me lo había dejado muy claro: lo único que había querido de mí aquella noche era que le diese permiso para ir a una sesión espiritista.

14

LENNA

Londres, sábado 15 de febrero de 1873

Lenna se alejó de Vaudeline y se puso a andar de un lado para otro, presa de una temeraria determinación.

—El registro de entradas —dijo—. Voy a encontrarlo y voy a revisarlo a fondo.

—Lenna. —Vaudeline se incorporó en el catre. Su voz era dura, admonitoria—. Salir de esta habitación sería un grave error.

Lenna se lo esperaba.

—Un riesgo, sí. Un error, no.

Dobló el vestido, lo dejó a un lado.

Vaudeline se levantó del catre, cruzó la habitación y la agarró de la mano.

—Basta —dijo, y cuando por fin Lenna le hizo caso, movió la cabeza—. No puedes hacer esto. No sabes quién puede estar apostado por el edificio. Y, además, ¿qué esperas encontrar?

Lenna retiró suavemente el brazo mientras pensaba en la pregunta de Vaudeline. En efecto, ¿qué esperaba encontrar? Era absurdo pensar que la respuesta a la muerte de Evie estaba enterrada entre las páginas del libro de registros. Aun así, su hermana había conseguido abrir una brecha en una prestigiosa sociedad masculina del West End y, al parecer, había retozado con al menos uno de sus miembros. ¿Con cuántos más se habría liado?

—Evie falleció la misma noche que el señor Volckman. ¿Y si...? —Lenna se interrumpió, intentando entender las implicaciones de esa posibilidad—. Ya sé que piensas que la coincidencia se debe a la luna nueva, pero ¿y si los hombres que mataron al señor Volckman la mataron también a ella? ¿Y si el señor Volckman y Evie tenían algún tipo de relación o de trato y había alguien que quería verlos a los dos muertos?

Vaudeline abrió las manos con gesto exasperado.

—Todo esto se aclarará después de la sesión. Solo tenemos que esperar pacientemente unos días.

—Eso, suponiendo que te salga bien la sesión del señor Volckman.

—Cierto. Pero, por peligrosa que sea, no lo es tanto como escabullirse esta noche de esta habitación, ni tan imprudente. —El volumen de su voz había subido—. Este edificio es enorme, y dice el señor Morley que a veces los socios pasan aquí la noche. Es muy posible que te…

—Chsss —le interrumpió Lenna—. Más probable me parece que nos pillen por las voces que estás dando.

Lenna se acercó a la puerta y puso la mano en el picaporte. No podía reprocharle a Vaudeline que le discutiese su plan, pero estaba decidida. Iba a salir, pensara lo que pensara al respecto.

—A lo mejor echo otro vistazo al libro y resulta que no encuentro nada más —dijo—. Pero si pretendes sacarme la idea de la cabeza, no lo vas a conseguir. Me voy al vestíbulo.

Vaudeline frunció el ceño, escudriñándola bajo la tenue luz.

—Esto es absurdo, Lenna. Piensa en lo que estás arriesgando. Hace un rato estabas preocupadísima por mi seguridad y por la posibilidad de que fracasara la sesión. ¿Y si al final ni siquiera podemos celebrarla por culpa de tu imprudencia? Si descubren que estamos aquí, el plan del señor Morley se irá al traste…

Lenna abrió la puerta, y una corriente de aire frío invadió la habitación. Se volvió hacia Vaudeline con una súbita sensación de…, ¿de qué?

De desconfianza. Exactamente igual que al término de la sesión del *château*.

—Ya te he dicho lo que voy a hacer, con o sin tu ayuda —dijo Lenna con frialdad—. Y, sin embargo, te opones a machamartillo. Es casi como si no quisieras que volviera a ver el libro de registros. Como si hubiese algo ahí que pensaras que no debo ver.

Vaudeline dio un respingo.

—Nada podría estar más lejos de la verdad.

—Bien. —Lenna echó un vistazo al oscuro pasillo—. Tendré cuidado —añadió, y lo dijo en serio; admitía los riesgos que acababa de bosquejar Vaudeline. Pero no podía pasar la noche sin intentar llegar al vestíbulo—. Voy a echar un vistazo por ahí, nada más —añadió, no del todo sinceramente, antes de cruzar el umbral.

Pero no pudo dar otro paso porque la mano de Vaudeline la agarró de la muñeca.

—Estás haciendo el tonto, Lenna —susurró. Intentaba frenarla, hacerla entrar de nuevo en la habitación, y por un breve instante Lenna fantaseó con la posibilidad de volverse y retomar lo que habían interrumpido hacía unos minutos.

«No». Lenna se zafó, y al momento siguiente ya se estaba alejando por el pasillo enmoquetado. Detrás, en la habitación, Vaudeline pronunció unas últimas palabras de protesta, algo acerca de unos posibles centinelas. Después, cerró la puerta sin hacer ruido.

Lenna respiró hondo. Aun en el caso de que hubiese hombres apostados por el edificio, podría esconderse bien por los oscuros pasillos, bordeando las negrísimas paredes revestidas de madera. Escuchó atentamente por si oía algún ruido: voces, pisadas, un tintineo de llaves. Pero la noche, afortunadamente, estaba muy tranquila, y pasó varios minutos deambulando por el laberinto de pasillos y desilusionándose al ver que varios de ellos terminaban en puertas cerradas. Abrió una, pero al pasar a la habitación se chocó contra un pequeño mueble hexagonal…, una mesa de juego. Mientras se frotaba la cadera dolorida, vio un soporte para palos de billar: estaba en la sala de juegos. Rápidamente, cerró la puerta y se alejó sin hacer ruido, agradecida a la moqueta que amortiguaba sus pisadas.

Siguió avanzando y dobló por un pasillo que parecía más ancho que el resto. Gracias a la luz de un farol que entraba por una ventana, distinguió una pared llena de cuadros, varias sillas tapizadas en cuero y, al fondo, algo similar a un atrio. El vestíbulo.

En el centro de la habitación había una mesa de caoba. Encima, un tintero junto a un libro encuadernado en cuero que reconoció: el registro de visitas, donde estaba la prueba de la presencia de Evie en ese mismo lugar.

Se abalanzó sobre el libro, cayendo de repente en la cuenta de que sin una vela no iba a poder ver lo que había en sus páginas. Iba a tener que birlar el registro, llevárselo al trastero y apañarse después para devolverlo a su sitio sin que nadie se diera cuenta...

Esa noche la iba a pasar en vela..., de eso, al menos, no había ninguna duda.

Por detrás, en el pasillo, oyó un golpetazo. Se quedó clavada en el sitio, y a continuación, poco a poco, empezó a acercarse a la pared, pero no había ningún lugar donde refugiarse. Presa del pánico, miró en derredor, y le dieron arcadas cuando se dio cuenta de que unas pisadas se acercaban desde la oscuridad del fondo del pasillo.

Se puso a temblar, maldiciendo la falta de luz. *Seguro que es un guarda*, pensó. *Están a punto de descubrirme, y seguirán la pista hasta Vaudeline y el señor Morley, y todo esto fracasará por mi culpa.*

De no estar tan asustada, habría llorado.

Las pisadas sonaban cada vez más próximas, y Lenna se preparó para un enfrentamiento. Tenía que pensar en una excusa, cualquier explicación verosímil, y cuanto antes mejor.

Una vela bamboleante empezó a avanzar hacia ella, y Lenna soltó un grito ahogado al ver una figura enfundada en unos oscuros pantalones bombachos y un abrigo. Un miembro de la Sociedad, seguro..., pero entonces vio unos rizos dorados que reflejaban la luz de la vela.

Vaudeline.

—Te encontré —susurró al ver a su aprendiz. No se había molestado en ponerse un sombrero.

El corazón de Lenna seguía latiendo con furia.

—No hacía falta que vinieras —murmuró, a su vez, en la oscuridad—. Me las he apañado perfectamente yo sola.

—No creía que tuvieras la sangre fría para hacerlo. Me he asustado al ver que doblabas por el pasillo y desaparecías de mi vista.

Lenna señaló la mesa del vestíbulo, consciente de cada segundo que pasaba.

—El libro está ahí. Venga, deprisa.

Se acercaron a la mesa, entonces Lenna echó otro vistazo al vestíbulo vacío antes de abrir la cubierta. Vaudeline alumbró con la vela, y Lenna no tardó en localizar la página en la que había visto las iniciales de Evie. Volvió a señalarlas: «E. R. W–».

De modo que no había sido fruto de su imaginación, no era un espejismo urdido por su mente después de un largo día de viaje.

—Voy a tardar mucho en repasar el libro día por día —murmuró para sus adentros mientras iba a la primera página.

A su lado, Vaudeline acababa de abrir uno de los cajones de la mesa. Sacó otro libro encuadernado en cuero, que había sido empujado hasta el fondo del cajón. Sin dudarlo, lo abrió.

—«Conferencias DE - Solo con invitación» —leyó Vaudeline en voz alta.

—¿DE?

—Departamento de Espiritismo, probablemente. El departamento de Morley. —Continuó leyendo—: Lampadomancia y lectura de llamas, 31 de julio de 1872. —Frunció los labios—. Parece otro libro de registros, pero para las conferencias.

—¿Y qué es eso de la «lampadomancia»?

Lenna se trabó con la palabra, convencida de que la había pronunciado mal.

—Una antiquísima técnica de adivinación. En teoría, las llamas se agitan en determinada dirección cuando un espíritu está presente y quiere comunicarse. Una llama que se mueve hacia la izquierda, por ejemplo, puede interpretarse como un «no» cuando el médium hace una pregunta. —Lenna miró la vela que llevaba Vaudeline en la mano; la llama estaba muy quieta—. Aunque me parece raro, porque, en mi opinión, esa técnica es una bobada de tomo y lomo. Los médiums pueden exhalar ligeramente, incluso mover la mano, para afectar a la llama según les convenga.

Hizo un pequeño movimiento y la llama se agitó antes de quedarse quieta de nuevo.

Vaudeline volvió a señalar el registro de entradas.

—Veamos si las fechas en las que se registró Evie coinciden con cualquiera de esas conferencias.

Vaudeline sostuvo la vela mientras Lenna recorría con el dedo las listas de asistentes a las charlas desde comienzos de verano del año anterior y las comparaba con los registros de entradas. Su cabeza volvía a funcionar con eficiencia, de modo muy similar a cuando, inclinada sobre un molde de arcilla, estudiaba las protuberancias y las muescas de los fósiles. Era una extraña inversión de papeles: Lenna hacía el trabajo mientras su maestra miraba.

Cuando terminaron, no había duda: Evie se había registrado en el libro de visitas cada día que se había impartido una conferencia, lo cual significaba que había conseguido colarse en todas las conferencias impartidas en la Sociedad entre junio y octubre.

Lenna frunció el ceño.

—¿Y por qué firmaría, si se suponía que tenía prohibido el acceso?

Vaudeline movió la cabeza.

—Su manera de esconderse era dejándose ver. Imagínate que alguien la pillaba cruzando el vestíbulo sin firmar. Habría llamado la atención. Recuerda que la Sociedad tiene cientos de miembros, y que muchos traen invitados a las zonas comunes. Si su disfraz era lo suficientemente convincente, y parece que sí, podría moverse a sus anchas.

Lenna señaló una conferencia titulada: «Demostración de transfiguración facial», y después otra titulada: «Sustancias sobrenaturales y ectoplasma».

—¿Qué es eso del «ectoplasma»?

Vaudeline suspiró.

—No le encuentro ni pies ni cabeza a todo esto. —Frunció el ceño mientras releía el encabezado—. El ectoplasma es una sustancia que hay quien dice que se libera durante los estados de trance —explicó—. Hay todo tipo de recetas caseras para fabricarlo: bórax, pegamento, harina de maíz... Los médiums fingen que vomitan ectoplasma, o que lo excretan por las orejas, o que les sale de los..., bueno, de los genitales.

Cuando la médium es una mujer, estas demostraciones suelen atraer a grandes multitudes.

Lenna siguió pasando las páginas, moviendo la cabeza con desaliento. Todas las veces que le había preguntado a Evie por su paradero y Evie se había negado a responder… ¿había estado viniendo aquí, a la Sociedad?

—Evie no se perdió ni una sola conferencia —dijo suavemente Lenna—. Una alumna aplicada.

—Siempre lo fue —dijo Vaudeline, y se le ensombreció el semblante—. Lectura de llamas. Transfiguración. —Le empezaron a temblar las manos—. Son las típicas prácticas de los médiums fraudulentos, no de los auténticos. Esto encaja con el tipo de rumores que circulaban sobre la Sociedad antes de marcharme de Londres…, con las afirmaciones que el señor Volckman pretendía investigar. —Pestañeó varias veces, como instando a los registros a que se reescribiesen solos—. La Sociedad tiene más de doscientos miembros, pero estas conferencias tenían un público bastante reducido. —Señaló la página—. Solo nueve asistentes en esta, y el registro dice «Solo con invitación». Da la impresión de que eran de naturaleza privada, que solo asistía un grupito selecto.

—No veo el nombre del señor Morley en ninguna de las listas —dijo Lenna.

—Me pregunto si las conferencias se estarían celebrando delante de sus narices.

Lenna echó un vistazo a un registro de asistentes que estaba lleno de nombres escritos en taquigrafía e iniciales.

—¿Tú crees que los hombres implicados en los tejemanejes de la Sociedad aparecen también en estas listas?

—Todo apunta a que sí. —Vaudeline soltó un suspiro de exasperación antes de señalar una de las listas—. El agente Beck está justo aquí.

Lenna se quedó boquiabierta.

—Me ha puesto nerviosa desde el instante mismo en que lo conocimos. No me cae ni pizca de bien.

140

—A mí tampoco. Y, aunque no me importaría preguntarle al señor Morley si ha echado una ojeada a todo esto, si lo hiciera tendría que decirle que hemos salido del trastero. —Dio unos golpecitos a la página con el dedo—. Esto es de lo más desalentador. Bastante amenaza suponen ya los científicos y los teólogos para los que nos queremos ganar la vida con la mediumnidad... Lo último que nos faltaba era el ilusionismo.

Esa revelación inquietó a Lenna. Si los socios de ese subgrupo eran todos unos farsantes y su hermana había tenido sus aventurillas con ellos, ¿en qué convertía eso a Evie?

Pasaron varias páginas más. Había una charla sobre dermografía, o escritura de la piel, que según Vaudeline se atribuía a los fantasmas, pero podía hacerse fácilmente con tinta invisible barata. Y otra sobre la fabricación de cuernos espirituales, que eran simples conos de madera que se pensaba que amplificaban voces fantasmales.

—Evie era demasiado lista —dijo Lenna—. No se habría dejado engañar por estas artimañas. —Cerró los ojos y expresó lo que no quería admitir en voz alta—: Quería que su empresa de mediumnidad prosperase. Pensaba que podía dar mucho dinero. ¿Será que pretendía aprender de estos hombres? ¿Aprender sus trucos, si es que era eso, en efecto, lo que les estaban enseñando a algunos socios?

—Sí —dijo Vaudeline con tono grave—. Acuérdate de cuando te hablé de mi preocupación por el aceite fosfórico que encontraste entre sus cosas.

Lenna asintió con la cabeza. Se acordaba perfectamente. «Una de las herramientas favoritas de los espiritistas estafadores», había dicho Vaudeline.

Lenna apartó el libro de registros a un lado, molesta. ¿Habría sido Evie víctima de los argumentos de esos hombres? ¿Se habría creído sus estafas, o habría sabido que eran unos mentirosos y había querido aprender unos cuantos métodos lucrativos para uso propio?

De ser cierto esto último, suscitaba otra pregunta abrumadora. ¿Evie había creído siquiera en los espíritus? ¿No habría sido todo una mera cuestión de negocios, un modo de aprovechar oportunidades y

141

ganar dinero? Cuantas más técnicas aprendiese, más podría aportar a su propia empresa de mediumnidad. Lenna no pudo menos que recordar aquellas discusiones que, medio en broma, habían tenido sobre el mundo de los espíritus... ¿Puro teatro, y todo porque Evie sabía que una vez que empezara su negocio tendría que parecer la más acérrima de los creyentes, incluso a ojos de su propia hermana? Era inconcebible, pero al fin y al cabo también lo era la presencia de las iniciales de Evie en el libro de registros.

—Estoy enfadadísima con ella —dijo Lenna—. Me pregunto ahora si creería siquiera en los fantasmas o si sería todo una pamema porque sabía que podía montar un negocio con esto.

Cruzó los brazos; de repente, tenía mucho frío.

—Te aseguro que Evie creía en los fantasmas. Muchas noches, cuando hacía rato que mis otros alumnos se habían acostado, me la encontraba despierta, practicando ejercicios de respiración y conjuros. Si pretendía recurrir a trucos para su empresa, ¿para qué iba a perder el tiempo en aprender tan a fondo las técnicas y sus usos?

Las palabras de Vaudeline procuraron cierto consuelo a Lenna. Aun así, ¿por qué se había mostrado Evie tan reservada?

—Jamás me dejó echar un vistazo a su cuaderno —dijo Lenna—, y muchas veces se inventaba excusas para justificar sus salidas. Yo simplemente pensaba... —Hizo una mueca—. En fin, pensaba que tenía algo que ver con un hombre. Con un amante. Ojalá le hubiese hecho más preguntas.

—No te culpes. Demasiado bien me conozco ese camino, esa tendencia a culparme de las decisiones tomadas por mi familia. Por mucho que quisieras a Evie, era una mujer hecha y derecha, capaz de tomar sus propias decisiones.

Se le hizo raro oír la expresión «mujer hecha y derecha» aplicada a Evie. Para Lenna, el recuerdo de Evie evocaría siempre una sensación de juventud. Estiró los dedos con ademán frustrado mientras miraba el libro de visitas.

—¿No hay ni un ápice de verdad en todo esto? ¿Estás segura?

Vaudeline respondió que no con la cabeza.

—Buena parte de las cosas en las que creo, de las cosas que practico, no se pueden observar: trances durante una sesión, absorción de energía a través de la claritangencia... Todo eso yo lo experimento internamente, de manera invisible. —Apoyó la cadera contra la mesa—. Pero si piensas en las conferencias que hemos visto en este libro, ¿qué tienen todas en común?

Lenna frunció el ceño. Lectura de llamas, transfiguración facial, ectoplasma, cuernos espirituales... Según las explicaciones de Vaudeline, todas esas técnicas dieron como resultado algo que se podía ver, oír o tocar.

—Todas estas técnicas dan como resultado algo físico. Algo... observable.

—Exactamente —concluyó Vaudeline—. Recuerda lo que te dije en París. La misión de esta sociedad es propiciar señales tangibles del más allá.

A Lenna no se le pasó por alto la ironía. Esas conferencias tenían como objetivo falsificar pruebas para ofrecérselas a personas reacias a creer en los espíritus. Personas como ella.

—Pero lo más interesante —continuó Vaudeline— es la conferencia de finales de agosto. —Retrocedió varias páginas y señaló el encabezamiento—. «Caso práctico: Informe de la sesión espiritista del prostíbulo de 22 Bow Street». —Evie también había firmado en el registro de aquel día—. Esto no parece tanto una demostración como un debate sobre una sesión que ya se había celebrado.

—En un burdel, ni más ni menos. —Lenna arqueó las cejas, sorprendida—. A Evie le entusiasmaba todo lo que fuese escandaloso.

Cerraron el libro de registros y Lenna lo dejó bien centrado sobre la mesa, exactamente como se lo había encontrado. Tenía un nudo en la garganta; la verdad de las actividades de Evie era agobiante. No había faltado a una sola conferencia en cinco meses. En total, doce, y a saber cuántas visitas más habría hecho a la Sociedad.

No se trataba tan solo de un par de aventuras clandestinas. El objetivo mismo de Evie quedaba sumido en la oscuridad...: su obsesión, sus planes, sus intereses.

¿Quién había sido Evie en realidad?

15

SEÑOR MORLEY

Londres, domingo 16 de febrero de 1873

La mañana siguiente a la llegada de las señoritas D'Allaire y Wickes, volví a la Sociedad justo después del amanecer. Junto a los escalones de la entrada había un niño con una minúscula y sucia manita extendida. Me pregunté cuándo habría comido por última vez, rebusqué en mi bolsillo y le di todo lo que tenía.

Al entrar, crucé el soleado vestíbulo, firmé en el libro de visitas y seguí mi camino. Pero de repente vi una mancha lechosa en el suelo, y me paré en seco.

Me arrodillé y raspé la superficie con la uña. «Cera de abejas», murmuré, mirando hacia arriba. Pero no tenía ningún sentido. No había candelabros ni arañas de luces en aquella zona del vestíbulo. ¿Cómo había acabado aquel globito de cera blanquecino, que parecía una galleta de mar, en medio del vestíbulo? Me quité un cachito de cera de debajo de la uña, pensando que era una situación curiosa, pero que no merecía la pena seguir investigando. Bastantes preocupaciones tenía ya, entre las mujeres que estaban allí encerradas y la sesión espiritista prevista para esa misma noche.

Justo entonces, el señor Armstrong, un miembro reciente de la Sociedad, me llamó desde el otro lado con los ojos abiertos como platos.

—Morley, ¿por casualidad no se pasaría usted anoche por la sala de juegos?

Fruncí el ceño. Había algo en su tono que me inquietaba.

—No.

Asintió con la cabeza y me hizo una seña para que le acompañase al pasillo sudeste.

Sin lugar a dudas, pensé, *esto merece investigarse.*

—No consigo entenderlo —dijo Armstrong cuando entramos en la sala de juegos—. Anoche estuvimos aquí varios jugando a las cartas. Terminamos tarde, pasadas las nueve. Al acabar, dejé las barajas en tres montoncitos, como hago siempre. —Señaló la mesita de palisandro que estaba justo delante de nosotros. En lugar de las barajas bien colocadas había un revoltijo: las cartas estaban todas manga por hombro, y algunas se habían deslizado hasta la otra punta de la suave superficie de la mesita—. Parece como si alguien hubiese empujado la mesa o hubiese intentado cambiarla de sitio…

Un extraño enigma, cuya respuesta supe inmediatamente. Armstrong no estaba al tanto de nada…, no sabía que había dos mujeres escondidas en el edificio.

Me llevé la palma de la mano a la frente, fingiendo que me había despistado. De repente, sentí deseos de estampar contra la pared un jarrón que había por allí cerca.

—Sí, claro que estuve aquí anoche. Muy poco tiempo —mentí—. Era muy tarde, no encontraba mi monóculo y fui a buscarlo. Casi había olvidado que mientras echaba un vistazo por la sala de juegos me choqué contra la mesa.

Me incliné, recogí unas cartas y las coloqué en sus montoncitos.

Armstrong soltó una risotada.

—De lo más razonable —dijo, antes de ayudarme a colocar el resto de las cartas.

Después, no perdí el tiempo. Me dirigí inmediatamente a la biblioteca; parecía que se me iba a salir el corazón del pecho. ¿Con qué me iba a encontrar allí… o, peor aún, en mi estudio?

Ante la puerta de la biblioteca, toqueteando el picaporte, solté un suspiro de alivio. Todo parecía en orden; la puerta estaba cerrada a cal y canto y no se veía nada raro. En la moqueta no había huellas recientes. Por lo que alcanzaba a ver, nadie había subido allí por la noche.

¿Qué habrían estado buscando las mujeres? ¿Algo relacionado con Evie, o quizá con el señor Volckman, o con...?

Moví la cabeza con gesto de disgusto. Mujeres..., menudo descaro. Gotas de cera en el vestíbulo, un revoltijo de cartas en la sala de juegos.

Me sequé el sudor de las manos en la pernera, abrí la puerta y pasé a la biblioteca; desde allí me fui a mi estudio. En un rato, pensaba cantarles las cuarenta a las dos señoritas. Otra infracción como aquella, otra escapada por el edificio, podría comprometerlo todo.

¿No se hacían idea del riesgo que suponía para todos que corretearan a sus anchas por el edificio?

16

LENNA

Londres, domingo 16 de febrero de 1873

L as dos mujeres pasaron la noche en vela, acosadas por las desconcertantes revelaciones que acababan de hacer.

—Me inclino a otorgarle a Evie el beneficio de la duda —susurró
Lenna—. Puede que todavía nos quede algo por descubrir aquí.

Pero las palabras le sonaban falsas mientras salían de su boca. La
honradez de su hermana ya había empezado a resquebrajarse.

Apenas había nada que hacer para entretenerse durante el resto de
aquella noche de insomnio, así que Lenna sostuvo una vela sobre su
cuaderno de conjuros y se puso a practicar el control de la respiración
y los complejísimos conjuros expulsivos de *Expelle* y *Transveni*. De vez
en cuando, Vaudeline susurraba dulcemente alguna corrección, pero
sobre todo comentaba la facilidad con la que Lenna captaba cosas que
a sus otros alumnos les solía costar.

Por fin, la luz del alba iluminó la habitación, y las mujeres pudie-
ron ver mejor la ropa que les había dejado el señor Morley. La víspera, habían cambiado sus vestidos por lo primero que se habían
encontrado. Ahora, revisaron detenidamente la escasa indumentaria.

Era un poco como jugar a emperifollarse, pensó Lenna, aunque
en este caso no se trataba de ponerse elegantes, sino todo lo contrario.
No había chalecos de tartán ni pañuelos de seda como los que llevaban los caballeros que frecuentaban St. James's Square. Era ropa de
trabajo…, manchada de hollín, burda y, por fortuna, discreta.

Vaudeline cogió unos calzoncillos de lana y puso cara de asco.

—Por si esta cintura tan áspera fuera poco, imagínate dónde habrán estado. —Dejó caer los calzoncillos—. Mejor me dejo puestas mis bragas de algodón. No creo que el señor Morley se vaya a enterar.

—Pues entonces yo haré lo mismo. Será nuestro secreto.

Como el secreto de anoche, pensó de pronto, acordándose de la cicatriz arqueada del muslo de Vaudeline. Al fondo del cuarto, Vaudeline soltó una tosecita, y Lenna habría jurado que la había pillado sonriendo. ¿Estaría recordando lo mismo?

Al final, Vaudeline se puso un guardapolvo de lana forrado de fieltro y un pantalón oscuro, y Lenna encontró un jersey de punto y un pantalón de lona que le quedaban mejor que el atuendo de la víspera. Se probaron unos cuantos sombreros, abrigos y guantes. No había espejos, así que Lenna dependía por completo de que Vaudeline diese el visto bueno a su conjunto.

—Muy convincente —dijo, mirando a Lenna de arriba abajo—, sobre todo si te envuelves bien la cara con una bufanda. Si no, la barbilla y los pómulos te delatarán. —Cogió una bufanda gris del montón y se la enrolló al cuello con delicadeza, subiéndosela y tapándole las orejas—. Ya está. Perfecto. —Echó un vistazo a su reloj y bajó la voz—: Son casi las ocho. Tiene que estar al caer. —Extendió los brazos—. Bueno, ¿y yo qué pinta tengo? ¿Puedo pasar por un hombre?

Lenna no pudo evitar una sonrisa.

—Por desgracia, sí. Bastante bien.

Minutos más tarde, llamaron a la puerta. El señor Morley entró sigilosamente con un impecable sombrero de copa bajo el brazo y un bastón.

—¿Han pasado buena noche?

—Muy buena, sí —dijo Vaudeline.

El señor Morley carraspeó.

—La sala de juegos —dijo. Apretó los labios y esperó; parecía un padre contrariado.

Vaudeline arqueó las cejas.

—¿Qué pasa con la sala de juegos?

Lenna no levantó la mirada; era ella la que había estado allí, no Vaudeline.

—He visto las cartas. La mesa revuelta, como si alguien se hubiese chocado con ella al entrar. —El señor Morley hablaba con voz serena. Amable, incluso—. No voy ponerlas en la incómoda situación de tener que confirmar o negar lo que hicieron anoche. Me limitaré a decir lo siguiente: les suplico que no vuelvan a salir de esta habitación sin mí. —Dio un paso hacia Vaudeline, posó la mano sobre su muñeca—. Si los hombres a los que queremos identificar descubren nuestras intenciones, señorita D'Allaire... —Apartó la mirada, movió la cabeza—. En fin, me estremezco solo de pensarlo.

Vaudeline hizo un breve gesto de asentimiento.

—Sí. Sí, por supuesto.

Estaba protegiendo a Lenna, incluso ahora.

Acto seguido, el señor Morley abrió la puerta unos centímetros, echó un vistazo al pasillo e hizo una seña a las dos mujeres disfrazadas para que salieran.

Fuera, el ómnibus de la Sociedad estaba esperando. El mismo conductor que los había llevado la víspera se encontraba junto a uno de los caballos, pasándole la mano por el hocico. Saludó silenciosamente a las mujeres con una cálida sonrisa y se llevó la mano al sombrero.

Las calles estaban resbaladizas, y el cielo, de un pálido azul. El agente Beck esperaba al lado del coche, apoyado en él con los tobillos cruzados y un gesto más bien torcido.

Una vez dentro del ómnibus, el señor Morley cogió la pizarra y, con un cachito de tiza, escribió Albemarle Street y se lo enseñó a Bennett, que azotó las riendas contra los caballos. El coche arrancó.

Albemarle apenas estaba a unos minutos de distancia. Cuando el conductor dobló la última curva, Lenna vio una manzana de casas de ladrillo de estilo georgiano, prácticamente idénticas entre sí con sus puertas de entrepaños coronadas por montantes de abanico. Por toda la calle había montañas de excrementos de caballo, ablandados por la lluvia de la víspera. Solo de verlo, a Lenna se le revolvió el estómago..., era raro, dado que llevaba toda la vida viendo ese tipo de residuos callejeros.

—Les recuerdo —dijo el señor Morley— que la mujer a la que vamos a ver es la señora Gray. La Sociedad condujo una sesión aquí la misma tarde en que murió el señor Volckman. Este habría sido uno de los últimos lugares en los que estuvo.

Los caballos aminoraron el paso y por fin se detuvieron frente a una de las casas. Lenna miró por la ventanilla del ómnibus y vio una gruesa cinta de crepé negro, símbolo de duelo, colgando de la puerta. El viento gélido hacía que se agitase erráticamente.

—Nunca deja de asombrarme —dijo el señor Morley— que los caballos sepan exactamente dónde han de detenerse. Este par lleva mucho tiempo con nosotros. Cuando ven la cinta de la puerta, saben que hemos llegado.

El grupo bajó del vehículo y se dirigió hacia la casa. Un pequeño gato de pelaje color ceniza asomó por un arbusto de acebo y se acercó a ellos. El señor Morley sonrió y, agachándose, lo acarició con ternura por debajo de la barbilla.

Las cortinas estaban corridas. El señor Morley llamó dos veces con los nudillos y la puerta se abrió. Al otro lado del umbral vieron a una joven enfundada en un vestido negro de cuello alto. No parecía mucho mayor que Lenna. Un velo de encaje le tapaba el rostro y el pelo, y a la altura de la garganta llevaba un broche con una gema negra, posiblemente ónice o azabache. Tenía el cabello recogido en un adusto moño bajo. En conjunto, ofrecía un aspecto inquietante, incluso siniestro.

La viuda parecía exhausta, se dijo Lenna..., más exhausta que melancólica. No le fue difícil identificarse con ella, ya que el sufrimiento no tenía la tristeza como único ingrediente: también estaba el anhelo de oír una voz que había desaparecido para siempre, la veneración de objetos triviales como un monedero raído o un peine con pelo enmarañado, la mirada escudriñadora sobre aquellos últimos días para responder a la pregunta de si habrías abrazado lo suficiente, si habrías demostrado el suficiente amor. Era agotador pasar así los días.

—Señora Gray —dijo el señor Morley, mirando al suelo y haciendo una pequeña reverencia.

—Absténganse de hacerme más preguntas sobre la muerte de mi

marido. Bastante tengo ya con todos los funcionarios que han venido a verme. No tengo nada más que decir.

Frunció el ceño y empezó a cerrar la puerta, pero el señor Morley sacó la mano.

—Por favor, permita que le expliquemos el motivo de nuestra visita. —Arrastró los pies, dio un golpecito al suelo con el bastón y prosiguió rápidamente—. Soy uno de los vicepresidentes de la Sociedad Espiritista de Londres. Vamos a conducir una sesión, y necesitamos su ayuda.

La señora Gray levantó una ceja por debajo del velo y apartó la mano de la puerta.

—La primera sesión de la Sociedad fue un fracaso.

Lenna y Vaudeline intercambiaron una mirada cómplice. Considerando todo lo que habían descubierto la noche anterior en el libro de registros de las conferencias, no les sorprendió demasiado que hubiese salido mal una sesión.

La viuda miró a Lenna con detenimiento. Apenas las separaban unos centímetros. ¿Quizá no se había dejado engañar por el disfraz de chico?...

—¿Quiénes son sus acompañantes? —preguntó.

—Se lo explicaré todo dentro —dijo el señor Morley—. Le aseguro que hay una razón de peso para esta visita.

La viuda miró al agente Beck, y sus ojos se posaron sobre el revólver que llevaba a la cadera.

—Esta es la última vez que dejo entrar a nadie. Voy a pedir que nos sirvan un té.

Minutos más tarde, el grupo estaba instalado en el salón. Lenna se arrellanó en el sofá y echó un vistazo a su alrededor. Había varias fotografías vueltas del revés, y cortes de lino negro colgando de la pared. Debían de ser para cubrir los espejos, pensó Lenna. Su madre había tomado esas mismas medidas en casa de la tía Irene antes del velatorio de Evie, tapando fotos y espejos para evitar que la maldición de la muerte persiguiese a otras personas.

Lenna había velado a Evie varias horas en casa de la tía Irene durante los dos días que duró el velatorio, y los recuerdos de aquella ocasión seguían acechándola: la imagen del cuerpo pálido e inerte de su hermana sobre la tabla de enfriamiento. La puñalada en el lado izquierdo del cuello, mal cubierta con un pastoso colorete beis. El hedor dulzón de las altas pilas de lirios blancos repartidas por la habitación para enmascarar el olor de la descomposición.

Lenna no quería volver a ver un lirio en su vida.

Vaudeline estaba en la otra punta del salón, sentada en un sillón orejero frente a la ventana, apartada del grupo.

—Vaudeline D'Allaire es una médium de París —dijo el señor Morley, señalándola.

Vaudeline acababa de coger una figurita de la mesa de al lado, una de las numerosas miniaturas de vidrio de perros de diferentes razas y colores.

La señora Gray arqueó las cejas.

—Me acuerdo de cuando se marchó usted de la ciudad. Dio pie a todo tipo de especulaciones. Durante meses.

—La verdad es que es una historia muy complicada —dijo Vaudeline.

—Bueno, pues yo no quiero saber nada más de los médiums —dijo la señora Gray—. He perdido la fe en todos ustedes.

El señor Morley abrió los brazos.

—Ah, señora Morley, nos ha entendido mal. —Sonaba contrito, como si se estuviese disculpando—. No quería dar a entender que Vaudeline haya venido a contactar con su difunto esposo. Por el contrario, presumo que se habrá enterado de la muerte del presidente de nuestra Sociedad, el señor Volckman, al que usted... —Se frotó las manos, visiblemente incómodo—. En fin, al que conoció la víspera del Día de Todos los Santos, durante la sesión.

—Pues claro que sé que ha muerto. Los periódicos informan sobre el tema prácticamente a diario. Y su asesino todavía anda suelto. ¿Y qué me dice de la Policía Metropolitana? Ni una pista.

Al oír sus palabras, el agente Beck soltó una tosecita con expresión avergonzada. El señor Morley se apresuró a cambiar de tema.

—De hecho, Vaudeline ha venido a rastrear los pasos que dio el señor Volckman el día de su muerte.

—¿Con qué finalidad?

La señora Gray dejó su taza sobre la mesa.

Vaudeline alzó la vista y volvió a dejar la figurita sobre la mesa.

—Me temo que…

—No podemos entrar en detalles —interrumpió el señor Morley mirando con frialdad a Vaudeline, que a su vez le frunció el ceño.

—Solo iba a decir que me temo que no estoy autorizada para contar los pormenores. —Se volvió hacia la señora Gray—. Espero absorber cualquier energía que pudiese haber dejado el señor Volckman antes de morir… Voy a pasarme por los lugares a los que fue, a tocar las cosas que tocó.

La señora Gray se inclinó y cogió delicadamente su taza de porcelana.

—La experiencia que viví hace unos meses me ha vuelto escéptica con respecto a los médiums y el espiritismo en general. Dicho esto, señorita D'Allaire, he de reconocer que, de las ocho sillas que hay aquí en el salón, usted se ha ido directamente a la silla en la que se sentó el señor Volckman la noche de la sesión. Además, estuvo jugueteando unos minutos con el mismo adorno que acaba de coger usted. El pequeño *spaniel* (bueno, el juego entero) es una reliquia familiar que me dio mi abuela.

Vaudeline la escuchó afirmando con la cabeza y sin el menor asomo de sorpresa en el rostro; Lenna, en cambio, se quedó boquiabierta. ¿Habría sido una mera casualidad que Vaudeline escogiese esa silla y esa figurita, o habría… percibido algo?

—¿La sesión tuvo lugar aquí, en esta habitación? —preguntó Vaudeline.

—Sí. Pusimos las sillas en círculo en torno a una mesa. El señor Volckman se sentó en esa, y no se movió de ahí hasta que… —La señora Gray volvió a titubear—: En fin, otro de los socios dijo que tenía un detector magnético que quería utilizar en el sitio en el que había dormido mi marido por última vez. Es decir, el dormitorio de arriba, claro, y yo, a pesar de que mi intuición me aconsejaba lo contrario, me ofrecí a acompañarle. No volví a ver al señor Volckman hasta diez minutos más tarde, más o menos, cuando vino a ver cómo estábamos.

Vaudeline tenía las manos plantadas sobre los reposabrazos, y los apretó suavemente. A Lenna le vino a la memoria la noche anterior…, la carne, los moretones. Se sonrojó y apartó la mirada.

Vaudeline se puso en pie y le hizo una seña a la señora Gray.

—¿Nos podría enseñar el dormitorio?

El señor Morley empezó a levantarse, pero Vaudeline extendió el brazo.

—Al decir «nos» me refería a la señorita Wickes y a mí. —Y a continuación, sin darle tiempo a protestar, añadió—: No voy a revelar ningún dato confidencial, señor Morley. Mi objetivo es reunir información, no compartirla.

Escarmentado, se volvió a sentar.

Las mujeres salieron del salón. En el pasillo, Lenna reparó en un reloj de pared que estaba parado en las tres y media. Primero pensó que estaría estropeado, pero entonces recordó que su madre y la tía Irene también habían respetado la costumbre de dejar los relojes con la hora del fallecimiento. En el caso de Evie, las diez y media, según el cálculo del agente de policía.

Vaudeline hizo una pausa.

—El señor Volckman se fue al piso de arriba, pero no subió por la escalera principal. Utilizó la escalera de servicio, esa de ahí.

La señora Gray se quedó atónita.

—Sí, así es. La escalera principal acababa de ser pintada. La habíamos acordado ese mismo día.

Se dirigieron al fondo de la casa y, mientras subían, Vaudeline tocó varias cosas: un arañazo en el pasamanos, el estante de una hornacina.

—Un detector magnético —le dijo a Lenna entre dientes—. Menuda farsa.

En el segundo piso, enfilaron un estrecho pasillo y al doblar a la derecha pasaron a un dormitorio relativamente grande. También allí estaban corridas las cortinas. Vaudeline se detuvo en el umbral y tocó un pequeño tajo que había en el marco de madera.

La señora Gray movió la cabeza con gesto incrédulo.

—Cuando el señor Volckman subió a buscarnos, tocó esa misma marca de la madera…, incluso hizo un comentario sobre ella.

—Estoy siguiendo su energía —dijo Vaudeline, muy seria—. Aquí dentro es muy intensa.

Lenna no podía negar la escena que se estaba desarrollando ante sus ojos. Ciertamente, desde que entraron en la casa daba la impresión de que Vaudeline sabía —o percibía— cosas que eran invisibles para los demás. Y no parecía en absoluto que estuviese fingiendo.

—¿A qué puede deberse que su energía fuera tan intensa? —se atrevió a preguntar. Eran las primeras palabras que pronunciaba desde que habían llegado.

—Las energías son más potentes cuando alguien está bajo presión, arrebatado por la pasión o incluso muy enfadado —respondió Vaudeline.

La explicación dio mucho que pensar a Lenna. ¿Qué habría estado sintiendo Evie los minutos previos a su muerte? ¿Entorpecería o facilitaría la sesión que le iban a dedicar?

—¿Recuerda si aquella noche —le preguntó Vaudeline a la señora Gray— el señor Volckman estaba especialmente irritable o nervioso?

—Trastornado, diría yo. —La señora Gray se sentó al borde de la cama con dosel, encorvándose ligeramente—. Verá, cuando ya se veía claro que la sesión estaba llegando a su fin y no habíamos contactado con mi difunto esposo, el socio que la había conducido, un tal señor Dankworth, me dijo que su armatoste magnético funcionaba mejor en la habitación en la que había dormido el finado.

A Lenna se le hizo un nudo en el estómago. ¿El señor Dankworth? Era el mismo hombre que había conducido la sesión dedicada a Eloise.

—Abajo oía a los otros hombres saliendo de casa y haciendo planes para verse más tarde, en una fiesta —dijo la señora Gray—. Entretanto, el señor Dankworth estaba animado, incluso frenético, mientras sacaba el instrumento de la caja. Lo dejó sobre este mueble y se pasó un rato toqueteándolo. —Se acercó a la cómoda de palisandro que estaba junto a la entrada. Encima había pensamientos y nomeolvides en descomposición, asomando lánguidamente por el borde de un jarrón lleno de agua putrefacta. Al lado del jarrón había un montoncito de tarjetas de visita con el borde negro.

»Al final —continuó la señora Gray—, la aguja empezó a moverse y a señalar ciertas letras, y el señor Dankworth aseguró que sabía interpretar sus movimientos. Insistió en que el espíritu de mi difunto esposo estaba presente y se hallaba en paz, pero tenía miedo de que me sintiese sola.

Lenna no daba crédito a sus oídos. Era absurdo pensar que un artilugio metálico pudiese comunicar nada semejante. Y qué palabras más convenientes decía el artilugio, al menos para el señor Dankworth...

La señora Gray apoyó el rostro en las manos.

—Hablaba sin parar, decía que esas palabras se estaban deletreando a sí mismas en el instrumento. Por fin, el trasto se paró, y el señor Dankworth se sentó aquí, a mi lado. «No querrá que siga preocupado por su soledad, ¿no?», preguntó. Y yo estaba tan nerviosa, tan agobiada y tan triste, que..., y además abajo me habían dado de beber demasiado vino, y...

Alzó la mirada; tenía la cara colorada y húmeda.

—Se inclinó y me besó, y, aunque intenté apartarle, no pude con él. Me sentía tan desorientada... Me puso las manos encima, me agarró de la cintura y trató de tirarme otra vez a la cama. Instantes más tarde, oí a alguien en la escalera de servicio. Gracias a Dios, era el señor Volckman, que preguntaba si estaba todo bien. El señor Dankworth se apartó inmediatamente de mí. Cuando el señor Volckman cruzó el umbral, intercambiaron una mirada. Me pregunto ahora si el señor Volckman sospecharía que algo iba mal. En cualquier caso, chasqueó los dedos, dijo que era hora de irse y se marchó.

Lenna la escuchaba sin parar de hacer muecas de indignación, pero el rostro de Vaudeline era inescrutable. Estaba bien entrenada; tanto en la sala de sesiones espiritistas como en sus investigaciones, era capaz de soportar las revelaciones más espeluznantes.

—Antes de salir de la habitación —dijo la señora Gray—, el señor Dankworth pidió una gratificación de un diez por ciento sobre una suma que, teniendo en cuenta el fracaso de la sesión, ya era exorbitante. Cuando me negué a dársela, me amenazó, dijo que a varios socios que trabajaban de columnistas para los periódicos podría interesarles enterarse de lo sucedido, de mi racanería y mi deseo de subirle al piso de arriba. —Movió la cabeza—. ¡Qué fácil habría sido para él tergiversarlo todo en mi contra! De manera que le di lo que me pedía y le dije que nunca jamás volviese a acercarse a mí.

Lenna no habría sido tan amable. El señor Dankworth se había aprovechado de su vulnerabilidad, le había dado a beber demasiado vino, la había tirado sobre la cama. Si por Lenna fuese, podía irse al infierno. Todo aquel disparate de los imanes, y las agujas, y la soledad... ¡Al diablo aquel puñado de depredadores ávidos de dinero!

—Ese hombre que está abajo, el señor Morley... —dijo Vaudeline—. ¿Lo reconoce? ¿Estuvo en la sesión?

La señora Gray negó con la cabeza.

—No, estoy segura de que no estaba. —Abajo se oyó el ladrido de un perro—. Ah, debe de haber vuelto de su paseo. —Esbozó una pequeña sonrisa, la primera que le había visto Lenna—. Es Winkle. Un momento, voy a calmarlo.

Salió del dormitorio, y el sonido de sus pisadas se fue alejando por la escalera de servicio.

—El señor Dankworth fue el que condujo la sesión de mi amiga Eloise hace años. No dio ningún fruto —susurró Lenna—. Y, teniendo en cuenta lo que acaba de revelar la señora Gray, no puedo evitar preguntarme si será uno de los maleantes de la Sociedad.

—Sin lugar a dudas, lo es. —Vaudeline cerró los ojos unos instantes—. Estoy horrorizada. Una cosa son los rumores que oí el año pasado; y en cuanto a los informes de las conferencias, lo único que indicaban era que los hombres estaban aprendiendo tácticas fraudulentas. Pero el testimonio de la señora Gray es otra cosa. Es una de sus víctimas..., una prueba de lo que pretendían con sus estratagemas. —Se llevó una mano al estómago—. Está claro que el señor Volckman lo sospechaba y estaba intentando pillar a los hombres con las manos en la masa. Y gracias a Dios que el relato del señor Morley se mantiene limpio; no asistió a la sesión de marras ni a esas conferencias tan turbias.

La señora Gray no tardó en regresar con un doguillo negro debajo del brazo. Le frotó entre las orejas y dijo:

—Explíqueme por qué hace todo esto, señorita D'Allaire. ¿Por qué quiere ayudar a un hombre que dirige una organización tan terrible a resolver un crimen? ¿Qué sentido tiene hacerle favores de ningún tipo?

Vaudeline sonrió con tristeza.

—Una pregunta razonable. Hace poco, me enteré de que la Sociedad no es tan honorable como pensaba.

—Estoy de acuerdo con usted. Las mujeres dicen cosas, ya sabe.

Vaudeline alzó la mirada.

—Llevan tiempo diciéndolas.

La señora Gray asintió con gesto formal.

—La Sociedad ha tenido una reputación excelente durante muchos años; de otro modo, no habría contratado sus servicios. Pero después de la sesión espiritista fallida y de la conducta del señor Dankworth, hablé con mi prima y con varios amigos. Si bien ninguno ha contratado sesiones personalmente, todos han oído historias, rumores, sobre la Sociedad Espiritista de Londres. No hay nada que pueda demostrarse, pero al parecer no soy la única mujer de Londres de la que han abusado estos hombres, económicamente o de otras maneras. Y por eso, señorita D'Allaire, he de reconocer que la muerte de su presidente no me apena lo más mínimo. Espero que no interprete mi insensibilidad como un indicio de que tuve algo que ver con su fallecimiento; como mucho, es una prueba del dolor que me ha causado la Sociedad.

—Por supuesto —dijo Vaudeline—. Pero entienda que el señor Volckman pretendía librar a la organización de todos los delincuentes.

—Entonces, ¿cree usted que alguno de los socios podría ser culpable de su muerte?

—Es posible —dijo Vaudeline—, pero las suposiciones son peligrosas. Su sesión es esta noche. No tardaremos en saber por qué murió.

—Muy bien —dijo la señora Gray, acompañando a las mujeres a la puerta. El perrillo se revolvía entre sus brazos, intentando soltarse—.

Les deseo lo mejor para la sesión, y las animo a que no se pierdan de vista la una a la otra. En estos hombres no se puede confiar. ¿Quién sabe lo que están dispuestos a hacer? Mi prima dice que se rumorea que han reclutado a una cómplice femenina, así que a saber qué...

—¿Una cómplice femenina? —interrumpió Lenna, sintiendo que se le helaba la sangre en las venas.

—Eso dicen, sí. Es joven, y tiene unos ojos asombrosamente azules. Dicen que se la ha visto en varios velatorios, en varios funerales, y que incluso se ha presentado disfrazada de muchacho a algunas sesiones. —La señora Gray alzó las manos y las dejó caer—. Incluso aunque fuera verdad, yo no puedo dar fe de ello. Lo que sé es que no estuvo aquí la víspera de Todos los Santos. Me acuerdo de todos los que había sentados alrededor de la mesa. Y todos eran hombres, se lo aseguro.

Lenna se apoyó en la cómoda para recobrar el equilibrio. «Ojos asombrosamente azules».

Evie. Solamente podía ser Evie.

Mal estaba que Evie hubiese estado informándose de las intrigas de la Sociedad, pero ¿esta noticia? La idea de que había ejercido de cómplice y se había involucrado en las actividades manipuladoras y fraudulentas de la Sociedad era terrible. Y si alguien de dentro le estaba dando acceso a la organización, era verosímil que la joven y libertina Evie estuviese ofreciendo algo a cambio. Lenna se llevó los dedos a los labios, aturdida. No había esperado descubrir tantas cosas sobre su hermana.

Y quizá lo peor era que esta noticia ampliaba la red de posibles culpables de la muerte de Evie. Si la gente había sabido de su existencia, si habían corrido rumores sobre esta cómplice por todo Londres, entonces cualquiera habría podido matarla. Cualquiera que quisiera vengarse de la Sociedad.

Al fin y al cabo, parecía que en los últimos tiempos Evie había sido una maleante de consideración.

17

 LENNA

Londres, domingo 16 de febrero de 1873

Al salir de casa de la señora Gray, el grupo subió al ómnibus. Lenna, con expresión solemne, se quedó mirando el límpido cielo azul, dando vueltas a la conversación que acababan de sostener con la joven viuda. Había sido preocupante en muchos sentidos, y Lenna se dijo que lo único que deseaba era echarse un rato en una habitación fresca y oscura.

El agente Beck se acarició con un dedo la cicatriz de la barbilla y murmuró algo acerca de un posible desayuno a deshoras en la sede de la Sociedad. El señor Morley negó con la cabeza.

—Nos queda por hacer otro recado rápido. La señorita D'Allaire desea pasarse por casa de la señora Volckman.

El agente Beck abrió los ojos de par en par, con cara de disconformidad, y dijo:

—Estoy muerto de hambre. Y dudo que sus criados salgan siquiera a abrirnos la puerta.

Vaudeline frunció el ceño.

—¿Y eso por qué?

Beck vaciló unos instantes.

—Bueno, la Policía Metropolitana ya la ha importunado bastante con sus interrogatorios. Y la Sociedad también ha hecho muchos esfuerzos; la hemos incordiado mucho. Ella misma me lo dijo hace solo unas semanas: la hemos dejado exhausta y no tiene nada más que decir.

¿Qué les pasa a estos hombres?, se preguntó Lenna. Ni el agente Beck ni el señor Morley se planteaban la posibilidad de que una visita a una afligida viuda pudiera ser otra cosa distinta de un mero interrogatorio.

—Yo no quiero preguntarle nada —dijo Vaudeline—. Solo quiero darle el pésame a una amiga. Ni siquiera será necesario que el señor Morley y usted se bajen del coche. Estaré solamente unos minutos.

Beck le lanzó una mirada escéptica y cogió la pizarra.

—Muy bien —dijo, mientras con un pedazo de tiza garabateaba: «14 de Bruton Street».

Le enseñó la pizarra a Bennett con brusquedad, sin molestarse lo más mínimo en disimular su enfado.

Llegaron a la residencia de los Volckman, una casa de estilo georgiano de cuatro plantas con una fachada y una entrada impecables. Vaudeline y Lenna bajaron del coche y se dirigieron hacia el pórtico principal, que estaba flanqueado por unas enormes columnas blancas.

Una vez en la puerta, Vaudeline se quitó el sombrero, se atusó el pelo y llamó. Salió a abrir una criada con un delantal azul claro, que al verlas soltó un gritito ahogado.

—Señorita D'Allaire…

Vaudeline le dedicó una cálida sonrisa.

—Señorita Bradley… —dijo, asintiendo con la cabeza.

—Por favor, pasen. —La señorita Bradley abrió la puerta de par en par, mirando a Vaudeline de arriba abajo como si le costara creer que estuvieran las dos compartiendo un mismo espacio—. Está usted en Londres. Yo… —Movió la cabeza, visiblemente confusa a la vez que encantada—. Permítame que vaya a avisar a la señora Volckman. Un momento.

Segundos más tarde, apareció una mujer. Venía corriendo, sin aliento. Llevaba un vestido negro de lana desprovisto de adornos; *lana merina,* se dijo Lenna…, ella no tenía nada tan bonito.

Al ver a Vaudeline, la señora Volckman rompió a llorar. Abrió los brazos y se fundieron en un largo abrazo allí mismo, en medio del recibidor. Vaudeline le susurró algo al oído, pero Lenna solo pilló unas pocas palabras: «Cuánto lo siento… Qué locura… Ojalá…».

161

Lenna, incómoda, se hizo a un lado mientras se abrazaban y se quedó mirando la vidriera de abanico que había encima de la puerta y el estampado amarillo del papel pintado. Era un espacio aireado y alegre, muy en contraste con el luctuoso reencuentro que estaba presenciando.

Finalizado el abrazo, Vaudeline presentó a Lenna, y acto seguido hizo un breve resumen del motivo que la había llevado a Londres. Explicó que el señor Morley y el agente Beck estaban esperando fuera, en el coche, y que los iba a ayudar con una sesión espiritista que, con suerte, arrojaría luz sobre la muerte del señor Volckman.

—No tenía ni idea de que fueras a involucrarte en esto —dijo la señora Volckman, otra vez con los ojos llenos de lágrimas—. Me da muchas esperanzas...

Sacó un pañuelo, se secó los ojos y consiguió serenarse. Después, se interesó por la indumentaria de Vaudeline y de Lenna, que tan claramente era un disfraz.

Vaudeline titubeó, pero en lugar de decir que se estaban escondiendo de los peligrosos maleantes que pudiese haber en la organización, pasó rozando por la superficie de la verdad.

—Como bien sabes, las mujeres no tenemos permiso para participar en las actividades de la Sociedad. El hecho de que ayudemos al señor Morley no se vería con buenos ojos, como tampoco que nos desplacemos por la ciudad en el ómnibus.

—Entendido —dijo la señora Volckman—. Me conmueve sinceramente que estéis dispuestas a correr este riesgo con el fin de vengar a mi marido.

Vaudeline bajó la mirada y guardó silencio. De nuevo recordó Lenna lo que había dicho en París después de leer la carta del señor Morley: «No solo me he enterado de la muerte de un amigo, sino que los rumores que le transmití quizá le hayan llevado a la tumba». ¿Estaría sufriendo ahora esos mismos remordimientos? Quizá por eso había insistido tanto en pasarse a ver a la señora Volckman lo antes posible.

—¿Te gustaría asistir a la sesión espiritista? —preguntó Vaudeline.

La señora Volckman se lo pensó un momento.

—Supongo que el señor Morley y el agente Beck participarán, ¿no?

—Sí, claro.

—¿Y es esta noche?

Vaudeline asintió con la cabeza, y la señora Volckman se cruzó de brazos y guardó silencio unos instantes antes de responder:

—No. No voy a ir.

Lenna se sorprendió. ¿Temía lo que pudiera suceder en la sesión o la información que pudieran obtener? ¿O sería que aquellos hombres le desagradaban tanto que prefería privarse de la sesión de su marido antes que participar estando ellos presentes?

No merecía la pena darle más vueltas, se dijo Lenna, y era injusto hacer suposiciones acerca de sus razones para no participar. La decisión era cosa de la señora Volckman y de nadie más.

—Sospecho que no tienes mucho aprecio a esos hombres —dijo Vaudeline.

La señora Volckman asintió con la cabeza.

—El señor Morley es, más que nada, un pesado, sobre todo cuando está borracho. Una vez lo pillé orinando ahí fuera, en una maceta. Y otra vez, le gastó una broma cruel a uno de los niños. —Esbozó una sonrisita y añadió—: En fin, supongo que perdonable. Pero ¿el agente Beck? Incluso a mi marido le perturbaba. Y eso es mucho decir, teniendo en cuenta que dirigía una organización llena de hombres bulliciosos.

—Le perturbaba, ¿en qué sentido? —preguntó Vaudeline.

La señora Volckman bajó la voz y miró a ambos lados:

—Bueno, tengo entendido que la Policía Metropolitana ha estado a punto de despedir al agente Beck en varias ocasiones. Le han pillado aceptando sobornos, falsificando informes. El año pasado lo investigaron por agredir a un compañero. —Lenna se preguntó si la oscura cicatriz de la barbilla tendría que ver con ese altercado, y la señora Volckman prosiguió—: Y, por si fuera poco, el agente Beck alterna con otro miembro de la Sociedad, un tal Dankworth...

—¡Ay! —interrumpió Lenna, incapaz de disimular su espanto.

—El hombre que la señora Gray... —dijo Vaudeline.

Lenna asintió con la cabeza.

—Mala hierba, tanto Beck como Dankworth… —dijo la señora Volckman.

—Eso parece —confirmó Vaudeline con expresión preocupada—. Me sorprende que tu criada nos dejase entrar siquiera; me preocupaba que el ómnibus de la Sociedad que nos ha traído no fuese un punto a nuestro favor. Me han dicho que estás agotada de tanto interrogatorio.

La señora Volckman ladeó la cabeza y frunció el ceño.

—¿Cómo dices?

—El agente Beck dijo que, entre la Policía Metropolitana y la Sociedad, te han abrumado a preguntas sobre la muerte de tu marido —explicó Vaudeline.

—Nada más lejos de la verdad. —La señora Volckman abrió los brazos—. Inmediatamente después de su muerte, respondí a unas cuantas preguntas, sí. Pero ni la policía ni la Sociedad han vuelto a pasarse por aquí desde entonces. Para ser sincera, me sorprende que no hayan mostrado más interés.

A Vaudeline le cambió el semblante y preguntó con tono consternado:

—¿Ni la Policía Metropolitana ni la Sociedad se han pasado por aquí desde hace… meses?

—Así es.

Lenna y Vaudeline cruzaron una mirada. La noticia contradecía lo que había dicho el agente Beck de camino hacia allí: que había hablado con la señora Volckman hacía solo unas semanas.

Las tres mujeres se sobresaltaron. A su lado, encima del chifonier de caoba, un reloj de pared dio la hora. Las campanadas eran graves y largas, y, para cuando terminó, Vaudeline ya se estaba dirigiendo hacia la puerta.

—Seguro que están impacientes —dijo. Se volvió hacia su amiga y la abrazó por última vez—. Volveré pronto, te lo prometo.

La señora Volckman asintió con la cabeza.

—Me alegro mucho de verte. Y también de haberla conocido a usted, señorita Wickes. —Le dio una afectuosa palmadita en el hombro. Pero mientras se dirigían a la puerta, carraspeó y dijo—: Una cosa más, si puede ser...

—Por supuesto —dijo Vaudeline, deteniéndose.

—Solo quiero decir que estoy preocupada por las dos. —Se toqueteó la alianza, y la luz se reflejó en la amatista de talla marquesa—. Prometedme que seréis precavidas y que estaréis pendientes la una de la otra.

—Descuida —dijo Vaudeline. Se atusó el cabello, se lo remetió por debajo del sombrero y salió con Lenna.

La puerta se cerró a sus espaldas.

—Desde luego que vamos a ser precavidas —dijo Lenna sin levantar la cabeza—. Ya hemos pillado a Beck en una mentira. Y que su nombre figurase en los registros de asistencia a las conferencias...

Vaudeline asintió con la cabeza; Beck daba cada vez más mala espina. Él y Dankworth, los dos.

—No lo acabo de entender —respondió Vaudeline—. La Sociedad mantiene una reputación intachable desde hace años. —Respiró hondo—. Pero parece que tiene aún más manchas de las que me temía.

18

 LENNA

Londres, domingo 16 de febrero de 1873

El grupo se instaló en el ómnibus que esperaba frente a la casa de la señora Volckman. Lenna jugueteó con los botones de su abrigo mientras pensaba que irían camino de la Sociedad. El conductor esperó, riendas en ristre, a que uno de los hombres le pasara la pizarra.

En el banco, entre el señor Morley y el agente Beck, había una bolsita de papel con el fondo pringado de grasa. El señor Morley señaló por la ventana: un vendedor ambulante se alejaba despacio por la calle con una carretilla, ofreciendo a voz en grito sus mercancías a los viandantes.

—Empanadas de carne —explicó el señor Morley—. Mientras estaban ustedes dentro, hemos comprado media docena. Si gustan…

—Pelín correosas… —añadió el agente Beck, limpiándose del labio un manchurrón de caldillo—. Pero ricas, aun así.

Les ofreció la bolsa. Parecía mucho más contento que hacía un rato.

Ambas mujeres declinaron la invitación, y Vaudeline carraspeó.

—Señor Morley, consideremos lo siguiente: el señor Volckman falleció en la bodega que tiene usted cerca de Grosvenor Square.

El señor Morley se puso en guardia.

—Sí, así es.

—Lo cual nos permite suponer que desde aquí se dirigió hacia el norte o hacia el oeste. Pero puedo asegurarle con la misma confianza con la que seguí sus pasos por la casa de la señora Gray, que no se fue al norte ni al oeste. *Croyez-moi:* se dirigió hacia el sur. Hacia Piccadilly.

Casi al final de la visita, la señora Gray había ponderado la clarividencia de Vaudeline, informando a los hombres de que la médium había seguido el rastro de Volckman por la casa paso a paso. Ahora, el señor Morley parpadeó como un pasmarote, claramente sorprendido por la sugerencia de Vaudeline.

El agente Beck eructó, y acto seguido metió la mano en la bolsa de papel y sacó otra empanada.

—Entonces, deberíamos ir por ahí, hacia Piccadilly Circus.

—Ya nos hemos arriesgado bastante —dijo el señor Morley, acercando la mano al hombro de Vaudeline con ademán protector—. No pienso pasearla en nuestro ómnibus por la parte más concurrida de la ciudad.

—La Policía Metropolitana se ha cuestionado en numerosas ocasiones los lugares en los que estuvo Volckman aquella noche. Esto podría ser útil para la investigación. —Con las manos grasientas, el agente Beck cogió la pizarra, escribió: «Piccadilly Circus», y se la pasó a Bennett—. Y va disfrazada, Morley. No se me ponga tan melodramático.

Por mucho que el señor Morley fuera vicepresidente de la Sociedad, el agente Beck era miembro de la Policía Metropolitana: la tensión entre ambos podía palparse, y Lenna apartó la vista, incómoda. El señor Morley apretó los puños y por un momento pareció que iba a seguir discutiendo, pero por fin el coche empezó a moverse.

Mientras avanzaban, Vaudeline se inclinó hacia delante con cara de concentración. En su mejilla se había posado una larga pestaña, y Lenna tuvo que hacer grandes esfuerzos para no levantar las manos del regazo y quitársela.

Cuando doblaron hacia el este, Vaudeline le dio varias direcciones más al señor Morley, quien las apuntó en la pizarra. Dejaron atrás Haymarket y después Leicester Square, y no tardaron en llegar a la concurrida zona norte de Covent Garden.

—Haga saber al conductor que pararemos aquí —dijo Vaudeline de repente.

Los dos hombres intercambiaron una larga mirada.

El ómnibus aminoró la marcha y giró. Por fin, los caballos se detuvieron. Lenna miró por la ventana, el corazón de repente a mil. La noche anterior, al repasar el registro de visitas, Vaudeline y ella habían encontrado el nombre de Evie en la misma fecha de la conferencia sobre el caso práctico del prostíbulo.

Y, para la inmensa sorpresa de Lenna, el 22 de Bow Street era exactamente la misma dirección a la que acababan de llegar.

El agente Beck soltó una risotada.

—¡Dios mío, pero si vino al burdel! —dijo—. ¡Qué bobos! ¿Cómo no se nos ocurriría?

—Todos tenemos nuestros vicios —añadió el señor Morley, aunque incluso él parecía sorprendido.

Lenna se tomó su tiempo en bajar del coche, preguntándose qué información podrían obtener allí. La Sociedad no solo había conducido una sesión espiritista en un burdel, sino que además el presidente, al parecer, se había pasado por allí el día de su muerte.

—Vamos a entrar —les dijo Vaudeline a los hombres— para recorrerlo rápidamente, igual que hicimos en casa de la señora Gray.

Fuera cual fuera el misterio que rodeaba a aquel lugar, Lenna sabía que esa oportunidad para investigar no iba a durar mucho. Era imprescindible que le siguiera el juego a Vaudeline y fingiera que jamás había oído hablar de aquel sitio. Mientras se alejaban del coche, puso cara de curiosidad, como la que pondría una chiquilla.

Llegaron a la fachada del burdel y Lenna observó el modesto edificio. El ladrillo ennegrecido, manchado de hollín, daba paso a varias ventanas de arco de una sola hoja, rematadas con carpintería decorativa de poco interés. Por encima, un pájaro se posó en un alféizar y se quedó mirando.

Un hombre maduro —Lenna se imaginó que sería el propietario del local— abrió la puerta nada más llamar el señor Morley.

—¡Morley! —dijo el hombre. Tenía las mejillas picadas de viruela, el pelo grasiento y fino—. ¿Tan pronto de vuelta?

El señor Morley se ruborizó y señaló con un gesto a las dos mujeres.

—Peter, tengo que pedirte un pequeño favor —dijo, antes de explicar brevemente que la visita guardaba relación con la muerte del señor Volckman y con varias técnicas comunicativas nuevas que la Sociedad quería poner en práctica.

Peter frunció el ceño.

—No tengo nada en contra de que echen un vistazo, pero el señor Volckman no…

Vaudeline dio un paso al frente.

—Por favor, será rápido —dijo, cogiendo suavemente a Peter del brazo.

Peter le miró los dedos como si no le hubiese tocado una mujer desde hacía años. Asintió con rigidez e hizo pasar al grupo, cruzando los brazos sobre su chaleco color azul pavo real, que parecía una prenda desechada por un criado de librea. Al pasar por su lado Lenna, murmuró:

—¿Por qué van vestidas de hombre?

—Déjalo, Peter —dijo el señor Morley—. No tiene importancia.

Una vez dentro, los ojos de Lenna tardaron unos instantes en acostumbrarse. A pesar del luminoso sol de la mañana, el vestíbulo estaba tremendamente oscuro. Cualquiera habría pensado que era la hora del crepúsculo: había varios faroles encendidos en el salón y en el cuarto de estar que tenían a cada lado, y en ambas estancias habían corrido unas cortinas gruesas y desparejadas. Lenna dio un paso y el suelo de madera crujió.

En el salón, un polvoriento cuadro al óleo colgaba torcido de la pared. Unos oscuros manchurrones afeaban el reborde tapizado de un diván cercano, y Lenna vio que un insecto plano de color óxido se metía poco a poco en una costura. Hizo una mueca y apartó la vista; decir que aquel lugar era poco acogedor era un cumplido: era francamente repulsivo, una cochambre.

Pero a Vaudeline no debía de parecérselo, porque no tuvo reparos en pasar las manos por una pared sin importarle que el yeso se fuera descascarillando en algunas zonas. Observó con curiosidad la escalera que subía al segundo piso. El señor Morley y el agente Beck no le quitaban ojo: Vaudeline estaba haciendo prácticamente lo mismo que había hecho en casa de la señora Gray.

Lenna se sobresaltó al ver que algo se movía en el cuarto de estar. Sentada en un sofá de dos plazas, dando vueltas a una copa de licor que tenía en la mano, había una joven con un vestido negro descolorido. El corpiño era muy escotado, y no llevaba zapatos ni medias. El borde inferior del vestido caía un poco más arriba de los pálidos y gruesos tobillos. Sorprendió la mirada de Lenna y sonrió.

—Soy Mel —dijo, mirándola a los ojos—. ¿Y tú?

—Le-Lenna —farfulló con tono vacilante; el lugar la asqueaba.

Como sabía que Evie había asistido a un caso práctico sobre la sesión espiritista que había conducido la Sociedad en el burdel, se preguntó cómo podría pedir más detalles sin llamar la atención. A pesar del desprecio que sentía, se acercó al sofá y se sentó en el borde.

En la otra habitación, Peter se había llevado al señor Morley y al agente Beck al aparador, y en ese momento les estaba ofreciendo un líquido color orina de una licorera.

—Reconozco al más bajito —dijo Mel—. El señor Mott... no sé qué más.

—El señor Morley —la corrigió Lenna, dando por hecho que lo había reconocido porque era un cliente habitual.

Pero lo que le dijo Mel a continuación la cogió por sorpresa.

—Estuvo aquí en una sesión espiritista el verano pasado. —Mel giró otra vez la copa y dio un trago—. Aunque de sesión espiritista tuvo bien poco... Aquello fue una farsa. Un truco detrás de otro.

Lenna arqueó las cejas. Por breve que fuera la oportunidad, tenía que aprovecharla.

—Déjame adivinar. —Pensó en la visita a la casa de la viuda—. No encontraron ni un solo fantasma, y trataron de seducir a las mujeres de aquí, ¿a que sí?

—Exactamente —respondió en voz baja Mel.

En la otra habitación, los hombres se animaron y empezaron a reírse mientras hojeaban un catálogo que había sacado Peter de un cajón.

Mel se inclinó para dejar la copa en el suelo, junto a sus pies descalzos.

—Nuestra vieja madama, Betty, falleció el verano pasado, en julio. Una de las chicas se la encontró muerta en el jardín de atrás. Había estado separando bulbos de lirios. Pensamos que tropezó y se dio con la cabeza contra una piedra. Le encantaban las flores. —Mel jugueteó con un dobladillo del vestido, recorriendo la tela con una uña—. Contratamos a la Sociedad Espiritista de Londres para darle un último adiós. Al final, ninguna pudimos dárselo. Y así hasta hoy. —Más serena, se irguió y dijo—: Peter es el hijo de Betty; no te imaginas lo horrible que es.

—¿Y dices que el señor Morley estuvo presente en esa sesión?

Lenna pensó en lo que acababa de decir Mel: «Una farsa. Un truco detrás de otro». ¿Qué papel habría jugado Morley en la sesión? ¿Habría sido un mero observador? ¿Se habría sentado a la mesa o se habría quedado a un lado?

—Sí, desde luego —dijo Mel con resolución—. Más que presente. —Bajó aún más la voz—: El señor Morley estaba a cargo de todo.

19

SEÑOR MORLEY

Londres, domingo 16 de febrero de 1873

Mientras estaba con el agente Beck y Peter al lado del aparador, eché un vistazo a la habitación contigua. La señorita Wickes conversaba con una de las chicas del burdel.

De repente, volvió la cabeza.

Nuestras miradas se cruzaron. Bebí un sorbo de brandi, mirándola por encima de la copa. Llevaba toda la mañana vigilándolas a ella y a la señorita D'Allaire, aunque no se hubieran percatado.

En casa de la señora Gray, por ejemplo. Después de subir ellas por la escalera trasera, yo también había subido, pero no por la escalera de madera del servicio, sino por la enmoquetada del vestíbulo, que me permitía pisar discretamente. El agente Beck me había seguido con la mirada mientras subía; en su rostro había una expresión inescrutable..., ¿risueña, quizá, o más bien exasperada? Lo mismo daba. Me escondí en el pasillo, delante de la puerta del dormitorio en el que estaban las mujeres, mientras se destapaba todo el tinglado. Oí fragmentos de lo que les decía la señora Gray a las dos mujeres: algunos detalles sobre Dankworth, el instrumento magnético... «¿Quién sabe lo que están dispuestos a hacer?», había dicho.

Ahora me preguntaba qué le estaría contando la chica a la señorita Wickes. Qué sospechas le estaría revelando ella también.

Todos aquellos rumores sobre malhechores y trucos... ¿Habrían encajado ya la señorita Wickes y la señorita D'Allaire las piezas del rompecabezas?

¿Sabrían que el ilusionista de la Sociedad era... yo?

Al fin y al cabo, el Departamento de Espiritismo estaba a mi cargo, y la misión de la Sociedad era la paz y la satisfacción de la curiosidad.

De la verdad no se decía nada.

¿Y el ilusionismo? Servía para lograr los resultados deseados.

Se me daban muy bien los engaños. Estudié los trampantojos del teatro, la capacidad de la luz para engañar al ojo. También elegía bien a mis amistades: muchachos deshollinadores que se escondían detrás de las paredes a cambio de un penique, ventrílocuos que susurraban desde la otra punta de la mesa de espiritismo, artistas de vodevil que se hacían los hechizados.

Los demás miembros del departamento estaban al tanto de las tretas, por supuesto. Pero todos y cada uno de ellos habían firmado un juramento por el que se comprometían a no revelar jamás lo que habían visto en las sesiones espiritistas ni lo que pudieran sospechar. Tenían prohibido hacer ningún tipo de comentarios..., ni entre ellos, ni delante del señor Volckman, y, desde luego, nunca en presencia de nadie del Departamento de Clarividencia.

Por eso había contratado a Bennett para que condujera nuestro ómnibus. Los conductores siempre oían cosas desconcertantes o extrañas. Lo había aprendido por las malas y no estaba dispuesto a cometer el mismo error otra vez.

En el caso de que algún miembro de mi departamento rompiera el juramento de discreción, todos sabían el poder que tenía yo. Podía fabricar una deuda impagada, difamarlo en los periódicos, redactar su orden de expulsión de la Sociedad... y, en ese caso, tenía mucho que perder: fiestas exclusivas, palcos en el teatro, dividendos...

Lo único que tenían que hacer era colaborar. Tampoco era pedir tanto.

De los miembros de mi departamento, había unos pocos elegidos —como el señor Dankworth— a los que consideraba lo suficientemente hábiles y dignos de confianza como para que se encargasen ellos mismos de las estratagemas. Había empezado a dar clases privadas a estos miembros, a transmitirles mis métodos y mis técnicas. Cuantos más estafadores, más dinero, mejores dividendos; además, no tenía tiempo para asistir a todas las sesiones espiritistas. Si me surgía algún compromiso vespertino más apetecible, no tenía ningún problema en dejar que un socio como el señor Dankworth condujese una sesión.

Pero entonces empezaron a correr aquellos rumores tan molestos, y tuve aquella conversación con Volckman en la que me amenazó con echarme si no llegaba a la raíz de las cosas que sucedían en mi departamento.

Supongo que, con el paso de los años, mis técnicas se habían vuelto cada vez más chapuceras. No ponía freno a los descarados coqueteos a los que se entregaban mis hombres después de las sesiones. En una de ellas, me había apresurado demasiado a dar el significado de una llama que parpadeaba; en otra, había leído con demasiada desenvoltura el mensaje escrito en una hoja de papel trucado.

La raíz del problema —la mácula que afeaba la reputación, por lo demás impecable, de la Sociedad— era yo.

20

LENNA

Londres, domingo 16 de febrero de 1873

«**E**l señor Morley estaba a cargo de todo».

En el 22 de Bower Street, Lenna no daba crédito a lo que acababa de revelarle Mel. Se incorporó en el sofá, dispuesta a hacer más preguntas; entre ellas, si una persona de pequeña estatura y ojos azules se había sumado a la sesión fraudulenta dirigida por el señor Morley. Pero fueron interrumpidas por un ruido de pasos, y al girarse Lenna vio a dos personas en las escaleras: una mujer que bajaba brincando y un hombre de rostro colorado abrochándose la hebilla del pantalón. Peter se abalanzó hacia ellos, y el dinero cambió de manos entre un trajín de dedos. Peter se lo embolsó todo.

—Como ves, estamos todas de luto —dijo Mel, señalando con la cabeza a la chica que acababa de bajar y que también llevaba un vestido negro, aunque ni mucho menos tan desvaído como el de Mel—. Peter nos ha rogado que volvamos a sacar los vestidos de colores. Insiste en que las normas del duelo no se aplican en los prostíbulos. Él lleva ese chaleco «para animar un poco el cotarro», dice. Es feo con ganas, ¿a que sí?

La otra chica vio a Mel y sonrió; acto seguido, se acercó a ellas y se sentó con las piernas cruzadas en el suelo, a sus pies. Se presentó; se llamaba Bea. Al otro lado del vestíbulo, en el salón, Vaudeline estaba inclinada junto al hogar, estudiando la carpintería e inspeccionando el cubo del carbón. Qué extraños eran sus métodos y sus técnicas; y encima aquí, en el burdel, parecía que se movía especialmente despacio...

—Un tacaño, el tipo ese —susurró Bea, señalando al hombre con el que acababa de estar arriba y que en esos momentos cogía el abrigo para marcharse—. Solo me ha dado la mitad de la propina que me había prometido.

Mel alargó el brazo y le dio un pequeño apretón en la mano.

—¿Cuánto más necesitas?

Bea frunció los labios.

—Tres chelines. —Se dirigió a Lenna—: Mi madre se ha puesto enferma hace poco, y no tiene medios para comprar la medicación. He estado enviando a casa lo que puedo. —Volvió la cabeza para mirar a los recién llegados que estaban charlando con Peter—. ¿Ya han elegido a una chica?

—No, no, no hemos venido por eso… —balbuceó Lenna.

¡Qué vergüenza, que Bea pensara que habían acompañado a esos hombres en una visita al burdel!

Pero Bea ya se estaba levantando del suelo, sin apartar la vista de los hombres.

—Está decidida —dijo Mel, apenada, mientras Bea se acercaba a ellos—. Su madre y ella están muy unidas.

Lenna admiró la determinación de Bea, pero no iba a conseguir nada. El agente Beck y el señor Morley no iban a perder de vista a Vaudeline y a Lenna.

Bea se acercó al aparador y se quitó el desvaído chal negro que le cubría los hombros. Los hombres se quedaron mirándola fijamente, embelesados con la pálida piel desnuda de sus hombros. Hasta Peter parecía sorprendido: quizá no había contado con que esa extraña visita pudiese reportarle dinero.

Al parecer, Bea sabía bien lo que quería. Miró al agente Beck de arriba abajo, a continuación cogió su vaso —resultó que había rechazado el brandi y estaba bebiendo agua— y dio un trago largo y pausado. Posó suavemente los labios en los de Beck. A Lenna le vino a la cabeza la glotonería con la que el agente había devorado las empanadas de carne durante el trayecto y tuvo que reprimir una mueca.

Bea puso fin al beso. Acto seguido, se volvió hacia el señor Morley como si fuese a repetir la iniciativa. El señor Morley estiró el brazo.

—No —dijo, a la vez que se volvía y miraba de reojo a Lenna—. Delante de ellas, no.

Peter torció el gesto.

—Me cuesta creer que la rechace.

Se metió una mano en el bolsillo y se puso a juguetear con las monedas que había dentro.

De repente, se abrió la puerta de la calle y entraron tambaleándose dos hombres muy desaliñados. Peter los miró con recelo.

—Santo cielo —murmuró—. Estos dos tienen un don para crear problemas —dijo, dando un paso hacia la puerta y sacando pecho.

El agente Beck apenas se fijó en ellos.

—No voy a rechazar a la chica —le dijo a Peter antes de recorrer con la mirada el torso de Bea.

Ella le sonrió, y después le cogió de la mano y empezó a llevárselo.

—Beck —dijo el señor Morley, abriendo las manos y señalando a Vaudeline y a Lenna—. Delante de las señoras, por Dios…

—La señorita D'Allaire y la señorita Wickes no son tontas —respondió Beck con tono irritado; se había parado al pie de las escaleras y miraba al grupo—. Están al corriente de lo que pasa aquí. Y a usted Peter le ha saludado como si fuera un viejo amigo…

—¿Qué pasa? —interrumpió uno de los recién llegados, arrastrando las palabras. Estaba borracho…, muy borracho.

—Nada de tu incumbencia —dijo Peter, poniéndole una mano en el hombro—. Oye, ¿qué tal si volvéis más tarde? ¿Dentro de una hora más o menos?

—¿Y si no nos da la gana? —contestó el hombre, dándole un empujón. Se frotó las manos y añadió—: ¿Qué, hay pelea? Yo apuesto por él. —Señaló a Beck—. Venga, caballeros. Vamos a verlo.

Se hizo un silencio mientras los hombres se miraban unos a otros. Finalmente, Peter deshizo la tensión que flotaba en el ambiente haciéndole un gesto a Beck.

—Usted suba. Los demás saldremos a respirar un poco de aire fresco, y a tomar un trago.

Esta vez, el señor Morley no se negó. Siguió a Peter y a los recién llegados por un pasillo que daba al fondo del edificio. Lenna oyó que una puerta se abría y se cerraba en el piso de arriba.

Sin los hombres, el aire del salón se volvió más liviano, más fresco. Vaudeline se alejó del hogar y se fue a la sala de estar.

—¿Ya tienes lo que necesitas? —le preguntó Lenna.

—Eso depende. ¿Y tú?

—No, yo... —Lenna se interrumpió, frunciendo el ceño—. ¿A qué te refieres con «eso depende»?

Pero Vaudeline se limitó a mirarla, hasta que Lenna cayó en la cuenta y se quedó boquiabierta.

—Exacto —dijo Vaudeline con una sonrisita, y, bajando la voz, dijo en un susurro—: Me he inventado toda esta historia de que el señor Volckman estuvo aquí. ¿Quién dice que nosotras no podamos emplear algún que otro truco?

Qué maravillosa ironía: Vaudeline haciendo trampas. De buena gana la habría cogido Lenna del cuello del abrigo y la habría besado con pasión.

Pero, aunque la había impresionado la temeridad de Vaudeline, pesó más el sentido de la responsabilidad. Tenía que aprovechar ese ratito sabiamente. Se volvió hacia Mel, hablando a toda prisa.

—La sesión... ¿Podrías decirnos algo más de lo que pasó?

—Venid —dijo Mel, indicándoles que la siguieran. Fueron al lugar en el que habían estado los hombres unos minutos antes, y Mel abrió un cajón y le dio a Lenna una vela medio consumida.

—Se han dejado las velas. Mirad esta.

Lenna dio vueltas a la vela color crema.

—¿Debo fijarme en algo en especial? —preguntó.

—Déjame verla —dijo Vaudeline. La cogió y pasó la uña por una sutil línea descolorida que recorría la cera de arriba abajo—. Una vela de pega —concluyó.

—Eso es —dijo Mel—. Lo mismo sospechamos nosotras cuando, a mitad de la sesión, nos envolvió un agobiante olor a tulipanes.

—No entiendo nada —dijo Lenna, mirando la vela de nuevo—. ¿Tulipanes? ¿Una vela de pega?

—Los olores pueden indicar que ha salido bien una manifestación —dijo Vaudeline—. Pero es muy fácil falsificarlos en una sala de sesiones espiritistas. Solo hace falta hacer, o comprar, la vela adecuada. Por lo general hay una capa de cera de abeja, y después otra de cera perfumada. Los presentes en la sala no notan que nada haya cambiado (la vela simplemente se está quemando), pero el súbito cambio del aroma de la estancia es un truco de lo más convincente. Un estafador avezado sabrá identificar el aroma con el perfume que se sabía que usaba la víctima. Con su fragancia favorita. Imagina que estás en la sala de sesiones y, de repente, se llena del olor de la colonia de tu difunto esposo.

—Vaya —dijo Lenna—. Sí, sería muy convincente.

Miró a Vaudeline con detenimiento, maravillada por lo mucho que sabía sobre todos esos ardides. Parecía conocer todos los trucos habidos y por haber, por no hablar de que acababa de colársela a los hombres y había interpretado muy bien su papel. Para ser sincera, demasiado bien, se dijo Lenna, pero no quiso hacer caso de la comezón que empezaba a incomodarla.

Vaudeline se volvió hacia Mel.

—¿Algo más?

Mel asintió con la cabeza.

—Durante la sesión hubo un fotógrafo, y a la semana siguiente los hombres nos trajeron la fotografía revelada. Dijeron que era la prueba de que habían hecho aparecer a Betty, pero pidieron más dinero antes de enseñárnosla.

Vaudeline entrecerró los ojos.

—¿Tienes la fotografía?

Mel asintió de nuevo mientras volvía a dejar la vela de pega sobre el aparador.

—Voy a buscarla. No tardo nada.

En cuanto salió, Vaudeline le dijo a Lenna:

—Menuda panda de ilusionistas —concluyó en voz baja—. ¿Cómo no vería Volckman lo que estaba pasando delante de sus narices?

Mel volvió apretándose algo contra el pecho. Se lo pasó bruscamente a Vaudeline: era una foto de diez por diez centímetros en la que salían varias chicas del burdel sentadas alrededor de una mesa. Lenna reconoció los cuadros de la pared: la foto se había sacado en el salón en el que había estado hacía un rato. En la imagen, las chicas tenían un aspecto solemne…, llorosas y a la vez expectantes. A Lenna le recordó la expresión que había visto en el rostro de la madre durante la sesión del *château,* una expresión de dolor teñido de esperanza.

A un lado de la imagen, flotando ligeramente por encima del suelo, estaba la forma turbia y vaporosa de una mujer. El cabello parecía claro, y llevaba un raído vestido de encaje.

—No se ve muy bien la cara —dijo Mel—, pero Betty tenía el pelo negro. Por no decir que jamás se habría puesto un vestido tan feo. La fotografía es una falsificación, sin ninguna duda.

Lenna pidió ver la fotografía. Al darle la vuelta, leyó el membrete del fotógrafo al dorso: «Estudio del Sr. Hudson, Holloway». Le dio unos toquecitos con el dedo; el nombre le resultaba vagamente familiar. De repente, se acordó. Era el estudio que Evie había mencionado el año anterior mientras leía la revista *El Espiritista.*

—Ese estudio lo cerraron —dijo Lenna, recordando su conversación con Evie—. El propietario fue acusado de superponer imágenes encima de las fotografías. —Devolvió la foto y recordó cómo había hablado Evie del tal señor Hudson, casi a la defensiva.

¿Habría estado confabulada también con él? ¿O con el fabricante de velas de pega, o con cualquier otro de los estafadores reclutados por la Sociedad Espiritista de Londres? Se pasó la mano por la nuca; de repente, se sentía exhausta.

Vaudeline señaló la foto.

—¿Has dicho que pedían más dinero a cambio de la foto?

Mel asintió con la cabeza.

—Ya habíamos hecho un fondo común para celebrar la sesión, pero nos quedamos cortas. Aquella noche, los hombres dijeron que podíamos pagar la diferencia con otro tipo de… moneda. Al fin y al cabo, a eso nos dedicamos aquí. —A Mel se le arreboló el rostro—. A la semana siguiente, los hombres regresaron con la fotografía. Pero no nos la quisieron enseñar hasta que varias chicas accedieron a otro pago de ese tipo.

Al fondo del edificio, Lenna oyó pisadas, movimiento. Tenía que preguntar por Evie, y cuanto antes.

—Mel —dijo—, necesito que me ayudes con una cosa, por favor. Mi hermana… En fin, creo que estuvo involucrada de alguna manera con la Sociedad. Aprendiendo de ellos, o incluso puede que ayudándolos. ¿No verías en la sesión, por un casual, a alguien que te pareció que estaba fuera de lugar? ¿Una joven disfrazada de hombre?

Mel arqueó las cejas.

—Te refieres a Evie.

Un temblor invisible se propagó por el aire, y a Lenna le temblaron las piernas. Notó vagamente que Vaudeline la agarraba del codo.

—S-sí —tartamudeó—. Evie. ¿La conoces?

—Pues claro. Estuvo aquí durante la sesión, vestida de hombre, como vais vosotras. Eso sí, unos ojos inconfundibles. Una de las chicas la reconoció porque la había visto en una tienda de adivinación que hay en Jermyn Street.

—Sí —dijo Lenna—. Evie iba allí a menudo.

Mel movió la cabeza como si le viniese un mal recuerdo.

—Menuda chanchullera…

Lenna se apoyó en el aparador para recobrar el equilibrio. Evie había estado allí, en un burdel, disfrazada. En una sesión trucada. Todo coincidía con lo que había dicho la viuda Gray.

—Evie es mi hermana —dijo Lenna, con un tono de voz más apremiante—. ¿Vino con los hombres cuando trajeron la fotografía falsa?

Mel ladeó la cabeza con expresión perpleja.

—Si es tu hermana, ¿por qué no se lo preguntas tú misma?

Lenna se mordió el labio inferior, negó con la cabeza.

—Evie murió asesinada la víspera de Todos los Santos.

A Mel se le cayó la fotografía al suelo, y se llevó las manos a la boca.

—Ay, ay, Dios mío… —Pestañeó varias veces, aturdida—. ¡Cuánto lo siento! —dijo al fin—. Aunque, dado su vínculo con la Sociedad, no puedo decir que me sorprenda demasiado.

21

SEÑOR MORLEY

Londres, domingo 16 de febrero de 1873

Peter y yo hicimos salir a los dos borrachos al jardín, por la puerta de atrás. Nos costó lo suyo apaciguarlos; estaban absurdamente ebrios para la hora que era y tenían ganas de pelea, daba lo mismo con quién.

Una vez calmados los ánimos, Peter se sentó a charlar con ellos a una mesa que había debajo de la enredadera, mientras yo me paseaba por el corto sendero del jardín sin fijarme en nada. Había demasiados recuerdos rondando por el lugar.

Recuerdos... y errores.

A medida que avanzaba el verano que pasé en compañía de Evie, reparé en un hecho curioso. Por muchos documentos o artilugios para cazar fantasmas que le pusiera delante, y por disparatados que fueran, siempre los inspeccionaba con detenimiento, sin emitir juicios ni acusaciones. La conferencia del ectoplasma, por ejemplo: era obvio que la sustancia que había dejado yo sobre la mesa era una mezcla de almidón de patata y clara de huevo. ¡Si hasta se olían los huevos podridos, por el amor de Dios! Pero Evie ni siquiera había fruncido el ceño.

Lo mismo con los cuernos espirituales que me había pedido ver: no tenían más capacidad para transmitir sonidos que la pipa de cerámica que a menudo colgaba de mi boca, y los sonidos de los cuernos se debían todos a ruidos ambientales procedentes de la habitación, de la calle o de donde fuera. Evie tenía que saber todo aquello. La chica era demasiado lista.

Pero seguía viniendo a por más. Sobre todo, a las conferencias. Yo le daba permiso para que se sentase entre bastidores, donde no pudiesen verla los otros asistentes. Le maravillaban aquellos debates de una hora de duración, me acribillaba a inteligentísimas preguntas sobre los instrumentos y quería saber si se podía corroborar lo que decían. Una vez le recordé que, aunque mis técnicas no eran demostrables, tampoco eran indemostrables. ¿Acaso no era eso lo único que importaba?

Había asentido con la cabeza.

Su hambre de información se convirtió en una especie de juego para mí. Le descubrí técnica tras técnica, algunas de lo más disparatadas, y ella me seguía la corriente de maravilla.

Al principio me preguntaba cuál sería su objetivo. Me había dejado bien claro que solo tenía un poco que ver conmigo. Entonces, a mediados del verano, me habló del negocio de mediumnidad que pensaba poner en marcha a comienzos del año siguiente. De repente, me pareció que todo se aclaraba. Debía de haber visto las ventajas del fraude, no solo por el dinero, sino también por la facilidad con que podía cometerse. Los dolientes querían creer en lo que se revelaba en la sala de sesiones espiritistas. Gracias a su desesperación, mi trabajo era increíblemente sencillo.

Y jamás olvidé esa vez que me dijo: «La verdad es que me encanta infringir las normas, señor Morley».

Con el tiempo, una idea cobró forma en mi mente. Evie podría ser muy provechosa para hacer frente al torbellino de rumores, la merma de los encargos y la presión a la que me sometía el señor Volckman. Podría captar clientes nuevos. Podría acallar rumores en los funerales e inventarse casos en los que la gente había quedado satisfecha con nuestros servicios. Y lo más importante, podría contestar a las calumnias que circulaban en los velatorios…, convencer a los dolientes de que el dolor les había nublado los sentidos, había entorpecido su racionalidad.

Evie era lo que yo necesitaba para contener la oleada de chismorreos. Las viudas ricas creerían a una joven vulnerable y accesible. A alguien como Evie. Sin duda, podría sofocar los rumores.

¡La de trucos que podrían hacerse en los salones de las viudas con una cómplice como Evie a mi lado!

Y llegó el gran acontecimiento, la noche en la que Evie y yo hicimos el amor por primera vez. La noche en la que me suplicó que la dejase asistir a una sesión espiritista.

Después de acceder a su ruego, dediqué mucho tiempo a revisar los siguientes compromisos del Departamento de Espiritismo. Me decidí por la sesión que se iba a celebrar en el prostíbulo; me hacía gracia que mi departamento trabajara en ambientes mucho más interesantes que los del Departamento de Clarividencia de Shaw, cuyas actividades eran siempre irreprochables. A los miembros de ese departamento les iban más las fiestas y las ferias que los burdeles.

La sesión en el 22 de Bow Street iba a estar muy concurrida. Montones de chicas, montones de miembros de la Sociedad. Había que evitar que la chica disfrazada de chico llamase la atención.

Le conté el plan a Evie con varios días de antelación, y aproveché la oportunidad para sacar la cuestión que llevaba varias semanas rumiando: ¿qué pensaba ella de lo que realmente se traía entre manos el Departamento de Espiritismo? Antes de proponerle que fuera mi cómplice, tenía que oírle admitir que estaba al tanto de nuestras técnicas corruptas y las aceptaba.

Empecé con vaguedades.

—Evie, dime qué tienes previsto para tu empresa de mediumnidad.

Estábamos donde siempre, en mi estudio. Yo revisaba viejos recibos y ella estaba enfrascada en su cuaderno con expresión meditabunda. Siempre había tenido una actitud muy protectora hacia el cuaderno, medio ocultándolo para que yo no pudiese echar un vistazo a sus contenidos. Tampoco es que a mí me interesasen especialmente los desvaríos de las mujeres.

Alzó la mirada y ladeó la cabeza.

—Quiero conducir sesiones espiritistas a espuertas. Mi modelo es Vaudeline D'Allaire, solo que yo no voy a limitar mis sesiones a víctimas de asesinatos.

—Vaudeline D'Allaire es muy formal. Ni siquiera utiliza un armario trucado, por lo que me han dicho.

—Ni un solo truco.

Evie me sostuvo la mirada mientras pronunciaba esas palabras con un gesto inescrutable.

—¿Tú no crees que habrá hecho alguno en todos estos años?

Me sudaban las palmas de las manos. Habíamos empezado a dar vueltas en torno a la presa.

—Supongo que no hay modo de asegurarse, pero lo cierto es que ha ganado muchísimo dinero sin recurrir a artimañas.

Dinero. ¡Ay, mi pequeña Evie, tan codiciosa ella!

—¿Y tú qué harías —pregunté entonces— si tus habilidades no te granjeasen tanto éxito como a ella? ¿Recurrirías a artimañas?

Dio unos golpecitos al cuaderno con la pluma, después dijo:

—Sí. Sin lugar a dudas, sí.

Por poco me di una palmada en la rodilla, de contento que me puse.

—Y ¿cómo estudiarías y practicarías esas artimañas?

Cerró el cuaderno y se inclinó hacia delante.

—Supongo que buscaría la manera de aprender de los mejores.

Esbozó una media sonrisa, y me dije que podría sacar partido a esas insinuaciones. Me sabía el juego mejor que nadie.

—Y ¿qué pasaría si tuvieras la oportunidad de sumarte a los mejores? No solo de aprender de ellos, sino también de trabajar con ellos...

Entreabrió los labios, vi el color rosado de su lengua.

—¿Qué tipo de trabajo?

Me encogí de hombros.

—Alguien que haga correr la voz de nuestra competencia, que presuma de todo lo que hemos conseguido en las sesiones espiritistas que hemos conducido a lo largo y ancho de Londres. Alguien que vaya a los funerales, que nos defienda de cualquier posible calumnia.

185

Una mirada pensativa asomó al semblante de Evie.

—Entonces, necesitas una actriz.

Por fin.

—Una actriz, sí, pero más que eso: una cómplice.

Los ojos le chispearon, traviesos y juveniles.

—¿Y tú seguirías concediéndome acceso a los materiales de consulta del departamento? ¿Y a las sesiones espiritistas?

Qué valiente, encauzar la conversación de esa manera. Había abandonado el terreno de las hipótesis. Se acabaron las insinuaciones. Ahora, todo versaba sobre nosotros dos. Sobre ella.

—Exacto.

—Y ¿cómo sabré a qué funerales he de ir? ¿Debo preguntar por ahí, según me parezca, o…?

—No, no, eso sí que no. —Hice un gesto con la mano para subrayar las siguientes palabras—: Yo te diré exactamente a qué actos tendrás que ir.

—¿Y me vas a pagar por esto?

—Desde luego. Y muy bien.

Se echó a reír, moviendo la cabeza como si no diera crédito a lo que estaba oyendo. Me crucé de brazos y la observé, con la vaga sospecha de que se me acababa de escapar algo.

—Dalo por hecho —contestó al fin. Se metió el cuaderno en la bolsa y dijo que era hora de volver a casa.

La sesión del burdel tuvo lugar a finales de agosto. Mientras el ómnibus se alejaba de la sede de la Sociedad, hice saber a los otros socios que se nos iba a sumar un candidato, un joven extranjero del que me había hecho amigo en un *gin palace*. Les dije que apenas hablaba inglés, y que por tanto sería inútil intentar conversar con él. Ninguno lo cuestionó. Mi cargo de vicepresidente, y el juramento que habían firmado, obró en mi favor.

Evie —impecablemente disfrazada— estaba esperando a la puerta del burdel, y también el ventrílocuo al que habíamos contratado para la velada. Entramos todos. Como era la costumbre, la sesión se abrió con una solemne conversación sobre el tipo de muerte. En este caso, la difunta era Betty, la antigua madama. Se nos informó de que había fallecido en el jardín trasero el 16 de julio, poco después del atardecer. La causa había sido una descalabradura de origen desconocido: las chicas dijeron que había tropezado y se había caído sobre una piedra que había cerca de sus pies.

Después salimos al jardín y colocamos una mesa y una docena de sillas junto a la pérgola de la enredadera, pero las velas no se mantenían encendidas con la brisa de la tarde…, ¡y si algo necesitaba yo era que se mantuvieran encendidas! De manera que nos metimos en el salón, y de ahí en adelante todo fue sobre ruedas.

Entonamos nuestras salmodias, nos cogimos de la mano, hicimos preguntas. Salvo la luz de las velas, reinaba la oscuridad, y a varias chicas se les saltaron las lágrimas cuando empezaron a oírse unos susurros apagados procedentes de un rincón que, casualmente, era el lugar en el que había colocado a mi ventrílocuo… El fotógrafo, el señor Hudson, estaba junto a su trípode, sacando fotos.

Todo esto duró unos minutos. Después dimos una vuelta alrededor de la mesa, y quien quisiera preguntarle algo al espíritu era libre de hacerlo.

Las chicas se emocionaron mucho, lo único que les preocupaba era la paz y el bienestar de Betty. Los caballeros tenían una actitud más práctica y hacían preguntas relativas al destino del burdel. Le pregunté a Betty si querría que el burdel permaneciese abierto, y me alegró que diese una respuesta afirmativa. (Al ventrílocuo le convenía responder con un sí a mi pregunta, teniendo en cuenta que es un cliente asiduo del burdel. Su disfraz era de primerísima categoría; el vello facial que se había pegado a la cara casi consiguió engañarme a mí).

Cuando nos quedamos sin preguntas, pedí a las chicas que guardásemos unos minutos de silencio. En realidad, estaba esperando a que las velas de pega se apagasen. Se las había comprado a un velero que llevaba poco tiempo en la ciudad, y juré que no volvería a recurrir a él porque tardaban demasiado en consumirse. Por fin, la maldita cera se derritió. Un aroma floral empezó a esparcirse por la habitación, y la reacción que expresaron los rostros de las chicas —incluso los de unos cuantos hombres— fue espectacular.

No pude resistir echar una mirada furtiva a Evie. Había sacado su cuaderno y estaba tomando notas. Tenía un aire pensativo, solemne. Eso me animó muchísimo; había desempeñado su papel a la perfección durante toda la velada.

Después de unas cuantas fotos más y de unos cuchicheos inconexos, la sesión espiritista concluyó. Sacamos el tema del dinero. No les habíamos dado un presupuesto a las chicas porque, pagaran lo que pagaran, pensábamos asegurarnos de que quedaran en deuda.

Cuando nos dijeron la cantidad que habían reunido, varios socios lamentaron el déficit de manera muy convincente y sugirieron otra manera de saldar la deuda. Reconozco que fueron muy persuasivos, y las chicas accedieron a llevarse a varios al piso de arriba. (¿Qué alternativa tenían? Habíamos prestado nuestros servicios; era lo justo). Pero antes, Peter sacó el brandi, y el ambiente se relajó considerablemente.

Evie se acercó con sigilo a la puerta. La seguí. Mientras se ponía el abrigo, fingí que hurgaba en el mío en busca de algo.

—Lo has hecho de maravilla —murmuré.

Hizo una leve inclinación de cabeza a modo de respuesta, como si apenas nos conociéramos, y después salió por la puerta y se adentró en la noche.

22

 LENNA

Londres, domingo 16 de febrero de 1873

Las mujeres volvieron la cabeza al oír unas pisadas al fondo del burdel. Los hombres estaban entrando, y Lenna supo que su conversación con Mel había terminado. Por hoy ya no iba a sacar nada más.

—¿Beck sigue ocupado? —preguntó el señor Morley nada más entrar.

Se acercó a la escalera y apoyó una bota en la barandilla mientras Peter se sentaba en el salón con los dos borrachos, que ahora estaban visiblemente más tranquilos.

A Lenna le costaba mirar al señor Morley. Los recientes comentarios de Mel habían confirmado sus sospechas. Evie había estado involucrada en la faceta fraudulenta de la Sociedad, a través de una sesión conducida por el señor Morley en persona.

—Voy a esperar en el coche —dijo Morley al fin—. Señorita D'Allaire, señorita Wickes, hagan el favor de acompañarme. Hace un buen rato que deberíamos haber vuelto a la Sociedad.

Lenna se despidió de Mel, lamentando para sus adentros que se hubiesen dejado en el tintero un montón de temas relacionados con Evie. Pero ahora, bajo la vigilancia del señor Morley, era imposible.

Además, ¿hasta qué punto quería Lenna saber más cosas? Ya tenía más información de la que había previsto sobre las verdaderas actividades de su hermana pequeña. Bastante duro había sido llorar la muerte de Evie, a la que creía una joven inocente, un espíritu libre. Pero después de muerta, se había transformado en un personaje distinto: en el mejor de los casos, una impostora, y en el peor, una granuja. Una granuja que había andado en muy malas compañías.

Minutos más tarde, sentado en el ómnibus, el señor Morley se dirigió a Vaudeline con tono calculado:

—Señorita D'Allaire, usted y yo somos amigos, y no pretendo poner en tela de juicio sus métodos ni sembrar la duda sobre la información que obtiene mediante sus técnicas. No obstante, le he preguntado a Peter (mientras estábamos fuera) si realmente el señor Volckman se pasó por aquí el día de su muerte...

No. Ay, Dios mío, no. A Lenna se le hizo un nudo en el estómago.

—... y me ha dicho que no. Ni ese día ni esa semana. De hecho, no recuerda haber visto aquí a Volckman jamás. —El señor Morley miró a Vaudeline con suspicacia—. ¿Hay algo que tengamos que aclarar usted y yo?

Vaudeline se sonrojó, pero mantuvo la voz firme.

—El desmentido de Peter no me sorprende lo más mínimo. Teniendo en cuenta el misterio que rodea la muerte del señor Volckman, ¿de veras cree que Peter estaría dispuesto a admitir que estuvo aquí tan solo unas horas antes de morir asesinado? Sospecho que quiere lavarse las manos de las actividades que hizo el señor Volckman aquel día. —Hizo una pausa y añadió—: Y si se me permite decirlo, tampoco es que Peter me parezca muy de fiar...

Del silencio que se hizo a continuación cabía deducir que la réplica había pillado desprevenido al señor Morley. Aun así, Lenna sabía que Peter había dicho la verdad y que era Vaudeline la que se estaba inventando historias en ese momento. Miró de reojo a Vaudeline; la invadió una oleada de cariño por ella, quería protegerla como fuera. Traer aquí al señor Morley y a Beck había sido muy arriesgado; por otro lado, habían hecho importantes averiguaciones sobre los socios y sus métodos.

—Muy bien, entonces —dijo el señor Morley con un tono poco convincente—. Quizá eso lo explique todo.

Se volvió y le dio un toque en el hombro al conductor, pasándole la pizarra. El agente Beck aún no había salido del burdel. Un momento después, el coche emprendió la marcha.

—Ya se las apañará Beck para volver —dijo el señor Morley. Echó la cabeza hacia atrás y cerró los ojos.

Mientras los caballos volvían trotando a la sede de la Sociedad, Lenna reflexionó sobre todo lo que había sucedido en las últimas veinticuatro horas. Habían revisado a conciencia las actas de las conferencias, que demostraban que Evie se había infiltrado en la Sociedad. Habían escuchado la versión de la viuda, y se habían enterado de que Evie había sido cómplice de los hombres. Y luego, la astuta estratagema de Vaudeline para llevarlos al burdel, donde Mel había confirmado lo peor: Evie había asistido a la falsa sesión.

—Señor Morley —dijo Lenna, rompiendo el silencio del interior del coche. ¿La culpa de que le temblase la voz la tenían los nervios, o el traqueteo del coche sobre el empedrado?

—¿Mmmm...? —murmuró él sin abrir los ojos.

—Tengo una hermana, se llama Evie Wickes. —Los ojos del señor Morley se abrieron de golpe, y Lenna continuó—: Bueno, tenía una hermana. Murió asesinada la víspera de Todos los Santos. La misma noche que el señor Volckman.

A su lado, Vaudeline se puso tensa.

—Lenna —dijo con tono admonitorio.

Pero Lenna la ignoró. Evie ya estaba muerta, y no hacía falta que la siguiera protegiendo.

—Mi hermana estaba loca por los fantasmas. Espiritismo, sesiones... Hace un rato, mientras se encontraba usted fuera, Mel me ha contado —carraspeó—. Me ha contado algo bastante inquietante. Dice que, el verano pasado, Evie asistió a una sesión con los hombres de la Sociedad Espiritista de Londres. Yo no tenía noticia de su relación con la Sociedad. ¿Es cierto?

El señor Morley negó fríamente con la cabeza.

—No. Santo cielo, claro que no. Eso sería una grave infracción del reglamento.

Lenna frunció los labios sin inmutarse.

—Interesante. La señora Gray dijo algo parecido. Que se rumoreaba que la Sociedad tenía una cómplice femenina. Una mujer que iba por ahí participando en todas sus sesiones.

El señor Morley la miró con detenimiento y ladeó un poco la cabeza. No parecía que Lenna creyese que él había matado a Evie; quizá sospechara que habían sido cómplices, incluso puede que amantes. Y no podía atribuirle un móvil. Aun así, tenía la esperanza de que, al confrontarse descaradamente con el señor Morley, quizá él cometiera un desliz y revelase algún detalle crucial.

—Solo quiero saber si es verdad —dijo Lenna, sin perder la calma—. Parece que había cosas que mi hermana no me contaba. Jamás mencionó que tuviese trato con una sociedad masculina.

—No estará insinuando que la Sociedad tuvo algo que ver con su muerte, ¿no?

Se llevó la mano al pecho como si le hubiese ofendido personalmente.

A Lenna le sudaban las manos.

—No necesariamente. Solo quiero saber si lo que dijeron Mel y la señora Gray es verdad. ¿Conocía usted a mi hermana? ¿Llegó a participar en las sesiones espiritistas de la Sociedad?

El señor Morley pasó las manos por el banco de madera con aire pensativo.

—No —dijo al cabo—. No, no conocí a su hermana, y desde luego no participó en ningún acto de la Sociedad. Como bien sabe, las mujeres tienen prohibido intervenir.

Aunque Lenna mantuvo una expresión indiferente, lo cierto es que se había quedado anonadada. Las respuestas eran exasperantemente insatisfactorias. No le bastaba con eso.

—Vi las iniciales de Evie —insistió—. En el registro de visitas, anoche, cuando nos permitió que le echásemos un vistazo. Evie estuvo en la Sociedad. Lo vi con mis propios ojos.

El señor Morley entornó los párpados.

—Unas iniciales no demuestran nada. Si me pusiera a examinar detenidamente el libro de registros, seguro que podría emparejar cualquier grupo de iniciales con un nombre.

Lenna apretó los dientes. ¡Qué hombre más insoportable! Aun así, tenía razón en una cosa: Evie no había escrito su nombre con todas sus letras, así que no podía señalar una página con el dedo para demostrar su argumento. Era casi como si el señor Morley hubiese dado instrucciones a Evie tiempo atrás para que se inscribiera con siglas en el libro de registros. No podía comprobarse.

—Admiro su talante investigador, señorita Wickes, pero no se preocupe por lo que ha oído. Me suenan a simples rumores mujeriles. ¿Una viuda doliente, una chica de burdel? No se puede confiar en ellas. En mi opinión, se han inventado esas historias. Cotilleos de salón.

Menuda afirmación, viniendo de él. Lenna cruzó los brazos, acordándose de una última prueba en contra del señor Morley: la gorra que llevaba en el muelle. Pero lo único que iba a obtener mencionándolo era otra excusa más. «Hay mil gorras como esa en la ciudad», diría.

Había empezado a llover, y el tráfico se iba volviendo más denso a medida que se acercaban a St. James's Square. El ómnibus se detuvo en un cruce durante unos minutos que se hicieron muy largos. Mientras esperaban, el conductor hojeó un libro y se puso a tomar notas y a hacer garabatos. A su vez, el señor Morley se iba poniendo cada vez más nervioso, y no paraba de mirar el reloj.

—Si no me preocupase tanto que alguien las vea —le dijo a Vaudeline—, propondría que caminásemos.

A Lenna le habría gustado andar. Detestaba el ómnibus; el traqueteo le dejaba mal cuerpo. Pero Vaudeline se encogió de hombros.

—Desde luego, nosotras no tenemos ninguna prisa por volver al trastero.

—Sí, bueno, algunos tenemos cosas que hacer —dijo el señor Morley, forzando una sonrisita antes de añadir—: Disculpen el tono. Hoy estoy muy cansado.

Cerró los ojos y no dijo ni pío durante el resto del trayecto.

Minutos más tarde, el coche se detuvo delante del edificio de la Sociedad. El señor Morley fue el primero en bajar y se dirigió rápidamente hacia la entrada trasera. Vaudeline bajó del coche y Lenna la siguió, pero notó un ligero roce en el hombro y al volverse vio que el conductor, girado en el asiento, tenía el brazo extendido hacia ella.

Y entre los dedos, un papelito.

Lenna lo cogió y cerró el puño, y el conductor retiró el brazo y volvió a sentarse de frente. El movimiento había sido tan rápido que Lenna lo habría atribuido a su imaginación de no ser porque notaba el cachito de papel bien pegado a la piel.

Una vez instaladas en el cuarto trastero, esperó ansiosamente a que el eco de las pisadas del señor Morley desapareciera por el pasillo. Sin embargo, oyeron un sonido sordo, como de alguien arrastrando una maleta o una caja por el pasillo. Al cabo de unos instantes, el ruido cesó.

—Psss —dijo Lenna. Abrió el puño y Vaudeline vio el papel.

—¿Qué es eso?

—Me lo ha pasado el conductor mientras nos apeábamos.

—Bueno, y ¿qué pone?

Con dedos temblorosos, Lenna desdobló el cuadradito. Lo leyó una vez, dos veces, una tercera.

—Dios mío —susurró—. Creo que... —Estaba aturdida—. Creo que el conductor no tiene nada de sordo.

Vaudeline se arrimó, y leyeron la nota juntas.

«Ha mentido.

Aléjense de él».

23

SEÑOR MORLEY

Londres, domingo 16 de febrero de 1873

¡**M**enudo día, un interminable recado tras otro!

Mi paciencia estaba a punto de agotarse mientras Bennett nos llevaba del burdel a la Sociedad. No me sentía de humor para conversar y solo quería ponerme con mis cosas, con mis planes. Acababa de recostar la cabeza, me estaba adormilando...

Y justo entonces la señorita Wickes decidió acribillarme a preguntas sobre su hermana.

Me escaqueé de su interrogatorio lo mejor que pude, aunque me quedó claro que las mujeres habían averiguado más cosas de lo que me habría gustado. Mientras el coche avanzaba, sopesé la situación, decidido a no dejar que me preocupase. *Que cavilen cuanto quieran sobre la relación de Evie con la Sociedad,* me dije para mis adentros, cerrando otra vez los ojos. *Que crean incluso que somos un hatajo de estafadores. Si ese es el peor descubrimiento que hacen sobre nosotros, habremos salido bien parados.*

Llegamos a la sede justo cuando empezaba a llover a mares. Me recordó aquel día tormentoso de octubre en el que mis sentimientos hacia Evie empezaron a tomar otro cariz.

Estaba sentado en mi mesa y tenía los dedos fríos y entumecidos. Acababa de llegar a la Sociedad, y el paseo bajo los aguaceros racheados me había calado los pantalones. Malhumorado, cogí un montoncito de cartas por leer y reprimí un escalofrío. Las tormentas —la oscuridad, la humedad— siempre tenían ese efecto sobre mí.

Empecé a abrir los sobres. Por fin, algo que llevaba tiempo esperando. Eran dos solicitudes de servicios, y ambas mencionaban el nombre de la mujer que tantos elogios había dedicado a la Sociedad Espiritista de Londres en un funeral reciente: la señorita Evie Wickes.

Eso sí que era hacer negocio, un nuevo tipo de negocio…, exactamente el tipo de novedades que Volckman recibiría con entusiasmo. Llevaba semanas dedicándome a revisar los anuncios de fallecimientos y la sección de obituarios de personas eminentes de los periódicos, saltándome los epitafios y las palabras de afecto para irme directamente a los apellidos y buscar a los más acaudalados. Con esa información, le había ido dando a Evie listas —incluso un mapa toscamente dibujado— de lugares y fechas de funerales.

Y ahí estaba el fruto de nuestros esfuerzos.

El frío de la habitación remitió, y en aquel momento me sentí increíblemente orgulloso de ella. Empezó a parecerme posible que, entre ella y yo, sin ayuda de nadie, reparásemos el prestigio dañado de la Sociedad.

Podríamos hacerla retroceder del borde del abismo.

Una resurrección.

Solo que Evie tenía pensada otra cosa muy distinta.

24

 LENNA

Londres, domingo 16 de febrero de 1873

Ahora que solo faltaban unas horas para el inicio de la sesión espiritista, Lenna era incapaz de calmar los violentos latidos de su corazón. Le hormigueaban los dedos, que estaban cerrados sobre el papelito arrugado y empapado en sudor que le había dado Bennett.

La nota la había dejado atónita. Del que había desconfiado era del agente Beck, incluso había llegado a suponer que quizá fuera uno de los delincuentes de la Sociedad, además de Dankworth. Pero Beck no estaba en el coche cuando Bennett le pasó la nota, de manera que solo había una persona a la que se hubiese podido referir: el señor Morley.

Y esa nota lo condenaba abiertamente.

«Ha mentido». Esa parte de la nota era acusatoria, pero no precisamente sorprendente. Con la pregunta de si había conocido a Evie y si había participado en sesiones espiritistas de la Sociedad, Lenna había querido poner a prueba al señor Morley; ya sabía la verdad. Bennett debía de saber quién era Evie por haberla visto con los hombres. Incluso puede que hubiese montado más de una vez en el ómnibus.

El mensaje más inquietante era el que el conductor había escrito a continuación. «Aléjense de él».

¿Qué sabía Bennett? ¿La nota se refería a algo que el señor Morley ya había hecho, o a algo que pensaba hacer? Era desesperantemente imprecisa.

Después de todo lo que habían descubierto aquel día, Lenna estaba convencida de que Evie había muerto por culpa de su implicación con la Sociedad, implicación que muy probablemente tenía algo que ver con la muerte del señor Volckman, también acaecida la víspera de Todos los Santos. Pero ¿quién habría querido ver muertos tanto a la delincuente, Evie, como al adalid de la virtud, el señor Volckman? ¿Cabía pensar que alguien había tenido a la Sociedad en su punto de mira —sin entender que el señor Volckman se proponía erradicar el fraude— y que eso había conducido también hasta Evie?

A la vista de todas esas preguntas, Lenna no estaba segura de querer seguir el consejo de la nota. ¿Realmente deseaba huir ahora que solo faltaban unas horas para la sesión de Volckman, en la que quizá encontraría la explicación a la muerte de Evie, o parte de ella?

—Aunque la nota de Bennett también podría ser un ardid —caviló en voz alta—. A fin de cuentas, trabaja para la Sociedad, y no sabemos en qué miembros de la organización podemos confiar.

Vaudeline alzó la vista.

—Me inclino a fiarme de Bennett antes que del señor Morley, teniendo en cuenta lo que hemos descubierto en el burdel. El hecho de que condujera la sesión, y todos esos trucos… —Hizo una mueca—. En fin, me pregunto qué más habrá ocultado sobre la Sociedad y sobre Evie.

Lenna volvió a toquetear la nota que tenía entre los dedos.

—Pero si tanto el señor Morley como Evie eran unos delincuentes y tramaban lo mismo, ¿por qué iba a hacerle daño a mi hermana? Estoy segura de que las cosas se desarrollaron de otro modo. Creo que la persona que asesinó al señor Volckman (quizá una mujer que quería vengarse de la Sociedad) a lo mejor fue la misma que mató a Evie porque sabía que era cómplice de la Sociedad. O también puede ser que… —Soltó un grito ahogado, sorprendida por no haberlo pensado antes—. Bueno, sospechamos que el señor Morley y Evie tenían una relación íntima. ¿Y si también estaba liada con el señor Volckman, y el señor Morley se enteró? ¿Y si fue un crimen pasional y no tuvo nada que ver con la Sociedad?

Se estremeció, asqueada por la idea de que su hermana hubiese podido acostarse con otro miembro más de la Sociedad.

—En cuyo caso —dijo Vaudeline—, el señor Morley vuelve a ser muy sospechoso. Puede que no asistiese a la sesión celebrada en casa de la señora Gray, pero, aun así, no puedo dejar de ver lo que tengo delante de mis ojos. Ya no confío en él, no confío ni pizca.

Vaudeline se incorporó despacio y cruzó la habitación. Se arrodilló delante de Lenna y le apartó delicadamente la mano de la cara. Lenna no se había dado cuenta, pero llevaba un rato mordiéndose la uña del pulgar; tenía el dedo en carne viva, y mojado de saliva.

Vaudeline le besó la punta del pulgar dolorido.

—Me saca de quicio que te muerdas las uñas.

Lenna respiró hondo.

—Voy a buscar a Bennett —dijo con tono resuelto—. Me trae sin cuidado que el señor Morley nos advierta que no salgamos de la habitación. Quiero saber qué quiere decir Bennett con esto.

Levantó la nota y, sin esperar la respuesta de Vaudeline, se acercó a la puerta y la empujó.

Pero no se abrió. Eso sí, cedió un par de centímetros, de modo que no estaba cerrada con llave o con un pestillo, sino bloqueada por algo al otro lado.

Lenna miró a Vaudeline con el ceño fruncido:

—¿Qué diablos…? —Volvió a empujar, apoyando el hombro contra la puerta. Pero nada—. ¿Nos ha… —abrió los brazos, sin dar crédito a lo que podía significar—, nos ha encerrado?

De repente, el comentario que había hecho Vaudeline hacía unos instantes —«Ya no confío en él. No confío ni pizca»— sonaba acertadísimo.

Vaudeline se puso en pie con la cara muy seria. También intentó abrir a empujones, pero en vano. La puerta no cedía ni un ápice, ni siquiera con el esfuerzo combinado de las dos.

—La estantería —dijo Lenna; sentía un cosquilleo en las axilas, fruto del esfuerzo… y del miedo—. Ha estado ahí, en el pasillo, desde que llegamos. Y el ruido ese que hemos oído hace unos minutos, como de algo arrastrándose…

—Si está plantada delante de la puerta —dijo Vaudeline—, tiene que ocupar todo el ancho del pasillo.

Lenna asintió con la cabeza. Por mucho que empujasen, lo único que conseguirían sería vencer la estantería hacia la pared de enfrente. Era una barricada perfecta: solo podía desplazarla alguien que estuviese en el pasillo.

—Increíble —dijo Vaudeline.

—¿Habrá pensado que quizá no iríamos a la sesión?...

—Tu interpretación es demasiado favorable. Sospecho algo peor.

Lenna se quedó pensando. Entendía el escepticismo de Vaudeline, pero había algo que no le cuadraba.

—Y entonces, ¿por qué ha orquestado todo esto? Tu viaje a Londres, protegerte, alojarte, la sesión en general. Ha querido ayudar de muchas maneras.

—Sí —dijo Vaudeline—. Demasiadas, diría yo. —Se apartó de la puerta y se cruzó de brazos—. Creo que deberíamos retirarnos de todo esto —añadió con voz solemne.

A Lenna se le cortó la respiración.

—¿Cómo dices?

—Anoche, cuando llegamos a Londres, ya contaba con que esta sesión sería peligrosa. Pero los hechos que han salido hoy a la luz en relación con estos hombres me ponen los pelos de punta. Y está la inquietante nota de Bennett, y ahora esta puerta bloqueada. Sí, tienes razón, el señor Morley ha organizado esta sesión, pero lo que no sabemos es qué otros planes puede tener en mente para esta noche.

El tono era tajante; Vaudeline había recuperado su autoridad de siempre. Aun así, Lenna, que sabía que era perfectamente posible que la sesión de Volckman explicase el misterio de la muerte de Evie, no pudo evitar cierta desilusión.

—¿Cómo crees que conseguiremos faltar a la sesión? —preguntó—. Porque lo que no va a hacer Morley es abrirnos la puerta y decirnos adiós...

—No, desde luego que no. Tenemos que usar otra cosa contra él.

Lenna reflexionó unos instantes, pero aquella noche no tenía la energía necesaria para los juegos y las insinuaciones de Vaudeline.

—¿Qué cosa?

—La lujuria. Por lo que sabemos, la propia Evie hizo uso de ella para allanarse el acceso a la Sociedad. Y hoy mismo has visto lo fácil que le ha sido a Bea llevarse a Beck al piso de arriba. Me parecería increíble si no fuera porque en otros tiempos estuve en el pellejo de Evie y de Bea.

—Dime por favor que no sedujiste al señor Morley… —dijo Lenna, olvidando por un momento la nota estrujada entre sus dedos.

Vaudeline negó con la cabeza.

—No, por supuesto que no. Pero al inicio de mi trayectoria, en mis primeras sesiones, comprendí enseguida los beneficios de la seducción. Para protegerme, tenía que asegurarme de que el resto de los presentes en la sala eran más débiles que yo. Alguna vez hemos hablado de las desventajas de la embriaguez, de la juventud, de la emoción. La lujuria es una más. Solo que yo evocaba esa debilidad, antes y durante la sesión espiritista.

Lenna movió la cabeza, intentando no pensar cuántas veces habría tenido que recurrir Vaudeline a ese tipo de protección.

—¿Cómo funcionaba exactamente? —preguntó con tono neutro—. ¿Parabas la sesión, te quitabas varias prendas de ropa y bailabas alrededor de los hombres?

Había visto fotografías de ese tipo de cosas en algunos panfletos de Evie, mujeres semidesnudas dando vueltas por el salón de sesiones en una especie de trance erótico.

—Es lo malo de las personas que tenéis mentalidad científica —susurró Vaudeline con un ligero tono de frustración—. Que todo tiene que ser tremendamente simple. Que las hipótesis o se demuestran o se refutan. Todo es en blanco y negro. —Volvió a toquetear la puerta—. ¿Y si añades unos matices de gris a tu vida? Algo habrá que no podrías clasificar en una taxonomía de las emociones, si es que existiera una…

No se imaginaba lo que estaba preguntando…, no se imaginaba las ganas que tenía Lenna de decir: «Hay mil sentimientos que no puedo clasificar, todos nuevos, desde que te conocí. Cada uno, un matiz del gris».

—Sí —balbuceó Lenna. No soportaba que el ambiente entre las dos se hubiese ido enfriando en los últimos minutos.

—Eso es lo que les pasa a los hombres. No son tan simples como tú te crees. —Vaudeline se apartó—. Los hombres quieren sentirse perseguidos, y a la vez superiores. Quieren sentirse comprendidos, pero no expuestos. Quieren controlarte, pero quieren creer que eres tonta, que no te das cuenta.

Lenna recordó cómo había seducido Bea al agente Beck ese mismo día. Sacando partido a su encanto, había conseguido exactamente lo que se proponía. Y aunque no lo había visto con sus propios ojos, Lenna suponía que lo mismo habría hecho Evie para acceder a la Sociedad.

—El objetivo de la seducción —continuó Vaudeline— es que un hombre renuncie a resistirse, de manera que no pueda actuar racionalmente. Es entonces cuando se vuelve vulnerable a cualquier espíritu peligroso que haya en el salón de sesiones, es más, a cualquier maniobra debilitante. Será nuestra estrategia de esta noche. O, para ser precisa, mi estrategia. —Vaudeline se enderezó con aire resuelto—. *Seducere,* en latín, significa «llevar por el mal camino». Conque eso es lo que haremos. El señor Morley dijo que vendría a buscarnos a las once, y cuando llegue tú estarás detrás de la puerta. Yo me pondré aquí, de modo que me verá perfectamente, y estaré medio desnuda. Se distraerá un momento al menos. Tú cogerás uno de los dos candelabros y…

—¿Un candelabro? —interrumpió Lenna. Las lágrimas se le agolparon en la garganta y se quedó sin habla. ¿No se le podría haber ocurrido otra idea mejor?, ¿algo menos… violento?—. Nunca he hecho daño a nadie. Creo que no soy lo bastante fuerte.

Vaudeline se pasó el dedo por el pelo, dividiendo una onda en dos.

—Fingiré que me estaba cambiando de ropa y que me ha pillado desnuda. Iré hacia él, y entonces tú te acercarás por detrás y… Bueno, ya me entiendes. La idea es sorprenderlo, no matarlo. Que nos dé tiempo a escapar de la habitación y a encerrarlo como ha hecho él con nosotras. —Cerró los ojos, estiró el cuello—. Ese es el plan. A no ser…

Carraspeó. Parecía incómoda.

—¿A no ser…?

—Bueno, a no ser que el golpe no lo tumbe. Ten en cuenta que solo dispones de una oportunidad. Si fallas, o si no le haces el suficiente daño, montará en cólera. Yo lo retendré todo el tiempo que pueda, pero tú tienes que irte…, salir cuanto antes y ponerte a salvo. Vete a casa o al lugar que consideres más seguro.

—¿Y dejarte aquí encerrada con él?

Vaudeline no se alteró.

—Exacto. —Señaló la puerta con la cabeza—. El señor Morley no es más fuerte que tú. No creo que la estantería pese mucho; a lo que tendrás que estar bien atenta es a cómo la colocas.

Lenna recordaba perfectamente lo que había sentido el día anterior en el muelle, cuando estaban a punto de despedirse. Aquella espantosa melancolía la atormentaba ahora. No quería separarse de Vaudeline. Y esa noche, menos que nunca. Se acercó a la mesita, cogió uno de los candelabros y lo sopesó. Era de latón, muy macizo. Pasó el dedo por el borde de la base, afilado como el pedernal.

Lenna dejó el candelabro en su sitio y parpadeó. «A casa», acababa de decir Vaudeline. La idea de encontrarse con su padre en el Hickway House debería haberle apetecido; representaba la normalidad, todo lo que le era familiar. Y era más seguro, eso desde luego.

Pero volver a casa también significaba volver a la frustración y el misterio que rodeaban la muerte de Evie. Presentía que estaba más cerca que nunca de la verdad; hoy mismo habían salido a la luz importantes novedades acerca del vínculo entre Evie y la Sociedad, y en cuanto al conductor, Bennett, también él parecía saber algo.

Vaudeline estaba claramente decidida. Y aunque Lenna pensó en discutírselo, comprendió que si se escapaba del señor Morley podría investigar otra cosa, seguir el rastro a otras pistas.

Teniendo eso en cuenta, quizá la idea de Vaudeline no fuera tan descabellada. A lo mejor sí que podía subir el candelabro y dejarlo caer con todas sus fuerzas sobre el señor Morley; a lo mejor sí que podía herirle para vengar a su hermana pequeña.

Pero Vaudeline estaba muy equivocada en una cosa.

Si conseguían salir de la habitación, no sería su casa el primer lugar al que iría Lenna.

25

SEÑOR MORLEY

Londres, domingo 16 de febrero de 1873

A solo unas horas de la sesión, estaba sentado en mi estudio con una pipa entre los labios. Llamaron suavemente a la puerta, y al abrir me encontré al agente Beck. Todavía no se me había pasado el enfado por que se hubiese subido con Bea al piso de arriba..., había sido un acto de libertinaje, amén de una pérdida de tiempo.

—Veo que ha conseguido volver —dije, abriendo del todo la puerta.

—En efecto —contestó Beck, señalando el sofá—. ¿Puedo sentarme?

—Como quiera.

Le hice pasar.

—Dado que es bien sabido cómo suelen desarrollarse las sesiones de Vaudeline, creo que deberíamos preguntar a las mujeres qué podemos esperar esta noche —dijo Beck. Se sentó al borde del sofá y empezó a dar golpecitos nerviosos con el pie.

Días atrás se había mostrado muy seguro de sí mismo cuando hablamos de los riesgos de las sesiones de Vaudeline, pero en esos momentos su gesto —tan sereno e imperturbable por regla general— delataba su aprensión.

Ojalá Beck renunciase a ir a la sesión; sería un inesperado golpe de suerte.

—Si se está replanteando asistir, sepa que puedo apañármelas perfectamente yo solo —dije.

—En absoluto. Solo que pienso que sería prudente saber si hay algún tipo de preparativos que podamos hacer para reducir las posibilidades. —Hizo una mueca, movió la cabeza como si le costase creer sus propias palabras—. En fin, las posibilidades de que suceda algo caótico.

Parpadeé varias veces mientras me frotaba distraídamente los dedos. El residuo de pólvora negra me los había dejado pringosos. Sorprendí a Beck mirando, y rápidamente metí las manos en los bolsillos.

—Supongo que no se pierde nada —respondí. A partir de ahora iba a tener que ser agradable. Lo que fuera para evitar sospechas.

Bajamos, y mientras recorríamos los pasillos me fijé atentamente en las habitaciones por las que íbamos pasando para asegurarme de que no llamábamos innecesariamente la atención de los otros socios.

Cuando enfilamos hacia el almacén, me pegué a Beck.

—Como verá, he arrimado una estantería a la puerta. Descubrí que anoche salieron a darse un garbeo por el edificio. No podía arriesgarme a que se embarcasen en otra aventura más.

Empujé un poco la estantería para apartarla de la puerta. Después llamé y pasé al trastero con Beck.

Las mujeres estaban sentadas en el catre de Vaudeline, todavía vestidas con la ropa que llevaban por la mañana. Nos miraron con los ojos como platos, sorprendidas... ¿y alarmadas? Se me pasó por la cabeza que quizá estaban conspirando y las habíamos interrumpido.

—Nos ha encerrado —soltó Vaudeline con un tono gélido nada más verme.

Tardé unos instantes en recuperarme de la sorpresa que me había causado tan atrevida acusación.

—Me vi obligado a hacerlo —dije al fin—, en vista de lo sucedido anoche en la sala de juegos.

—No se fía de nosotras.

Me rasqué la nuca mientras me pensaba la respuesta. No me fiaba de ella, no. Ni tampoco de su aprendiz.

—Dígame, señorita D'Allaire, ¿cómo es posible saber que una puerta está cerrada u obstruida, si no intenta abrirla?

Arqueé las cejas. La había pillado, y lo sabía.

Me lanzó una mirada furibunda como única respuesta, y yo, con un gesto de la cabeza, le cedí la palabra a Beck.

—Primero, la sesión —empezó—. Nos gustaría discutir un par de cosas por adelantado.

—Por supuesto que sí —murmuró Vaudeline. Señaló la única silla que había en la habitación, y Beck tomó asiento sin vacilar.

Le lancé una mirada fulminante, y de repente me imaginé lo que sería cerrar los dedos en torno a su cuello hirsuto.

—Comencemos con el orden de las cosas —dijo Beck, echándose hacia delante—. La secuencia, creo que la llaman ustedes.

—Eso es. Normalmente, mis sesiones se estructuran en una secuencia de siete fases. —Vaudeline levantó un dedo—. La primera es el Conjuro del Demonio Ancestral, posiblemente la fase más importante de todas. Nos protege a todos los presentes en el salón de sesiones contra los espíritus bribones…, demonios y similares. Nunca empiezo una sesión sin este conjuro.

Beck se sacó un cuadernito del bolsillo e hizo unas anotaciones.

—La segunda fase es la Invocación —continuó Vaudeline—. En ella llamo a todos los espíritus que estén por las inmediaciones y les doy la bienvenida al salón. A menudo es en ese momento cuando empiezan a suceder cosas raras en la sala…, ruidos entrecortados, luces que parpadean.

Beck ladeó la cabeza.

—¿Es algo que deba preocuparnos?

—Hay que ser consciente de lo que ocurre, eso desde luego. En esta fase, los participantes pueden entrar en trances breves pero coléricos, un fenómeno llamado *absorptus*. Puede que haya discusiones, estallidos físicos, manifestación de heridas. Incluso movimientos violentos o erráticos de objetos por la habitación. —Carraspeó—. Una vez recitado el conjuro de la Invocación, los espíritus hacen acto de presencia. Lisa y llanamente, la sesión está en marcha, y hay que finalizarla.

—¿Qué pasa si no? —pregunté.

—¿Si no completamos el resto de la secuencia? —Cruzó las

piernas—. Que tendríamos una habitación llena de espíritus juguetones que pueden hacer lo que les venga en gana.

Me sorprendió que se tomase todo aquello tan a la ligera.

—¿Y la tercera fase? —pregunté, queriendo continuar con la conversación.

—La fase del Aislamiento. —Vaudeline observó a Beck mientras este seguía tomando notas—. En esta fase, pido a todos los espíritus que se marchen, excepto al espíritu destinatario…, el que me propongo conjurar, que en este caso es el señor Volckman. Esta fase suele traer un gran alivio a los asistentes. Despeja, literalmente, la habitación. Aunque si algún espíritu terco o peligroso intenta poner en trance a los asistentes, tengo en todo momento a mi disposición dos conjuros expulsivos, purgativos. El conjuro *Expelle,* que permite que un espíritu sea expulsado de un asistente, y el conjuro *Transveni,* que traslada a un espíritu desde un asistente al médium.

Beck, con los ojos como platos, dejó la pluma sobrevolando por encima del cuaderno.

—Qué interesantes todos estos conjuros…

—No es necesario que escriba los conjuros —explicó Vaudeline—. Es muy improbable que tengamos que recurrir a ellos. —Le sonrió y continuó—: La cuarta fase es la Invitación. Una vez que me he asegurado de que todos menos el espíritu destinatario se han marchado, recito el conjuro de la Invitación, que es una llamada al espíritu destinatario para que me haga entrar en trance. Este paso se acorta si consigo reunir la energía latente que se ha dejado el finado justo antes de morir. Por eso fuimos a la casa de la viuda y al burdel. Como dije, estas energías latentes son más intensas en los lugares que ocupó el finado en las horas previas a su muerte.

Beck y yo cruzamos una mirada. En el Departamento de Espiritismo conducíamos las sesiones de manera muy distinta. Leíamos unos cuantos pasajes, sí, pero todo eso de las llamadas y las manifestaciones y las expulsiones… Vaya, que lo del ilusionismo era pan comido en comparación. Me pregunté si Beck estaría pensando lo mismo y si estaría impresionado por las técnicas de Vaudeline.

Beck siguió hablando:

—Le pido disculpas, señorita D'Allaire, por mis preguntas tan elementales, pero su manera de conducir las sesiones no se asemeja a nada que haya oído antes. Dicho esto, le pregunto: ¿el espíritu puede rechazar la invitación?

—Una pregunta curiosa, pero la respuesta es no. El conjuro es muy poderoso. Al recitarlo, obligo al espíritu a que me haga entrar en trance.

—Entonces, no se trata en absoluto de una invitación —dije yo—. Es una orden.

Vaudeline ladeó la cabeza.

—Yo no me lo represento en términos tan contundentes. Estamos hablando de víctimas de asesinato, señor Morley. Están ansiosos por encarnarse... y por que se haga justicia. Lo cual nos lleva a la quinta fase, el Trance. Para un médium, el trance se asemeja a una existencia dual, o a una psique dividida. Nos permite penetrar en los recuerdos y los pensamientos de los fallecidos, porque, en efecto, en ese momento se hallan dentro de nosotros, forman parte de nuestra experiencia, de nuestra existencia. El estado de trance es increíblemente fatigoso. Bastante difícil es existir como una sola persona, conque imagínese si añadimos todos esos deseos insatisfechos y secretos amurallados. Aun así, es la manera más eficaz de establecer lo que queremos saber.

—La identidad del asesino —dijo Beck, frotándose las manos entusiasmado.

—Exacto. Acceder a la memoria de la víctima no solo nos aporta esta información, sino que a menudo revela también los últimos momentos del difunto. Estos recuerdos pueden ser útiles para guiar a la policía o a las familias hasta pruebas que de otro modo quizá no podrían obtenerse. Armas ocultas y cosas así.

Me crucé de brazos.

—¿Cuánto dura todo esto?

—A veces media hora, otras veces dos horas...

—Pero media hora como mínimo, ¿no?

Vaudeline me miró con el ceño fruncido.

—Sí.

—¡Me muero de ganas de empezar! —dijo Beck, cuyo rostro, a excepción de la oscura y marcada cicatriz, estaba completamente colorado a esas alturas.

—Y ¿una vez que se ha determinado quién es el asesino? —pregunté.

—A partir de ahí, todo se desarrolla rápidamente. La sexta fase es el Desenlace, el momento en el que confirmo quién es el asesino y se lo anuncio a los presentes. La séptima fase, la última, se llama Terminación, y es un conjuro para expulsar a todos los espíritus del salón. Que, en el caso que nos ocupa, podría ser el espíritu destinatario que me ha provocado el trance. Sin este conjuro, un espíritu podría quedarse, por así decirlo, atascado en este ámbito, incapaz de encontrar el camino de vuelta.

—Menuda pesadilla.

—Desde luego —dijo Vaudeline, abriendo los brazos—. ¿Qué más quieren saber?

—¿Por qué hemos de esperar hasta medianoche? —preguntó Beck—. Deberíamos irnos ya mismo. En un par de horas podríamos presentarnos ante el inspector con el caso resuelto.

—Habíamos acordado que a medianoche —dije tajantemente. Me volví hacia Vaudeline—. ¿Hay algo más que debamos saber? ¿O preparativos que debamos hacer?

A continuación, Vaudeline enumeró varios puntos. Fingí no oír la prohibición de beber vino antes de la sesión, porque no tenía la menor intención de acatarla. Pensaba echarme un par de tragos para entonarme antes de empezar.

O más de un par.

Dios sabía que iba a necesitar valor.

Ya entrada la noche, después de terminar el último recado que me quedaba por hacer, volví a la Sociedad. Hacía muchos días que no me encontraba tan tranquilo; ahora que había aclarado unas cuantas cosas, presentía que la velada iba a salir muy bien.

Fui a mi estudio y me senté delante de mi escritorio. Lo primero que hice fue sacar de un cajón la agenda de direcciones, en cuya cubierta estaba escrito: «Contactos confidenciales». Las páginas estaban muy manoseadas, ya que recurría a ella al menos una vez por semana. Contenía nombres y direcciones de actores y tramoyistas de vodevil, fabricantes de velas y papel de pega, fotógrafos y boticarios, ventrílocuos, escenógrafos, maestros pirotécnicos, abogados. Había puesto asteriscos al lado de mis cómplices preferidos, lo mejor de lo mejor.

Dejé la agenda a un lado y examiné cuidadosamente otros contenidos del cajón: unas cuantas hojas de papel en blanco, que en realidad de blanco no tenían nada. Era un papel caro, un diseño especial de tres capas. En la capa intermedia había palabras o nombres de personas escritos con una tinta apenas perceptible. El texto solo se veía humedeciendo el papel con agua.

Con una sonrisa satisfecha, coloqué las hojas de papel junto a la agenda. Hacía tiempo que el papel era un accesorio lucrativo.

Seguí rebuscando entre mis objetos. Vi un cuaderno..., el cuaderno de Evie, el que siempre había evitado que yo viera. Lo aparté a un lado; ya sabía lo que contenía, y no era eso lo que me interesaba en aquel momento.

Lo que quería era el portafolio.

Lo saqué del cajón. Estaba encuadernado en vitela. No tenía inscripciones doradas en la cubierta, tampoco el canto estaba embellecido. Lo dejé sobre el escritorio y lo abrí, saltándome los viejos recortes de prensa para irme derecho a las hojas de pergamino del final, donde había escrito notas por si necesitaba consultarlas en el futuro. Localicé la página en la que había escrito la semana anterior, y dejé la pluma quieta sobre la anotación que había hecho.

Sin pensármelo más, metí la plumilla en el tintero.

La apreté contra el papel.

Escribí una nota breve.

Una vez que hube terminado, sequé el exceso de tinta y cerré el portafolio antes de volver a meterlo con cuidado en el cajón.

Acababa de levantarme de la silla cuando volví a oírlo: fuera, la curruca se había arrancado con otra desoladora tonada. Apenas escuché unos instantes, y después la melodía quedó ahogada por la discordante sinfonía de las campanas que daban las once por toda la ciudad.

Había llegado la hora.

Salí del estudio, cerré la puerta y me dirigí a la planta baja. Mientras bajaba, caí en la cuenta de que hacía meses que no tenía unos andares tan ligeros.

Dios mío, ¡si hasta sentí que se me escapaba una sonrisa!

26

 LENNA

Londres, domingo 16 de febrero de 1873

Mientras esperaban a que pasara el tiempo, Lenna se paseaba por la habitación, incapaz de mantener a raya su desasosiego. Fuera, un pájaro trinaba histéricamente, poniéndole los nervios todavía más de punta.

—¿Cuánto tiempo queda? —murmuró.

—Veinticinco minutos —respondió Vaudeline, mirando al reloj. Incluso ella se estaba mordisqueando el labio inferior, visiblemente alterada—. Juguemos a las palabras. Lo que sea para distraernos. —Cogió su novela, la abrió y tomó asiento junto a Lenna. Pasó varias páginas, señaló una—. Ya está. Son dos palabras. La pista es... —se quedó pensando un momento— «incendio celeste».

Lenna se quedó pensando, alegrándose de esa oportunidad para distraerse. Cualquier cosa era mejor antes que pensar en la nota de Bennett, o en la relación de Evie con los delincuentes de la organización, o en el candelabro que había sobre la mesa del fondo. Se puso a pensar en el parpadeo rojo o anaranjado de las estrellas en el cielo nocturno, tan parecido al fuego. Pero la respuesta no podía ser «estrellas» ni «planetas».

—¿Y dices que la respuesta son dos palabras?

—Sí.

—¿Me das otra pista?

Vaudeline se arrimó, y sus hombros se chocaron. Por un instante fugaz, sus rostros estuvieron a solo unos centímetros de distancia.

—Es algo que han vivido muchas personas —dijo—, pero que nadie puede explicar.

Lenna pestañeó, la boca seca.

—Amor —dijo—. O… ¿enamoramiento?

—Eso no tiene nada que ver con «incendio celeste».

—Tienes razón. —Lenna soltó un gemido y dijo, frotándose las sienes—: No puedo pensar con claridad.

—Yo tampoco. La respuesta es *aurora borealis*.

Cerró el libro, dio unas palmaditas a la cubierta.

—Ah, ya —dijo Lenna, ligeramente avergonzada por su respuesta errónea—. Yo he visto una aurora boreal.

—¿Ah, sí?

—Sí. Evie y yo fuimos juntas a verla.

Y Eloise también, pero Lenna omitió ese detalle.

Dos años antes, Evie había sugerido que hicieran el viaje con motivo del cumpleaños de Lenna. Las tres muchachas habían ido en tren al norte, a Sheffield, en pleno invierno. Tumbadas en el suelo bajo una manta, habían contemplado durante horas la exhibición celeste. La luz danzarina de la aurora boreal parecía un sueño: amplios arcos celestes verde esmeralda de un lado a otro del cielo, franjas luminiscentes de bermellón. Había sido uno de los momentos más felices de la vida de Lenna: acurrucada entre Evie y Eloise, sintiendo a cada lado el calor de ambas. En aquel momento, las dos personas que más quería estaban allí con ella, a salvo.

Lenna había estudiado el movimiento de las franjas de luz, observándolo con mirada de científico. Las ondulaciones no parecían un vapor ni un gas, sino tinta brillante caída en una vasija con agua. Fuera lo que fuese, tenía que haber una explicación lógica del hecho de que los colores se difuminasen y volvieran a formarse. Seguro que había diminutas partículas de algo flotando en el aire.

—¿De qué creéis que está hecha? —había preguntado Lenna, sin dirigirse a ninguna de las otras dos muchachas en particular. A su lado, arrebujada bajo la manta, Eloise había trazado lentos círculos en la palma de la mano de Lenna.

—Creo que es un tipo de nube —había dicho Eloise con aire pensativo—. Una nube nocturna. Hecha de vapor o de niebla.

—Qué interesante. Una nube nocturna. —Lenna le apretó ligeramente la mano—. ¿Y tú, Evie? ¿Qué crees?

Evie hizo una pausa, y después dijo:

—Son espíritus, por supuesto. —En lo alto, un cilindro de una brillante luz verde se hinchó, formando ondas—. Es casi como si estuviesen bailando.

—Me gusta mucho esa posibilidad —dijo Eloise. Lenna se giró y vio como un destello verde, del color de las limas, piruateando en sus ojos. Eloise le devolvió la mirada—. ¿Tú qué crees que es, Lenna?

—Partículas de algo —dijo. La luz se fue atenuando sobre sus cabezas y dejó a la vista un grupo de estrellas antes de recuperar su intensidad—. Polvo, quizá.

—¿Polvo? —preguntó Evie—. Menudo aburrimiento. —Pero lo dijo a la vez que encajaba la cabeza en el hueco entre el cuello y el hombro de Lenna y se ovillaba contra ella—. No importa. Te quiero de todos modos, hermana. —En el cielo, una estrella fugaz cayó en picado—. Feliz cumpleaños.

—Sí, feliz cumpleaños —repitió Eloise.

Si hubiese un único momento de su vida que le fuera dado vivir de nuevo, sería aquel… ¡Qué feliz ignorancia la de aquellos días en los que estaba convencida de la bondad de su hermana y de los muchos años que tenían las tres por delante para vivir aventuras, explorar, amar!

Eran casi las once. El señor Morley debía de estar al caer. Vaudeline acababa de desvestirse y se encontraba en una esquina, temblando bajo su camisola de algodón.

Lenna no apartaba la vista del suelo, abrumada por la realidad de lo que estaban a punto de hacer. Si no conseguía golpear al señor Morley con la fuerza suficiente, y si ellas dos se veían obligadas a separarse, ¿cuándo volverían a verse? ¿Y en qué circunstancias?

Recordó su propósito de ser más valiente, de no repetir los errores de antaño, como retrasar el momento de las disculpas. O esperar para decir, alto y claro, lo que quería. A quién quería.

Carraspeó, abrió mucho los ojos.

—Vaudeline, tengo que decirte una cosa.

Vaudeline arqueó las cejas.

—Dime.

—En el muelle, nada más llegar a Londres, dijiste que tu cariño por mí no era una cosa tangible. Temías que yo no creyera en su existencia.

—Sí. Sigo sintiendo lo mismo. El cariño, y también el temor.

Estaban cada una en un extremo de la habitación, y entre ambas no había más que aire frío y posibilidades. ¡Qué sencillo sería concluir ahora mismo la conversación, conformarse con que Vaudeline le había reiterado sus sentimientos!

Pero Lenna quería ser valiente, de modo que respiró hondo y aventuró la verdad.

—Cuando termine esto —dijo con un amplio gesto de la mano—, cuando termine todo esto, quiero descubrir qué más puede haber entre nosotras. Algo más que la relación maestra-alumna, y de amistad, que nos une ahora. Aunque nuestras creencias no coincidan del todo. Aunque no pueda ver ni tocar las pruebas de tu trabajo. —Miró a Vaudeline a los ojos—. Puedo verte a ti. Puedo tocarte. Y, en cualquier caso, es a ti a quien quiero. No a tu trabajo ni a tus creencias.

Contuvo el aliento, preguntándose cómo lo recibiría.

A pesar de las circunstancias —la gélida habitación, la oscuridad, la inminente llegada del señor Morley—, Vaudeline bajó la cabeza y soltó una risita.

—Aunque sospechaba que sentías todo eso, me preguntaba si te permitirías a ti misma decirlo en alto. Me asombras, Lenna Wickes. Y sí, nos queda mucho por explorar juntas.

Para Lenna fue una chispa de alegría entre tanta angustia.

—Pero, como tú misma has dicho, primero hemos de encargarnos de…

Vaudeline habría terminado la frase de no ser porque oyeron que alguien movía algo al otro lado de la puerta. La estantería.

Se miraron y se apostaron en sus respectivas posiciones. Vaudeline se bajó un poco el escote de la camisola, y Lenna agarró con fuerza el candelabro de latón. El metal se calentó al instante al entrar en contacto con sus dedos.

La puerta se abrió lentamente. Lenna dio un silencioso paso atrás, escondiéndose en el hueco en forma de V que se iba formando entre la puerta y la pared.

El señor Morley entró con una lámpara de aceite en la mano. Iba vestido de etiqueta, con un grueso abrigo y un sombrero de copa con un ribete negro de bombasí. Estaba de espaldas a Lenna..., aún no la había visto. De repente se detuvo. Ante él vio a Vaudeline, apenas cubierta por la fina camisola. Cada vez temblaba más, y Lenna se fijó en la carne de gallina de los brazos, en la turgencia de los pezones bajo la tela.

Vaudeline fingió un gritito de fastidio.

—No puedo desabrochar este botón de abajo —dijo, levantando un chaleco de caballero que había escogido del montón de ropa—. Teníamos intención de estar vestidas hace ya un buen rato, pero... —añadió, toqueteando la tela.

El señor Morley permaneció clavado en el sitio. Seguro que se daba la vuelta en cuanto se diera cuenta de que no veía a Lenna por ningún sitio, así que la joven solo disponía de unos segundos para levantar el candelabro y hacerlo caer sobre él. Los brazos empezaron a temblarle violentamente.

—¿Me puede ayudar? —dijo Vaudeline con una voz increíblemente pastosa y gutural. Se inclinó hacia delante, y la pechera de la camisola se entreabrió.

Seducere, recordó Lenna que había dicho. «Llevar por el mal camino».

Al señor Morley se le cortó la respiración. A Lenna también se le habría cortado si no la hubiese estado conteniendo. En ese momento, el señor Morley y ella eran tal para cual: los dos deseaban ardientemente a Vaudeline.

—Encantado de… de ayudar —consiguió decir el señor Morley, dando un paso hacia Vaudeline.

Lenna no le veía la cara, pero se imaginaba el rubor que la teñía, su corazón desbocado. Vaudeline le dio el chaleco y dejó que su mano rozase la del señor Morley. ¿Pensaría él que había sido una caricia involuntaria?

—¿Qué hay de la señorita Wickes? —dijo él—. ¿Está…?

De repente se calló, como si por fin hubiera recobrado el juicio.

Lo sabe, pensó Lenna. *Sabe que estoy detrás de él.*

Siempre que se había imaginado ese momento, todo había transcurrido despacio. Un par de pasos, un giro lento. Pero nada de eso. El señor Morley giró sobre sus talones como un animal, como una presa que localiza en el aire el aroma de un depredador. A Lenna se le pusieron los pelos de punta, como si tuviese dentro mil alfileres queriendo salir.

El señor Morley le miró las manos.

—Señorita Wickes —dijo, observando el candelabro. Lenna aún no lo había levantado: ¿pensaría él que simplemente tenía intención de encenderlo, o sospecharía su verdadero y más siniestro objetivo?—. Al menos veo que está lista para la sesión —añadió, mirándola de arriba abajo.

Tras él, Vaudeline estaba muy quieta, con el chaleco colgando mustio entre sus manos. Le hizo un lento gesto a Lenna con la cabeza…, un «adelante» silencioso, comunicado tan solo con sus ojos ardientes.

—En realidad, no voy a participar en la sesión —respondió Lenna con la voz quebrada.

El señor Morley ladeó la cabeza.

—¿Cómo dice?

Se giró, pidiendo explicaciones a Vaudeline con la mirada.

Lenna aprovechó el momento. Con toda la saña que fue capaz de reunir, levantó el brazo, exhaló enérgicamente —¿cuánto tiempo llevaba conteniendo la respiración?— y blandió el candelabro antes de dejarlo caer sobre la mejilla y el caballete de la nariz del señor Morley. Las palabras de Vaudeline resonaban en sus oídos: «Ten en cuenta que solo dispones de una oportunidad».

Se oyó un golpe —¿hueso, latón?— y a continuación un feroz alarido de ira y dolor, el ruido más horripilante que había oído Lenna en su vida. El señor Morley cerró los ojos con fuerza a la vez que se le saltaban las lágrimas. Se desplomó sobre el suelo aullando.

Lenna miró la puerta mientras Vaudeline, que seguía en camisola y estaba temblando de frío, daba un paso para coger un abrigo. Fue solo un instante, pero demasiado largo: postrado en el suelo, el señor Morley alargó el brazo y la agarró del tobillo. A pesar de la penumbra, Lenna veía el blanco de los nudillos, la furia dibujada en su rostro.

Era evidente que no iba a soltar a Vaudeline.

Lenna se tapó la boca y soltó un grito. No lo había conseguido. No le había golpeado con la fuerza suficiente.

Vaudeline intentó zafarse a patadas del señor Morley y movió los labios mudamente para formar dos palabras: «Vete. Ahora».

No había tiempo para pensar, no era el momento. Habían hablado exactamente sobre esa situación. Lenna salió corriendo de la habitación, sin volverse siquiera a mirar por última vez a Vaudeline. No se sentía capaz de soportar la inevitable expresión que vería en su rostro, ya fuera de orgullo, de ternura o de pavor. Como tampoco se sentía capaz de ver otra vez la mirada sanguinolenta y amenazante del señor Morley.

Tenía que salir, solo eso: salir. Cruzó corriendo el umbral y volvió a encajar fácilmente la estantería, sabiendo que acababa de encerrar a la mujer que más quería con un hombre del que no se fiaba.

Y todo por Evie.

Aun así, lo había hecho. Había ganado tiempo y a cambio había pagado un elevado precio; sobre todo, la seguridad de Vaudeline. Lenna tenía que aprovechar sabiamente esa oportunidad.

Se fue corriendo a la puerta de servicio, la que Vaudeline y ella, acompañadas siempre del señor Morley, habían utilizado desde su llegada a la Sociedad. La abrió unos centímetros y echó un vistazo a la oscura callejuela. Estaba vacía, a excepción de un par de carretillas arrumbadas a un lado. Salió sigilosamente y avanzó pegada al muro trasero del edificio, furtiva y silenciosa como un gato.

Instantes más tarde, llegó al portalón de madera que daba a las caballerizas.

La ventana de la vivienda del segundo piso estaba iluminada por una lámpara baja. *Bennett está despierto,* pensó. Estaría esperando para llevarlos a la sesión espiritista en un rato. Lenna se metió rápidamente en las caballerizas, que olían a paja fresca y cuero engrasado, y estornudó.

Vio una estrecha escalera de madera que llevaba al piso de arriba, pegada a una pared llena de bridas y bocados colgados de ganchos. Subió, y al llegar a lo alto de la escalera llamó a la puerta y esperó mientras se soplaba aire caliente en las manos. ¿Cómo se habría quedado el señor Morley? ¿Y Vaudeline?

Se abrió la puerta. Por si la nota manuscrita no fuera prueba suficiente, esto, desde luego, sí: Bennett no podía estar sordo si la había oído llamar.

—Usted de sordo no tiene nada —dijo Lenna en un susurro.

Bennett le dio la razón con la cabeza.

—En efecto —dijo, echando un vistazo a los peldaños vacíos que había detrás de Lenna.

Lenna le siguió la mirada y frunció el ceño.

—¿Por qué ha abierto la puerta? ¿Y si hubiese estado aquí el señor Morley y no yo?

—La oí estornudar.

Claro, tenía sentido. Lenna asintió con la cabeza y dijo:

—Cuénteme todo lo que sepa.

—¿Dónde está…?

—Por favor —interrumpió Lenna, con un tono más apremiante esta vez—. Solo dispongo de un par de minutos. El señor Morley… ¿acerca de qué mentía?

Bennett soltó un largo suspiro y dejó caer todo su peso sobre el marco de la puerta.

—Ella y yo éramos amigos —dijo él con un amargo rictus en el rostro.

—¿Ella?

Bennett asintió con la cabeza.

—Evie.

Tenía la voz rasposa, como si llevase días sin hablar.

Lenna parpadeó.

—¿Conocía a mi hermana?

—Sí. Aunque no había caído en que era su hermana hasta hoy, cuando le he oído decírselo directamente al señor Morley. —Venció su peso sobre el otro pie—. Nos conocimos hace unos años. A veces yo conducía el coche de mi padre para ganar un dinero extra, y Evie fue mi pasajera en una ocasión. Nos hicimos amigos. Luego, a principios del año pasado, me dijo que la Sociedad Espiritista de Londres estaba buscando un conductor. En cuanto a por qué estaba atenta a las ofertas de trabajo de la Sociedad, no tengo ni idea. El sueldo estaba —está— muy bien. La oferta decía que la Sociedad acababa de entablar relación con una organización benéfica a favor de los sordos, y que darían un trato preferente a los solicitantes que entrasen en esa categoría. —Abrió los brazos, los dejó caer—. La verdad es que no es un papel difícil de representar.

Lenna movió la cabeza, incrédula.

—Está usted en buena compañía. La Sociedad tiene mucho de farsa.

—Sí, bueno, el caso es que cuando llevaba varias semanas trabajando aquí, Evie empezó a hacerme preguntas. Qué socios cogían el ómnibus, adónde iban, de qué hablaban. Siempre quería saber qué había oído. De vez en cuando me pagaba unas monedas por la información.

Eso era una sorpresa. Lenna entendía los motivos de Evie para querer enterarse de las técnicas de la Sociedad, pero sonaba como si su curiosidad por los entresijos de la Sociedad, por las personas y las actividades, fuera todavía más allá.

—¿Le dijo por qué quería saberlo?

Bennett negó con la cabeza.

—Nunca. Aunque yo tampoco insistí. Evie siempre me cayó bien y no veía ningún motivo para meterme en sus asuntos.

Lenna miró la escalera y se alegró de verla vacía. Pero Bennett no había respondido a su pregunta.

—Su nota decía que el señor Morley estaba mintiendo. ¿Acerca de qué?

—De la relación de Evie con la Sociedad. Dijo que no participó en ninguna sesión espiritista, lo cual es una flagrante mentira. El pasado verano, aunque iba disfrazada, la vi enfrente del 22 de Bow Street antes de que comenzara la sesión. Y también un par de veces más. El señor Morley y ella siempre entraban juntos a los actos. Y estoy seguro de haberla pillado colándose por la puerta trasera de la Sociedad un par de veces.

No era ninguna novedad, y Lenna se esforzó por controlar su creciente impaciencia. Continuó:

—¿Por qué decía en su nota «Aléjense de él»?

Bennett frunció los labios.

—Siempre me he preguntado si pasó algo entre el señor Morley y Evie la noche de la víspera de Todos los Santos. Evie me dijo que había planeado colarse en el sarao que había organizado el señor Morley en la cripta, al que yo sabía que iban a ir muchos socios. Me preguntó si sabía cuándo iba a llegar el señor Morley a la fiesta. Yo no sabía a ciencia cierta cuándo iba a precisar de mis servicios, pero daba la impresión de que a ella le preocupaba la posibilidad de encontrarse con él allí. No entendí por qué diantres quería evitarle en el sarao, teniendo en cuenta la cantidad de tiempo que pasaban juntos.

»Además, aquella tarde el señor Morley tuvo un comportamiento extraño. Le pregunté cuándo quería que volviese a recogerlo, y me quedé consternado cuando me ordenó que dejase allí el coche y me buscase algún otro medio para volver a casa. Dijo que el sarao terminaría tarde, y que él mismo se encargaría de conducir el coche de vuelta a casa. Me puso muy nervioso (los caballos no sienten ninguna simpatía hacia él), pero el coche y los caballos pertenecen a la Sociedad. ¿Qué podía hacer sino obedecer? —Bennett, con expresión derrotada, se encogió de hombros—. Ocurrieron cosas rarísimas aquella noche, y ahora, amiga mía, su hermana está muerta.

»Estoy seguro de que el señor Morley sabe algo. Después de aquella noche, pasó muchos días en su estudio. Oí decir a otros socios que se negaba a irse, que comía allí, dormía allí. —De repente, frunció el ceño—. ¿Dónde está el señor Morley, por cierto? Y la sesión, ¿sigue en pi…? —Miró la hora—. Deberíamos irnos en unos minutos.

Lenna ya había oído bastante.

—Gracias —dijo en voz baja—. Le deseo… —Hizo una pausa y miró a Bennett a los ojos—. Le deseo lo mejor.

—¿Dónde se…?

Lenna no oyó el resto de la pregunta. Instantes después, había bajado la escalera, había salido a la callejuela y estaba volviendo a toda prisa a la entrada de servicio de la Sociedad.

Al entrar, se quedó clavada en el sitio. Al fondo del pasillo donde estaba el trastero en el que estaban encerrados Vaudeline y el señor Morley se oyeron golpes atronadores contra la puerta, y a continuación una sarta de improperios. Era la voz del señor Morley. Estaba despierto, vivo, intentando salir a golpes. Lenna hizo una pausa, sentía arcadas y deseaba con todas sus fuerzas oír la voz de Vaudeline en el interior, incluso un grito.

No oyó nada. Ni un suspiro.

Sin perder ni un segundo más, dobló a la derecha, se dirigió hacia la escalera. Subió de dos en dos; era mucho más fácil subir con los bombachos que con vestido. Aun así, resbaló una vez y cayó con fuerza sobre una rodilla. Se obligó a levantarse, llevaba las manos mojadas de lágrimas que no se había dado cuenta de que le rodaban por las mejillas.

Furiosa, se dirigió con decisión a la biblioteca. Dados los comentarios de Bennett sobre los días que había pasado el señor Morley encerrado en su estudio después de la víspera de Todos los Santos, iba a tener que echar un vistazo.

Como no tenía una vela, al llegar a lo alto de la escalera avanzó a tientas por el pasillo. Un poco más lejos, una pared acristalada dejaba ver la biblioteca. Justo el día anterior, el señor Morley había dicho que su estudio estaba al fondo; un detalle que había cometido la imprudencia de compartir.

Tiempo, pensó Lenna, deseando que la palabra atravesase las tablas del suelo y cayese en la habitación en la que estaban Vaudeline y el señor Morley. *Ayúdame a ganar tiempo, Vaudeline, para que pueda echar un vistazo por aquí.* Si es que podía, claro, porque hacía un momento no había oído a Vaudeline, y no se le escapaba la posibilidad de que, en su delirio, el señor Morley ya la hubiese herido gravemente. Pero si Vaudeline no podía ayudarla a ganar tiempo, la estantería de enfrente de la puerta seguro que sí. ¿Se le habría pasado por la cabeza al señor Morley que la barricada que había levantado sería utilizada en su contra?

La puerta de la biblioteca estaba cerrada a cal y canto. Se detuvo un momento y después se giró y dio un codazo contra el cristal de la puerta, que se hizo añicos con un gran estruendo. Metió la mano por la brecha dentada y abrió el cerrojo.

Una vez dentro, vio que la pared del fondo consistía toda ella en ventanas. Se abalanzó sobre una y descorrió las cortinas; de la calle entró suficiente luz para orientarse. Había estanterías por todas partes; como poco habría mil volúmenes en la estancia. Al meterse por el pasillo central, se chocó con un escabel, y blasfemó al sentir un súbito e intenso dolor en la espinilla. Notó que le salía un moretón, pero siguió avanzando hacia el fondo de la biblioteca…, al estudio del señor Morley.

¿Habría señales de Evie por algún sitio? ¿Su cuaderno, alguna prenda de ropa?

Llegó a una puerta cerrada…, por lo que se veía, la única puerta. Tenía que ser aquella. La abrió.

Al pasar, frunció el ceño. Más que un estudio, el exiguo espacio parecía un armario: carecía de ventanas, y solo había un pequeño escritorio, unos cuantos documentos enmarcados y un sofá pegado contra una pared. Al menos, no iba a tardar mucho en registrarlo.

Empezó por el escritorio, un viejo armatoste de madera de caoba lleno de arañazos. Encima había una lámpara de aceite y unas cerillas, y Lenna se apresuró a encenderla. Bajo la luz, vio que el escritorio tenía rayajos y rozaduras por todas partes. No estaba bien cuidado, pero

223

nada parecía estarlo en aquella habitación. Lamentable, la verdad, para tratarse de un vicepresidente.

Empezó por los papeles que había encima del escritorio. Recibos, libros de registro, memorándums, cartas…, rebuscó a lo loco, sin molestarse en recoger lo que caía al suelo.

Después se acercó al primer cajón. Al tirar, repiquetearon unas plumas que había dentro. Echó a un lado varios frasquitos de tinta negra y azul. En una bandejita había unos plumines deslustrados y sucios, y junto a ella un papel secante cubierto de manchurrones de tinta negra en forma de aros. Sacó el cajón del soporte y lo dejó sobre la alfombra. Registró el hueco del escritorio, palpando en busca de algo suelto. Nada.

A continuación, inspeccionó el segundo cajón, pero los contenidos tampoco tenían ningún interés: papel apergaminado, velas y cerillas de reserva, un pañuelo, una petaca de peltre. Debajo de la petaca había varios panfletos de obscenidades. Los hojeó rápidamente, sin detenerse en las vulgares imágenes, y también ese cajón lo dejó en el suelo. En el nacimiento del pelo empezaban a asomarle gotas de sudor.

El tercer y último cajón no reveló nada más que una carpeta con el rótulo «Documentos del patrimonio Morley» —¿registros contables de la familia?— y un libro delgado cuyo frontispicio rezaba: «La mujer desvestida: una historia de amor curiosa y entretenida». Lo sacó todo y lo apartó a un lado.

Se echó a llorar. No había señales de Evie por ningún lado, y la idea de que el señor Morley conservase algo de ella le parecía ahora absurda. En cualquier caso, a Lenna le fastidiaba pensar que todo lo que habían descubierto de la Sociedad hubiese llevado hasta aquí…, hasta un lugar sin respuestas, sin resolución.

Sacó el tercer cajón del marco, pensando en rebuscar por detrás. Pero mientras lo soltaba, frunció el ceño. Ese cajón, a pesar de que lo había vaciado, pesaba mucho. Mucho más que los otros dos.

Apretó el fondo, y al ver que una de las esquinas se vencía ligeramente, presionó con más fuerza en ese lado del panel.

Al instante, el extremo opuesto subió, lo justo para que pudiera deslizar los dedos por debajo. Con cuidado, consiguió desencajar el tablero... y entonces soltó un grito ahogado. El panel no era ni mucho menos la base del cajón. Era falso; debajo había un compartimento secreto.

Un truco. Como tantas otras cosas que Lenna había descubierto allí.

En el interior del compartimento secreto vio un portafolio encuadernado en vitela bermellón y la esquina de un cuaderno..., un cuaderno que reconoció. El corazón le empezó a latir con fuerza. Meses atrás, después de la muerte de Evie, ese era exactamente el tipo de descubrimiento que esperaba hacer cuando hurgaba entre los objetos personales de su hermana.

Sacó el cuaderno y pasó las manos por la brillante cubierta negra como si fuera una reliquia. Llevaba buscándolo desde la muerte de Evie; había desaparecido claramente de su mesa y de su bolsa, y ahí estaba ahora, en manos de Lenna.

Abrió delicadamente el cuaderno. Los ojos se le llenaron de lágrimas. Evie nunca le había dejado echar una ojeada, y Lenna no pudo ignorar la sensación de que estaba invadiendo la intimidad de su difunta hermana. Aun así, hojeó varias páginas y leyó las abundantes notas y listas de Evie. Enseguida quedó claro que el cuaderno contenía detalladas anotaciones sobre las estratagemas de los miembros de la Sociedad Espiritista de Londres, indicando exactamente cómo y cuándo había identificado Evie cada técnica.

En algunos lugares, la caligrafía de Evie era compacta y muy marcada, obra de una mano enérgica. Así escribía cuando estaba enfadada... Le había escrito bastantes cartas a Lenna con una letra parecida a lo largo de los años, riñas de hermanas.

Lenna apartó el cuaderno unos instantes, sabiendo que había localizado la que por ahora era la prueba más condenatoria contra el señor Morley. Ahí estaba uno de los objetos más personales de Evie, escondido en un falso cajón de su escritorio; prácticamente demostraba que había estado implicado de alguna manera en su muerte. La posibilidad de que hubiese sido un crimen pasional iba cobrando cada vez más fuerza.

Lenna pasó una página y le sorprendió ver un sobre, pero su sorpresa se convirtió en alarma al ver el remite y el matasellos.

La carta venía de París y había sido enviada la segunda semana de octubre, dos semanas antes de la muerte de su destinataria.

Y la remitente era ni más ni menos que Vaudeline D'Allaire.

Era muy desconcertante. Vaudeline jamás había mencionado que hubiese escrito a Evie tan solo quince días antes de su muerte.

Lenna le dio la vuelta al sobre y tiró de la carta, sin importarle que uno de los pliegues se rasgase entre sus dedos. La acercó a la luz del farol y recorrió con ojos ávidos los tenues trazos de tinta. Reconoció la letra, que había visto en innumerables ocasiones mientras estudiaba al lado de Vaudeline.

«Sobre el informe y los secretos de la Sociedad que se compartirán con *The Standard Post* a comienzos del próximo año...».

Lenna frunció el ceño. ¿El informe? No tenía ningún sentido. Se estiró el cuello del jersey, que había empezado a rozarle la piel. De repente estaba muy mareada. Mareada y malinterpretando las cosas, obviamente.

Miró el final de la carta para verificar que, en efecto, firmaba Vaudeline, y después leyó de nuevo la primera frase. «Sobre el informe...».

—No lo entiendo —dijo entre dientes. Las manos se le durmieron, lo veía todo borroso.

Bajo la tenue luz, distorsionada por un remolino de lágrimas, leyó la carta, distinguiendo solo algunos fragmentos:

> ... un trabajo increíble, todos estos meses recabando información de dentro y de fuera, y tu hábil seducción del señor Morley...
>
> ... tienes que hallar como sea la manera de birlar el portafolio bermellón —podría ser el golpe de gracia— y presentarlo junto con el informe.
>
> ... a mí me es imposible, desde París...
>
> ... venganza para Eloise, y reparar todo esto...

226

Lenna empezó a temblar tan violentamente que la carta se le escurrió de los dedos y cayó flotando al suelo.

Informe. Venganza. Evie no había estado colaborando con la Sociedad, sino intentando dañarla.

Lenna recordó el extraño trajín de Evie antes de morir, las concienzudas investigaciones sobre tácticas espiritistas cuestionables, su asistencia a todas las conferencias de la Sociedad.

No había sido fanatismo, como había pensado Lenna en su momento.

No había sido confabulación con delincuentes, como pensaba tan solo unas horas antes.

Había sido una labor detectivesca, de denuncia.

Pero, aunque esa revelación exoneraba de un plumazo a Evie, cargaba a otra persona con la culpa: a Vaudeline. Según la carta, después de marcharse de Londres con rumbo a París había animado a Evie —suplicado, incluso— para que investigase en su lugar a la Sociedad. En la carta le pedía que se pusiera manos a la obra. «Tienes que hallar como sea la manera», decía.

Lenna cayó de rodillas y siguió leyendo:

… colaboradores muy estrechos del señor Volckman, con lo cual iba a muchas de las fiestas de la bodega que daba su amigo el señor Morley. Las más fastuosas y legendarias son sus fiestas de la víspera de Todos los Santos…, los saraos de la cripta, las llaman. ¿Qué tal si te disfrazas como hasta ahora y te cuelas en la fiesta?

… las fiestas siempre empiezan a las siete. A eso de las nueve, la sala será un hervidero de borrachos. Cuélate entonces, y dirígete hacia el sótano del vermú. El señor Volckman dijo una vez que es ahí donde el señor Morley guarda sus documentos más privados. No puedo garantizarte nada, pero es posible que esté allí el portafolio…

El mensaje estaba bien claro: «Hazte con el portafolio». En la carta, Vaudeline había dicho que era el golpe de gracia. Lenna miró el segundo objeto que estaba oculto en el cajón. Era, en efecto, un portafolio bermellón. Lo cogió, le dio la vuelta. ¿Y si contenía información sobre las estrategias utilizadas por los maleantes, escrita con el puño y letra de Morley? Una prueba condenatoria, sin lugar a dudas.

En cualquier caso, saltaba a la vista que Vaudeline había utilizado su amistad con Volckman, y su conocimiento de las fiestas de Morley, para meter a Evie en un lío muy peligroso. Había animado a Evie a hacer el trabajo sucio. A infiltrarse. A escarbar. A escribir el informe, birlar el portafolio, entregar ambos al periódico.

Y todo ese trabajo sucio había terminado en la muerte de Evie.

—No, no —dijo Lenna, sin levantarse del suelo.

Se inclinó hacia delante, temiendo vomitar, y rememoró las últimas semanas, comenzando con el momento en el que se había presentado en la puerta de Vaudeline. Le había dicho que su hermana, Evie Wickes, había sido asesinada. Vaudeline la había invitado a pasar en el acto, saltándose el horario habitual de su grupo de estudios. Después había acelerado su formación, lo que fuera para vengar cuanto antes a Evie. Lenna lo había achacado a que sentía compasión por su antigua alumna —quizá teñida de algo más, de cierta simpatía por Lenna…—, pero ahora ya no estaba tan segura.

Adrede o no, Vaudeline había arrojado a Evie al nido de víboras de aquellos hombres. Se acordó de que se había echado a llorar al recibir la carta en la que el señor Morley le informaba de la muerte del señor Volckman. En aquel momento, seguro que a Vaudeline se le había pasado por la cabeza que, en su empeño por identificar a los delincuentes de la Sociedad, había llevado a la muerte a dos personas.

Esa nueva lente de la verdad lo distorsionaba todo. Lo que habían vivido juntas Lenna y Vaudeline en las últimas semanas, su intimidad, su vulnerabilidad, el afecto entre ambas… ¿Cuánto de todo aquello había sido verdad? De nuevo, reflexionó sobre la experta actuación de Vaudeline durante el trayecto al burdel, pocas horas antes. Había arraigado en Lenna cierta inquietud al ver lo bien que engañaba a los hombres. Lenna debería haber hecho caso a esa sensación.

¡Cuántas cosas había mantenido en secreto Vaudeline! Lenna habría preferido la verdad sobre Evie antes que un largo beso en la mejilla. De buen grado habría renunciado a cogerla de la mano, a intercambiar miradas expectantes, a cambio de una pizca de honradez por parte de Vaudeline.

No la conocía en absoluto, sobre todo a la luz de esas novedades. Parecía tan mentirosa como los miembros de la Sociedad Espiritista de Londres. ¿Quién era, en realidad, la mujer que estaba en esos momentos en el piso de abajo?

Por un instante, Lenna olvidó dónde se encontraba —en aquella habitación sofocante, en aquella Sociedad dedicada a la mentira, en aquella ciudad en la que habían asesinado a su hermana— y empezó a verlo todo borroso. Se sentía terriblemente sola ahora que sabía que su única aliada ya no era ni mucho menos una aliada. Era una desconocida. Mentía, se callaba cosas, era toda una maestra del engaño.

Peor aún, era una mentirosa a la que Lenna acababa de confesarle sus sentimientos. «Es a ti a quien quiero».

Pero ya no. Después de eso, Lenna no quería nada de Vaudeline.

Dejó a un lado la carta y el cuaderno de Evie. Incapaz de contenerse ni un segundo más, cogió el portafolio encuadernado en vitela, lo abrió y empezó a leer el libro que tan desesperadamente habían querido conseguir Evie y Vaudeline.

27

SEÑOR MORLEY

Londres, domingo 16 de febrero de 1873

Debería haber reparado en la ausencia de Lenna nada más entrar en el trastero, pero al ver a Vaudeline en estado de desnudez la lujuria me nubló el juicio.

El dolor y la impresión causados por lo que sucedió a continuación impidieron que se me formara un recuerdo. Noté algo a mis espaldas, me di rápidamente la vuelta y le hice una pregunta —que no recuerdo— a la señorita Wickes.

Cuando recobré la conciencia instantes después, la sangre me chorreaba de la nariz y caía caliente sobre mis manos. Agarré lo que tenía más cerca, el tobillo de Vaudeline.

En cuanto pude levantarme, me lancé contra la puerta, intenté abrirla de un empujón y... y dejé caer los brazos, estupefacto. Nos había encerrado, igual que había hecho yo antes.

Embestí con todo mi cuerpo contra la puerta, mareado y balbuceando improperios. Al mirarme los bombachos, me percaté con horror de que me había orinado encima después de recibir el golpe. Vaudeline se quedó pegada a la pared del fondo con expresión tímida. Quizá estaba llorando.

Me pareció oír el clic de una puerta. Era la puerta de salida, la que daba al callejón de atrás. Si era la señorita Wickes, ojalá tuviese intención de irse corriendo a su casa, de escapar de allí, pensé. Pero ¿y si tenía otros planes? Me aterrorizaba que pudiese estar buscando la biblioteca, mi estudio.

Di patadas más fuertes a la puerta, y poco a poco se fue formando una grieta en torno al picaporte. Así seguí durante unos minutos, empeñado en romper una parte de la madera, meter el brazo y desplazar la estantería...

¿Cuánto aguantaría la puerta? Busqué con la mirada algún objeto contundente para estamparlo contra ella. De repente, por encima de mi cabeza, oí un ruido de cristales rompiéndose. *La biblioteca*, me dije, y a punto estuve de gritarlo.

Corrí a por la silla que había en un lado de la habitación y la estrellé contra la puerta. Repetí la maniobra durante varios minutos, pero la silla era menos eficaz que mi hombro y una pata se partió por la mitad. Volví a embestir la puerta, consciente de que cada segundo que pasaba aumentaban las posibilidades de que la señorita Wickes descubriese el compartimento secreto del tercer cajón del escritorio.

Aquella lluviosa tarde de octubre, al acabar de leer el correo —entusiasmado con las dos nuevas solicitudes que elogiaban el trabajo de Evie—, algo me llamó la atención. A un par de metros de distancia, debajo del sofá en el que Evie y yo habíamos estado la noche anterior, había algo que tenía todo el aspecto de ser otro sobre. ¿Se habría caído de mi montón? Imposible, a no ser que hubiese cruzado él solo la habitación. Solté el abrecartas y fui a recogerlo.

Leí el dorso —los nombres de la remitente y la destinataria estaban pulcramente escritos a mano, en mayúscula— y al instante noté una fría humedad en las palmas de las manos. La carta iba dirigida a Vaudeline D'Allaire, y la remitente era ni más ni menos que Evie Wickes. Estaba lista para ser echada al correo, con su sello y todo. Y el sobre era bastante grueso. A lo largo del borde había pequeñas ilustraciones de golondrinas y huevos de pájaro.

Volví a mirar el sofá, preocupado. La noche anterior, Evie había dejado su bolsa de cuero muy cerca de donde había encontrado yo la carta. Debía de haberse caído.

Parpadeé varias veces, rumiando las opciones que tenía. Podía devolverle la carta sin abrir a Evie la próxima vez que viniera. O podía echarla yo mismo al buzón; total, aquel día tenía que enviar unas cartas de la Sociedad.

Pero había una tercera posibilidad.

Me acerqué a la puerta de mi estudio y corrí el pestillo. Después metí la hoja del abrecartas en el sobre y lo abrí.

Saqué la misiva, seis páginas, y empecé a leer.

Me bastó con leer el primer párrafo para saber que el contenido iba a ser desagradable.

En calidad de antigua alumna tuya, considero que debo hacerte partícipe de esta información relativa a la Sociedad Espiritista de Londres que ha llegado a mis manos y que me permite concluir que algunas de las actividades de mediumnidad que lleva a cabo la organización no son legítimas, lícitas ni morales. Uno de los miembros de la Sociedad, como mínimo, es poco más que un vil actor y estafador, y llevo casi todo este año tomando notas para elaborar un extenso informe anónimo que desvelará estas conductas con todo detalle, incluidos nombres, fechas y lugares siempre que sea posible.

Mis dudas en torno a la Sociedad empezaron hace más de un año, después de la muerte de mi amiga del alma Eloise Heslop. La Sociedad celebró su sesión espiritista, y me pareció sospechosamente falta de rigor. Y tenía varias corazonadas más sobre ellos. Me propuse colarme un par de veces en la sede con el fin de obtener, con suerte, información sobre sus verdaderas actividades.

Con lo que no contaba era con que yo misma acabaría implicándome en esas actividades. Pero cuanto más me acercaba a los entresijos de la Sociedad, más consciente era de la envergadura de sus maquinaciones. Lo que empezó como un sentimiento de frustración y rencor después de la sesión de Eloise pronto se convirtió en algo más. Hablando claro, estoy horrorizada por lo que he descubierto.

Me hallo en una situación única para escribir este informe, ya que he estado presente (disfrazada) en multitud de charlas y sesiones organizadas por la Sociedad. Además, se me asignó la misión de asistir a varios velatorios y funerales, en los que se me encargó que buscase a deudos acaudalados y elogiase la reputación de la organización. Pero fui parca en elogios y apenas hablé, limitándome a dar el pésame. Después falsifiqué un par de cartas dirigidas al vicepresidente, que era quien me había enviado a esos actos, haciéndole creer que los deudos estaban deseando contratar los servicios de la Sociedad.

Solo puedo seguir fingiendo un tiempo. Pienso enviar el informe a *The Standard Post* a comienzos de año. La Sociedad ha echado a perder el arte del espiritismo, lo ha corrompido, pero esto no es ni mucho menos lo peor. Lo peor es que maltratan a las personas vulnerables, sobre todo a las mujeres.

A continuación, enumeraba más de veinte tácticas y técnicas de la Sociedad; solamente eso ocupaba más de la mitad de la carta. Las intrigas se describían con todo lujo de detalles, con una precisión terrible. Yo las conocía todas… A fin de cuentas, era yo quien le había hecho partícipe de ellas.

Mientras leía consumido por la incredulidad y el miedo, las palabras escritas en la página que tenía delante se iban volviendo borrosas. Había pensado que Evie era una persona codiciosa, como yo…, que tenía ansias de éxito y riqueza, igual que la Sociedad, y que las satisfaría con estafas y engaños.

Pero… ¿esto? Esto significaba que había estado fingiendo desde el principio. Recordé su entusiasmo cuando le propuse ser cómplice a cambio de dinero, y su risa cuando comprendió lo que le estaba ofreciendo. ¡Qué avergonzado me sentía ahora! ¿Cómo no me había dado cuenta, si era de mi misma calaña? La única diferencia entre Evie y yo era que, al ser una mujer, podía clavarme su flecha en mi talón de Aquiles: mi lujuria.

Recordé otra cosa y se me encogió el estómago. Muy al principio, me había dicho: «Para mí, hay algo de una belleza exquisita en todo lo que le diferencia del resto de los caballeros». ¡Cúanto me había animado pensar que mi marca de nacimiento no provocaba el rechazo unánime de todas las mujeres de Londres! Pero ahora veía que era mentira. Un cebo. Este golpe a mi amor propio —realmente había empezado a creerme deseable— era tan duro como la propia carta.

«Estoy en una situación única para escribir este informe», había anotado. «Una situación única», en efecto…, en un doble sentido: miré la esquina del escritorio en la que tantas veces se había sentado Evie con la ropa hecha un gurruño.

Seguí leyendo la carta, y, aunque parecía imposible, el contenido fue a peor.

> Desde comienzos de año he estado siguiendo discretamente a uno de los socios, un vicepresidente departamental, el señor Morley.

—Dios mío —dije, recordando nuestro primer encuentro, cuando Evie se había disfrazado de chico y había asistido a la conferencia sobre el ectoplasma.

Aquel día me había sonado vagamente de algo, como si la hubiese visto alguna vez por la ciudad. Ojalá me hubiese fiado de aquel instinto.

> Me he fijado en que el señor Morley lleva a veces un pequeño portafolio bermellón. Sospecho que quizá contiene pruebas perjudiciales para la Sociedad…, pruebas de sus fechorías más graves, escritas del puño y letra de sus socios.

Al leer estas palabras, se me heló la sangre.
El portafolio. Se había fijado en él.

Voy a continuar siguiendo al señor Morley y espero birlarle el portafolio sin contratiempos. Después, lo entregaré junto con mi informe. Aunque lo haré de manera anónima, estoy segura de que él sabrá que soy la autora. En cuanto el informe vea la luz, tendré que buscar refugio durante un tiempo…, es posible que meses. ¿Me permitirías incorporarme a otro grupo de estudios, esta vez en París? ¿Podrías contemplarlo?

Para terminar: siempre me ha intrigado el motivo de tu rápida y discreta partida de Londres. ¿Quizá estabas siguiendo una pista parecida? Sea como sea, espero que esta carta sea una buena noticia para ti. Una forma de vengarse de hombres que manipulan y se aprovechan de los deudos. La venganza, al fin y al cabo, es el pilar sobre el que has edificado toda tu trayectoria.

Quedo a la espera de tu respuesta.

Cordialmente, tu fiel amiga y alumna,
Evie R. Wickes

Solté la carta con un escalofrío. Después miré las dos solicitudes que con tanto deleite había leído hacía tan solo unos momentos. Las había falsificado. Y ahora que las miraba más atentamente, saltaba a la vista: las caligrafías de ambas cartas eran similares. El mismo sesgo del trazo para empezar. Qué necio no haberme fijado al instante.

¿Qué más podía hacer Evie? La creía capaz de cualquier cosa.

La ropa, todavía húmeda a causa de la lluvia de octubre y fría como el hielo, se me pegaba a la piel. *La dejé campar a sus anchas entre nuestros secretos,* murmuré para mis adentros, muerto de vergüenza. A pesar de la cantidad de veces que me había desnudado con ella, de repente me sentí más desnudo —más expuesto— que nunca.

Me acerqué a mi escritorio, levanté el puño y lo bajé con todas mis fuerzas. El golpe resonó por toda la habitación, haciendo temblar las finas paredes. El documento de la misión de la Sociedad, colgado en su marco de madera, se soltó de la pared y cayó a plomo al suelo.

28

LENNA

Londres, domingo 16 de febrero de 1873

Con el portafolio en la mano, Lenna dio unos pasos cautelosos hacia el farol, esquivando el montón de papeles y los cajones que había apartado. Inclinó el portafolio hacia la luz para examinarlo más de cerca.

No tenía ningún tipo de inscripción ni de rótulo en el exterior; si por algo llamaba la atención era por su discreción. En la cubierta interior había una pequeña nota: «Planes especiales de la Sociedad Espiritista de Londres».

No era un tomo impreso, sino un montón de recortes de prensa y de papeles de todo tipo seguidos, al final del portafolio, de breves notas manuscritas. Lenna empezó por los recortes: necrológicas y avisos de fallecimientos y, cosa rara, varias noticias sobre matrimonios, herencias y escrituras de propiedad de acaudaladas familias londinenses. En las necrológicas, alguien había subrayado los nombres de esposas e hijos vivos. Era raro, pero encajaba con su sospecha: que la Sociedad tomaba como presa a los ricos. Al pasar al papel apergaminado que había al final del portafolio, se fijó en que las páginas contenían nombres, cada uno seguido de un breve párrafo.

Lenna se detuvo en una página al azar y leyó rápidamente una anotación hecha hacía más de un año:

Sr. J. Flanders, Berkeley Square, treinta y un años. Recién casado con Henrietta, veintinueve años, hija única y heredera de lord Stevens. Finca de Berkeley —regalo de bodas de lord Stevens— además de una considerable pensión anual pagada a Henrietta. Sin hijos. Los martes, Flanders sale tarde del banco y cena a las 8 en el asador que hay al oeste de Golden Square.

Socio candidato a juramentado: Sr. Steele.

Pago anual estimado a la Sociedad: 550 libras.

Caso revisado y conformidad firmada el 4 de septiembre de 1871.

Lenna frunció el ceño al leer la extraña entrada, que se centraba claramente en la esposa, Henrietta, y su fortuna. ¿Quién la habría escrito? ¿Y a qué obedecerían los pormenores de las idas y venidas del señor Flanders?

Pasó varias páginas y leyó otra:

Sir Christopher Blackwell de Lincolnshire, en la actualidad residente en Westminster.

A Lenna se le cortó la respiración al leer esa primera línea de la entrada. Todo Londres sabía de la muerte de Sir Christopher Blackwell el pasado febrero. Los periódicos habían informado profusamente sobre ella, dado el renombre del finado. La policía había concluido que le habían apaleado en su estudio. Jamás encontraron al culpable.

Blackwell se ha roto la cadera recientemente; por ahora, recluido en casa.

Pasa casi todo el día en su estudio; acceso directo en la zona norte de la casa.

Socio candidato a juramentado: Sr. DeVille.

Pago anual estimado a la sociedad: 830 libras.

Caso revisado y conformidad firmada el 18 febrero de 1872.

A Lenna se le puso la carne de gallina. Había algo en todo aquello que tenía muy mala pinta. ¿Una entrada sobre Blackwell —incluida una mención a su estudio, y al modo de entrar en él— tan solo unos días antes de que fuera hallado muerto allí mismo? Demasiada coincidencia. Se le heló la sangre, y, armándose de valor, pasó varias páginas.

Sr. Richard Clarence, conductor del ómnibus del departamento. Ha amenazado en repetidas ocasiones con revelar información privilegiada sobre la Sociedad.
Socio candidato a juramentado: ____
Pago anual estimado a la Sociedad: ____
Caso revisado y conformidad firmada: revisado el 8 de marzo de 1871, sin conformidad.

—Dios mío —susurró Lenna. Las entradas, todas y cada una de ellas, apuntaban a una terrible verdad. ¿Cómo no iba a estar escondido el portafolio bajo un fondo falso del cajón del escritorio de Morley, si era un libro de asesinatos?

Lenna no perdió el tiempo pasando las páginas y se fue directamente al final: las entradas de octubre.

Estaba buscando otro nombre. No el de un conde, ni el de un heredero; el de una persona mucho más importante, una persona que se había infiltrado en la Sociedad, que había destapado algunos de sus secretos y había estado sobre la pista del más grave de todos.

Siguió hojeando hasta que llegó a las entradas de octubre. Seguro que en cualquier momento encontraba el nombre de Evie…

Pero no. Torció el gesto: septiembre, octubre, noviembre incluso… El nombre de Evie no figuraba en el libro. No tenía sentido. El señor Morley había sabido que Evie quería perjudicar a la Sociedad, de modo que había tenido un motivo perfecto para matarla; por no mencionar que el cuaderno de Evie estaba escondido en su escritorio. Entonces, ¿por qué no había registrado su nombre en el portafolio?

No tenía tiempo para sopesar las posibles razones. Se enderezó y respiró hondo para calmarse. Había descubierto el auténtico secreto de la Sociedad. El portafolio era una prueba de peso contra el señor

Morley; con razón había querido Evie hacerse con él. *La policía y la prensa estarían encantadas de echarle un vistazo a esto,* se dijo Lenna para sus adentros. *Y seguro que Evie también lo sabía.*

Ni corta ni perezosa, decidió coger el portafolio y el cuaderno de Evie, salir por la puerta de servicio y marcharse directamente a casa. Existía la posibilidad de que se topase con el señor Morley —si es que había conseguido abrir la puerta, claro—, así que cogió un abrecartas que había sobre el escritorio. Estaba tan furiosa y tan triste que se sentía capaz de clavarle el abrecartas en el ojo en caso necesario.

¿Y Vaudeline? ¿Estaba a salvo? ¿Viva? ¿Indefensa? *No importa,* se dijo Lenna. *Me ha traicionado... y a Evie también.* Con un nudo en la garganta, pensó que le daba lo mismo lo que le ocurriera esa noche a Vaudeline. Que se muriera. Debería haberse enfrentado ella sola a la Sociedad, no pedirle a una alumna que le hiciera el trabajo sucio.

Lenna echó otro vistazo a la carta que le había escrito Vaudeline a Evie. Mencionaba a Eloise. Qué extraño. ¿Qué le habría contado Evie a Vaudeline sobre Eloise? A lo mejor le había dicho que los socios habían celebrado una ridícula sesión espiritista después de la muerte de Eloise, o puede que tuviera relación con...

Lenna soltó un grito ahogado. El libro de asesinatos. ¿Y si era eso lo que había sospechado Evie?

Se dirigió rápidamente a las entradas de enero de 1870, el mes en el que había muerto Eloise. Ahí, al pie de la página, estaba la entrada:

Sr. L. Heslop, gran interés financiero en el sector de los ferrocarriles y del acero. Cada tarde sale a pasear sobre las 19:30 por el límite sudoeste de Regent's Park; entra por York Gate y camina en sentido contrario a las agujas del reloj por el lago de las barcas.

Socio candidato a juramentado: Sr. Cleland.

Pago anual estimado a la Sociedad: 1000 libras.

Caso revisado y conformidad firmada el 12 de enero de 1870.

Lenna no daba crédito. No podía parar de llorar, y estuvo tentada de estampar el libro contra la pared. El señor Morley había matado al señor Heslop. Y como Eloise se había sumado inesperadamente al paseo cotidiano de su padre, también había sido asesinada.

Durante años, Lenna —al igual que la familia y los amigos de Eloise— había pensado que el señor Heslop había fallecido intentando rescatar a su hija, que se habría caído al río tras resbalar sobre el hielo. ¡Qué equivocados habían estado!

Pero quedaba otro enigma por resolver. Esa entrada mencionaba al señor Cleland, el hombre con el que se había casado después la viuda Heslop. Se sabía que había acumulado considerables deudas de juego, y en la entrada figuraba como «socio candidato a juramentado», con una elevadísima cuota anual.

Eso solo podía significar una cosa. El señor Cleland era un títere en manos de un costoso entramado. Contraer matrimonio con una viuda rica no solo le permitía saldar sus deudas, sino también pagar tan desorbitada cuota anual a la Sociedad, que al parecer lo había coordinado todo. Y seguramente habrían iniciado el proceso en la sesión del señor Heslop, a la que no se había permitido asistir a nadie aparte de su viuda.

La noticia era tan espantosa que Lenna no pudo menos que alegrarse de que Eloise no estuviese allí para enterarse de la sórdida verdad.

El señor Morley no era solo un estafador y un manipulador. No era solo un portador de ilusiones, un maestro de la simulación. Estaba haciendo algo mucho más grave que conducir sesiones fraudulentas por toda la ciudad mientras daba vía libre a sus hombres para que se acostasen con las mujeres.

Tenía un segundo plan, y era mucho peor: asesinar a hombres ricos, casar a sus viudas con miembros de la Sociedad —«juramentados» los llamaba— y sacar unos pingües beneficios anuales de todo ello.

Un modelo empresarial de lo más perverso.

Pero ¿de qué manera podía el señor Morley utilizar una sesión para convencer a esas viudas de que se casaran en segundas nupcias con un juramentado? Lenna no conseguía entenderlo.

Compadecía también al señor Richard Clarence, el conductor del ómnibus que había amenazado con revelar los secretos de la Sociedad. Resultaba evidente que el señor Morley era capaz de matar a los suyos…, a cualquiera que amenazase con sacar a la luz los entresijos de la organización. Bennett había dicho que le habían contratado a principios del año anterior, conque tuvo que ser poco después de que asesinaran al señor Clarence. El señor Morley había anunciado una vacante para un conductor sordo porque, supuestamente, la Sociedad tenía vínculos con una asociación benéfica relacionada con la sordera. Pero Lenna ya no se creía esa explicación. El señor Morley necesitaba un conductor que no representase ninguna amenaza para sus secretos.

Evie, Eloise. El señor Morley le había arrebatado a Lenna todo lo que más había querido. Empuñó con más fuerza el abrecartas.

Era hora de irse…, pero de repente oyó un ruido. Un golpetazo.

Se quedó paralizada, seca la boca. Otro golpetazo, y a continuación un grito. La abrupta interrupción del silencio la sobresaltó, y el portafolio se le resbaló de la mano y cayó al suelo.

Alguien acababa de entrar por la puerta de la biblioteca, la misma por la que había entrado ella. Alguien se estaba abriendo paso hacia ella en ese mismo instante.

Miró rápidamente en derredor —no había ventanas, ninguna salida salvo la que daba a la biblioteca— y de repente sus ojos se toparon con el portafolio. Estaba a sus pies, abierto por la página más reciente.

Hasta ahora no lo había visto, pero, anotado apresuradamente, había un nombre que reconoció. En realidad, dos nombres:

«Vaudeline D'Allaire y agente Beck».

Y debajo:

«Lugar: sesión de Volckman».

Lenna respiró con dificultad.

¿Era por esto por lo que el señor Morley había pedido a Vaudeline que volviese a Londres? ¿No porque necesitase su ayuda para resolver el asesinato de Volckman, sino porque quería matarla? Al fin y al cabo, Vaudeline era un cabo suelto. Estaba al tanto de los rumores y claramente había mantenido una correspondencia con Evie que el señor Morley había descubierto.

Y el agente Beck... Ahora parecía poco más que otro títere del señor Morley. Que Vaudeline hubiese accedido a volver a Londres había obedecido, en gran medida, a la protección que él podía ofrecerle. El agente Beck había sido un instrumento del señor Morley con el que convencer a Vaudeline para que volviese a la ciudad.

Los pulmones de Lenna se vaciaron de aire mientras dedicaba unos instantes a absorber todo lo que acababa de descubrir.

Entonces vio lo que estaba escrito junto a esa entrada. En el margen derecho, anotadas con tinta fresca, había tres palabras:

«y Lenna Wickes».

Morley debía de haberlas anotado como mucho hacía dos días, ya que no había contado con su presencia como acompañante. No había sabido que tendría que lidiar con ella hasta que la vio desembarcar en el muelle con Vaudeline. Sin saberlo, Lenna había puesto su vida en riesgo. Tenía que haberse separado de Vaudeline nada más llegar a Londres.

Pero no lo había hecho, y estaba metida hasta el cuello en todo ese lío, en las intrigas del señor Morley.

Y ahora él quería matarla..., quería matarlos a los tres..., en la sesión espiritista que se iba a celebrar esa misma noche.

29

 LENNA

Londres, domingo 16 de febrero de 1873

Lenna tardó un momento en comprender que el repentino olor rancio y salado que había en el estudio del señor Morley era el de su propio sudor.

Si el señor Morley quería verlas muertas a ella y a Vaudeline, solo podía deberse a que se habían acercado demasiado a la verdad sobre el señor Volckman. O sobre Evie. O sobre ambos. Se proponía liquidar de un plumazo todo lo que habían averiguado hasta ahora o todo lo que pudieran averiguar en la sesión.

Lenna habría dedicado más tiempo a repasar las páginas si no hubiera sido porque oyó unos pasos acercándose por la biblioteca. Solo podían ser el señor Morley o Vaudeline.

Vaudeline. La mujer de la que se había enamorado Lenna hacía unos días. Y, sin embargo, Vaudeline había estado ocultando información esencial sobre Evie y la Sociedad. Ya no era su amiga. Le daba igual que su nombre figurase en el portafolio. *Que sufra a manos de estos hombres,* se dijo. *Pero yo no. Yo saldré de esta, de un modo u otro.*

Rápidamente, se agachó a cerrar el portafolio. Si el señor Morley se enteraba de lo que había descubierto, se encargaría de que no saliera del edificio con vida. Lo acercó a la mesa de una patada, como si no lo hubiera leído, y se quedó a la espera con el abrecartas en ristre.

La puerta del estudio se abrió de golpe y asomó el rostro herido del señor Morley. Venía solo, y estaba encorvado como si fuese a desplomarse. Lenna gritó. Parecía medio muerto; tenía la cara completamente inflamada y sangre seca pegada al cuello de la camisa, y desprendía un hedor dulzón y acre, como el de la orina. La mejilla izquierda estaba hinchada y tenía dos veces su tamaño habitual, lo cual le impedía abrir del todo el ojo, por el que rezumaban lágrimas. Aun así, su expresión era inequívoca. El otro ojo estaba abierto de par en par, asustado y lleno de odio.

¿Habría conocido Evie esa mirada? ¿La habría visto, también, en sus momentos finales? El señor Morley se abalanzó sobre ella, dando un paso largo, pero cuando Lenna estaba subiendo el abrecartas para defenderse, de repente se detuvo. Se había quedado mirando el suelo, el caos de papeles y libros desperdigados por todas partes.

—¿Qué diablos…? —dijo, anonadado.

Recorrió con la mirada el desbarajuste, ¿estaría buscando el portafolio?, y de repente lo vio. Estaba pegado a la pared del fondo. Inmediatamente, cruzó la habitación, cogió el libro de los asesinatos y, blandiéndolo, preguntó:

—¿Ha mirado esto?

Lenna se agarró al abrecartas con tanta fuerza que empezaron a dolerle los músculos de la mano.

—No —mintió—. Apenas miré nada más después de encontrarme esto. —Señaló el cuaderno de Evie, que estaba sobre el escritorio—. Hoy, en el ómnibus, me ha mentido. ¿Por qué tiene el cuaderno de mi hermana?

No pudo responder porque de repente se oyó un revuelo a sus espaldas y Vaudeline irrumpió en la habitación. Iba cojeando y todavía llevaba la camisola, que ahora estaba llena de sangre y rasgones. Se detuvo al lado del señor Morley con el rostro surcado de lágrimas y los blancos brazos cubiertos de manchurrones de sangre seca. ¿Era suya la sangre, o de él? Aunque se suponía que ya no le importaba, Lenna echó un vistazo rápido a Vaudeline. No parecía que tuviera nada roto, ninguna herida grave.

—¿Qué haces tú aquí? —gritó Vaudeline, mirando a Lenna.

Solo entonces se le ocurrió que lo último que se esperaba Vaudeline era encontrarse allí con ella. Lenna le había dicho que al salir del trastero se iría a un lugar seguro; en cambio, se había ido a ver a Bennett a su cuarto de encima de los establos y después había regresado al edificio y se había abierto camino hasta el estudio.

—Eso mismo querría saber yo —dijo el señor Morley, acercándose con paso vacilante. Parecía estar a punto de desmayarse, y unas gotas de sudor caían de su mejilla.

—Lo he encontrado —le dijo Lenna de nuevo—. El cuaderno de Evie, lleno de detalles sobre las intrigas de la Sociedad. Sé que pensaba entregar un informe en el que desvelaba todo. —Respiraba agitadamente—. La carta de Vaudeline. También la he visto —añadió, girándose y mirando de frente a Vaudeline—. Eres tan mentirosa como ellos.

La expresión consternada y confusa que asomó al rostro de Vaudeline era tan perfecta que Lenna habría podido aplaudir. *Una actriz magnífica,* pensó.

—¿Mentirosa? —preguntó Vaudeline con un nudo en la garganta.

Antes de que pudiera responder, el señor Morley agarró rápidamente el abrecartas que tenía Lenna en la mano. El dolor fue instantáneo. Lenna soltó un grito, y al mirarse la mano vio que el mango labrado le había rasgado la delicada piel de la palma.

El señor Morley tiró el abrecartas a la otra punta de la habitación. Cayó al suelo, fuera del alcance de todos.

—Su hermana era una rata miserable —dijo entre dientes, mientras miraba un cubo de basura cercano como si fuese a vomitar—. Y seguro que usted ya estaba al tanto del informe. Seguro que se lo contó. Le contaba todo.

En eso se equivocaba, pero Lenna se lo calló.

Vaudeline se acercó a Lenna y le cogió la mano, haciendo presión sobre la herida recién abierta. El contacto de su piel salada con el tajo hizo que Lenna se estremeciera.

—Esto hay que vendarlo —dijo Vaudeline—. Está sangrando mucho.

Miró al señor Morley y, fijándose en el pañuelo que asomaba de su bolsillo, lo cogió sin pedir permiso y lo ató a la mano de Lenna. No se anduvo con contemplaciones; estiró la tela hasta que quedó bien tirante, sin molestarse en aflojar ni siquiera cuando Lenna hizo una mueca de dolor.

A Lenna le dio rabia que el brusco afecto de Vaudeline le gustase tanto, que se avivase la llama en la boca de su estómago. Mientras Vaudeline se afanaba en curarla, se atrevió a estudiarla detenidamente: la oquedad de la clavícula, las comisuras de los labios, todos los detallitos que deseaba conocer mejor y que ahora jamás iba a conocer. ¡Cuántos sentimientos encontrados! Aborrecía a aquella mujer tanto como quería embeberse en ella, el más dulce de los venenos.

—Ya está —dijo al fin Vaudeline, atando el nudo y mirando a Lenna a través de las pestañas como si quisiera comunicarle algo silenciosamente.

Lenna apartó la vista. Ya no podía fiarse de ella, no podía mirarla largo rato a los ojos, a aquel profundo lugar en el que había florecido tanto afecto entre ambas en las últimas semanas.

O eso había creído Lenna.

De repente, tenía ganas de chillar. Quería coger los blancos y delicados hombros de Vaudeline y sacudirla, tirarle de aquellos voluptuosos rizos. ¡Menuda charlatana! Era una seductora, una provocadora, una mujer sin límites ni moral.

Lenna se giró hacia el escritorio, buscando el cuaderno de Evie. Sacó la carta que Vaudeline le había escrito a Evie y la abrió con intención de soltarle una sarta de acusaciones, pero el señor Morley dio un paso, se la arrancó de las manos y se la metió en un bolsillo.

El brusco movimiento cogió a Lenna por sorpresa. Se quedó clavada en el sitio, mirándole con el ceño fruncido: el señor Morley acababa de autoinculparse. No había nada que justificase que la carta y el cuaderno estuvieran en sus manos.

—¿Cogió usted sus cosas antes o después de matarla?

El señor Morley soltó una risita. La nariz ya no le sangraba.

—Cree que ya lo entiende todo, ¿eh? —Se miró el reloj, señaló la puerta—. Vamos con retraso. Beck debe de estar esperándonos.

Se refería a la sesión espiritista, claro. A Lenna se le heló la sangre en las venas.

El señor Morley cruzó la habitación. Al llegar al sofá, se agachó, palpó la base y sacó un pequeño revólver. Lo blandió para que lo vieran bien las mujeres y se lo metió en el bolsillo interior del abrigo.

Así es como piensa matarnos, se dijo Lenna.

De camino a la puerta, el señor Morley cogió una bolsa de lona que colgaba de una pared y metió dentro el portafolio. Se acercó al escritorio y agarró el cuaderno de Evie y también la carta de Vaudeline. Los guardó en la bolsa, se la echó al hombro y les hizo una seña para que se acercaran.

Vaudeline aún no tenía ni idea de lo que les aguardaba…, no sabía que el señor Morley pensaba borrarlas del mapa, quitarlas de en medio antes de que pudieran causar más perjuicios. Lenna no podía decírselo con el señor Morley presente en la habitación.

Pero, aunque pudiera, ¿se lo diría?

¿Intentaría salvar a la mujer que la había traicionado?

30

SEÑOR MORLEY

Londres, domingo 16 de febrero de 1873

Cogí unos pantalones de sobra que tenía en mi estudio y seguí a las mujeres al piso de abajo. Fuimos primero a los aseos, donde me cambié de ropa y me eché agua fría a la cara para quitarme la sangre seca. Vaudeline hizo lo mismo, pero como llevaba la camisola ensangrentada tuvimos que volver al trastero, y me quedé esperando fuera —revólver en ristre— junto a la señorita Wickes a que Vaudeline se pusiera ropa adecuada.

Mientras esperaba, examiné la puerta astillada, que tan solo hacía unos minutos había forzado para salir. Desde luego, me había costado más de lo que pensaba. Había dado patadas a la madera hasta que, por fin, se había desgajado un trozo, y luego, con las dos manos, había seguido arrancando para abrir un boquete que me permitiese empujar la estantería a un lado.

A continuación, había salido sin mirar siquiera a Vaudeline. El instinto me decía que me seguiría: Vaudeline quería proteger a la señorita Wickes, haría todo lo posible por ayudarla. Todas aquellas miradas que habían cruzado…, el deseo insatisfecho entre ambas era evidente. Sabía que fuera cual fuera el paradero de la señorita Wickes, Vaudeline no andaría lejos.

En la segunda planta, la puerta de la biblioteca estaba abierta, el cristal hecho añicos. Al otro lado de las estanterías vi una tenue luz procedente del fondo. Mi estudio. Me precipité hacia allí echando pestes, vagamente consciente de que Vaudeline me iba pisando los talones. Me pasé la mano por el ojo, y una secreción viscosa me manchó la palma. Demasiado pronto para que fuera pus, demasiado espesa para que fueran lágrimas.

Pasé a mi estudio, que estaba sumido en la luz dorada que daba el farol de mi escritorio. La señorita Wickes debía de haberlo encendido. Mi mayor temor se hizo realidad al instante: tirados por el suelo había un montón de papeles y piezas de cajones rotos.

Blandiendo un abrecartas a modo de protección, Lenna me empezó a acusar: que si las intrigas, que si el cuaderno… Y de repente, para gran sorpresa mía, la tomó con Vaudeline y le dijo algo acerca de la carta firmada por esta. «Eres tan mentirosa como ellos», la acusó Lenna.

Aproveché para arrebatarle el abrecartas.

Tenía que cambiar de tema como fuera.

En octubre, después de descubrir la carta condenatoria que le había escrito Evie a Vaudeline, salí de mi estudio asombrado por lo que había encontrado.

Recorrí los pasillos a zancadas y bajé al vestíbulo. Por el camino pasé por varias salas de reunión y oí que me llamaban un par de veces, pero no hice caso; no era momento de conversar. Tenía que hacer un recado…, un recado urgente, propio de un vicepresidente que tendía a tomarse alguna libertad que otra.

Firmé la salida en el registro del vestíbulo, deteniéndome unos instantes a estudiar los diminutos garabatos y los números inclinados de la página que tenía delante. Pensé que me convenía dedicar unos minutos a examinar las páginas, analizar la caligrafía. Quizá incluso practicar unos cuantos renglones de texto.

Salí por la entrada principal con intención de dar la vuelta por detrás para ir en busca de Bennett. Pero cuando bajaba por la acera adoquinada, oí unos pasos apresurados y me detuve.

—Señor Morley —susurró Evie sin aliento, deteniéndose a mi lado.

¿Me sorprendió? Ni pizca. Esperaba algo así. ¿Cuántas horas llevaba vigilando y esperándome en la calle?

Nos quedamos allí mismo, sin ocultarnos. Iba disfrazada como siempre, pero la vi muy cambiada. Sus ojos azules tenían una mirada temerosa, unas arrugas de preocupación surcaban su frente de porcelana. Aunque sabía exactamente lo que pasaba, dije, sonriendo de oreja a oreja:

—Evie. ¿Qué pasa? Pareces muy preocupada.

—Hay una co-cosa... —tartamudeó y se metió las manos en los bolsillos—. Se me ha caído una cosa. No sé exactamente dónde.

Miró el edificio con inquietud.

Ladeé la cabeza, como si le hablase a una niña desconsolada.

—¿La carta?

Se puso rígida.

—Sí. Una carta, lista para ser enviada. ¿La has encontrado?

—Así es. La eché al correo hace un rato, con un montón de cartas de la Sociedad —dije, estirando la espalda; unos suaves chasquidos me bajaron por la espina dorsal.

De golpe, las arrugas de su frente se suavizaron.

—Ah —dijo con un leve movimiento de cabeza—. Estupendo. Gracias.

Pero yo todavía no le había dicho todo lo que quería decirle.

—No he podido evitar fijarme en que la carta iba dirigida a la señorita D'Allaire. Disculpa, pero es que me puede la curiosidad. ¿Mantenéis una correspondencia regular Vaudeline y tú? Sé que hace tiempo que la idolatras, pero quizá no me daba cuenta de hasta qué punto...

Evie soltó una risa nerviosa y se miró los pies.

—La verdad es que no, pero me pareció que, como me formé con ella, ya era hora de ponerla al día de mis progresos.

—Una puesta al día muy detallada, a juzgar por el peso de la carta.

—Sí, supongo —dijo, tirándose de la manga.

Nos miramos a los ojos, y comprendí que esa era la primera vez que veía de verdad a Evie Rebecca Wickes. La primera vez que la veía como lo que era: una rata miserable.

¿Qué parte de los últimos meses había sido verdad, y qué parte había sido una ilusión? Por un instante pensé en invitarla a entrar, pero mientras contemplaba su cuerpo menudo y amuchachado descubrí que me costaba sentir deseo. Nada se avivaba en mi interior.

Qué curioso, la rapidez con la que la verdad puede poner fin al afecto.

—Que pases un buen día —dije al fin.

Evie se quedó un momento en silencio —¿la sorprendía que no la invitase a pasar?— antes de desearme lo mismo y volver sobre sus pasos.

Una vez que se hubo marchado, me llevé la mano al pecho. Presioné suavemente la abultada carta que llevaba en el abrigo, sonriendo al oír el frufrú del papel que contenía.

La misiva condenatoria de Evie jamás se iba a enviar.

Jamás cruzaría el Canal.

Evie no iba a tardar en saberlo.

31

 LENNA

Londres, domingo 16 de febrero de 1873

¡Menudo espectáculo debieron de dar mientras se subían al ómnibus! El señor Morley, con la cara amoratada e hinchada; Lenna, con la mano derecha bien envuelta por un pañuelo blanco, y Vaudeline, arrastrando su maleta de libros y bártulos para las sesiones. En el nacimiento del cabello tenía una manchita de sangre seca; debía de habérsele pasado por alto cuando se lavaron en los aseos.

Bennett iba sentado en la parte delantera con las riendas en la mano. Esa noche no era necesaria la pizarra, porque todos conocían el destino. Mientras Lenna se instalaba en el coche y dejaba la bolsita de objetos personales a su lado, Bennett se giró y la miró con expresión preocupada, temerosa. Después se fijó en la mano vendada y entreabrió los labios, como si quisiera decir algo desesperadamente.

Se dirigieron hacia el norte y después hacia el oeste, rumbo a Grosvenor Square, y enfilaron una calle estrecha flanqueada por residencias de ladrillo. Lenna miró de reojo varias veces al señor Morley y planeó cómo podía lanzarse contra él y cogerle la pistola del bolsillo. Pero el señor Morley tenía los brazos cruzados sobre el pecho y, además, ¿qué podía hacer ella con la pistola una vez que la tuviera en sus manos? No sabía disparar un arma —ni siquiera había tocado una nunca—, y lo único que conseguiría si la tiraba al suelo sería ganar unos instantes. Incluso si conseguía alejarse varios metros del señor Morley, él la cogería, y una bala podía recorrer esa distancia en cuestión de un segundo.

Por fin, Bennett hizo parar a los caballos, y por la ventana del ómnibus Lenna vio a un hombre en mitad del camino empedrado. El agente Beck.

Vaudeline se inclinó hacia ella.

—Tú no deberías estar aquí —dijo fríamente—. Pero ya que no has hecho caso del plan que habíamos acordado, quizá te interese saber que la bodega a la que vamos está al otro lado de ese pasaje, al pie de unas escaleras.

Lenna no tuvo la gentileza de asentir con la cabeza, aunque en su fuero interno agradeció la explicación. Casi había olvidado que Vaudeline había asistido a unas cuantas fiestas allí.

El señor Morley cogió un farol y una caja de cerillas de debajo de uno de los asientos del coche. Una vez encendido el farol, el grupo echó a andar hacia el agente Beck, agachando las cabezas para protegerse del frío. Bajaron por el camino y llegaron al tramo de escaleras que había mencionado Vaudeline. Junto a ellas había una rampa, probablemente para meter y sacar barriles de la bodega.

—Dios mío —dijo el agente Beck, posando la mirada sobre los tres. Examinó la frente herida del señor Morley, el ojo hinchado—. Su cara... ¿Qué diablos le ha pasado?

—Lo mismo podría preguntarle yo a usted —le espetó el señor Morley, señalando una profunda cicatriz que tenía Beck en la barbilla.

El agente Beck soltó una risotada.

—Me caí de un poni cuando tenía dieciséis años... ¡Ojalá pudiese contar una historia más interesante!

Lenna se había imaginado una causa más siniestra de la cicatriz del agente. El señor Morley seguramente también, porque no hizo ningún comentario y se apresuró a responder:

—He tenido que lidiar con..., con una situación. En la que estaban implicadas ellas dos, por si no fuera evidente.

—¿Eso explica que haya traído la pistola? —preguntó Beck, señalando con un gesto el arma que asomaba por el abrigo del señor Morley.

—Es una razón más válida que la que tiene usted.

—Ya sabe que tengo mis reservas sobre esta noche.

La animosidad entre los dos hombres era palpable, pero la pistola que llevaba el agente Beck en la cadera tranquilizó un poco a Lenna. A pesar de ser miembro de aquella sociedad sin escrúpulos, Beck era más un aliado que el señor Morley. Su nombre figuraba en el libro de asesinatos al lado del de Lenna, y eso los situaba a él y a ella en el mismo bando.

El señor Morley abrió una puerta exterior de madera y los hizo pasar. Acto seguido recorrió el perímetro de la bodega, encendiendo los candelabros que estaban fijados cada pocos metros a los muros de piedra. Después se acercó al hogar, pero Vaudeline le advirtió que no lo encendiera porque pensaba cubrirlo con lino negro en breve.

Al ver la sala iluminada, Lenna abrió los ojos de par en par. Nunca había estado en una cripta semejante. El techo de piedra abovedado creaba un ambiente de encapsulación, como de ataúd. El fondo de la habitación estaba en penumbra, y Lenna se imaginó pasadizos que bajaban a las profundidades de la bodega. Pero a pesar de la siniestra impresión que producía, la habitación tenía algo sensual. Las velas suavizaban el espacio con un brillo amarillento, y el aire se sentía húmedo…, como si hubiese alguien jadeando cerca.

Lenna calculó que habría cincuenta toneles, quizá más, alineados en la bodega. Repartidas en varios estantes había unas botellas de cristal oscuro…, ginebra, *whisky,* vino. Varias etiquetas indicaban que procedían de exóticos lugares como Spanish Town y Siam. No se habían escatimado gastos, desde luego.

A medida que Lenna se adentraba en la habitación, se le hacía cada vez más difícil respirar. Una vibrante aura azul cobalto emitió un destello en su ojo izquierdo. A esas alturas ya casi estaba acostumbrada a aquellos extraños espejismos de la visión que venían acompañados de un hormigueo en las puntas de los dedos y malestar en el estómago. Se detuvo ante una de las paredes y apoyó una mano contra la fría piedra. *Es terrible saber lo que quiere hacer el señor Morley,* pensó. *Saber que estoy sola. Que soy la única persona responsable de salvarme.*

Dedicó unos instantes a asimilar esa idea y después movió la cabeza.

No, hay otra cosa. Algo más... extraño.

El aura azul relampagueó, dio vueltas. Recordó las anteriores ocasiones en que había experimentado aquello: la mañana de la muerte de Evie, durante la sesión espiritista del *château* y, más recientemente, después de leer la nota de Bennett acerca del señor Morley. Siempre lo había atribuido al nerviosismo, pero ya no estaba tan segura. Recordó los comentarios de Vaudeline sobre su especial destreza para la mediumnidad, incluso la pregunta que le había hecho la noche de la sesión del *château*: «¿Has sentido algo raro esta noche mientras recitabas los conjuros?».

Lenna había mentido y había dicho que no.

Se preguntó si habría algo más en aquella sensación. Quizá no tuviese tanto que ver con los nervios como con la intuición..., con una conciencia innata —aunque sin fundamento— de que estaba a punto de suceder algo importante.

—Por aquí —dijo el señor Morley, haciendo una seña al grupo.

Caminaron unos metros, atravesando un pasaje abovedado de poca altura. El aire olía a moho y a suciedad. Detrás de una fila de barriles había una mesa redonda de madera con varias velas encima.

—¿Las enciendo, señorita D'Allaire?

—No —susurró ella—. Voy a usar mis propias velas.

Se acercó a la mesa de espiritismo y dejó la bolsa en el suelo de piedra. Pero al soltarla se oyó un ruido sordo, como si la hubiese dejado sobre una superficie de madera, no de piedra. Frunciendo el ceño, Vaudeline dio unos golpecitos al suelo con el pie.

—¿Hay otra habitación debajo de nosotros, señor Morley?

Morley la miró receloso.

—En efecto. Hay un subsótano en el que guardo el vermú. Hay varios grados menos; los licores envejecen mejor ahí abajo. Es también el lugar donde encontré..., en fin, donde encontré el cuerpo del señor Volckman.

Vaudeline frunció el ceño.

—Y entonces, ¿por qué motivo no celebramos ahí abajo la sesión?

—Apenas hay espacio para que estemos cuatro personas de pie, conque no digamos para colocar una mesa y unas sillas. Pero, como acaba de observar, el subsótano está justo debajo de nosotros.

Satisfecha con eso, Vaudeline asintió. Después sacó varios objetos de su bolsa a la vez que acercaba los labios al lóbulo de la oreja de Lenna.

—¿Por qué me has llamado mentirosa? —dijo entre dientes.

Era la primera vez que Lenna oía tanta frialdad en su voz. ¿Estaría enfadada porque había sido descubierta, o tendría algo que ver con el cambio de planes de Lenna? Después de golpear al señor Morley con el candelabro, Lenna debería haber huido. Vaudeline sabía que esa sesión era peligrosa y había querido protegerla. Pero en vez de huir, Lenna se había adentrado todavía más en el vientre de los secretos de la Sociedad. Quizá Vaudeline temiese convertirse en responsable de la muerte de una tercera persona.

—El informe de desenmascaramiento fue idea tuya, ¿verdad? —susurró Lenna, llena de odio—. Vi la carta. Le dijiste a Evie que viniese aquí. Por tu culpa la mataron. —Soltó un suspiro tembloroso, consciente de que no iba a poder retractarse nunca de lo que estaba a punto de decir—. Te odio por eso, y jamás te perdonaré.

Parpadeó para contener las lágrimas, sin arrepentirse.

—Yo jamás escribí a tu hermana —dijo Vaudeline con gesto adusto.

Lenna entrecerró los ojos. Vaudeline era una mentirosa. Jamás reconocería que había escrito la carta; se crecía con las mentiras y las estafas, como los socios.

El señor Morley se acercó, y las dos mujeres interrumpieron la conversación. Se quedó merodeando por la fila de los toneles y se puso a echar un vistazo. Lenna no le quitó la vista de encima ni un segundo, preguntándose si se metería la mano —y cuándo— en el bolsillo. También el agente Beck parecía vigilarle de cerca, aunque Lenna no entendía por qué desconfiaba tanto de su compañero de la Sociedad.

Vaudeline empezó a sacar varios objetos que había guardado en su bolsa antes de salir de la Sociedad: su libro de conjuros, la caja de madera de cedro con útiles básicos —velas, piedras preciosas, plumas, cintas negras—, y también un par de estilográficas, una revista y un pequeño tintero. Lenna se preguntó fugazmente si alguna de las estilográficas sería la misma que había utilizado Vaudeline para escribirle la carta a Evie.

—¿Dónde nos sentamos? —le preguntó Lenna a Vaudeline, incapaz de mirarla a los ojos.

Vaudeline echó un vistazo a la mesa, pero el señor Morley intervino sin darle tiempo a responder.

—Creo que ustedes dos deberían estar aquí —dijo, indicando las sillas más cercanas a la fila de los toneles.

—Donde usted diga —respondió Vaudeline.

Lenna tomó asiento, después sacó su cuaderno de la bolsa y lo abrió por una página en blanco. Tuvo que contener las ganas de escribirle una nota cáustica a Vaudeline y pasársela disimuladamente. *Sabías qué se traía Evie entre manos desde el primer día. Eres una estafadora tan redomada como ellos. ¿Qué más mentiras me has contado?*

Pero no solo le ardía el corazón; también el bajo vientre, el lugar de su cuerpo que alimentaba el deseo.

¿Te ha atormentado el recuerdo de mis dedos sobre tu cicatriz, como a mí? ¿Cada mirada tuya, cada caricia, era mentira? ¿Has disfrutado riéndote de mí?

Pero no escribió nada de eso. Movió la cabeza y parpadeó para sofocar el calor que sentía en los ojos.

Vaudeline se acercó al hogar y lo cubrió con un trozo de lino negro; después, hizo lo mismo con la mesa. Alisó la tela con las manos, y a continuación encendió tres velas y las colocó equidistantes entre los asistentes.

Todos se sentaron alrededor de la mesa.

La vela que estaba enfrente de Lenna parpadeó; seguramente, a causa de sus exhalaciones nerviosas. Juntó las manos con fuerza, pensando vagamente en la última vez que había estado en una situación similar: el *château* de París.

Aquella noche había sido decepcionante por más de un motivo, pero al menos nadie había deseado su muerte. Miró al señor Morley a los ojos, preguntándose cuánto tardaría en sacar el revólver del abrigo…, preguntándose si sería lo bastante rápida para tirárselo al suelo de un manotazo.

Vaudeline respiró hondo.

La sesión acababa de empezar.

32

SEÑOR MORLEY

Londres, lunes 17 de febrero de 1873

Mi colocación era perfecta: el tonel, la mecha lenta, la mesa, las sillas en las que estaban sentadas las mujeres. La pistola pegada contra mi pecho solo estaba ahí para impresionar, para mantener a las mujeres a raya.

El jefe de bomberos jubilado de Fleet Street me había vendido la mecha lenta —un cordón de corteza de ciprés y lino, empapado de una solución de salitre— que ardía a una velocidad de un metro cada tres horas. Con cuidado, había medido y cortado la longitud exacta que necesitaba. Me fiaba de su consejo. Por mucho que en su vejez se hubiese vuelto un granuja legañoso, había colaborado con la Sociedad en otras ocasiones y había demostrado ser competente y digno de confianza.

—Treinta y cinco minutos, ni uno más —había advertido al darme el cordón—. ¿Qué va a haber en la punta de la mecha?

—Un barril de pólvora negra —dije.

Dio un silbido.

—Cualquiera que esté cerca resultará gravemente herido.

—Sí —respondí. Era exactamente lo que pretendía.

Prepararía la mecha con rapidez y discreción cuando el grupo entrase en la bodega y empezaría a contar a partir de las doce y un minuto de la noche. Eso significaba que, para cuando estuviésemos todos sentados, el tonel —que estaba a menos de un metro de distancia de las mujeres— tardaría veintiocho minutos en saltar por los aires. O menos.

Me inventaría una excusa para salir a los veinte minutos más o menos, con la llave de la bodega en la mano.

Paredes de piedra alrededor de barricas de *whisky,* ginebra y vino: la llamarada iba a ser impresionante. Casi deseé estar allí para verlo, para disfrutar contemplando cómo se resolvían de un plumazo todos los problemas. Que ardiesen los secretos…, también los metomentodos y la peor de todos ellos, Vaudeline. Siempre había sido un cabo suelto.

Por suerte para mí, sus sesiones a menudo salían mal. Los periódicos llevaban mucho tiempo informando de la naturaleza caótica de las sesiones espiritistas de Vaudeline, así que esta sería otra sesión fallida más. Un fuego espontáneo, un afortunado superviviente…: yo.

Pero ¡todo sería más fácil si Beck no llevase aquel revólver pegado a la cadera y no me estuviese clavando aquella mirada tan astuta! ¿Sospechaba de mí? No estaba seguro. Por tentador que hubiese podido ser pegarles a todos un tiro nada más entrar en la bodega —después podía salir y esperar a que la explosión borrase todas las pruebas—, Beck era mejor tirador que yo. Mucho me temía que, si me atrevía a sacar la pistola, se abalanzaría sobre mí como un perro.

Así pues, fingiría hasta el último momento posible.

Ahora, mientras Vaudeline abría su libro —me imaginé que para empezar con el primer conjuro—, estudié a la señorita Wickes desde la otra punta de la mesa. Era tan canalla como su hermana.

No podía permitir que ninguno se enterase de lo que había sucedido allí abajo la víspera de Todos los Santos, cómo se habían desarrollado los acontecimientos. No podía permitir que subiesen las escaleras con esa información y la sacasen de la bodega. Y por ello pensaba asegurarme de que ninguno salía de allí con vida.

Vaudeline se acercó el libro, respiró hondo.

Eché otro vistazo a mi reloj. El corazón me latía a mil por hora.

Veinticuatro minutos.

33

 LENNA

Londres, lunes 17 de febrero de 1873

«*Circum hanc mensam colligimus…*».

Vaudeline recitó el primer verso del Conjuro del Demonio Ancestral en un latín perfecto mientras Lenna iba leyendo la traducción al inglés en el cuaderno que tenía abierto sobre la mesa.

El Conjuro del Demonio Ancestral estaba formado por siete estrofas de cuatro versos, un total de veintiocho versos. Lenna se lo había oído recitar varias veces a Vaudeline en las sesiones de entrenamiento que habían hecho juntas, y siempre le había impresionado su impecable control de la respiración. Ahora, las palabras salían en forma de rítmica melodía.

> Nos reunimos en torno a esta mesa con espíritu de duelo y misterio.
> En nuestra búsqueda de la verdad y de la luz, fortalécenos contra la malicia y la malevolencia.
> Defiéndenos de los espíritus deshonestos y de las malas intenciones…

Lenna cerró los ojos con fuerza, tratando el conjuro como si fuera una plegaria. Pero no era a los demonios a los que temía esa noche. Era al hombre que estaba al otro lado de la mesa.

Vaudeline siguió recitando durante casi un minuto. Al igual que había hecho en el salón reconvertido en sala de sesiones del *château*, estaba ejerciendo un silencioso control del espacio. Eso era poder: un poder sutil que en nada se parecía a otras formas de poder de una mujer sobre un hombre. En Londres, las mujeres tenían a su alcance muy pocas maneras de ejercer ese tipo de influencia.

Al acabar, Vaudeline respiró hondo y puso las palmas de las manos boca arriba. La humedad emitía destellos como si tuviera diminutos cristales de sal: estaba sudorosa, colorada.

—Ahora, cojámonos de las manos y formemos un círculo —dijo suavemente—, y recitaré la Invocación…, convocaré a todos los espíritus.

Al otro lado de la mesa, el agente Beck tragó saliva.

—Ahora es cuando pueden empezar a pasar cosas raras, ¿no?

Vaudeline asintió con la cabeza, y los reunidos intercambiaron miradas recelosas. A regañadientes, el señor Morley alargó la mano por encima de la mesa. Lenna la miró como si se tratase de una serpiente, y después le dejó poner los dedos contra los suyos. Mejor que estuvieran todos cogidos de la mano, razonó; así no tocaría el revólver.

A continuación, Lenna puso la palma izquierda sobre la palma de Vaudeline y sintió cómo se mezclaba la humedad de la piel de una con la de la otra.

—Nuestros difuntos amigos —comenzó Vaudeline—, *transite limen*. Os invito a cruzar ahora la barrera que nos separa. Entrad en contacto con nosotros, *intrate…*

El conjuro continuó de manera fluida y controlada, pero de repente Lenna se sintió mal. Tenía vértigos, y poco después le empezaron a zumbar los oídos…, un zumbido como de insectos de verano, grave y constante. Cerró los ojos con fuerza; por detrás de los párpados, unos destellos blancos brillaban intermitentemente, y tuvo la extraña sensación de que algo se cerraba en torno a su garganta. La confusión, cual enredadera, la iba envolviendo cada vez más. Instintivamente, soltó las manos y se las puso sobre el regazo, y abrió los ojos en el mismo instante en que la bodega se quedaba completamente a oscuras.

Todas las velas, incluidos los candelabros de pared, se habían apagado a la vez, como en una función teatral sincronizada. El olor a azufre empezó a esparcirse. Lenna jamás había estado en una habitación tan oscura.

En la otra punta de la mesa, uno de los hombres empezó a refunfuñar y a soltar improperios. A su lado, Lenna oyó que se caía una caja, y después el chasquido de una cerilla con la que Vaudeline encendió una vela. Lenna miró la mesa, iluminada por la tenue luz. Sobre el tapete de lino negro se veía un sinfín de huellas de manos, de aspecto ceroso y mojado; algunas, grandes, del tamaño de la mano de un hombre, y otras pequeñas, como de niño.

—Espíritus cercanos —susurró Vaudeline, encendiendo una segunda vela—. Están aquí. Y son muchos. Sospechaba que esto podría ocurrir, dado lo cerca que estamos de la antigua horca de Tyburn.

La horca. Habían hablado sobre eso de camino a la bodega: existía el riesgo de que muchos espíritus de personas ahorcadas en Tyburn entrasen en la sala durante la Invocación. ¿Cuántos habría allí en esos momentos? ¿Cuántos mártires, madres, asesinos, ladrones?

—Hace un siglo que no han ejecutado a nadie en la horca. Más de un siglo —dijo el señor Morley.

—*C'est sans importance* —respondió Vaudeline, mirándolo irritada—. Irrelevante.

Si Lenna necesitaba algo que se pudiera ver, que se pudiera tocar, ya lo tenía. Eso no era un ardid, no era un truco de ilusionismo. Puso las yemas de los dedos sobre el punto del tapete en el que acababa de desvanecerse la huella de una mano. El lino estaba caliente, húmedo. Se llevó los dedos a la nariz; desprendían un olor fétido.

—Dios santo —dijo el señor Morley con voz temblorosa—. Una cosa es oír los rumores, pero experimentarlo es otra bien distinta.

En el centro de la mesa, una vela empezó a elevarse. Lenna soltó un grito ahogado, pero enseguida vio que el señor Morley la había cogido y se la había acercado para mirar la hora en su reloj de bolsillo.

Junto a Morley, el agente Beck estaba petrificado. *Esa noche, su enorme cuerpo no le servía de gran cosa,* pensó Lenna.

—Es muy habitual que se nos vaya la luz —dijo Vaudeline, encendiendo otra cerilla para prender la tercera y última vela. La bodega estaba muy oscura con los candelabros apagados—. Continuemos.

De nuevo se cogieron de la mano, y Vaudeline siguió recitando con entonación lenta y pastosa. Lenna volvió a coger la mano del señor Morley.

Pasaron unos momentos. A través de la brumosa luz de la vela, Lenna observó al señor Morley, deteniéndose en su mandíbula. *Qué bien la conozco,* pensó. *¡Qué bien la recuerdo! Casi puedo saborear su piel, la sal, el almizcle.*

Lenna dio un respingo en la silla, consternada por la sensación de... de recuerdo. Pero jamás había probado el sabor de la piel del señor Morley; la única explicación era que hubiese experimentado fugazmente un *absorptus,* el trance pasajero que a veces sufrían los presentes en las sesiones. Durante la formación, Vaudeline había dicho que ese trance se caracterizaba por una avalancha de pensamientos que no pertenecían al médium, como recuerdos, reminiscencias o cuestiones técnicas que era imposible que conociera.

Lenna se quedó de piedra. Y ¡qué extraño, aquel recuerdo de la piel del señor Morley! Si el *absorptus* que acababa de experimentar se debía al espíritu del señor Volckman, ¿significaba que la relación entre este y Morley había sido, tal vez, de naturaleza íntima?...

De repente le volvió el vértigo. Lenna hizo una mueca, y a los pocos instantes sintió un hormigueo por todo el cuerpo. Notaba que había algo que, procedente de algún lugar recóndito de su interior, intentaba abrirse camino hacia su pecho, hacia su cráneo. Estaba impaciente por que Vaudeline continuase con la sesión. La fase del Aislamiento pondría fin a aquello.

Lenna volvió a mirar al señor Morley. *Se ha recortado el bigote hace poco,* pensó. *Me gusta mucho cómo le queda; acentúa la definición de su mandíbula. De buena gana alargaría el brazo por encima de la mesa y se la acariciaría como en otros tiempos..., si no le odiara como le odio...*

Lenna se mordió el labio; el dolor desbancó al recuerdo y le hizo entrar de nuevo en razón. Se revolvió en la silla; estaba agarrotada, los huesos le dolían. ¿Cuándo iba a pasar Vaudeline a la siguiente fase?

Un tenue aroma a bergamota penetró en la nariz de Lenna, que parpadeó confusa. ¿Bergamota?

Soltó un grito ahogado. El agarrotamiento de los huesos había desaparecido tan deprisa como había llegado. De repente tuvo una maravillosa sensación de calor, de ligereza. Se sentía viva.

Volvió la cabeza, miró a la mujer que estaba sentada a su lado. ¡Menuda sorpresa! Era Vaudeline D'Allaire. Su antigua maestra. Su ídolo.

Al instante, Vaudeline se volvió a mirarla.

—¿Lenna? —preguntó con recelo, mirándola a los ojos.

Lenna notó que le temblaba la cabeza. *No.* Se mordió el labio otra vez y le supo a sangre; trató de salir de aquel trance *absorptus,* pero vio que no podía.

El aroma a bergamota no se le iba de la nariz.

—Soy Evie. —Se oyó decir—. Soy Evie, no Lenna.

Lenna había perdido el control sobre sí misma; ahora era una simple testigo.

Mientras gozaba de haber cobrado cuerpo de nuevo, una chispa de algo parecido a una felicidad desbordante prendió en su interior. ¡Qué divertido, y qué extraño, era todo aquello!

En aquellos breves instantes, Evie se maravilló de las sensaciones que hacía tres meses que no tenía. La salada humedad de la saliva en la lengua. La presión de los dedos de los pies contra los zapatos. Un grato dolor en el músculo del lado izquierdo del cuello. Qué hermoso era ahora el dolor, qué hermoso recordatorio de la inmensa dicha de estar viva.

Pero Evie no sabía qué hacían todos allí reunidos ni qué estaba sucediendo exactamente en aquella mesa. Solo sabía que su presencia había sido requerida, que una poderosa llamada la había invitado a regresar. A su alrededor notaba la presencia de otros seres benévolos que pertenecían al mismo mundo que ella… Había muchísimos…, merodeando, esperando.

—*Suum corpus relinque* —ordenó de repente Vaudeline, mirándola a los ojos. «Abandona su cuerpo».

A Evie se le pasó de golpe el entusiasmo. De repente se sentía despreciada, como si estuviera de más.

Se miró las manos. Pero las largas y fuertes uñas de antaño eran ahora lúnulas mordisqueadas y cutículas rosáceas e irritadas. Eran idénticas a las uñas de Lenna, siempre mordidas..., un vicio horroroso por el que siempre había reprendido a su hermana mayor...

Se llevó la mano al pelo, retirándose un mechón de la cara. Un mechón largo, color miel. El cabello de Lenna.

—*Suum corpus relinque* —ordenó de nuevo Vaudeline, y esta vez la agarró de la mano y entrelazó los dedos de ambas, y Evie no pudo resistir la invisible fuerza de expulsión que Vaudeline le transmitió a través de la piel.

Sintió un gran impacto, como un portazo contra una pared, y de repente estaba sobrevolando la mesa, mirando las velas parpadeantes y el cuenco de plumas y a la joven del cabello rubio oscuro..., su hermana mayor, Lenna, que tenía los ojos como platos a causa de la impresión, como un recién nacido que ve la luz por primera vez.

34

❧ SEÑOR MORLEY ❧

Londres, lunes 17 de febrero de 1873

Los acontecimientos se desarrollaron de una manera muy extraña una vez iniciada la sesión. Primero, la exigencia de darle la mano a la señorita Wickes y al agente Beck; después, el hecho de que se apagasen todas las velas; y, por último, la extraña mirada que me dirigió Lenna… Una mirada de familiaridad, de una familiaridad casi íntima.

Y mientras tanto, el reloj marcaba los segundos en mi bolsillo. La bolsa de lona reposaba junto a mis pies; en su interior, el portafolio. Y el cuaderno negro de Evie. Y aquella carta dirigida a Evie, con la firma de Vaudeline.

Aquel día de octubre, después de que Evie preguntase por su carta a París extraviada, Bennett me dejó en la papelería. El comercio, Le Papetier, estaba en Chelsea, entre una encajera y un confitero. La tarde era clara, luminosa…, prometedora.

Nunca había ido a ese comercio. Prefería comprar los artículos de papelería de la Sociedad en los almacenes Hughes, donde siempre salía con un sencillo papel blanco y libretas encuadernadas baratas. A veces, me permitía ir al fabricante de papel especializado de la calle Strand para comprar el papel trucado de tres capas. Pero esa tarde necesitaba algo especialmente elegante. Especialmente francés.

Al entrar en la tienda, podría haberla tomado por una perfumería. Me envolvió un remolino de aromas desconocidos, todos ellos florales y nauseabundos.

Una joven de aspecto recatado se me acercó y me saludó cordialmente.

—¿Le puedo ayudar? —preguntó. Tenía las manos salpicadas de tinta, en llamativo contraste con el lustre perfecto de los ventanales del escaparate.

Carraspeé.

—Papel —dije, mirando en derredor.

Pulcramente repartidos sobre varias mesas había tinteros de cerámica y cajitas de goma india.

—Por supuesto.

Me acompañó a una pared dividida en compartimentos, cada uno con un montoncito de hojas de papel. Blanco y de colores, y de distintos tamaños. El papel de cartas de borde dorado y las esquelas tenían un precio especial.

Le di las gracias y comencé por el papel que estaba en el centro mismo de la pared: hojas de tamaño mediano con un tinte ligero, sin adornos chabacanos. Miré varios tipos, y por fin me decidí por una octavilla con el borde rosa. Conté diez hojas, por si metía la pata.

Llevé la selección al mostrador.

—Muy femenino —dijo la mujer, sonriendo—. ¿Va a necesitar sobres? —Al ver que asentía con la cabeza, me llevó a un armario cercano y sacó varios cajones—. Los sobres engomados están en este cajón, y aquí tenemos lacre y obleas. —Sacó un sobre con un capullo rosa impreso en una esquina—. Este le iría muy bien.

Le di la razón.

—Póngame diez.

Los llevó al mostrador, y después, mirándome con expectación, dijo:

—¿Va a querer algo más?

Hice una pausa y asentí con la cabeza.

—En realidad, hay una cosa más.

La mujer ladeó la cabeza con gesto inquisitivo, los labios ligeramente entreabiertos.

—¿Sí?

—Sellos franceses. ¿Tiene alguno por aquí?

—¿Sellos? Se los pueden dar en la oficina de…

—No quiero sellos emitidos en Inglaterra —interrumpí. Eché un vistazo en derredor, alegrándome de que no hubiese más clientes. De repente estaba nervioso, solo quería marcharme. A pesar de todos los trucos y las estafas que había pergeñado, nunca había pedido algo así—. Como le he dicho, emitidos en Francia. He pensado que, dado el tipo de comercio, probablemente sea usted francesa, y…

—Sí, lo soy. —Hizo una pausa y se quedó mirando una bolsa de cuero que había en el suelo, a su lado—. Pero no entiendo. Si va a echar la carta aquí, en Londres, ¿para qué necesita un sello francés?

Le di la callada por respuesta, y después me saqué un billete del bolsillo y lo deslicé por encima del mostrador. La mujer pestañeó varias veces. Debía de ser como poco el sueldo de un mes.

Un instante después, salí de Le Papetier. La campanilla de la puerta tintineó cuando me marché, tremendamente frágil y delicada. Debajo del brazo llevaba una funda de papel marrón que olía a narcisos. Dentro de la funda había diez hojas de papel con un ribete rosa, diez sobres engomados y un solo sello… emitido en Francia, rojo sangre.

No pude evitar decir entre dientes:

—Ardid por ardid, Evie.

35

 LENNA

Londres, lunes 17 de febrero de 1873

Lenna apartó la silla de la mesa de sesiones. Tenía arcadas. Apoyó la cabeza en las manos y esperó a que se le pasaran las náuseas.

Acababa de suceder algo extraordinario. El fenómeno del *absorptus.*

Vaudeline había leído el conjuro de la Invocación, y de repente se había hecho la oscuridad, una oscuridad impresionante. Lenna no había desaparecido, al menos no del todo, pero se había quedado indefensa. Había perdido el control de su cuerpo, de sus pensamientos. Al menos, hasta que Vaudeline había recitado aquel extraño mandato, *Expelle…*

Lo que la sorprendía no era haber experimentado el *absorptus,* sino que durante el breve trance había sido… Evie.

Si Evie no había muerto en ningún lugar cercano, ¿cómo había podido manifestar Lenna a su hermana? Contravenía los principios de la mediumnidad. Evie había sido asesinada en el jardín del Hickway House, y por tanto no se la podía invocar aquí. Como había dicho Vaudeline en numerosas ocasiones, los espíritus nunca viajaban lejos.

Irguió la cabeza. Cuando el cuerpo de Evie fue hallado en el jardín, la policía —y por tanto Lenna— atribuyó el cabello revuelto, los moratones y la palidez de la piel a una pelea sucedida allí mismo.

Pero ¿y si la pelea hubiese sido en otro lugar? ¿Y si los traumatismos se debieran, en parte, a que había sido trasladada después de su muerte? Hasta ahora, Lenna jamás lo había pensado.

¡Qué ganas tenía de dar vueltas a esa posibilidad con Vaudeline! Pero el rostro de Vaudeline tenía una expresión de dolor, y al otro lado de la mesa el agente Beck había empezado a revolverse en la silla, como si también él estuviese luchando contra algo.

—Su garganta —gritó de repente el agente Beck. Alargó la mano hacia Lenna por encima de la mesa y acto seguido la retiró. Su habitual expresión huraña había desaparecido. Parecía tan aterrorizado que Lenna se preguntó si saldría corriendo de la habitación.

Lenna frunció el ceño: en efecto, sentía algo extraño en el lado izquierdo del cuello, algo húmedo y sensible. Se acercó los dedos… y al retirarlos vio que tenían un rastro de sangre pegajosa y rojísima. Se palpó la herida. No era dolorosa ni profunda, pero se había formado de manera espontánea en su cuerpo…, exactamente en el mismo lugar en el que habían apuñalado a Evie.

—¿Me… me ha herido alguien? —susurró. Miró al señor Morley; ¿habría aprovechado la confusión de Lenna de unos momentos antes, mientras sucedía aquella cosa tan rara? Pero no había en él nada sospechoso: ni una pistola sobre la mesa, ni manchas de sangre en las manos. No se había movido. Ninguno de los presentes se había movido.

Lenna se esforzó por recordar los detalles de la experiencia que acababa de tener. Era incapaz de hacerse una imagen completa, pero sí podía sentir las impresiones que le había dejado: una sensación de familiaridad con la bodega, con Morley. Una fugaz sensación de alegría y libertad. Y luego, la sensación de que se había entrometido en algo y su presencia ya no era deseada…

—Creo que voy a vomitar. —Miró hacia la escalera—. Tengo que salir inmediatamente…

Un ruido ensordecedor la interrumpió. A unos metros de distancia, varias botellas de vino se cayeron de una estantería. Entre los añicos, el vino tinto formó charcos que iban empapando la piedra porosa del suelo. Lenna observó el charco que iba creciendo a su lado. Una diminuta lasca de piedra cayó sobre su regazo, y dio un respingo.

Subió la vista. Una fina grieta de varios metros de largo se había abierto camino por el techo de piedra.

—No puedes —dijo Vaudeline, la voz exhausta. Señaló débilmente las botellas de vino rotas, el techo—. Si alguno de nosotros se atreve a marcharse, esto empeorará.

Lenna recordó lo que había dicho Vaudeline ese mismo día, cuando el grupo había hablado de las fases de las sesiones espiritistas. Una vez leída la Invocación, la sesión había comenzado y había que llevarla a término.

Vaudeline tosió con fuerza y soltó la mesa.

—El conjuro de Aislamiento —dijo con voz débil—. Necesito que me ayuden, por favor. Hay demasiada energía aquí dentro, seguramente por la horca, y no puedo... —Volvió a toser, y después deslizó el cuaderno hasta Lenna y buscó una página—. Lee esto, pero especifica el nombre del señor Volckman. Rápido, Lenna. Tenemos que despejar la habitación de todos excepto de él. No quiero tener que recurrir otra vez al mandato *Expelle*.

Lenna cogió el cuaderno obedientemente, sin quitar ojo en ningún momento al señor Morley. Todavía no había intentado hacerles nada a Vaudeline y a ella; ¿cuándo pensaba sacar el revólver? Eso sí, saltaba a la vista que estaba muy preocupado por los tiempos de la sesión.

Fue entonces cuando Lenna pensó que quizá un revólver no entraba para nada en sus planes. ¿Tendría otra cosa pensada? Estaba desorientada: ¿habría malinterpretado sus intenciones?

Lenna se acercó el cuaderno a la vez que se tocaba la herida con aire distraído. La sangre había empezado a secarse por los bordes. *«Omnes sunt cogniti»*, leyó en voz alta, echando un rápido vistazo a la traducción escrita en el margen de la página. «Os saludamos a todos». Siguió leyendo el conjuro latino en voz alta, seguramente pronunciando mal algunas palabras: «Reconocemos vuestro dolor. Reconocemos vuestro deseo de regresar. Con espíritu de justicia, estamos aquí para entrar en contacto solo con...».

Lenna se detuvo. Aquí, el conjuro decía *«unum»*..., uno. Lenna lo leyó en voz alta, pero en su cabeza, silenciosamente, lo sustituyó por otra palabra: *«duos»*. Dos.

«El espíritu del señor Volckman», continuó, a la vez que se decía para sus adentros: «y el de Evie Rebecca Wickes». Parecía más una súplica que un conjuro. Aunque parecía absurdo —y contrario a la doctrina—, Lenna sabía que hacía un rato había sucedido algo excepcional. Había accedido a Evie de una manera extraña, inexplicable, y todavía quedaban cosas por resolver con ella.

Lenna terminó de leer el pasaje de Aislamiento. Al instante, varios candelabros de pared se avivaron espontáneamente, inundando la habitación de un suave brillo dorado. La herida del cuello le empezó a picar, como si se estuviese cicatrizando.

—Gracias a Dios —murmuró el agente Beck con cara de alivio. Relajó los miembros, renunciando a defenderse contra lo que le había atormentado hacía un momento, fuera lo que fuera. Parecía que se iba a echar a llorar.

Ahora que el conjuro ya estaba hecho, también Vaudeline se sentía más tranquila. El sudor había desaparecido de su frente, como si le hubiese bajado la fiebre.

—Gracias —dijo. Cogió la mano de Lenna, sin importarle el manchurrón de sangre, y le dio un ligero apretón. Tardó en quitar los dedos, y de nuevo Lenna se encontró suspendida entre la desconfianza hacia Vaudeline y un deseo absoluto de ella.

—Ahora —dijo Vaudeline—, la Invitación. —Era la cuarta fase de la secuencia—. Por favor, permítanme unos instantes.

De nuevo cerró los ojos, miró hacia el techo y comenzó su lenta recitación.

Lenna tampoco había memorizado ese conjuro, pero, mientras Vaudeline decía las palabras, ella las repetía para sus adentros. Solamente hizo un cambio: en lugar de «señor Volckman», dijo «Evie Rebecca Wickes».

Al acabar Vaudeline, Lenna vio un movimiento al otro lado de la mesa. El señor Morley acababa de meterse la mano en el abrigo. Sucedió tan deprisa que Lenna apenas pudo reaccionar. Morley sacó la mano y entre sus dedos había un objeto metálico. Lenna se levantó, dispuesta a abalanzarse sobre él...

Pero no era el revólver. Era una petaca que llevaba oculta en el abrigo. Se la llevó a los labios y tragó con ansia. Lenna volvió a sentarse, como si simplemente hubiese estado cambiando de postura. El señor Morley enroscó el tapón de la petaca con dedos temblorosos. Lenna habría podido reprenderle por saltarse la prohibición de beber de Vaudeline, pero tal y como estaban las cosas parecía una cuestión menor.

Vaudeline carraspeó.

—A continuación, pasaré al conjuro del Trance. ¿Estamos todos preparados?

Lenna asintió débilmente con la cabeza. Estaba tan preparada como el resto de los presentes, es decir, nada en absoluto. En solo unos instantes iban a saber el motivo de la muerte del señor Volckman. A decir verdad, lo que le habría gustado era tener una petaca.

—Todo esto está yendo mucho más deprisa de lo previsto —dijo de repente el señor Morley—. ¿No podríamos descansar unos minutos, estirarnos?

Vaudeline no le hizo caso y recitó el siguiente conjuro. *«Introitus, concessio, veritas»*. Y, al igual que la vez anterior, Lenna repitió silenciosamente las palabras, especificando el nombre de Evie Rebecca Wickes.

Aquella noche se estaban celebrando dos sesiones espiritistas, pero Lenna era la única en la sala que lo sabía. Era una imprudencia, un peligro, una locura.

Una vez que hubo repetido en silencio el conjuro, se llevó los dedos al cuello. En el mismo lugar en el que la sangre se había secado hacía un momento, la herida se había vuelto a abrir..., gotas pegajosas, calientes.

Una sacudida le recorrió el cuerpo. Se sentía como una cuña atrapada entre dos tablones.

* * *

La mano de Lenna se movió hacia el señor Morley. No pudo contenerla, no pudo retirar el brazo a pesar de que se lo ordenó.

—Hola —susurró, su voz dividida a partes iguales entre el coqueteo y el odio. Le acarició delicadamente el dorso de la mano con el dedo.

—Señorita Wickes —murmuró él—. ¿Qué es esto? ¿Qué está...?

Otra sacudida, y por fin las señales que recorrían el cuerpo de Lenna —del cerebro a la muñeca, de la muñeca a los dedos— prendieron como una mecha impregnada de aceite. Retiró el brazo, horrorizada. *Evie,* dijo silenciosamente. *Evie, tienes que aflojar.*

Vaudeline había dicho que el estado de trance era una forma de existencia doble, una psique escindida. Para Lenna, la sensación se asemejaba más a una batalla de voluntades librada dentro de la carne. Evie y ella siempre habían sido igual de tercas. De ahí sus frecuentes discusiones, que en esos momentos no contribuían precisamente a una interacción agradable.

A su izquierda, donde estaba sentada Vaudeline, Lenna sintió un aire frío y el olor acre de algo podrido. La impresión que tuvo fue de hostilidad y de feos recuerdos sin resolver. Miró a Vaudeline, y en lugar de sus suaves y matizados ojos grises vio dos anodinas esferas negras.

—¿Estás bien...? —empezó a preguntar, pero la mujer que tenía delante la interrumpió, haciéndola callar con una mirada feroz.

—Evie. Hola otra vez.

Su voz se había vuelto más grave, y la muñeca izquierda se le había torcido de manera grotesca.

Lenna oyó salir de sus propios labios las siguientes palabras, sin poder hacer nada por evitarlo:

—Señor Volckman, buenas noches.

De golpe, Lenna —o aquella parte de Lenna que existía en ese momento, en algún lugar remoto de la conciencia, por debajo de su hermana muerta— comprendió lo que eso significaba, aunque no supiera cómo había sucedido todo.

El señor Volckman había entrado en Vaudeline.

Evie había entrado en Lenna.

Ahora eran cuatro, en dos cuerpos. Y daba la impresión de que algo había ocurrido recientemente entre el señor Volckman y Evie.

A continuación, venía la sexta fase, el Desenlace. Vaudeline, sentada a su lado, ya estaría trabajando con la memoria del señor Volckman, intentando determinar cómo había muerto y quién lo había matado. Con lo hábil que era, seguro que no tardaría mucho.

Por eso, Lenna tenía que ponerse manos a la obra. No entendía cómo había conseguido invocar a Evie allí, en la bodega, pero recordó lo que había dicho Vaudeline acerca de las invocaciones repetidas y de tentar a un espíritu con hacerse cuerpo. «Es lo opuesto al amor», había dicho Vaudeline. «Como dejar a un gorrión en un bosque frondoso y cortarle las alas para que no pueda volar». Lenna jamás le haría eso a su hermana pequeña. Iba a aprovechar esa oportunidad única lo mejor posible.

Víspera de Todos los Santos, pensó Lenna, frunciendo el ceño. *Esta habitación. Has tenido que estar aquí, Evie…*

El corazón le latía desbocado mientras esperaba para apresar un recuerdo que ella, Lenna, no podía reclamar como suyo. Al fin y al cabo, así era como Vaudeline resolvía los casos de asesinato: entrando en la memoria de los fallecidos durante el estado de trance y viéndolo todo con sus propios ojos.

Mientras repasaba la situación —el trance doble, la sangre supurando de su cuello, el acre olor a muerte—, comprendió que esa era precisamente la razón de que las sesiones espiritistas de Vaudeline fueran mundialmente conocidas por ser tan peligrosas, tan impredecibles.

No tenía mucho tiempo. Una vez que Vaudeline hubiese determinado la verdad de la muerte del señor Volckman, anunciaría el Desenlace y recitaría la Terminación, que expulsaría de la sala al espíritu del señor Volckman, y también al de Evie. A Lenna le parecía imposible obtener la información que necesitaba antes que Vaudeline, pero tenía que intentarlo. Cerró los ojos con fuerza.

Víspera de Todos los Santos, volvió a pensar. La noche en la que había caminado por la orilla del Támesis buscando conchas y moluscos.

276

La noche en la que se había encontrado el cuerpo muerto de su hermana. La noche en la que se había quedado mirando con impotencia mientras la policía anunciaba que su hermana era una desgraciada víctima más de los sórdidos bajos fondos de Londres.

Pero en el mismo instante en que Lenna se detuvo en esos recuerdos, empezaron a debilitarse y a cambiar. No conseguía recordar si había encontrado moluscos aquella noche en la orilla del río, pero sí que había bajado a la carrera por High Street en dirección a Grosvenor Square con una carta importante en el bolsillo...

Abrió los ojos de golpe y soltó una risita; tenía una sensación rara en el estómago, como si acabase de dar una voltereta. Volvió a mirarse las manos..., las mismas uñas mordidas, en carne viva.

Sí, estoy segurísima, pensó Evie. *La víspera de Todos los Santos, yo estaba aquí. No en la orilla del Támesis. Iba vestida con ropa oscura de hombre para no llamar la atención, con la carta de Vaudeline bien guardada en mi abrigo. Yo le había escrito a ella a mediados de octubre, revelando todo lo que había descubierto sobre la Sociedad; el señor Morley estuvo a punto de interceptar la carta, pero me dijo que él mismo se había encargado de echarla al buzón por mí. Me alegró recibir la respuesta de Vaudeline, con matasellos de París del 19 de octubre.* «Las fiestas siempre empiezan a las siete», *decía la carta.* «A eso de las nueve, la sala será un hervidero de borrachos. Cuélate entonces, y dirígete hacia el sótano del vermú. El señor Volckman dijo una vez que es ahí donde el señor Morley guarda sus documentos más privados. No puedo garantizarte nada, pero es posible que esté allí el portafolio...».

La referencia a otro sótano me había tomado por sorpresa, y había acudido inmediatamente a Bennet para preguntarle si tenía conocimiento de ello. A lo mejor había oído al señor Morley referirse al sótano en alguno de sus viajes en el ómnibus.

En efecto, dijo Bennett, había un subsótano en el que el señor Morley dejaba envejecer el vermú. Al parecer se podía acceder a él a través de una puerta que estaba al fondo de la bodega principal...

Un extraño aroma —azufre, madera— traspasó el recuerdo. Lenna no había pensado que el trance pudiera ser tan delicado, que se pudiese interrumpir con tanta facilidad. Frustrada, abrió los ojos, pensando que se encontraría con que una de las velas de la mesa se había vuelto a apagar. Pero, para su sorpresa, las tres seguían encendidas.

Miró a Vaudeline, que abrió los ojos parpadeando. El aroma también había interrumpido su trance.

—Tu carta la envió derechita a la muerte —dijo Lenna—. Le dijiste a Evie exactamente adónde tenía que ir y a qué hora.

Vaudeline se pellizcó el caballete de la nariz.

—¿De qué carta me hablas? —preguntó con tono impaciente; ¿estaría cerca de su Desenlace?—. No sé de qué me hablas.

—No intentes escaquearte con mentiras —le espetó Lenna, rememorando el recuerdo de Evie al que acababa de acceder—. Con matasellos de París, del 19 de octubre. Le dijiste que fuese al sótano del vermú a las nueve. ¿Te suena de algo?

Al otro lado de la mesa, el señor Morley se levantó pesadamente.

—Esto... —interrumpió.

Vaudeline levantó el brazo con esfuerzo. En el interior de la muñeca le habían salido manchas de un azul mate. Chascó un dedo y le dirigió una mirada furiosa.

—Siéntese —le ordenó, señalando la grieta del techo—, no sea que se desplome todo. No sería la primera vez.

El señor Morley obedeció, y Vaudeline se giró para mirar a Lenna.

—Hasta hace diez minutos, ni siquiera sabía que esta bodega tuviese un sótano para el vermú. —Frunció el ceño—. ¿Y el 19 de octubre? Pasé casi todo el mes en la aldea medieval de Lisieux, celebrando sesiones. Ni siquiera estaba en París aquel día. ¿Cómo iba a enviar una carta desde allí?

De repente se encorvó y se puso a toser, y sus ojos se oscurecieron de nuevo.

Lenna pestañeó, reflexionando sobre las implicaciones de todo aquello. *Morley estuvo a punto de interceptar la carta*, había revelado Evie en su recuerdo. *Pero me dijo que él mismo se había encargado de echarla al buzón por mí.*

Lenna se giró muy despacio para mirar al señor Morley.

—No echó al correo la carta de Evie, ¿verdad? —Se llevó las manos a las sienes—. Usted falsificó la respuesta —balbuceó—. Trajo aquí a Evie valiéndose de engaños.

Igual que había traído a Vaudeline a Londres.

—¿Có-cómo iba yo a...? —tartamudeó—. Es una acusación completamente absurda.

Lenna miró a Vaudeline. Estaba arrepentida, pero no pudo disculparse: los ojos de Vaudeline estaban cerrados como si hubiese vuelto a caer en trance, ya fuera voluntaria o involuntariamente.

Lenna la había llamado mentirosa, se había dejado llevar por el odio. ¡Con lo evidente que parecía todo ahora! Considerando cómo se las gastaba el señor Morley, ella debería haber dudado de la autenticidad de la carta nada más encontrársela en el estudio. Debería haber confiado en aquella mujer a la que había llegado a conocer bien. Notó que estaba retrocediendo, que intentaba deshacerse de la aversión hacia Vaudeline en la que se había ido enredando esa misma noche mientras leía la carta en el estudio de Morley. La carta no era auténtica, de eso estaba segura. Tenía el mismo valor que un objeto de atrezo.

Lenna siguió el ejemplo de Vaudeline y cerró los ojos, intentando sumirse de nuevo en la memoria de Evie. ¿En qué punto del recuerdo que tenía el señor Volckman de aquella noche se encontraría en ese momento Vaudeline? ¿Sabía ya lo que le había pasado? Pero mientras Lenna intentaba concentrarse, el hedor a azufre se iba haciendo cada vez más intenso.

—¿Usted también lo huele? —preguntó, abriendo los ojos y mirando a derecha e izquierda.

El agente Beck asintió con la cabeza.

—Sí, lo huelo. —Levantó las manos con incredulidad—. Pero ¿qué está pasando aquí? ¿Quién demonios es Evie?

Lenna entendía perfectamente su confusión. El nombre de Evie ya había salido en varias ocasiones.

Antes de que nadie pudiera responder, el señor Morley señaló un candelabro de pared que tenían detrás.

—El hedor —dijo— viene de esa vela que está lamiendo la viga de madera. Dios quiera que no prenda fuego a todo esto...

Se levantó y cogió un candelabro para orientarse. Como Vaudeline estaba en trance, esta vez no se lo pudo impedir. El señor Morley rodeó los toneles y se acercó con cara preocupada a la pared que había detrás de las dos mujeres.

Ya nos habría pegado un tiro, pensó Lenna. Se revolvió ligeramente en la silla, siguiéndole con la mirada. *Ahora ya no me cabe ninguna duda: tiene otro plan en mente.*

36

SEÑOR MORLEY

Londres, lunes 17 de febrero de 1873

La maldita mecha se había apagado. Lo supe en cuanto olí el hedor del azufre esparciéndose por la habitación.

De buena gana habría dado un puñetazo a la pared de piedra. Esa sesión no podía permitirse ni un fallo.

El jefe de bomberos había prometido treinta y cinco minutos. Ni uno más, ni uno menos. Yo había hecho todos los cálculos a partir de ahí. Ahora que la maldita mecha se había apagado, iba a tener que encenderla otra vez y calcular cuánto tiempo le quedaba al cordón. ¡Cómo no iba a angustiarme la idea de que pudiese haber imprecisiones, si el barril estaba a rebosar de un polvo negro explosivo!

No obstante, guardé las apariencias. Me fui hacia el candelabro de pared —que no suponía ninguna amenaza para la viga de madera— mirando atentamente la mecha. Estaba furioso. La parte central del cordón, en efecto, se había extinguido inexplicablemente.

Apagué la vela del candelabro de un soplido. Al volver sobre mis pasos, fingí que me daba un golpe en la espinilla contra uno de los barriles. Me agaché con un grito falso de dolor, acerqué con mucho cuidado la vela a la mecha y la encendí otra vez.

El lento chisporroteo volvió a empezar.

La cuenta atrás se había reanudado. Tenía que salir de allí, y cuanto antes mejor.

37

LENNA

Londres, lunes 17 de febrero de 1873

Cuando el señor Morley se dobló a causa del dolor, Lenna vio algo que le pareció raro.

Mientras que los otros toneles de la fila tenían un sello de un azul intenso con la fecha de embarrilado impresa a un lado, el tonel que estaba junto a Morley en ese momento no tenía ninguna fecha. De hecho, no estaba sellado.

Qué raro, se dijo. Pero antes de extraer conclusiones al respecto, suplicó a Evie que trajese otra vez el recuerdo, que empezase de nuevo.

Nada más cerrar los ojos, el recuerdo —vibrante, molesto— recomenzó.

Antes del sarao de la cripta, me había puesto un disfraz nuevo: algunas prendas holgadas de papá, para parecer más corpulenta. En caso de que el señor Morley y yo nos cruzásemos en la fiesta, el nuevo disfraz me permitiría pasar desapercibida. No podía arriesgarme a que me viera con mi atuendo habitual.

A eso de las ocho y media, me fui andando a la bodega de los aledaños de Grosvenor Square. Escondida detrás de unos arbustos de acebo, me puse a vigilar la puerta. Había luna nueva, y la noche estaba como boca de lobo. Sabía que era peligroso estar en la calle esa noche —la luna nueva en la víspera de Todos los Santos garantizaba un aumento de la tasa de muertes—, pero también lo era dejar que aquellos hombres siguieran causando estragos por toda la ciudad.

El número de invitados superaba con creces mis expectativas. En solo diez minutos, vi llegar a más de veinticinco; bajaban por la escalera que llevaba a la bodega, algunos de ellos con disfraces sencillos —alas de murciélago cosidas a corpiños, colas de imitación enganchadas a pantalones—, pero la mayoría con vestido de noche y frac, lo habitual para ese tipo de veladas nocturnas. Había una rampa a un lado de la escalera —para facilitar la entrada y la salida de los toneles, supuse—, y un hombre, a todas luces embriagado, renunció a la escalera y optó por utilizar la rampa a modo de tobogán para entrar en la fiesta.

Cuando las campanas de la iglesia dieron las nueve, me puse en marcha. Un coche dejó a un grupo de cinco invitados, y en cuanto empezaron a bajar las escaleras me puse a la cola, fingiendo que era parte del grupo. El alboroto era tal que nadie me hizo el menor caso cuando crucé el umbral de la bodega. En un rincón tocaba un trío de músicos, dos violas y un violonchelo. Nada más entrar, un chico en librea me dio una copa de ponche, que acepté agradecida. Otro me ofreció nueces caramelizadas. Miré rápidamente en derredor, pero no vi al señor Morley; después, agaché la cabeza, dispuesta a mantener un perfil bajo.

La carta me decía que fuese al sótano del vermú, que estaba al fondo. Mientras bordeaba la habitación, dos mujeres me miraron con extrañeza, y yo, preocupada por si el bigote falso no era tan convincente como pensaba, seguí deprisa, intentando mantener la copa de ponche cerca de mi cara.

Me abrí paso entre la multitud. Un caballero estaba repartiendo cartas a sus amigos para jugar una partida de eucre. A su lado, un revoltoso grupo jugaba a sacar uvas pasas de un cuenco de brandi ardiente. En todas partes, tiradas por el suelo, había cartas de adivinación. Me maravilló ver la alegría reinante, y pensé que cualquier otra noche habría sido exactamente el tipo de fiesta al que me habría gustado ir.

La muchedumbre iba menguando a medida que me adentraba por la bodega. Pasé por delante de una pareja que se estaba besando contra la pared, y más adelante, detrás de unos cajones de embalaje, vi una discreta puerta de madera. Miré atrás para asegurarme de que nadie me veía, abrí la puerta y me colé en el subsótano. La cripta.

El rellano era mínimo, y a punto estuve de tropezar. Cada pocos peldaños había velas encendidas. Mientras bajaba, el corazón me latía aceleradamente. Esa aventura era mucho más peligrosa que todo lo que había hecho hasta entonces en la Sociedad Espiritista de Londres. Estaba segura de que el secreto más importante de la Sociedad se encontraba en algún lugar de aquel modesto subsótano. Y sospechaba que el señor Morley era algo más que un mentiroso.

Tenía el pálpito de que podía ser un asesino.

Todo había empezado cuando mi querida amiga Eloise Heslop y su padre habían muerto ahogados. La sesión espiritista que le hizo la Sociedad a Eloise fue ridícula, sí, pero lo que más me inquietó fue el apresurado matrimonio de la madre recién enviudada de Eloise con el insolvente señor Cleland, un nuevo miembro de la organización. Parecía demasiada casualidad.

De todos modos, para confirmar mis sospechas primero tenía que conocer mejor los entresijos de la Sociedad.

A medida que pasaba cada vez más tiempo con el señor Morley, me fijé en que, a veces, llevaba consigo un portafolio color bermellón. Aunque lo llevaba escondido en un bolsillo interior del abrigo, muchas veces se quitaba el abrigo cerca de mí y yo lo veía…; sin embargo, a pesar de estar tan cerca, era inalcanzable. Parecía que lo trataba con mucho cuidado, y no podía evitar preguntarme si contendría anotaciones relativas a algún aspecto más siniestro de la Sociedad. No veía la hora de hacerme con él.

Pero no siempre lo llevaba encima. Sospechaba que lo guardaba a buen recaudo cuando no lo necesitaba, pero no tenía ni idea de dónde. La carta de Vaudeline me ayudó mucho a ese respecto. Decía que guardaba sus documentos más íntimos en el subsótano. Era la pieza que me faltaba.

Estaba impaciente por echar un vistazo.

Mientras el sarao continuaba en el piso de arriba, giré sobre mí misma, frunciendo el ceño. ¿Dónde escondería sus cosas? No había alacenas, ni armarios ni cajones de ningún tipo. Tan solo estantes abiertos y botellas de cristal.

Me recordé a mí misma que aquel hombre era un maestro del disfraz y que lo último que haría sería esconder algo en sitios tan evidentes como una alacena o un escritorio. Intentaría camuflarlo con el entorno, pensé, y me puse a palpar la pared en busca de alguna piedra suelta.

—Disculpe, caballero, ¿se ha perdido?

Solté un grito ahogado. En lo alto de la escalera de piedra se veía la silueta de un hombre recortada contra la luz.

—Yo acabo de llegar ahora mismo, pero no creo que ya nos hayamos quedado sin vermú —añadió con tono alegre. Bajó los primeros peldaños hablando de otra fiesta, un compromiso familiar del que se había retirado temprano.

Y entonces, iluminado por las velas de los escalones, le vi con claridad. El señor Volckman.

Mientras se acercaba a mirar lo que yo había estado haciendo —registrar la pared en busca de algo—, entrecerró los ojos.

Bajó rápidamente los últimos peldaños. Un momento después, se plantó delante de mí. Estábamos cara a cara, y, cuando me iba a lanzar a hablar —pensaba poner una voz grave, aunque sabía que no iba a servir de nada—, alargó la mano y me quitó el gorro de un tirón. La melena morena se soltó y me cubrió las orejas, y el bigote falso se despegó.

—¿Quién es usted? —preguntó.

Vacilé unos instantes. Un momento antes, quizá le habría contado la verdad acerca de su organización, todo lo que había descubierto sobre las fechorías de su vicepresidente. Pero en ese instante, al ver su mirada febril, le temí instintivamente.

Decidí que dejaría caer el nombre de Vaudeline. Eran colegas y tenían una relación muy estrecha; más de una vez había visto imágenes de los dos juntos en la revista El Espiritista. Si le decía al señor Volckman que me había formado con ella, tal vez se mostrase clemente conmigo por haberme metido donde no debía.

—Me llamo Evie —dije—. Fui alumna de Vaudeline hace dos años. Frunció el ceño.

—Vaudeline... —repitió.

—Sí. Su socia, su... su amiga.

Echó la cabeza hacia atrás y se rio. Después dio otro paso y me arrancó el bigote medio despegado.

Solté un grito; el labio superior me ardía.

—En otros tiempos, fue mi amiga —dijo entre dientes—. Hasta que empezó a entrometerse.

38

SEÑOR MORLEY

Londres, lunes 17 de febrero de 1873

La acusación de Lenna —«Usted falsificó la respuesta. Trajo aquí a Evie valiéndose de engaños»— me entró por un oído y me salió por el otro. Total, en cuestión de minutos iba a estar muerta. Enseguida se iba a resolver todo ese lío.

A medida que iban transcurriendo los últimos minutos, cada vez me costaba más contener la sensación de alivio que iba creciendo en mi interior, de manera que mantuve la cabeza gacha para evitar que alguno de los presentes sorprendiera mi sonrisa de satisfacción. Esa noche sería el final apropiado para el dilema del departamento que había comenzado hacía más de un año, en enero de 1872, antes de que Vaudeline abandonase la ciudad. Antes de que Evie se colase en la charla sobre el ectoplasma. Antes de que Volckman amenazase con despedirme.

Por aquella época, los jolgorios todavía eran magníficos.

Pero todo eso terminó aquel lejano martes en el que llamaron a la puerta de mi estudio.

Estaba sentado detrás de mi escritorio. Al oír que llamaban, miré la hora. Seguro que era Volckman, listo para hacer cuentas. Era una cita fija: el primer martes de cada mes a las once de la mañana.

—Adelante —dije, despejando el escritorio; Volckman siempre venía con un montón de papeles y querría dejarlos allí.

Pero entró con los brazos vacíos y el rostro pálido y descompuesto. Se fue derecho al sofá y se desplomó con un suspiro.

—Acabo de tener una conversación muy incómoda —dijo, retorciéndose las manos.

Me incliné hacia delante, interesado.

—¿Con quién? ¿Y acerca de qué?

—Vaudeline D'Allaire. Ha... Ha oído cosas por ahí. Por la ciudad. Ya sabes que tiene la oreja pegada al suelo.

Carraspeé.

—¿Qué tipo de cosas, si se puede saber?

Respiró hondo, ladeó la cabeza.

—Ha hecho usted un buen trabajo con el departamento, Morley. Le he dejado hacer cosas por las que Shaw no habría salido impune. No siempre entiendo sus métodos (sus engaños, sus estratagemas), pero ya sabe que a mí lo que más me importa es la reputación, no la verdad. Son dos objetivos completamente distintos. —Hizo una pausa, dejó que lo asimilase—. Según Vaudeline, la gente está empezando a descubrir los engaños. Los instrumentos, las voces, la escritura automática. En mi opinión, se ha vuelto usted demasiado extravagante, y a ello se suma el hecho de que los miembros de su departamento que asisten a esas sesiones tienden a... ¿cómo decirlo?... —chasqueó los dedos—, a coaccionar a las mujeres para que se acuesten con ellos. —Movió la cabeza—. Están hablando. Esas mujeres están hablando. Tiene usted que hacer una limpieza profunda.

Fue como un puñetazo en el estómago. No tanto su reprimenda como la noticia de que la gente estaba hablando tanto; no tenía ni idea. Naturalmente, me iba a tomar muy en serio las preocupaciones del señor Volckman; tenía una deuda eterna con él.

—Y ¿qué me dice de Vaudeline? ¿Cree que está alentando los rumores?

—¿Alentándolos? No. Pero se está entrometiendo... Hace preguntas por ahí, intenta ayudarme. No puedo permitir que se involucre. No puedo permitir que se entere de...

Se interrumpió, moviendo la cabeza.

No hacía falta que terminase la frase. Se estaba refiriendo a la más lucrativa de nuestras intrigas..., a la más siniestra.

Estaba el Departamento de Clarividencia, la respetable fachada de la Sociedad que dirigía Shaw. Y estaba también el mío, el Departamento de Espiritismo..., que subsistía a base de trucos y estratagemas. Pero de todas nuestras maquinaciones, aquella a la que acababa de aludir Volckman era la más cruel.

—Vaudeline y mi esposa son íntimas amigas —dijo Volckman—. Me inquieta pensar qué puede descubrir o contar. Tiene que irse de aquí.

—¿De Londres?

—De Londres, sí, y de nuestro negocio. —Apoyó la cabeza contra la pared—. Una cosa son los rumores sobre lo que haces tú. Otra cosa muy distinta son los rumores sobre lo que hago yo. He sido impecablemente cauto, he borrado todas mis huellas. Pero Vaudeline me pone nervioso. Es lista como ella sola.

—Le prometí que investigaría a fondo el estado de la Sociedad. Dentro de poco le diré que he encontrado motivos de preocupación..., que hay unos cuantos maleantes creando problemas. Pero le diré que el plan de esos sinvergüenzas va mucho más lejos de lo que me temía, y que saben que ella se ha estado entrometiendo. Voy a aconsejarle que se marche, por su propia seguridad.

—Menos mal que confía en usted.

—Menos mal. —Se levantó del sofá y se acercó a mi escritorio. Echó un rápido vistazo a la puerta y bajó la voz—: ¿Hay algún plan nuevo que tenga que revisar?

Asentí con la cabeza mientras sacaba el portafolio del falso cajón.

—Hay dos ideas al final. Por ejemplo, Sir Christopher Blackwell.

Arqueó las cejas.

—Una idea ambiciosa, desde luego.

—Se rompió la cadera. No puede salir de casa.

Cogió el portafolio y se lo metió debajo del brazo.

Como siempre, me alegré de que mi único cometido fueran los fraudes.

Los asesinatos, para él.

39

 LENNA

Londres, lunes 17 de febrero de 1873

En la bodega, sentada en su silla, Lenna se inclinó hacia delante respirando con dificultad. La avalancha de los recuerdos de Evie continuaba inexorablemente, con todo lujo de detalles.

Estaba segura de haber oído mal al señor Volckman hacía un momento: ¿de veras había dicho que Vaudeline y él eran amigos hasta que ella empezó a entrometerse?

Y sus ojos..., ¡qué oscuros estaban ahora, y qué enfadados!

—¿Qué andaba buscando? —me preguntó, acercándose. Tenía los dientes amarillentos y un aliento fétido.

—Na... nada —tartamudeé.

—No me lo creo. Estaba palpando la pared en busca de algo.

Era la carta de Vaudeline la que me había dirigido hasta allí, pero no podía decirlo. Vi que era la oportunidad para que la frustración de Volckman se alejase de nosotras dos y se dirigiese hacia otra persona.

—Sé lo de los documentos que guarda aquí abajo el señor Morley.

Escupió una risotada.

—Aquí abajo no hay nada aparte de vermú.

Negué con la cabeza.

—¿Sabe usted siquiera lo que está tramando? ¿Qué secretos de la Sociedad me ha contado?

Cerró los gruesos dedos alrededor de mi muñeca, apretando demasiado.

—Imposible.

Esbocé una sonrisa maliciosa, y al menos pude disfrutar de la expresión de angustia que le asomó al rostro cuando dije:

—No es imposible si se disfraza uno un poco y se sincronizan unos cuantos intercambios. —Eché un vistazo a las escaleras, pensando en cómo ponerme fuera de su alcance—. Morley es insaciable. Estaría dispuesto a revelar cualquier secreto si el precio le parece bien.

El señor Volckman entrecerró los ojos.

—¿Por qué va usted a por nosotros?

Callé mientras consideraba cuál era la mejor respuesta. No era por el arte del espiritismo como un todo y el daño que habían causado aquellos hombres en los salones londinenses. No era por las tarifas exorbitantes y lo que ofrecían a cambio: lascivas proposiciones salpicadas con algún que otro golpeteo inoportuno en la pared.

Era por Eloise.

—Eloise Heslop —dije—. Morley los mató a ella y a su padre, ¿verdad que sí?

Se rio.

—El señor Morley es un cobarde. No ha matado a nadie. Eso sí, se le da de maravilla prospectar el terreno.

—Entonces fue... fue usted.

—¿A quién se le ocurriría etiquetar de asesino a un padre de familia? Sobre todo, un padre de familia tan preocupado por la reputación de la organización que preside...

En el piso de arriba, la música subió de volumen. En vista de lo que acababa de revelar, comprendí que no tenía la menor intención de dejarme salir con vida del subsótano. Me hallaba a merced de algún milagro o de alguna de esas extrañas vueltas que da la vida. La idea era impactante, pero tuvo el efecto de que me volviese temeraria y seguí preguntando:

—¿Lleva matando a gente desde el principio? ¿Desde la fundación de la Sociedad?

—Más o menos. El Departamento de Clarividencia siempre ha sido nuestra fachada respetable. Los hombres de ese departamento son buenos en lo suyo, pero con la clarividencia y los juegos de cartas no se gana mucho dinero.

»Se gana más dinero en el Departamento de Espiritismo. Los dolientes ricos están dispuestos a pagar lo que sea, incluso a vender sus tierras, si ello les reporta unas pocas palabras de sus muertos. Y Morley dominó las estratagemas desde el principio. —Se detuvo y me agarró la muñeca con más fuerza—. Pero lo que realmente da dinero es…

—Casar a ciertos miembros de la Sociedad con viudas acaudaladas —terminé yo.

Arqueó las cejas. De no ser porque le conocía, habría dicho que estaba impresionado.

—El señor Cleland —proseguí—. Todo el mundo sabía que era un jugador, que estaba comido por las deudas. Se incorporó a la Sociedad más o menos por la misma época en la que se ahogó el padre de mi amiga Eloise, y pocos meses más tarde el señor Cleland y la madre de Eloise se casaron. —En vano intenté otra vez zafarme de él—. No se me permitió asistir a la sesión del señor Heslop. Ni a mí ni a nadie, aparte de su viuda. Estaba amañada, ¿verdad? La sesión fue una estratagema para convencer a la señora Heslop de que se casara en segundas nupcias con el señor Cleland…

Volckman entrecerró los ojos.

—Qué lista es usted.

—Cuénteme cómo lo hacen. ¿Cómo convencen a las viudas para que se casen con sus hombres?

—Papel trucado de tres pliegos: el texto va en el pliego central, y se vuelve visible al humedecerlo con agua. Imagínese en el salón a una viuda doliente y perdida. Delante tiene una hoja de papel en blanco, y de repente empiezan a formarse ante sus ojos unas palabras que le dirige su difunto esposo. Es una carta que la anima a amar de nuevo, y que incluso le proporciona el nombre del pretendiente que quiere para ella…

Dudé de que una carta semejante pudiese convencerme a mí, pero eso era porque no me fiaba de la Sociedad. Gracias al señor Morley, conocía el alcance de sus intrigas.

Pero en Londres casi todo el mundo confiaba en la organización. Al menos, hasta hacía poco tiempo.

—Supongo que después le cobraría una suma cuantiosa al señor Cleland, ¿no?

Ladeó la cabeza.

—Sí. Una tasa anual vitalicia.

El negocio era más lucrativo de lo que me había imaginado.

—Todo esto habría seguido funcionando muy bien —dijo el señor Volckman— de no haber sido por la intromisión de la señorita D'Allaire.

—Usted sabía que Vaudeline llegaría hasta la verdad. Y que eso pondría al descubierto las sesiones fraudulentas y haría añicos su reputación. Para que siguiera usted casando a sus hombres con viudas ricas, no podía suceder ni lo uno ni lo otro.

—Exacto —dijo él—. Hice marchar a Vaudeline sin la menor intención de invitarla a volver. —Hizo una mueca—. Todo eso de la verdad es una payasada. La verdad no da dinero.

De repente, se abalanzó sobre mí y me agarró del cuello. Me empujó contra la pared, cerrando los dedos en torno a mi garganta. Me retorcí con todas mis fuerzas, y le di un rodillazo en la ingle. Lenna me había enseñado a hacerlo por si acaso alguna vez me encontraba en una situación similar.

Me soltó al instante, y aproveché para empujarlo hacia la parte central del subsótano. Perdió el equilibrio, cayó al suelo. Oí un chasquido y a continuación un grito de dolor. El señor Volckman subió la mano izquierda, los ojos como platos. Se había roto la muñeca.

Tenía que ponerme fuera de su alcance a toda costa, y me lancé hacia las escaleras…, pero era demasiado tarde: me agarró del tobillo con la mano derecha y me hizo caer a su lado. Se arrodilló y se puso a rebuscar en su abrigo, y al ver que sacaba algo —no distinguí de qué se trataba—, cogí lo único que tenía a mano: una botella de vermú que estaba al pie de la escalera, lista para que se la bebieran los invitados, que, ajenos a todo lo que sucedía allí abajo, seguían con su fiesta en la bodega.

Blandí la botella color ámbar y la descargué con un horrible golpe sobre su cabeza. Conseguí incorporarme de nuevo mientras el señor Volckman, con la mirada vacía, caía desplomado. Me quedé inmóvil con el casco roto todavía en la mano. A mis pies se iba formando un charco de vino, que se entremezclaba con una sustancia más espesa y oscura. Sangre.

Era extraño, ya que no parecía que el señor Volckman estuviese sangrando. Fue entonces cuando vi el cuchillo tirado en el suelo y sentí la garganta húmeda, el incipiente mareo por detrás de los ojos. Me llevé los dedos a la piel de encima de la clavícula, y al apartarlos estaban de color carmesí. El señor Volckman me había herido con el cuchillo, y estaba sangrando abundantemente.

Estaba tirado en el suelo, aturdido, intentando inútilmente deslizarse hacia mí. Gruñía como una bestia de carga. El cuello roto de la botella seguía en mi mano; tenía que jugármelo todo a un solo golpe. Bajé el cristal ambarino y se lo clavé en un lado del rostro. El pómulo se hundió y los iris de los ojos se retrajeron para dar paso a dos esferas blancas.

Caí de rodillas. Sentía un agradable calor, me encontraba muy a gusto. A medida que mi corazón se debilitaba, también se debilitaban la desesperación por dejar a mi familia y toda posible angustia por lo desconocido. Y en su lugar, curiosidad. La muerte siempre había sido lo conocido, lo comprendido: ojos que pestañean hasta cerrarse del todo, el cese del dolor. Pero ¿qué había detrás? ¿Qué había después?

Sabía que había algo. Sabía que, en realidad, no estaba desapareciendo. Simplemente, me iba a otro lugar. Y Eloise estaría esperándome allí.

Siempre había deseado conocer los secretos de la vida de ultratumba. Tantas ganas tenía de ver las verdades ocultas tras el velo que separaba la vida de la muerte que habría contenido el aliento anticipando lo que iba a ver de no ser porque mis pulmones cogieron aire por última vez y, acto seguido, exhalé mi último suspiro.

Antes de cerrar los ojos, una sombra. Miré hacia la puerta del subsótano.

El señor Morley estaba allí, mirando nuestros dos cuerpos ensangrentados, casi muertos. Bajó las escaleras y, al acercarse, vi una carta asomando de su bolsillo: mi carta a Vaudeline. Reconocí los gorriones y los huevos de pájaro que le había dibujado en el sobre.

No la había echado al correo.

Lo cual solo podía significar una cosa: la carta que había conseguido que yo viniese aquí esa noche no la había escrito Vaudeline. Era falsa. Una falsificación llevada a cabo por Morley.

Me había engañado para que viniera. El cuento del subsótano no era más que un cebo. No había nada, absolutamente nada, escondido allí abajo.

Sonreí débilmente al señor Morley..., quería que lo viera, que comprendiera que su engaño había llevado a eso, al derribo del presidente de la Sociedad. Después, me rendí y levanté el velo.

El recuerdo se aflojó y se soltó. Sentada a la mesa de la sesión, Lenna abrió los ojos de golpe.

El señor Volckman era el cerebro que estaba detrás de todo aquello. El peor de todos aquellos delincuentes. Y Evie y él se habían matado el uno al otro. Aquí, en el subsótano. Acababa de verlo —de revivirlo— a través del recuerdo de Evie.

Había enfocado mal la cuestión. La pregunta, lo sabía ahora, no era quién los había matado a los dos. Habían sido víctimas el uno del otro.

¿Y qué motivo había tenido Volckman para matar a Evie? Ni más ni menos que las sospechas que había empezado a albergar Evie sobre la Sociedad a partir de la muerte de Eloise. Había querido vengarse y desenmascararlos a todos, movida por su devoción a la mediumnidad..., a su versión auténtica, sin trucos. Había sido fiel a su amiga y al arte. Incluso había estado dispuesta a arriesgar su vida por ese arte. Una mártir.

Eso también significaba que el portafolio que se había encontrado Lenna esa misma noche no pertenecía solamente al señor Morley. De su puño y letra había anotaciones sobre posibles objetivos, pero ¿quién cometía los asesinatos? El responsable era el señor Volckman.

Después de morir el señor Volckman, el señor Morley debía de haber cogido el portafolio para ponerlo a buen recaudo y habría añadido varios objetivos: los tres que estaban sentados en ese mismo instante a la mesa.

No cabía duda de que el señor Volckman había estado a la cabeza de la conducta delictiva de la Sociedad. La idea que se habían formado de él Vaudeline y ella cambiaba por completo. Le tenían por un hombre honrado. Lenna recordó la visita que le habían hecho

Vaudeline y ella a la señora Gray, cuando la viuda les había hablado del instrumento magnético utilizado por el señor Dankworth antes de que intentase aprovecharse de ella. Según la señora Gray, el señor Volckman se había pasado a echarles un vistazo. «El señor Dankworth se apartó inmediatamente de mí», había dicho la señora Gray. «Cuando el señor Volckman cruzó el umbral, intercambiaron una mirada. Me pregunto ahora si el señor Volckman sospecharía que algo iba mal».

Ahora que sabía la verdad, Lenna sospechaba que la intención del señor Volckman no había sido ni mucho menos velar por el bienestar de la señora Gray. Quizá sus intenciones eran otras peores..., tal vez quería ver en qué punto se encontraban los objetivos, económicos o de cualquier otro tipo, del señor Dankworth.

Lenna todavía notaba que los pensamientos de Evie se entremezclaban con los suyos. Aunque no eran tan potentes como los recuerdos a los que acababa de acceder, no dejaban de ser una fuente de ruido, una distracción. Y Evie iba a seguir ahí, suspendida en la conciencia de Lenna, hasta que alguien recitase el conjuro de la Terminación.

—Usted mató a Evie —le dijo Lenna a Vaudeline, pero le estaba hablando al señor Volckman, que estaba dentro. Quería estrangularlo.

¡Ojalá un hombre pudiera morir dos veces!

Vaudeline se arrimó a ella; el aliento le olía a algo nuevo y extraño, una mezcla de tabaco y *whisky*. Lenna comprendió que seguía en estado de trance; las palabras que salían de los labios de la médium no eran suyas.

—Y Evie me mató a mí —dijo Vaudeline. Su Desenlace.

—Puede culpar a Evie todo lo que quiera —Lenna señaló la otra punta de la mesa con el dedo—, pero la culpa de todo la tiene él. Morley hizo venir aquí a Evie con engaños.

—No —dijo el señor Morley, moviendo la cabeza como un chiquillo—. Se suponía que Volckman tenía que estar con su familia aquella noche, no aquí, en la fiesta. —Miró a Vaudeline con ojos suplicantes—. Yo iba a arreglar esto, todo esto... —De repente calló, se

295

miró el reloj, dio un grito ahogado—: Tengo que salir a respirar un poco de aire fresco.

Apartó la silla, pero Beck le agarró del brazo y no le dejó moverse.

—Espere —dijo Lenna. Recordó lo que le había dicho Bennett esa misma noche en las caballerizas: que la víspera de Todos los Santos, el señor Morley le había pedido que dejase el ómnibus después de llevarle a la fiesta. Le había dicho a Bennett que volviese a casa por su cuenta.

—Usted trasladó el cuerpo de Evie a otro sitio —dijo Lenna, sin dejar de apuntarle con el dedo. Las piezas del rompecabezas empezaban a encajar, incluido el misterio del lugar exacto en el que había muerto Evie—. Cuando comprendió que su amante había matado al presidente de la Sociedad, escondió la prueba, ¿verdad?

—Vaya idea más absurda —exclamó el señor Morley.

—Ella tiene razón. Yo lo vi —dijo Vaudeline-Volckman con el aliento apestando todavía a alcohol—. Vi que usted la subía a rastras por la escalera y la echaba a un barril vacío.

Lenna se removió en la silla.

—¿Cómo dice?

Vaudeline asintió lentamente con la cabeza, frotándose —frotándole a Volckman— la muñeca desfigurada y rota.

—Evie debió de pensar que me había muerto. Poco se imaginaba esa ramera que, después de que me estampase la botella en la cabeza, seguí con vida cinco minutos más, atragantándome con mi propia sangre.

—Después llevó usted el cuerpo al hotel Hickway House —añadió Lenna, clavando los ojos en el señor Morley.

Se llevó la mano a la boca al recordar lo mal que se había sentido cada vez que había montado en el ómnibus. Lo había achacado al traqueteo, pero ahora sabía que era otra cosa: su intuición, esa conciencia invisible que cobraba vida en las ocasiones más extrañas…, como cuando pasó cerca de donde había estado el cuerpo muerto de Evie.

El señor Morley permaneció en silencio. La verdad se estaba revelando rápidamente.

Lenna continuó:

—Después de llevar su cuerpo hasta allí, la tiró al jardín lateral para que yo la encontrase.

Como buen ilusionista que era, había hecho que la muerte de Evie pareciese accidental.

—Pretendía matarla usted esa noche, ¿verdad? —preguntó Lenna—. No se imaginaba que el señor Volckman lo haría por usted.

—¿La tal Evie era su amante? —preguntó el agente Beck, mirando boquiabierto al señor Morley.

Lenna se imaginaba perfectamente la confusión del agente ahora que los detalles iban saliendo a la luz.

—Su amante, y mi hermana pequeña —dijo.

El agente Beck siguió mirando al señor Morley.

—El presidente de la Sociedad, abatido por una mujer con la que estuvo usted retozando... Si lo que pretendía era evitar la deshonra, señor Morley, lo ha hecho fatal. La Policía Metropolitana le hundirá cuando descubra que sabía usted la verdad desde el principio.

Al parecer, se habían puesto todos en contra del señor Morley. Todos los presentes en la sala, tanto los vivos como los muertos, tenían cuentas que saldar con él. Se ruborizó.

—A bastantes calumnias se enfrenta ya la Sociedad Espiritista de Londres. Entiéndame, Beck, tuve que sacar el cuerpo de aquí para proteger el honor de la Sociedad. Quería descubrir nuestros secretos...

El agente Beck frunció el ceño.

—¿Le pareció que merecía la pena matar a alguien solo porque había descubierto que nuestras sesiones estaban amañadas?

—No, no. Es mucho peor que eso. Hay otros secretos de los que usted ni siquiera sabe nada, y...

El señor Morley se interrumpió, respirando entrecortadamente. Se refería a los asesinatos, por supuesto. Lenna estuvo a punto de abrir la boca para contar toda la verdad, pero pensó que sería peligroso. Los dos hombres llevaban revólveres. Si la tensión aumentaba, lo mismo acababan todos muertos.

—Mi deber fundamental, mi promesa más importante, es proteger la Sociedad —farfulló el señor Morley. Tiró del brazo para soltarse del agente Beck, pero en vano. A sus ojos asomó fugazmente una mirada desesperada y algo más…, ¿miedo, quizá?—. Mejor que lo que ha hecho usted por la Policía Metropolitana…: aceptar sobornos, atracar a colegas…

Beck se estremeció.

—Son errores del pasado, Morley. Dejé la ginebra y las malas amistades. Desde entonces, ni una infracción. —Apretó con más fuerza—. No tengo un pasado perfecto. Ni uno solo de los presentes lo tiene. Todos hacemos cosas de las que nos arrepentimos.

Por primera vez desde que le conocía, Lenna se dijo que tal vez había juzgado mal a Beck. Sus modales rudos la habían llevado a suponer cosas que no eran, y además había dado demasiada importancia a los cotilleos de la señora Volckman acerca de las fechorías cometidas por Beck en el pasado. Recordó que Beck había rechazado el brandi en el burdel, y que había preferido beber agua. Había aprendido que el alcohol era su vicio y se había enmendado; bien por él.

Además, Beck tenía razón cuando dijo: «Todos hacemos cosas de las que nos arrepentimos». Lenna tenía sus propios remordimientos…, por ejemplo, por haber rasgado atropelladamente cierto dibujo que pertenecía a Evie…

Por detrás de Lenna, cerca del tonel sin marcar, empezó a propagarse otro extraño olor, algo metálico. Miró a los demás —¿lo olían?—, pero descubrió con horror que los labios de Vaudeline estaban manchados de sangre. Parecía que respiraba con dificultad.

«Atragantándome lentamente con mi propia sangre», había dicho Vaudeline-Volckman hacía unos minutos. Lo cual significaba que lo que Vaudeline estaba experimentando en esos momentos no era sino otra herida producida por la sesión espiritista. ¿Por qué no había empezado Vaudeline a recitar el conjuro de Terminación para poner fin a todo aquello?

Detrás de Lenna, el olor metálico se hizo más intenso. Mientras el agente Beck y el señor Morley continuaban gritándose todo tipo de groserías, acercó el brazo a la pluma estilográfica que tenía a su lado. Fingió que hacía un rápido movimiento involuntario y le dio un codazo. Al caer, la pluma rodó por el suelo y se quedó muy cerca del barril sin marcar en el que se había fijado antes.

Se levantó, y mientras cogía la pluma miró el barril.

Se tapó la boca con la mano para evitar que se le escapase un grito.

Junto a la base del barril había un grueso cordón. En el último tramo del cordón había algo incandescente, un rojo resplandor. Lenna recordó un festival celebrado años atrás en el hotel Hickway House y supo identificarlo: era una mecha. Había ayudado a su padre a colocar unas lucecitas en el exterior; las mechas de combustión lenta se iban prendiendo a intervalos regulares a lo largo de la velada, haciendo las delicias de los invitados al festival.

Ahora, la brasa de la mecha avanzaba lentamente hacia el barril, y el calor corría paralelo con la abrazadera de metal; de ahí el olor.

Y si era una mecha, necesariamente tenía que haber algún explosivo en el interior del barril.

De modo que ese era su plan.

Todo encajaba. Hacía un rato, el señor Morley había insistido en inspeccionar el olor a azufre. Y no solo eso, sino que además había manifestado un exagerado interés por los tiempos de la sesión, mirando sin parar su reloj y comentando el desarrollo de los acontecimientos. Y había hecho varios intentos de salir de la bodega para respirar aire fresco...

Lenna volvió a echar un vistazo a la mecha. Si el señor Morley la había prendido cuando llegaron a la bodega, la brasa había ido subiendo muy despacio por la cuerda. Calculó otros diez minutos, quizá un poco más, hasta que llegase al final. Cogió la pluma estilográfica y volvió a su silla. No podía revelar en voz alta lo que había visto; si lo hacía, tal vez el señor Morley acabara recurriendo al revólver.

A su lado, Vaudeline se había puesto pálida, y un hilo de sangre le caía del labio inferior. Aunque su respiración era superficial, al menos respiraba y estaba consciente. *Está demasiado débil para recitar el conjuro de Terminación,* se dijo Lenna. *Estoy sola en esto.*

Pero nada más pensarlo, parpadeó y negó con la cabeza. En realidad, no estaba sola. Evie todavía la tenía hechizada, incluso podía comunicarse con ella. Y los espíritus, como bien sabía ahora, eran capaces de cosas más serias que las travesuras.

Podían causar la más absoluta devastación.

Incluso la muerte.

40

SEÑOR MORLEY

Digo la verdad: jamás he matado a nadie.

Sí, de vez en cuando abría el portafolio y metía notas o recortes de periódico. Pero el portafolio pertenecía, sobre todo, a Volckman. Era una pulcra ordenación de preparativos y planes: árboles genealógicos, artículos sobre tenencia de tierras, informes sobre posibles objetivos. Quién, dónde, cuándo.

Él siempre había sido el más valiente de los dos. En el asesinato no había trampa ni cartón, no había falseamientos posibles. A lo hecho, pecho. Y qué mejor asesino que un padre de familia. Nadie sospecha de un buen marido, de un padre atento.

Además, Volckman tenía más agallas que yo. Lo mío eran las velas de pega y la clara de huevo; a Volckman no le importaba levantar una cachiporra y hacerla caer sobre una víctima al amparo de la oscuridad.

Pero ¿la noche de la víspera de Todos los Santos? La idea era que no supiera nada..., ni siquiera tenía que haber estado en mi fiesta. Se suponía que se iba a ir a una pequeña reunión familiar con su mujer y sus hijos..., una merienda y juegos de salón. Para mí, era la oportunidad perfecta para resolver el problema que había en mi departamento, el problema que, para empezar, había traído yo a la Sociedad.

Iba a ser mi primer asesinato, y Volckman jamás se enteraría. El nombre de la chica no iba a figurar nunca en el portafolio.

Por supuesto, planeé un engaño. Era lo que mejor se me daba, pero que nadie se confunda: la tarea era difícil. La imaginación no me hacía ningún favor, ya que imitar la caligrafía de otra persona requiere diligencia y concentración. Estudié unos cuantos documentos escritos tiempo atrás por la señorita D'Allaire —había mantenido una abundante correspondencia con Volckman hacía unos años— y analicé su utilización de la tinta, la inclinación de la mano.

Durante la falsificación cometí varios errores, pero en previsión de que eso pudiera suceder había comprado hojas de más de pergamino rosa en Le Papetier.

Mi carta falsificada le decía a Evie que llegase a la fiesta de la bodega a las nueve de la noche. Pensé que lo mismo llegaba antes, pero que en cualquier caso no sería demasiado pronto; necesitaba que hubiese mucha gente para que pasara desapercibida. Además, no había nada escondido en el subsótano. Podía buscar a sus anchas, que no iba a encontrar nada.

Llegué a la fiesta a las nueve en punto y le dije a Bennett que se fuese a su casa. Necesitaba el coche, pero sus servicios ya no.

En la parte de atrás del ómnibus había un barril vacío. Me mezclé con los invitados a la fiesta, lo bajé rodando por la rampa y me fui a la entrada lateral por la que metemos y sacamos los barriles. Una vez dentro, coloqué el barril muy cerca de la puerta del subsótano.

Comprobé con alivio que la fiesta estaba animadísima. Nadie podría oírnos en el subsótano, y cualquier chillido quedaría sofocado por la música de la viola y por el alboroto libertino del piso de arriba.

Me acerqué a la puerta. Ella estaría allí abajo, buscando algo que no iba a encontrar.

Abrí poco a poco. En el bolsillo llevaba la carta que Evie le había escrito a Vaudeline. Me moría de ganas de enseñársela, de ver la expresión de sus ojos cuando le revelase todo lo que sabía sobre ella. A lo mejor le leía en voz alta algunos pasajes, solo para verla sudar.

Una vez abierta la puerta, miré hacia abajo.

Me quedé horrorizado.

Evie estaba al pie del corto tramo de escaleras, postrada en el suelo y sangrando. La bolsa de cuero estaba caída a su lado, y el cuaderno a la vista.

Y no estaba sola.

Al ver los dos cuerpos —¿moribundos, o ya muertos?—, solté un grito. Cerré la puerta y bajé corriendo. Me salté sin querer el último peldaño y me di un batacazo contra el suelo; mi mano rozó un puñal ensangrentado que reconocí. Era de Volckman.

—¿Volckman? —grité. No entendía nada. ¿Qué hacía allí?

Pero enseguida quedó claro lo que había sucedido. En mi interior, el alivio y los remordimientos libraron una batalla. Evie estaba muerta, pero se había llevado consigo a Volckman.

Yo había querido evitar que se juntasen. Mi intención había sido encargarme de Evie esa noche, esa misma hora, y librar a la Sociedad de la amenaza que suponía.

Pero los enemigos siempre se las apañan para encontrarse.

Primero me acerqué a Volckman. No estaba muerto, aún no. Le temblaban las puntas de los dedos, y bajo el hueso machacado que le asomaba por una mejilla, el ojo parpadeaba en su cuenca. De su garganta salía un débil gorjeo. Le di una triste palmadita en el hombro, sintiéndome inútil.

Me vinieron a la cabeza todas sus advertencias del último año. «Tenemos que averiguar qué es lo que está desencadenando los rumores». En la misma conversación, me había amenazado con despedirme. «Resuélvalo, Morley», había dicho. «Las cuentas, los rumores, todo».

No se refería a los hombres de mi departamento ni a ningún granuja. Lo de los granujas era una historia que se había inventado para conseguir que Vaudeline se marchase de la ciudad. Al decir «resuélvalo», se estaba refiriendo a mí. A mis métodos. Tenía que controlar mejor las cosas.

Ahora, arrodillado junto a su cuerpo casi muerto, sabía que tenía que pedirle disculpas. Me había salvado económica y socialmente, y yo no había sabido corresponderle.

Pero, para ser sincero, disculparme no era lo que más me preocupaba en esos momentos. Mi cabeza ya estaba dándole vueltas a la manera de salir de aquel embrollo.

Junto a Volckman estaba Evie. Su rostro no presentaba un aspecto tan grotesco. Sí, tenía un tajo sangrante en el cuello, pero en su semblante había... alegría. Tenía los ojos cerrados, los labios ligeramente curvados hacia arriba.

La vida de ultratumba siempre la había apasionado. Pensé que seguro que se alegraba de abrazarla al fin.

Lo más importante era deshacerse del cuerpo de Evie... y de su cuaderno, que más tarde vi que estaba lleno de detalles condenatorios. Saltaba a la vista que era la asesina de Volckman, de manera que se abriría una investigación exhaustiva. ¿Quién era? ¿Por qué lo había hecho? ¿Qué quería? Y todo eso llevaría hasta mí, hasta los secretos de la Sociedad. Se descubriría que yo había violado descaradamente las normas de la Sociedad. Que había desempeñado un papel en la muerte del presidente.

La supervivencia de la Sociedad se impuso sobre la verdad. ¿No era eso lo que habría querido Volckman? Y también se impuso mi reputación. Así pues, llegué a la conclusión de que lo que tenía que hacer era meter el cadáver de Evie en el tonel y sacarlo de allí. Mejor mantener a la asesina de Volckman en la oscuridad.

Cogí el cuaderno de Evie y me lo guardé en el abrigo, junto a la carta de Vaudeline que había falsificado unos días antes. Devolvería todo a la sede lo antes posible, y allí lo dejaría a buen recaudo en mi cajón secreto. El portafolio ya estaba allí; Volckman me lo había confiado la semana anterior, y en ese tiempo yo ya había hecho varias anotaciones interesantes, apuntes sobre futuros objetivos. La muerte de Volckman era un golpe de suerte para esas víctimas potenciales, aunque no lo fueran a saber nunca.

Después de arrastrar el cuerpo de Evie por las escaleras y meterlo en el tonel vacío, que todavía olía a roble y caramelo, bajé a darle mi último adiós al señor Volckman. El gorjeo, el temblor y el parpadeo habían cesado. Había expirado allí mismo, sobre el suelo de piedra, y me alegré de que su sufrimiento no hubiese durado demasiado.

Por fin, salí a la calle y llevé el barril rodando hasta el ómnibus, agradecido por la luna nueva y el velo de la noche. Empujé el barril por la rampa, me subí al pescante y tiré de las riendas.

Malditos caballos, no se movían. Aquellas bestias tozudas se quedaron clavadas en el sitio, desafiantes. ¿Estaban jugando con su nuevo conductor, o notaban algo raro en el cargamento de detrás?

Metí la mano debajo del asiento y saqué el látigo del conductor. El cuero estaba duro e impoluto. Seguro que Bennett jamás había tenido que utilizarlo.

Deprisa, con violencia, descargué el látigo sobre ellos. Sus ijadas se contrajeron con el chasquido, y uno de los caballos se volvió bruscamente a mirarme con las orejas achatadas y los ojos desorbitados.

El látigo fue eficaz. Sin soltarlo, llevé a los caballos al hotel Hickway House. No se me iba de la cabeza la sangre de Volckman, que estaría encharcándose y enfriándose a su alrededor sobre el suelo de piedra.

La oscuridad es una buena amiga, y además todo estaba tranquilo en las inmediaciones del hotel. No tardé mucho en sacar el barril y llevarlo rodando al jardín lateral. Saqué el cuerpo y me llevé el barril vacío a un callejón lleno de cajas viejas y basura. Aunque no tenía un farol para verlo, sospeché que habría sangre en el fondo del barril, así que eché restos de comida, cosas podridas que encontré a ciegas entre la basura. Una mezcolanza de desperdicios.

Entonces volví al sarao de la bodega. Mientras dirigía a los caballos hacia el oeste, intenté olvidar todo lo sucedido. Intenté hacer borrón y cuenta nueva con mi memoria, reimaginarme la noche de arriba abajo con el fin de hacerme mejor el ignorante cuando la policía, inevitablemente, me interrogase. Al fin y al cabo, era yo el que se iba a encontrar el cadáver. Seguro que me hacían un sinfín de preguntas.

A juzgar por la cordialidad con la que me recibieron cuando volví, estaba claro que ni siquiera se habían fijado en mi ausencia. Me abrí paso entre la multitud con una sonrisa falsa, diciéndoles a unos y a otros que iba a bajar a por más vermú.

Me fui al subsótano.

Abrí la puerta, solté un grito.

Si se me permite decirlo, creo que fue una de mis mejores actuaciones.

Por desgracia, esas tretas ya no me sirven de nada.

Ahora, no.

Aquí, no.

41

LENNA

Londres, lunes 17 de febrero de 1873

Despacio, de manera casi imperceptible, Lenna pasó varias páginas de su cuaderno. No se detuvo en los conjuros de la sesión de siete fases; la Terminación todavía no le preocupaba, porque al fin y al cabo no le iba a resolver todos los problemas. Sí, expulsaría los espíritus del señor Volckman y de Evie, pero el señor Morley seguía vivo y coleando. Debía encargarse de él primero. Después, Vaudeline, el agente Beck y ella tenían que salir de allí como fuera…, antes de que la mecha se agotase.

Lenna se fue a la página de las órdenes expulsivas, reservadas para circunstancias especiales. Se habría olvidado de ellas de no ser porque la noche anterior, aprovechando que no podía pegar ojo, las había repasado. Vaudeline la había ayudado a hacer unas cuantas correcciones, y tenía muy recientes las normas de enunciación. Entre ellas, la orden *Transveni,* pensada para desviar un estado de trance y desplazar un espíritu desde uno de los presentes a otro, casi siempre desde uno de los participantes a la médium. Pero en este caso, Lenna tenía que conseguir lo contrario. Necesitaba que Evie la abandonase y hechizase a uno de los asistentes: al señor Morley.

No hace mucho, pensó Lenna, *en realidad yo ni siquiera creía en la vida de ultratumba. Y ahora estoy esperando que el fantasma de mi hermana me salve la vida.*

Sabía que eso equivalía a una despedida. En cuanto Evie saliese de ella, no volvería a invocarla. No la recuperaría. Ni en la vida, ni en la muerte.

Lenna hizo una pausa, deteniendo los dedos por encima de las páginas del cuaderno. Y entonces se acordó.

Deprisa, metió la mano en la bolsa y cogió un saquito de papel: en su interior, la pluma de curruca..., el aporte que le había comprado a Evie hacía meses.

Dejó la pluma sobre la mesa y le pidió silenciosamente a Evie que la perdonase por todos los años en los que no había creído en el mundo de los espíritus. Por las innumerables discusiones tercas y triviales que había iniciado. Por tomarle el pelo con los chicos y con su conducta disipada. Por rasgar su dibujo del hexágono. Por acusarla de husmear en sus objetos personales. Jamás se había disculpado por ninguna de esas cosas.

Sintió una cálida humedad en las mejillas. Se llevó los dedos a la cara, y al apartarlos estaban mojados de lágrimas. No se había dado cuenta de que había empezado a llorar. ¿Eran suyas las lágrimas, o de Evie? De ambas, quizá.

Una vez ofrecidas las disculpas, Lenna empezó a leer la breve orden de *Transveni*. Constaba de dos estrofas, un total de ocho versos. Los leyó en silencio, deprisa, indicando a Evie que diese marcha atrás, saliese de su cuerpo y entrase en el del señor Morley.

A su lado, Vaudeline seguía respirando lenta y superficialmente. A medida que Lenna se acercaba al final del conjuro, notó que se le iba nublando la vista, que era incapaz de distinguir los últimos versos.

Y, sin embargo, ya no estaba llorando.

Sin duda, era Evie, que se negaba obstinadamente a completar ese conjuro.

Mi vida está en juego, Evie, se dijo Lenna para sus adentros. *No habrás muerto en vano. Ya me encargaré yo de que sea así.* Y luego, a modo de despedida final: *Te quiero con toda mi alma, hermanita.*

Con los dedos humedecidos por las lágrimas, se tocó la herida del cuello. La piel empezó a cerrarse en ese mismo instante, cicatrizando bajo sus dedos.

Evie estaba obedeciendo. Se estaba marchando.

Lenna terminó de leer los últimos versos rápidamente y llegó al final de la segunda estrofa. Al cabo de un momento, la orden *Transveni* se había completado.

Al fondo de la mesa, el agente Beck soltó un grito ahogado, señalando el cuello del señor Morley con un dedo tembloroso. Bajo la tenue luz, Lenna frunció el ceño. En el cuello del señor Morley, en el mismo lugar en el que la herida de Lenna había empezado a cicatrizar, había un corte sanguinolento.

El señor Morley alzó la vista con expresión aterrorizada. Se tocó la herida, se miró detenidamente los dedos. Pero nada más abrir la boca para hablar, un ruido ensordecedor ahogó su voz. Sonaba como si hubiera mil puños golpeando las paredes de piedra, pero no había nada ni nadie que pudiera causar semejante estruendo. *Son los espíritus,* se dijo Lenna, y se tapó las orejas a la vez que se le escapaba una sonrisa.

A continuación, los candelabros de la pared se apagaron, se reavivaron, se apagaron y se volvieron a reavivar como por voluntad propia, espontáneos y sincronizados.

Y después, la potente vaharada del perfume de Evie. Bergamota, picante y floral.

Estaba jugando con sus sentidos.

Una mirada horrorizada asomó al rostro del señor Morley.

—Evie —dijo, atragantándose. Se volvió, pero solo vio una pared. Movió la cabeza a derecha e izquierda, pero no se veía a Evie por ningún sitio—. Velas de pega —añadió por fin, hablando solo consigo mismo.

Lenna movió la cabeza, señalando la mesa.

—Aquí no hay velas de pega —dijo.

Por fin, las voces empezaron a oírse.

Desde el interior de las paredes y del techo y en el mismo aire que los rodeaba se oyeron las voces huecas e insistentes de hombres, mujeres y niños. Habrían sido necesarios cien ventrílocuos para imitar el sonido. Salmodiaban la misma palabra una y otra vez: «Evie. Evie. Evie».

El señor Morley se levantó de su silla, pero una fuerza invisible le empujó y se chocó contra la pared. Con la cara colorada, empezó a respirar con dificultad, y la herida del cuello sangró con más fuerza. Estiró las piernas, apretó la cabeza contra la pared y soltó un alarido que lo mismo podía ser de dolor que de pasión. Su espalda se arqueó mientras sucumbía a una presión o una sensibilidad que Lenna no podía ver…, pero se imaginaba perfectamente cómo le estaría provocando Evie.

Los golpecitos. Las llamas. El perfume. Las voces. Y ahora, la lujuria. Todas las tácticas fraudulentas que el señor Morley había utilizado contra mujeres afligidas a lo largo y ancho de Londres, Evie las estaba utilizando ahora contra él, infundiéndole el más puro terror.

Lenna se llevó la mano al cuello por última vez. La herida había cicatrizado, no le dolía nada. Eve había salido de ella por completo. Había llegado el momento de leer el conjuro de la Terminación.

Pasó rápidamente las hojas del cuaderno. Leyó el pasaje a toda velocidad, sabiendo que, una vez completado, el señor Volckman y Evie se marcharían, se liberarían de esa media vida. No lo quería para el señor Volckman —si por ella fuera, le habría condenado a un sufrimiento eterno—, pero tal era la naturaleza de aquella sesión. Había dos espíritus, uno malo y otro bueno, y los conjuros tenían validez para ambos. Por nada del mundo condenaría a su hermana a permanecer para siempre en ese lugar.

Además, por mezquino que fuera, a los espíritus se les podía obligar a aparecerse tantas veces como se quisiera. A lo mejor Lenna podría…

De repente, el señor Morley soltó un grito. Estaba inmerso en algo terrible. Parecía medio muerto, como sujeto con cuerdas invisibles.

En cuanto Lenna terminó de leer el último verso de la Terminación, se levantó de la mesa. Cogió la bolsa que había traído el señor Morley de la Sociedad, y que contenía el portafolio condenatorio y el cuaderno. Después agarró a Vaudeline de la mano, la misma mano que hacía unos instantes estaba descoyuntada. Había sanado…, estaba lisa, había desaparecido la hinchazón.

—Vámonos —dijo, sabiendo que la mecha prendería en cuestión de minutos.

Lenna iba a dejar que el señor Morley fuese víctima de sus propias maquinaciones.

Ni el agente Beck ni Vaudeline se resistieron. Estaban débiles, pálidos..., pero libres de toda influencia. Ya no estaban invadidos por nada ni nadie siniestro. Aun así, Lenna guardó las distancias con el agente Beck. El hecho de que no hubiese sabido nada de los asesinatos cometidos por el señor Morley y el señor Volckman no lo absolvía de todo. No había que olvidar que había formado parte de una organización embaucadora y manipuladora. Por mucho que su opinión sobre él hubiese cambiado aquella noche, prefería obrar con cautela en su presencia.

Mientras avanzaban hacia la salida, Lenna se volvió una última vez. En la mesa, justo donde había dejado la pluma para Evie, había un objeto pequeño de color miel.

Frunció el ceño. Volvió corriendo a la mesa por última vez y soltó un grito. La pluma que le había dejado a Evie ya no estaba, y en su lugar había una minúscula piedra de ámbar. En la resina no había ninguna inclusión, y era más hermosa que todas las de la colección de Lenna. Casi como si la muestra no fuera de este mundo.

Una pluma a cambio de ámbar. De aquí allá. Lenna sabía que ese intercambio significaba el perdón. El amor.

Se metió la piedra en el bolsillo. Salieron de la bodega, cerraron la pesada puerta y se alejaron del edificio. Cuando estaban a una distancia prudencial, Lenna miró atrás. Ni sombras, ni formas. Nada ni nadie los seguía. A su lado, Vaudeline también se había parado a mirar. Tenía los ojos muy abiertos, vigilantes. Su tez había recobrado el color.

—Tenemos que alejarnos del edificio —dijo Lenna. Vaudeline y Beck la miraron confundidos—. El señor Morley colocó un detonador en la bodega..., estaba justo detrás de la mesa. Va a estallar de un momento a otro. No sé qué hay dentro del tonel, pero...

—Pólvora negra —dijo el agente Beck—. Se la he visto hoy a Morley en las manos. Por eso le he estado vigilando esta noche. Jamás me he fiado de él. —Miró hacia la calle—. Vamos a ir ahora mismo a contarle a la Policía Metropolitana la verdad sobre la muerte de Volckman.

—Sí —dijo Lenna—, y también el resto de la historia.

—¿Disculpe?

—El plan más malvado de todos. A eso se refería Morley en la bodega cuando habló de los peores secretos de la Sociedad. El señor Volckman y él tenían un portafolio lleno de nombres de hombres ricos a los que asesinaban. Una vez muertos, coaccionaban a las acaudaladas viudas para que se casaran con ciertos miembros de la Sociedad a los que llamaban «juramentados». Después, esos juramentados pagaban a la Sociedad una suma anual exorbitante.

—Imposible —dijo el agente Beck en voz baja.

Lenna miró la bolsa del señor Morley, el portafolio que había dentro, y dijo:

—Ahí está la prueba. Está todo.

Sin decir nada más, el agente Beck echó a andar a paso ligero en dirección a Bennett y el ómnibus.

Lenna indicó a Vaudeline que siguiera caminando, y de repente se detuvo y se dio la vuelta. Fue a coger la mano de Vaudeline y se encontró con que Vaudeline había tenido la misma idea en el mismo momento. Se quedaron quietas, cara a cara, sus cuerpos apenas separados por unos centímetros.

—¿Cómo lo has hecho? —preguntó Vaudeline—. ¿Cómo la has invocado?

Lenna tragó saliva.

—Recité los conjuros para mis adentros. Y..., y cambié algunas palabras.

—¡Qué imprudente! Podrías haber comprometido toda la sesión.

Vaudeline no parecía contenta. Y, sin embargo, se acercó un poco más. Un mechón de pelo se agitó con la brisa y se pegó a la mejilla de Lenna.

—Ni siquiera pudiste llevar a cabo la sesión —le recordó Lenna—. Tuve que recitar por ti el conjuro de Aislamiento. Y también la Terminación.

—Cualquier aprendiz bueno habría hecho lo mismo. La horca... No me esperaba tanta energía.

—Échale la culpa a lo que tú quieras. Pero no digas que puse nada en peligro porque no es verdad.

Era un duelo de palabras. Vaudeline la miró como si se estuviese pensando la réplica.

«Ya basta», decidió por fin Lenna. Antes de que Vaudeline pudiese decir nada más, la soltó y le puso la mano en la nuca. A continuación, se inclinó y plantó firmemente los labios sobre los de Vaudeline.

Vaudeline podría haber soltado un grito o haberse apartado, pero colocó la mano en la parte baja de la espalda de Lenna y la trajo hacia sí. Parecía como si hubiese estado esperándolo, tal vez incluso provocando a Lenna con el rifirrafe de hacía unos instantes.

Permanecieron así durante un largo momento. A Lenna le maravilló la suavidad de los labios de Vaudeline. Besarla no tenía nada que ver con besar a Stephen, ni siquiera a Eloise. Entre Eloise y ella siempre había habido una resistencia…, cierto pudor, a pesar de que habían estado con la puerta cerrada.

No iba a repetir el mismo error. Agarró el labio inferior de Vaudeline con los dientes, olvidándose de dónde estaban y de todo lo sucedido esa noche…

De repente, a sus espaldas, la bodega saltó por los aires, y el edificio quedó envuelto en una nube de piedra y polvo. Lenna puso fin al beso, se tapó los oídos. Llovía polvo por todas partes y empezaron a asomar llamas entre los muros.

Era imposible que nadie hubiese sobrevivido a semejante explosión.

Lenna volvió en sí, recordando lo que se había propuesto hacer. Había tomado la decisión cuando todavía estaba en la bodega, hacia el final de la sesión.

Se dio media vuelta y se dirigió de nuevo hacia el edificio. No se veía al agente Beck por ningún lado; seguramente ya habría subido al ómnibus cuando tuvo lugar la explosión.

—¿Qué haces? —gritó Vaudeline, la mano inmóvil en el sitio en el que había estado la cintura de Lenna unos segundos antes.

Lenna sacó otra vez su cuaderno y se acercó al edificio hasta donde se lo permitieron el calor y las llamas. Allí, bajo la luz cegadora que le hacía sudar por todos los poros, comenzó de nuevo.

La segunda y última sesión espiritista de la noche.

42

SEÑOR MORLEY

Antes de la explosión, mientras me retorcía de dolor sobre el suelo de piedra, pensaba que no era posible un mayor crimen, un mayor mal, que lo que me había hecho Evie.

Pero su hermana la superó.

Jamás me habría imaginado lo que sucedería: que habría una segunda sesión, que yo sería uno de dos espíritus invocados y que la señorita Wickes no completaría la séptima fase.

Después de recitar las seis primeras fases de la secuencia, dio la orden *Expelle* para expulsarnos de su interior, pero no recitó el conjuro de la Terminación…, no liberó a mi espíritu, ni al del señor Volckman, del humeante montón de escombros.

Ahora estamos aquí, suspendidos en este vacío… y ojalá nos estuviésemos pudriendo en la cárcel. Sería preferible a esto.

Sobrevuelo el lugar en el que estaba la bodega y puedo verlos: una legión de espíritus. Algo viscoso e impenetrable nos separa, una sustancia que no soy capaz de identificar, ya que no existía nada semejante en el lugar de donde procedo. Entre los espíritus hay mujeres y hombres, niños, bebés, los que están por nacer y todas las bestias imaginables. También hay flora, y colores que no reconozco.

Y envolviéndolos a todos, un sentimiento de comunidad y compasión. Ninguno sufre. No anhelan nada. No parece que oigan lo que

314

oigo yo —el incesante y estridente canto de una curruca— ni tampoco parece que los persigan los recuerdos y los remordimientos. Aquellos a los que asesinamos nosotros parecen especialmente jubilosos, como si de algún modo intuyeran que estamos a este lado y que jamás estaremos allí, con ellos.

Los observo a todos con envidia. Está claro que ellos a mí no me pueden ver.

Maldigo los engaños que estuve maquinando durante toda mi vida. Las patrañas sobre la vida de ultratumba. Ahora veo que es absolutamente real. Causa estragos en mí..., en mí, que soy un hombre ya muerto.

A no ser que el perdón se instale en el corazón de la señorita Wickes o de la señorita D'Allaire —a no ser que una de ellas decida regresar al sitio en el que se alzaba en tiempos la bodega para recitar el conjuro final—, el señor Volckman y yo seguiremos sufriendo este tormento para toda la eternidad.

Compadezco al hombre que tenga la desgracia de ser el enemigo de una médium vengativa.

EPÍLOGO

LENNA

París, marzo de 1873

En el salón de la casa de huéspedes de Vaudeline, en pleno centro de París, Lenna estaba sentada delante del pequeño escritorio de madera de nogal que había junto a la ventana. Era marzo, a principios. Se fijó en los brotes de color rosa del joven manzano que había al otro lado de la ventana. Debía de haber miles. Un abejorro revoloteaba alrededor; no iba a tener que esperar mucho, ya que los brotes tenían aspecto de ir a florecer en cualquier momento.

La mirada se le fue al tomo sobre mediumnidad medieval que tenía delante. Más o menos por la mitad del libro había un papelito..., un marcapáginas colocado justo encima de una lista de fenómenos sobrenaturales observados a comienzos del siglo XV. Lenna lo había dejado allí hacía unas semanas, antes de la sesión del *château*. Había pensado seguir leyendo en un par de días, en cuanto retomase sus estudios de salón.

En cambio, Vaudeline y ella habían viajado a Londres.

Habían desenmascarado una sociedad criminal de caballeros.

Habían resuelto el misterio del asesinato de Evie. También el del señor Volckman.

Y después Lenna, sin ayuda de nadie, había condenado al señor Morley y al señor Volckman a una existencia de sufrimiento eterno.

Para ser una aprendiz, no está nada mal, se dijo ahora. Además de peligroso, invocar a dos espíritus a la vez después de la explosión había sido agotador. Pero, haciendo uso de toda su fuerza de voluntad, había llegado hasta el final. Incluso había conseguido controlar la respiración mientras recitaba los conjuros.

Ahora, lápiz en ristre, miró el marcapáginas y volvió a empezar en el punto en el que se había quedado.

Después de la sesión del señor Volckman, Vaudeline y Lenna habían pasado una larga noche y parte de la mañana siguiente prestando declaración en la Policía Metropolitana. El agente Beck había resultado ser un aliado sincero y honesto; había dado fe de todo lo que decían las mujeres, a pesar de que era evidente que ciertas confesiones —como que había dos asesinos en el seno de la Sociedad— traerían como resultado la disolución de la organización.

A Lenna no le había sido fácil informar a la policía de que la asesina del señor Volckman era su hermana. Pero su objetivo había sido encontrar la verdad y la había encontrado, de modo que no podía callársela.

Además, el porqué era tan importante como el quién.

Al principio, los policías que tomaban declaración no la habían creído. Pero Lenna les había dado los contenidos de la bolsa del señor Morley. En el portafolio estaba la lista de todas las personas asesinadas por el señor Morley y el señor Volckman, incluido el señor Heslop; el cuaderno de secretos de Evie, que detallaba las numerosas intrigas de la Sociedad; la carta de Evie a Vaudeline que el señor Morley no había enviado; incluso la contestación que había falsificado el señor Morley.

Evie era una heroína, le dijo Lenna a la policía. Valiente hasta decir basta. Y no había muerto en vano.

Ahora que se había resuelto el misterio de la muerte de Evie, la madre de Lenna volvió del campo a Londres. Lenna se alegró; sobre todo, por su padre. La familia tardaría un tiempo en sanar, pero cada día que pasaba traía un nuevo atisbo de que se avanzaba por el buen camino.

Con el tiempo, la policía devolvió un par de objetos que Lenna había entregado: el cuaderno de Evie y la carta que le había escrito a Vaudeline. Lenna se alegró de recuperar los documentos, y se propuso aprovechar muy bien la información que contenían.

Enseguida se propagó la noticia de que Vaudeline había regresado a Londres, si bien temporalmente. Ahora que ya no estaba bajo la amenaza de la Sociedad —en realidad, la amenaza más seria siempre había venido del señor Volckman y del señor Morley—, fue objeto de una entusiasta atención tanto de los periodistas como de sus fans. Se descubrió que, por el momento, la señorita D'Allaire residía en el hotel Hickway House, y empezaron a llegarle a diario montones de cartas de dolientes de todo Londres pidiéndole sesiones.

Aunque no tenía tiempo para responder a esas solicitudes, para dos sesiones en particular sí pudo sacar tiempo: una, para la viuda Gray, y otra para Mel y Bea, del 22 de Bow Street. En el burdel, Vaudeline le pasó a Bea dinero más que de sobra para pagar la medicación de su madre enferma. Agradecida, Bea había prorrumpido en sollozos.

Aunque Vaudeline ya no se enfrentaba a ninguna amenaza en la ciudad, el mal ambiente iba a tardar en disiparse, y no le apetecía quedarse en un lugar que, tan solo unos días antes, le había provocado tanto sufrimiento. No quería permanecer en Londres. Su hogar era París, y anunció que, en cuestión de días, en cuanto la Policía Metropolitana reuniese todo lo que necesitaba para la investigación, volvería a Francia.

Lenna no tenía ninguna duda: se marcharía con Vaudeline.

En primer lugar, pensaba continuar con sus estudios de mediumnidad.

Pero además estaba la promesa que había hecho tan solo unas horas antes de la sesión de Volckman: «Cuando termine esto», le había dicho a Vaudeline, «quiero descubrir qué más puede haber entre nosotras».

—Si tienes alguna reserva, ahora es el momento de cambiar de opinión —dijo Vaudeline la mañana del día que volvían a París. Habían pasado dos semanas desde la sesión de Volckman. Estaban sentadas la una al lado de la otra en un banco de la estación. Su tren, que las llevaría de Londres a Dover, estaba programado para llegar en veinte minutos.

—No pienso cambiar de idea —dijo Lenna, arrimándose más.

—¿A pesar de las súplicas de Stephen? —dijo Vaudeline, guiñándole un ojo.

La noche anterior había estado presente cuando Lenna le había dado la noticia a Stephen. Le había dicho que volvería a París al día siguiente, y la mirada de abatimiento que había asomado a su rostro había sido muy evidente. Lenna sintió mucho darle esa noticia, sobre todo teniendo en cuenta todo lo que había salido a la luz en los últimos días…; a saber, que el padre y la hermana gemela de Stephen no habían muerto ahogados, sino asesinados, y que su madre había sido un mero instrumento de una intrincada conspiración en la que estaba involucrado su segundo marido, el señor Cleland.

Ciertamente, Stephen le había dado a Lenna una razón de peso para quedarse. El museo acababa de anunciar varias vacantes de nivel inicial en el laboratorio de geología. Stephen era muy apreciado por sus superiores del museo, y su recomendación prácticamente podría garantizarle una plaza a Lenna, que de ese modo pasaría a ser una de las pocas mujeres de la plantilla.

Aunque no lo había dicho abiertamente, el significado de su oferta estaba claro: quería que Lenna se quedase en Londres para poder seguir cortejándola. Pero Lenna no estaba interesada en él, ni lo iba a estar nunca. De entrada, debería haber sido muy fácil: ambos tenían edades parecidas e intereses parecidos. Si su relación hubiese ido a más, habrían tenido mucho en común. Esas eran las razones que Lenna se había dado para intentar sentir algo por él en el pasado. Qué ordenado habría quedado todo… si Lenna le hubiese correspondido.

Pero Lenna, ahora, lo entendía: el deseo no tenía nada que ver con el esfuerzo. El deseo no era algo que se le pudiese arrancar a nadie. Por el contrario, tendía a cobrar vida por sí solo, tanto si se le invitaba a hacerlo como si no. El deseo, definitivamente, había cobrado vida en Lenna: el beso que habían compartido Vaudeline y ella después de la sesión era prueba de ello. Sabía, sin sombra de duda, que quería seguir besando a esa mujer. No quería dejar de besarla jamás.

La explosión de la bodega había interrumpido el momento. Pero la fuerza del estallido, el calor del fuego, la destrucción representaban, en muchos sentidos, la sensación que tenía Lenna sobre su propia vida en los últimos tiempos. Para empezar, sus antiguas opiniones sobre la ciencia se habían hecho añicos. Comprendía ahora que las cosas no tenían que ser observadas o tocadas para ser reales. Además, había aprendido que las pautas de cortejo tan del gusto de la sociedad londinense —un caballero en busca de esposa— sencillamente no eran para ella. Al diablo los convencionalismos.

Pero ¿besar a Vaudeline? Eso sí que era para ella. Y era otra de las razones por las que se moría de ganas de subirse al tren que la iba a llevar hacia el este, a París. Quería alejarse de Londres y volver a la intimidad de la casa de huéspedes de Vaudeline. Tal vez, incluso, de su dormitorio.

Cuando faltaban solo unos minutos para que llegase el tren, las dos mujeres se levantaron y recogieron sus cosas. Vaudeline metió una novela en su bolsa mientras Lenna cerraba una cajita de piedras y muestras de ámbar que pensaba llevarse a París. Estaban sus favoritas, incluida la piedra de ámbar que le había dejado Evie después de la sesión…, el aporte. Lenna seguía maravillándose de su claridad, de la ausencia de inclusiones. El ámbar era otro recordatorio más de que lo palpable podía coexistir con lo invisible. Lenna podía darle vueltas a la resina color miel en la palma de la mano, pero no podía explicar de dónde había venido ni cómo se la había hecho llegar Evie. Y tampoco podía explicar cómo había cogido Evie de la mesa la pluma de curruca capirotada.

Y, sin embargo, había ocurrido. Los dos objetos habían intercambiado lugares. De aquí allá…, estuviera donde estuviera ese «allá».

Lenna no le encontraba ninguna lógica, pero había en ello algo liberador. Se hizo el firme propósito de renunciar a sus obstinados esfuerzos de asignarle una lógica a todo.

Vaudeline entró en el salón y se sentó al lado de Lenna, delante de la mesa de madera de nogal. También ella miró el manzano.

—Cualquier día de estos florecerá —dijo, acariciándose la mandíbula con aire distraído.

Lenna se inclinó y besó la zona que Vaudeline acababa de tocar. ¡Qué deliciosamente familiar era todo ahora: el frescor de la piel de Vaudeline contra sus labios, las pequitas del hueco de la clavícula!

La noche anterior, se habían llevado una vela y una botella de vino a la cama. Apenas habían bebido un sorbo y ya se habían acurrucado las dos debajo de la colcha blanca. Esa venía siendo su rutina nocturna desde que volvieron a París, pero Lenna no dejaba de deleitarse con cada noche que pasaban juntas. Enredarse con Vaudeline, su sabor, su olor, su manera de jadear y de renunciar a controlarse… Era embriagador.

Como lo era también la capacidad de ambas para intercambiar muestras de afecto sin titubeos, sin cortapisas a su intimidad, sin notitas ambiguas dobladas en forma de hexágono.

Lenna apartó el texto que había estado estudiando y sacó una carpeta llena de notas para el informe.

—¿Lista para terminar esto?

—Ya era hora, *ma chérie* —dijo Vaudeline.

Evie aún no había empezado a redactar el informe —al menos, Lenna no había encontrado nada en Londres—, pero aun así había un montón de información clave.

Después de su regreso a París, con el cuaderno de Evie siempre cerca, Lenna y Vaudeline se habían puesto manos a la obra: horas y horas resumiendo tramas, desvelando estratagemas. Siempre que era posible, incluían nombres de víctimas, de socios o de cómplices de la Sociedad, y las fechas de los asesinatos y las manipulaciones. Cualquier cosa que pudiera deducirse de las notas de Evie o de su propia experiencia en la Sociedad se incorporaba al informe. Eso, en combinación con la información sobre las víctimas de asesinato de la Sociedad que la policía había prometido hacer pública próximamente, sería el fin de la organización.

El informe estaba casi listo. Las mujeres transcribieron meticulosamente varios ejemplares, copiando palabra por palabra. En caso de que le sucediese algo al que pensaban enviar mañana a *The Standard Post,* tenían disponibles varias copias más.

Mientras hacía una última lectura de las páginas, Lenna no pudo menos que sentir vergüenza en varias ocasiones. Escribir no era su fuerte. En algunos pasajes, las palabras sonaban secas y duras, un mero listado de datos. En otros, su caligrafía distaba mucho de ser perfecta. Pero al margen de esas imperfecciones, le consolaba la certeza de que todas y cada una de las palabras eran verdaderas. Y eso era más de lo que el señor Morley —otrora uno de los vicepresidentes de la Sociedad— podría haber dicho.

Al final del informe, Lenna dejó una nota personal para los reporteros de *The Standard Post*.

Este informe fue recopilado en su mayor parte por la difunta señorita Evie Rebecca Wickes de Londres, con los datos suplementarios y la pluma de la señorita Lenna Wickes, aprendiz de espiritista, y el consejo de la médium de renombre internacional señorita Vaudeline D'Allaire de París.

Después de un curso que impartirán próximamente, la señorita Wickes y la señorita D'Allaire comenzarán una gira internacional. Lo iniciarán en Londres, con el fin de conducir una serie de sesiones gratis para todos aquellos que, sin querer, contrataron sesiones fraudulentas de la Sociedad Espiritista de Londres y que sigan queriendo comunicarse con sus difuntos seres queridos.

Sin las contribuciones de las tres autoras aquí citadas, es muy probable que la actividad ilícita hubiese continuado sin trabas. ¿Hasta cuándo? La respuesta pertenece al terreno de la especulación.

Este informe ha sido aprobado para ser reproducido y difundido a través de otros medios, y las colaboradoras procurarán publicarlo en varias de las principales revistas espiritistas internacionales.

La señorita Lenna Wickes ha dedicado la publicación internacional de este informe a su difunta hermana Evie, que en su última carta conocida expresó su firme resolución de desmantelar la Sociedad Espiritista de Londres.

Caballeros, sepan que sus intrigas han llegado a su fin.

Firmado,
La difunta señorita Evie Wickes
Señorita Lenna Wickes
Señorita Vaudeline D'Allaire

Nota de la autora

A finales de la era victoriana, el movimiento espiritista —uno de cuyos puntos clave era la comunicación con los muertos, sobre todo a través de médiums— estaba en su apogeo. A los victorianos les fascinaba todo lo que tuviera que ver con lo sobrenatural y el ocultismo. Las sesiones espiritistas de salón estaban a la orden del día, como también lo estaban las exhibiciones públicas de mediumnidad y poderes paranormales.

La mayoría de los médiums de la época eran mujeres. El espiritismo era una de las pocas profesiones en las que las mujeres eran más respetadas que los hombres. Esto tenía que ver con la creencia de que la pasividad, la feminidad y la intuición de una mujer le permitían acceder a ámbitos sobrenaturales con más facilidad que a un hombre; además, se consideraba que era menos probable que un hombre se sometiese a que un espíritu le controlase la psique.

La era victoriana fue una época de una gran represión sexual, en particular para las mujeres. No obstante, las sesiones espiritistas con presencia de una médium a menudo se desarrollaban de maneras sutilmente eróticas e insinuantes. Daban la oportunidad a las mujeres de ejercer un dominio que de otro modo les estaba vedado. Me propuse investigar esta dinámica en relación con la abundancia de clubes de caballeros en el Londres del siglo XIX, sobre todo en el acaudalado West End. Había clubes para hombres interesados por la política, por los viajes, por la literatura y, cómo no, por los fantasmas. La Sociedad

Espiritista de mi novela está basada en términos generales en el Club de los Fantasmas, que fue fundado en Londres en 1862 y que contaba con Charles Dickens y Arthur Conan Doyle entre sus miembros. El club todavía existe y sigue investigando las apariciones fantasmales y otros fenómenos espiritistas.

En los clubes de la era victoriana, las cuotas eran caras, los reglamentos estrictos y las listas de espera para hacerse socio largas. No era infrecuente esperar entre quince y veinte años para ingresar en un club especialmente prestigioso. Dado que estos clubes favorecían el anonimato y la discreción, se acostumbraba a exigir juramentos de confidencialidad. Las mujeres no podían ser socias y en muchos casos se les prohibía el acceso al establecimiento.

En el momento de escribir esta novela, uno de los clubes más prestigiosos del West End —el Garrick Club, fundado en 1831— todavía prohíbe a las mujeres afiliarse.

La secuencia espiritista de las siete fases que aparece en la Sociedad Espiritista de Londres es fruto de mi invención, como también los conjuros y los mandatos.

El ancestral ciclo metónico, o *enneadecaeteris,* es auténtico. Cada diecinueve años, una determinada fase lunar se repite en la misma época del año. Este fenómeno fue descubierto por un astrónomo griego en el año 432 a. C. Eso sí, me he tomado algunas libertades con el ciclo metónico; sobre todo, que no hay ninguna prueba de que la luna nueva en la víspera de Todos los Santos provoque más muertes que cualquier otra noche. Además, en otoño de 1872 la luna nueva no cayó en la víspera de Todos los Santos, sino un día después, el uno de noviembre.

COSTUMBRES FUNERARIAS VICTORIANAS

Los victorianos eran muy supersticiosos. En cuanto se producía una defunción en una casa, se corrían las cortinas y así se mantenían hasta después del funeral. Los espejos se cubrían con tela negra para que el alma del difunto no se quedase atrapada en su interior. Los relojes se paraban a la hora de la muerte, y las fotografías de los muertos se ponían boca abajo para impedir que otras personas fueran poseídas.

En invierno, los funerales solían tener lugar una semana después de la muerte; en verano, menos de una semana. Una vez confirmados los detalles del funeral, la costumbre era que la familia enviase tarjetas conmemorativas con el nombre del difunto, la edad, la fecha de la defunción y el lugar del enterramiento, con un número identificador de la tumba para que aquellos que quisieran presentar sus respetos pudieran hacerlo.

El cuerpo del difunto era vigilado hasta el enterramiento. Muchas familias celebraban vigilias durante varios días por si acaso su ser querido no estaba muerto, sino solo en estado de coma. Traían flores durante ese tiempo para enmascarar el olor del cadáver, y los ataúdes a menudo se colocaban sobre una tabla de enfriamiento para ralentizar la descomposición. Los cuerpos no se embalsamaban. Finalmente, se sacaba a los muertos de la casa con los pies por delante, no fuera a ser que volviesen la mirada hacia el interior de la casa y llamasen a otro desdichado.

Encima de las puertas colgaban coronas o lazos negros para notificar a los viandantes que había tenido lugar una muerte. Los caballos acostumbrados a las procesiones fúnebres tenían fama de reconocer la tela negra que se agitaba sobre los umbrales y de detenerse automáticamente, sin la orden del conductor, delante de la casa en cuestión.

Los viudos y las viudas, así como los parientes cercanos, vestían de luto riguroso durante un año. Después, pasaban al medio luto, que duraba entre seis y doce meses. Durante el luto riguroso, las viudas no solían salir de casa salvo para ir a la iglesia. Asimismo, el papel de cartas y los sobres tenían un reborde negro.

Como muchas familias apenas tenían ropa de luto, había comercios que ofrecían a los deudos los servicios a domicilio de modistas y sombrereros.

Para el luto riguroso de las mujeres, lo habitual eran telas negras a menudo ribeteadas de crepé, así como guantes negros y velo. La joyería se reducía a mínimos y la pedrería solía ser de azabache o de ónice. En el medio luto se admitían telas de color gris o lavanda. Tras la muerte de su esposo, el príncipe Alberto, la reina Victoria vistió de luto hasta su fallecimiento, cuarenta años más tarde.

En el caso de los hombres, el luto consistía en traje, guantes y sombrero negros. El ancho de la cinta del sombrero era proporcional a la relación del hombre con el finado. Los viudos podían llevar una cinta de quince centímetros de ancho, por ejemplo, mientras que las cintas de los familiares lejanos no pasaban de unos pocos centímetros.

Los niños no estaban obligados a vestir de luto.

La fotografía *post mortem* era una práctica habitual. La única vez que muchos victorianos se sacaban una foto era después de muertos. A menudo se usaban soportes metálicos o se recurría a la ayuda de familiares para que los cadáveres salieran en posición incorporada. A solicitud de los parientes, a veces los fotógrafos manipulaban las fotos para que el retratado pareciera vivo (por ejemplo, pintando ojos sobre la imagen).

Algunos parientes, preocupados por si el difunto se despertaba después de haber sido enterrado, metían una cuerda dentro de la tumba y la ataban a una campana que dejaban en el exterior. En caso de que el muerto se despertase, podía pedir ayuda tirando de la cuerda y haciendo sonar la campana.

Convites fúnebres
en la época victoriana

En los funerales de la época victoriana se solía servir vino o ponche, y a los asistentes se les daba un recuerdo: galletas dulces envueltas en papel encerado y lacrado con una gota de cera negra. El papel encerado, o las propias galletas, a menudo llevaban imágenes estampadas: un ataúd, una cruz, un corazón, una calavera, etc. La masa se parecía a la de las galletas de mantequilla y a menudo incluía melaza y jengibre.

A continuación, dos recetas adaptadas de famosos recetarios victorianos:

GALLETAS FÚNEBRES VICTORIANAS

Adaptada de la tercera edición de *Miss Beecher's Domestic Receipt-Book*, publicado en 1862.

1/2 TAZA DE AZÚCAR

1/2 TAZA DE MANTEQUILLA SALADA, ABLANDADA

1 TAZA DE MELAZA

1/2 TAZA DE AGUA TEMPLADA

2 CUCHARADAS DE JENGIBRE RECIÉN PICADO

2 TAZAS Y 1/4 DE HARINA

1/2 TAZA DE BICARBONATO DE SODIO

En un cuenco grande, batir la mantequilla y el azúcar con una batidora hasta que quede esponjoso, aproximadamente un minuto. Añadir la melaza, el agua y el jengibre y batir hasta que liguen.

En otro cuenco, batir la harina y el bicarbonato. Añadir la harina a la melaza y ligar bien con la batidora. La masa tiene que quedar compacta.

Dividir la masa en dos bolas. Amasar cada bola varias veces para quitar las burbujas de aire. Dar forma de troncos de unos quince centímetros de largo. Envolver los troncos por separado en papel film. Meter varias horas en la nevera hasta que queden firmes.

Precalentar el horno a 180 ºC. Forrar dos bandejas de horneado con papel de horno. Rebanar cada tronco de manera que salgan aproximadamente 25 galletas. Si se desea, utilizar un cuchillo o un sello para imprimir una imagen.

Hornear 20 minutos. Dejar enfriar completamente (las galletas tienen que quedar crujientes). Envolver varias en papel encerado y cerrar con un sello de cera negra o un cordón negro.

PONCHE CALIENTE VICTORIANO

Adaptado de *Mrs. Beeton's Book of Household Management*, publicado en 1861.

1/2 TAZA DE AZÚCAR

EL ZUMO DE UN LIMÓN

1/2 LITRO DE AGUA HIRVIENDO

250 ML DE RON

250 ML DE BRANDI

1/2 CUCHARADITA DE NUEZ MOSCADA

Mezclar el azúcar con el zumo de limón. Añadir agua hirviendo y mezclar bien. Incorporar el ron, el brandi y la nuez moscada. Mezclar bien y servir caliente o muy frío con hielo.

Para cuatro personas.

VELA DE PEGA DE TRES CAPAS

El siguiente enlace incluye fotos de los pasos que se deben seguir para fabricar la vela, además de instrucciones para hacer una nota de amor hexagonal: *www.sarahpenner.com/bookclubs.*

MATERIALES

1 MECHA DE VELA

1 FRASCO DE CRISTAL (CAPACIDAD 30 ML)

2 PALILLOS CHINOS O BROCHETAS (PARA SUJETAR LA MECHA)

2 GOMITAS (PARA SUJETAR LOS PALILLOS CHINOS)

2 TAZAS Y 1/4 DE COPOS DE CERA DE SOJA

TERMÓMETRO DE COCINA

3 FRAGANCIAS (ACEITES ESENCIALES O PERFUMES)

TINTE DE VELA O CHIPS DE CERA COLOREADOS (OPCIONAL)

MONDADIENTES

Nota: las auténticas «velas de pega» son de un solo color, y lo único que cambia a medida que se van consumiendo es la fragancia. Si no tienes intención de hacer trampas, ¡añade un color distinto a cada capa de la vela!

Coloca la mecha en el centro del frasco. Para sujetarla, pon a cada lado y en horizontal un palillo chino o una brocheta enganchados con gomitas.

Para hacer la primera capa de la vela: derretir al baño maría o en el microondas ¾ de copos de cera de soja en un pequeño cuenco. Mezclar hasta que la cera llegue a los 72 °C (¡no más!). Añadir entre 5 y 10 gotas de la fragancia deseada e incorporar después el color según instrucciones del fabricante. Si se van a utilizar muchos colores, sugiero empezar por el más oscuro (que será la capa de abajo). Mezclar bien con el mondadientes. Verter cuidosamente la cera preparada en el frasco de cristal hasta llenar como máximo un tercio.

Dejar enfriar por completo (mínimo una hora en la nevera). Repetir el proceso para la segunda y la tercera capa de la vela.

Dejar que las velas terminadas reposen una noche para que se endurezcan. Recortar la mecha. ¡A disfrutar!

AGRADECIMIENTOS

A menudo doy gracias a mi buena estrella, que en este caso son tres buenas estrellas que brillan de manera especial: Stefanie Lieberman, Molly Steinblatt y Adam Hobbins. Desde hace años, este equipo de Janklow & Nesbit ha estado a mi lado, defendiendo mis intereses con franqueza y generosidad. No me imagino haciendo esto con otro equipo. Gracias de corazón. Ha sido increíblemente divertido.

A Erika Imranyi, mi editora de Park Row. Este sector es muy intimidante, pero tú has sido una cariñosa aliada desde el primer día y siempre me has animado. Gracias por llevarme de la mano e invitarme a dar un paso al frente.

A Natalie Hallak, que fue la primera persona que apoyó este libro y me ayudó con la lluvia de ideas para el esquema inicial. Amigas para siempre.

A Emer Flounders, Justine Sha, Kathleen Carter y Heather Connor, mi fantástico equipo publicitario. A pesar de los innumerables (y aterrados) *emails* que os he mandado fuera del horario de trabajo, parece que os sigo cayendo bien. Gracias por vuestra flexibilidad, vuestra paciencia y vuestra atención a los detalles.

A Randy Chan: es posible que seas la persona más agradable que he conocido en mi vida. ¡Cuánto me alegra que podamos seguir colaborando! A Rachel Haller, Lindsey Reeder y Eden Church: el trabajo que hacéis es importantísimo. Gracias por llamar la atención sobre los libros buenos que hay en todas partes. A Reka Rubin, Christine Tsai,

Nora Rawn, Emily Martin y Daphne Portelli: gracias por esforzaros tanto para que mis libros lleguen a manos (¡y a oídos!) de lectores del mundo entero.

A Kathleen Oudit y Elita Sidiropoulou, que cogen palabras y esculpen con ellas impresionantes portadas de libros: vuestro talento ha hecho que muchos compradores se paren en seco. Teneros es una gran suerte.

Un millón de gracias a todo el equipo de Legend Press, mi editorial del Reino Unido. No cabe imaginar un equipo más leal: Tom Chalmers, Lauren Parsons, Cari Rosen, Liza Paderes, Olivia Le Maistre y Sarah Nicholson. Y gracias en especial a Lauren por haber revisado el manuscrito en busca de americanismos.

Gracias a la correctora Vanessa Wells, que, además de detectar mis erratas y repeticiones, también me ayudó con el latín y el francés. Ese ojo de lince que tienes para los detalles me ha evitado más de una metedura de pata. Gracias a Patrick Callahan, estudiante de doctorado de lenguas clásicas en UCLA, que también me ayudó con las traducciones del latín. Y a Judy Callahan, de la plantilla de mi antiguo instituto, que me puso en contacto con él. ¡Al final, aquellas clases de latín no fueron en vano!

A Laurie Albanese y Fiona Davis: no sabéis cuánto aprecio nuestras sinceras charlas por Zoom. Sigamos intercambiando historias, consejos, ideas para títulos y alguna que otra palabrota. A Heather Webb: eres mi mentora desde el primer día, y mi alma gemela. Gracias por ser mi amiga. A Nancy Johnson y Julie Carrick-Dalton, cuyas trayectorias editoriales han seguido un curso paralelo al mío. Significáis muchísimo para mí, y me encanta que estemos pendientes las unas de las otras. Gracias por vuestro apoyo de estos últimos años. Y a Susan Stokes-Chapman, con la que comparto un amor por Londres que viene de lejos. Qué curioso que el universo nos juntase. Gracias por tu amistad.

A los *bookstagrammers,* blogueros de libros y lectores superfans que difunden el amor por los libros con sus creativos *posts* y sus épicas imágenes: los escritores os adoramos. Por favor, no dejéis nunca de hacer lo que estáis haciendo. Gracias a Jaimie (@booksbrewsandbooze),

Christine (@theuncorkedlibrarian), Jeremy (@darkthrillsandchills), Jess (@just_reading_jess), Lisa (@mrs._lauras_lit), Barbi (@dreamsofmanderley) y Amanda (@girl_loves_dogs_books_wine), por nombrar a unos pocos. Y un reconocimiento especial a la *bookstagrammer* Melissa Teakell (que, por cierto, ¡es también mi queridísima cuñada!). Síguela en IG: @reading.while.procrastinating.

A Pamela Klinger-Horn y Robin Kall, gracias por todo lo que hacéis para apoyar y conectar a escritores, lectores, editores y librerías independientes. Sois unas joyitas. Y gracias también a Annissa Joy Armstrong, que no solo apoya a los escritores allá donde estén, sino que además tuvo la valentía de decirme que llevaba meses pronunciando mal su nombre.

A los bibliotecarios de todo el mundo, que sin descanso ponen en contacto a los lectores con los libros y a los escritores con los materiales de archivo: no tenéis precio. Gracias.

Librerías independientes: sois nuestros efectivos sobre el terreno. Doy las gracias especialmente a Laura Taylor, de Oxford Exchange de Tampa, Florida, y a Litchfield Books, Tombolo Books, M. Judson Books, Watermark Books & Café, Portkey Books, Book + Bottle y Monkey & Dog Books.

A mi círculo de mujeres fuertes: Aimee, Rachel, Megan, Laurel, Lauren, Roxy y Mallory. Me siento apoyada y querida por cada una de vosotras. Es un auténtico regalo tener cerca amigas tan buenas, leales y motivadoras. Gracias.

A las mujeres escondidas en estas páginas; sabéis quiénes sois. Gracias. Sobre todo, a Taylor Ambrose, *ma chérie*.

A mi hermana mayor, Kellie: el cariño entre Evie y Lenna está inspirado en mi adoración por ti. Eres uno de los grandes regalos de mi vida. Gracias.

A mi marido, Marc: este ya es el segundo libro que escribo y tampoco te lo he dedicado a ti, a pesar de que eres la persona a la que más amo del planeta Tierra. Pero las dedicatorias de libros son una cosa rara, paradójica. Tú lo entiendes, y es precisamente por eso por lo que te quiero.

A mi madre: cada vez que conozco a alguien nuevo, le digo lo mucho que te quiero. Nuestra relación tiene un gran valor para mí, y no la doy por sentada. (Y nunca olvidaré nuestro viaje secreto al Campamento Espiritista de Cassadaga, en la zona más rural de Florida, ni aquella sesión tan extraña a la que asistimos…).

A mi padre, que falleció en 2015. A veces miro el diario que me diste hace veintitrés años. En su interior, me escribiste: «Sarah, tendrás éxito. Y ahora, ¡ponte a escribir!». Ojalá pudieras ver todo lo que ha sucedido en los últimos años…, aunque puede que lo veas. Gracias por todo, papá.